Nionde boken

**Om man vägrar att se bakåt och inte vågar se framåt,
måste man se upp!**
(Tage Danielsson)

P-C Wike

Fadder

[fad:er]

Spår av vägledning i Köttrymden

Tidigare böcker i serien:
Waller (2016, ny upplaga 2021)
Fiffel (2016)
Mingel (2016)
Killer (2016)
Taffel (2016, ny upplaga 2018)
Podder (2017)
Pussel (2018)
Zipper (2019)

© 2020 P-C Wike
Förlag: BoD – Books on Demand, Stockholm, Sverige
Tryck: BoD - Books on Demand, Norderstedt, Tyskland
ISBN: 978-91-8007-082-9

Till den som undrar

Inledning
Om kattdemoner, catcoins och böcker som brinner
samt rastlöshet, egyptier och fikasug

Myten om kattens nio liv har okänt ursprung men har i flera hundra år existerat i nästan alla kulturer. Det finns ett engelskt uttryck som säger: "a cat has nine lives. For three he plays, for three he strays and for the last three he stays."

Pernilla och Tobbe sitter tillsammans med Rut, Twist och Mac i väntrummet utanför sjukhussalen där Bengt vistas. För första gången idag skulle de försöka få honom att lämna rummet och hänga med på en fikatur några trappor ner på lasarettets café. Att de ännu inte hade kommit iväg beror på en läkarrond som aldrig tycktes ta slut.
"Inget är som väntans tider", suckade Mac. Den här gången var det hans tur att sträcka lite på kroppen och slänga en blick på väggklockan. Sekundvisarens rytmiska hoppande var för närvarande den mest påtagliga aktiviteten i rummet. Pernilla som vanligtvis inte kunde sitta ner ens en kort stund utan att hitta på något att göra, satt för tillfället och bläddrade runt i National Geographic. Då och då stannade hon upp i sitt bläddrande och läste högt för de andra i rummet. "I det gamla Egypten hedrade man katten genom att ge den tre gånger tre liv. De forntida egyptierna dyrkade katten som en gudomlig varelse och det sades att solguden Ra hade givit liv åt åtta stycken katter, vilket i sin tur gav guden nio liv. Ra's liv, och sedan vart och ett av katternas liv". Pernilla tittade hastigt upp från texten för att se om någon verkade lyssna men lyckades inte dra någon slutsats av det obefintliga gensvaret. Hon hämtade ny luft och fortsatte.

"Myten om nio liv kan ha uppkommit av att katter många gånger lyckas undkomma farliga situationer på grund av sin otroliga kroppsbehärskning. Vid ett fall, om katten hamnat upp och ned, använder den sig av en särskild teknik för att skruva sig rätt och därmed öka sina chanser till överlevnad. Först vrider den huvudet i rätt position för att kunna se nedåt. Genom huvudvridningen får den hela ryggraden med sig tills benen är i rätt position för att ta emot kroppen vid landningen. Studier har visat att katten åsamkas färre skador vid högre fall eftersom den i det fria fallet hinner räta upp kroppen till något som liknar en fallskärm. Katternas förmåga att liksom segla genom luften och överleva fall från höga höjder kan ha bidragit till uttrycket om de nio liven. Vid fall lägre än sju våningar, hinner katten inte få kontroll på kroppen och landar mer spänt. Ett tillstånd som leder till fler skador. Att just Egypten hedrar sina katter kopplas till att arkitekturen där, till skillnad från i andra civilisationer, kännetecknas av höga byggnader."

"Hm", sa Mac med en utandning. Han hade hållit andan så länge nu att en mening till hade kvävt honom.
"Vad intressant", ljög Rut övertygande.
"Där ser man", lät det från Twist. Ingen av dem orkade egentligen lyssna på högläsningen men i samvaron med Pernilla var det enklast att bara låta saker bero. De hade hittills inte förstått hur de enklast skulle kunna få henne mer anpasslig och stilla. Tobbe himlade med ögonen, lagom irriterad över två saker. Dels över att Pernilla alltid behövde ägna sig åt något och dels att hon aldrig, verkligen aldrig, kunde vara tyst. Hon undvek bestämt alla tillfällen som innebar att umgås med sitt eget tålamod. Att helt enkelt bara sitta och vänta in något var verkligen inte hennes styrka. Dessutom störde sig Tobbe på hennes totala avsaknad av tajming. Han tyckte att de hellre skulle ägna denna tid åt Bengt och hans mående i stället för att högläsa om katter.

Vid det senaste besökstillfället hade de serverat Bengt fika på rummet. Även Maja var med den gången, tillika hennes fantastiska äppelkaka, tillagad på Laduviks gårds sensommaräpplen. Bengt hade gjort ett försök med att inte släppa in dem först men med äppelkaka som muta kunde han inte stå emot. Han hade blivit lyrisk och tillfrisknandet höjdes väsentligt på skalan från en svag tvåa till en stark tia. Det berodde inte enbart på äppelkakan så klart, utan minst lika mycket på Majas närvaro. Bengt älskade verkligen Maja, eller i vart fall så nära han kunde komma i fråga om att älska någon annan än sig själv. Hans bästa gren var vanligtvis att alltför enkelt och lättvindigt fördöma andra. Dock aldrig Maja. I det försvagade och skamfyllda tillstånd han nu befann sig fanns knappt gnuttan kvar av hans pompösa upphöjdhet. Även Twists blodtryck hade höjts snabbt vid besöket men det var inte orsakat av hans svärmors existens utan enkom beroende på vaniljsåsen. När den ställdes på bordet toppades hans puls och landade strax under 120. Rut noterade att det vattnades i munnen på honom och räckte över en servett, lika mycket i förbifarten som av vana. Hon visste vad den där ivern betydde och kunde förorsaka, så handlingen var befogad.

Under den första veckan efter olyckan var ingenting sig likt. Det värsta sjukhusbesöket hos Bengt var otvivelaktigt det första. Han hade vägrat att se dem i ögonen och som en tjurig treåring i stället vridit huvudet åt ett annat håll. Han tittade inte ens på blommorna de hade haft med sig och han vägrade att prata. Medan besökarna på alla vis försökte trösta och peppa honom, slöt han bara sina ögon i försök att stänga ute åtminstone ett av sina sinnen. Vid inskrivningen mådde Bengt så dåligt att han behövde akut psykiatrisk vård. Med hjälp av medicinering kombinerad med intensivt samtalsstöd började han så sakteliga återfå sitt forna jag. Det låg fortfarande en stank av bränt gräs och tyg i rummet men Bengt var tillbaka. Fort in och fort ut ur skiten, så funkade han. Doften av grillat gick också att nosa sig till, oklart om den kom från själva grillpartyt eller Bengts brandhärjade hår och hud. En sur mixtur hade skiktat sig i rummet, slående lik den som brukade sticka i näsan när soptippen brann. Vännerna vande sig snart vid de olika odörerna och nu, ett par veckor senare, hade de nästan helt ersatts av sterila sjukhusdofter.

Under flera av de första besöken hos Bengt hade han legat till sängs och varit mycket tyst. Mest bara tittat på dem och lyssnat på deras prat utan att svara. På sin höjd hade han orkat svara med förströdda nickningar. Så småningom hade han fått ur sig några ja och nej men även lyckats delta alltmer medgörligt i samtalen. Det dröjde innan han mötte dem genom att hålla sig mer upprätt i sängen och i takt med att han förstod att vännerna inte tänkte ge sig, började han till slut bidra mer kommunikativt. Besökarna blev snart fler och han lät sig dras med i småpratet villkorat att de inte pratade om det som hade hänt. En gång när Tor och Sigge varit där, hade Bengt både pratat och smilat upp sig flera gånger. Han blev verkligen glad åt att se dem. När Tor berättade om att han i ett ögonblick av spontanitet hade eldat skolböcker i skogen bakom skolan, såg Bengt till och med nästan upprymd ut.
”Det var nån tant som hade hittat dem i skogen”, berättade Tor.
”Och dum som jag var hade jag eldat i fel ände av en bok så namnet fanns kvar med tydliga bokstäver. Tor Wanjelin 6c stod det. Men vad fan, vad gör väl det om hundra år tänkte jag”.
”Och samme Tor Wanjelin fick strax efteråt sitta hos biträdande rektor och skämmas. Alltså hur dum får man va?”, sa Sigge medan Tor lade tomten tillrätta under Bengts täcke.
”Tomten har lovat att hålla koll på dig. Här kan ni två ligga nu, brända som ni båda blivit. Ni förstår säkert varann.”
”Seså tomtemannen”, sa Sigge och klappade om tomten.
”Håll ett vakande öga över farbror Bengtos nu.”

Kanske var det just det besöket som gjorde att Bengt vände
i sin inställning för nu var han plötsligt sig mer lik igen.
"Nu mår jag som jag förtjänar", hade han sagt och det var
ändå att beteckna som en lägesbeskrivning på väg åt rätt
håll. Den ansvariga läkaren var beredd att skriva ut honom
inom någon vecka. Ett beslut som Pernilla såg på med
skepticism. Hon tycket att det kändes riskfyllt att försätta
honom på fri fot så här tidigt. Faktiskt alltför riskfyllt.

Någonting som skymtade fram under sjukhusbesöken var
Bengts skam. Han var verkligen mentalt tilltufsad efter hän-
delsen. Pia-Carin å sin sida, var i sämre skick fysiskt, avse-
värt mycket sämre. I en sal två våningar ner på samma sjuk-
hus låg hon stationerad. En prövningarnas tid låg nu fram-
för dem, inte minst för Mac och det var nog det som bidrog
till Bengts känsla av skam. När branden hade härjat som
värst på hans tomt riktades allt fokus i första hand mot el-
dens centrum och Bengts psykotiska tillstånd. Vad Pia-Carin
pysslade med var det däremot ingen som riktigt noterade.
Hon hade sprungit iväg med filtar för att inleda försök med
att släcka eldhärdarna på gräset. I samband med det hade
hon själv fattat eld. Elden hade fått ett beslutsamt tag om
hennes långkofta som flammade upp, förkolnades och
smälte på nolltid. I samband med att koftan smälte var det
som att den bit för bit klättrade uppför hennes rygg. Hettan
som spreds över ryggen fick Pia-Carin att snabbt slänga sig
ner i försök att kväva elden. Dessvärre brann marken runt
henne och ett glödande parti med mossa fick ny fart på el-
den i hennes kläder.

Skenande brand är ingen tyst katastrof. Enbart elden ger
ifrån sig läten av alla sorter. Dels knäppande och sprakande
ljud men också ett envetet susande medan lågorna löper
framåt med vindens fart. Till detta kan skrik och rop läggas
som tillsammans med vatten som sprutar och kastas runt
skapar total oreda i luftrummet. Precis det infernot hade

den rofyllda augustikvällen hemma hos Bengt förvandlats till. Ett gehenna av lågor. Strax efter att Bengt hade inlett sitt välkomsttal, i vilket han uttryckte sin tacksamhet över sina vänner och hela tillställningen, hade små eldkasar börjat explodera ur marken framför dem. Alltsammans utvecklades till ett skenande kaos inom loppet av några sekunder och en helhetsanalys över situationen saknades. Allihop arbetade furiöst, var och en på sitt håll, men mest bara med det som näsan pekade mot för stunden. Överblicken och samordningen försvann eller prioriterades bort.

Lite mer än två veckor hade nu passerat sedan denna ödesdigra kväll. Twist drogs med sina minnesbilder av förloppet. Då elden spred sig hade han haft fullt upp att rikta vattenslangens stråle mot de större eldhärdarna. Han hade hört ett gällt skrik från andra änden av tomten. Skriket var så högt och skrämt att ingen egentligen skulle kunna ha missat det, ändå var det mest bara tur att någon reagerade. Twist lämnade snabbt över vattenslangen till Mini och rusade iväg åt det håll skriket kom ifrån. Ingen människa syntes någonstans men på marken en bit bort låg en hög med kläder och brann. Det kändes logiskt för honom att springa dit. Han vände sig om och försökte lokalisera skriket igen, stannade upp och lyssnade för att höra det, men det var helt tyst. För att inte sinka värdefull tid fortsatte han mot klädeshögen och när han närmade sig den, visade det sig vara mer än bara kläder. Den fasansfulla upptäckten var minnesbilden som hans hjärna gång på gång spelade upp för honom. Det var en del av Pia-Carin som brann. Hon låg alldeles stilla och möjligen avsvimmad vilket Twist förmodade var ett tillstånd som skulle skydda henne mot smärta. Instinktivt slet han av sig sin tröja som efter allt vattenkastande blivit alldeles genomblöt. Han slängde den över henne och upptäckte lättat att den fungerade väl som brandfilt. Twist klappade varsamt med sina stora händer över tröjan och vidare ner över hela Pia-Carins kropp.

"Såja, såja, nu blir det snart bra", upprepade han gång på gång. "Såja, såja, snart är allting bra igen", sa han medan han tänkte att ingenting kunde vara mindre sant.
Så fort ambulans och brandkår kommit på plats blev Pia-Carin den första som togs om hand och fördes till sjukhus. Hon sövdes snabbt ner och vårdades sedan i tryckkammare för att få lungorna rensade på skadlig rök. Därefter följde ett antal dagar i respirator. Vad som under denna tid rörde sig i hennes huvud var det ingen som visste. Nedsövningen avlöstes av korta, korta stunder av vakenhet men hon verkade kunna sova precis hur mycket som helst. Personalen sa att hennes tillstånd blivit lite mer stabilt men de förmodade att hon drömde mycket eftersom någonting syntes spela under hennes ögonlock. Kroppen liksom rörde sig medan hon sov, speciellt hennes fingrar spelade uppe på lakanet.
"Hon skriver nog", hade Mac sagt och berättade för sköterskan om Pia-Carins böcker och allt skrivande hon normalt sett ägnade sig åt.

Nu var det bara att vänta ut ärrläkningen. Hudens vanliga tänjbarhet skulle minska och det skulle bli svårare att röra sig. Det var därför en klar fördel att sova mycket vilket Pia-Carin också gjorde. På vilket sätt den oskadade huden drogs med i ärrläkningen senare avgjorde om det skulle bli någon operation eller inte. Det var ännu för tidigt att avgöra, hade Mac berättat. Att operera snabbt var ofta en fördel för att skynda på läkningen så om bara några dagar skulle läget snabbt se bättre ut. Tanken på hudtransplantation var helt utesluten, så djupa skador fanns inte i några av skadeområdena. Åtminstone en bra nyhet i eländet.
"Vad är det som händer och vad är det för läkare egentligen?" fräste Tobbe som för länge sedan hade tröttnat på att bara sitta och stirra i väggen.
"Hur långsamt kan man prata, jag menar; det är ju bara en enda patient där inne?"

Pernilla som själv höll på att smälla av, orkade inte bära någon annans irritation. Hon vek snabbt upp tidningen och fortsatte med högläsningen om katter.

"Man har kunnat spåra en liknande kattdyrkande myt hos kineserna, vilket är konstigt eftersom kineserna och de forntida egyptierna knappt hade någon kontakt. Även i Kina betraktades siffran nio som en lyckosiffra. Också där byggdes det höga hus så förklaringen till kattdyrkan och myten om kattens nio liv fann sin förklaring även där. Tänk att man i två av varandra oberoende stora civilisationer hade samma uppfattning om att katter verkar klara sig undan skador gång på gång. I Ryssland sägs det att en katt kan överleva nio dödsfall medan det i arabiska, turkiska och brasilianska ordspråk stannar vid sju liv. Men det är många liv ändå", avrundade Pernilla. Tobbe tyckte att hon såg en smula enfaldig ut och gjorde vad han kunde för att dölja sina tankar.

"Undrar hur länge vi har haft katter egentligen?", avbröt Rut.

"Nja, ingen vet exakt när katten smög in i våra hem för första gången, men redan på medeltiden var de människans sällskap. De var också till god hjälp i jakten på råttor och möss. Generellt sett har kattens status höjts under 2000-talet", svarade Pernilla.

Twist som hoppades på att berättelsen snart skulle börja närma sig nutid och därmed slutet, gjorde vad han kunde för att öka farten på alltihop och tog ordet.

"Veterinärvården borde också ha förlängt katters livslängd. Fler och fler har möjlighet att behandla sina katter om de blir sjuka eller skadade. Idag kanske vi inte dyrkar katter på samma sätt, men visst älskar vi dem."

"Jag tror att katten, åtminstone i västvärlden, är det populäraste husdjuret efter hunden och ungefär var sjätte familj har en katt", svarade Pernilla som om hon inte ens hört att Twist nyligen sagt något. Han tog tillbaka ordet igen.

"Vi var hos veterinär med vår gamle grå för att han plötsligt började jama så mycket nattetid. Hur var det Rut? Du var väl där i 40 minuter. Veterinären drog och sträckte ut lederna på katten. Kikade i ögon och öron, klämde, lyssnade på hjärta och tog två rör blod. Inget verkade vara fel men kostnaden landade så nära 4000 kronor man kan komma. Jag har väl aldrig lagt så mycket pengar på något grått."
"Ja, snacka om välfärd. Fast alla katter är inte fina, verkligen inte", svarade Rut som inte heller hon verkade intresserad av att prata veterinärvård med Twist.
"Undrar egentligen hur många raser det finns?"
"Många! Och det finns många olika grupper av katter. Inne- och utekatter, stallkatter och hemlösa katter, hör här!", sa Pernilla och läste lite till. En tyst suck undslapp Twist.

"Många av våra tamkatter är raser från varmare länder som inte klarar vintern i till exempel Sverige. Det blir dessutom svårare för dem att klara av alla nya faror som det moderna samhället utsätter dem för. Exempelvis växter vi har i hemmet, trafik, elektronik och kasst foder. För innekatters del är övervikt ett vanligt problem vilket kan orsaka följdsjukdomar såsom hjärt- och kärlsjukdomar eller diabetes. Hur tålig en katt än tros vara, lever den så klart ett farligare liv som utekatt. En helt förvildad katt överlever i maximalt två år, att jämföra med en innekatt som kan bli bortåt 20 eller kanske 30 år. Den lever ju ett liv skyddat från många faror. Hemlösa katter vaccineras sällan så de kan drabbas av exempelvis kattpest och andra dödliga sjukdomar. Det står här att en annan grund för uttrycket att katten har nio liv tros vara just det faktum att katter också är experter på att dölja att de har ont. De kan leva utomhus under tuffa förhållanden och ändå klara sig bra. Tyvärr så finns det idag människor som faktiskt tror att katter *har* nio liv, att de inte känner smärta och kan klara sig helt på egen hand. Det medför att många katter runt om i världen far illa då de inte har någon som ser efter dem."

"Men herregud, vad är det vi pratar om här", lät det plötsligt
från Tobbe Han föll återigen ut i en stigande irritation över
en klocka som bara gick och ett kaffe som tydligen uteblev.

"Snälla Pernilla, skit i katterna för ett ögonblick, tack. Vad är
det de håller på med där inne egentligen? Kan de inte vara
klara nu?" Han lyfte armen i en uppgiven gest mot Bengts
rum och började sedan vanka av och an i rummet som en
orolig förstagångsförälder på BB. Pernilla noterade Tobbes
utfall, skakade på huvudet och fortsatte med tyst läsning.
"Katter används i kryptovalutor också för transaktioner och
utvinning av valuta, kände du till det Tobbe?", undrade
Twist i ett försök att medla mellan det äkta paret och deras
skilda intressen i ämnet. Han bytte raskt bort veterinärspåret
och började trassla in sig i krångliga meningar om valutor.
"Catcoins har funnits som en krypterad version av bitcoin
med en maximal tillgång på 20 miljoner mynt. Man gör
ingen skillnad på katter och hundar men kryptovalutan
dogecoin har givetvis en hund som banner, medan catcoins
har en katt som maskot. Kanske har dogecoin lyckats något
bättre med att sprida sin valuta. Jag tror att hundra miljarder
dogecoins är utvunna och valutans popularitet och värde
växer i snabb takt. Den steg med trehundra procent på
marknaden". Tankarna skenade men han hann inte bringa
ordning på dem innan han avbröts och Tobbe svarade.
"Det hände samtidigt som bitcoin och andra kryptovalutor
sjönk i och med Kinas oreda med att tillåta bitcoin från de-
ras banker. Det var så jag minns det".

Detta mindes inte Mac på minsta vis. Han var fullkomligt
ointresserad av det monetära spelet så länge det inte hand-
lade om riktiga sedlar och mynt i plånboken. Han kunde
näppeligen acceptera kreditkort, räntevinster och aktieport-
följer. Inget av det var på riktigt, och bitcoins sedan… vad
var det för attrapper? Twists senaste utläggning var det som
slutligen också släckte Pernillas fortsatta intresse för

katternas mystik. Hon hade hamnat långt bort i sina funde-
ringar och satt nu på drömmande vis med blicken fäst mot
det enda fönstret i väntrummet som det alls gick att se nå-
got igenom. I resterande fönster hade självbevattnande
blomkrukor placerats och spretiga, fetbladiga växter täckte
utsikten. Ett finger mellan sidorna i den halvt igenslagna tid-
ningen var den enda entusiasmen som återstod av hennes
nyväckta katthajp.
”Katten är verkligen en del av vår kultur. Från det gamla
och historiska till det nya och högteknologiska. Det är ändå
ganska coolt”, avrundade Twist diplomatiskt.
Tobbe sken upp på ett sätt som bara han lyckades med när
han insett att ett träligt samtalsämne nått sin ände.
”Alltså kommer myten sannolikt att fortsätta leva vidare och
den ursprungliga källan förbli ett mysterium. Jag skiter i det
här nu och går i förväg. Är det någon som kommer med?”

Rut rensade halsen med en harkling och satte stopp för
Tobbes flyktplaner.
”Sen kan det vara så att katten förr i tiden sattes i samband
med häxeri och djävulen eftersom talet nio också var för-
knippat med häxeri och mystiska saker”, sa hon.
”Det var väl som självaste fan”, sa Tobbe av låtsad hänfö-
relse och studsade nästan till i steget. Ambitionen att gå i
förväg till caféet hade för ett ögonblick brunnit inne. Han
lyssnade vidare på Rut.
”Man trodde att katter, men också häxor rymde flera demo-
ner. Den som ville bekämpa demoner brände därför häxor
och plågade ihjäl katter. Tanken på att en katt hade ett visst
antal demoner gjorde att den kunde födas flera gånger innan
den dog på riktigt. Den kopplingen fanns även till häxor”.
”Och till tomtar!”, sa Tobbe vars oavbrutna trampande till-
fälligtvis hade avstannat. Han skrattade häxlikt.
”Om vi tänker på Bengt nu. Känner ni till Edward A
Murphy? Han som experimenterade med raketslädar i

flygvapnet under 40-talet, eller rättare sagt försökte konstruera tekniska system så att felaktiga resultat skulle uteslutas."
"Du pratar om Murphy's lag va?" Pernilla besvarade hans fundering, fortsatt med blicken fäst mot ingenting utanför fönstret.
"Om något kan gå snett så kommer det att gå snett. Liksom lagen om alltings jävlighet. Ja du, det är definitivt Bengts lag. Var det så du menade?"
"Lite så, men med eller utan häxkonster… verkar det inte som om han också på något sätt har nio liv?"
"Jo, så kan det kanske vara men i så fall har han utmanat sina nio liv mer än väl i en strid ström av oförutsedda olyckor och händelser. Han behöver uppenbarligen hjälp med hur han enkelt kan förebygga och förhindra dem."

Pernilla slog upp tidningen igen och letade efter något som hennes ögon tidigare registrerat. Hon ögnade igenom texten och hittade det.
"Här! Det finns en metod som heter TNR, Trap-Neuter-Return som innebär att även helt förvildade katter kan hjälpas till ett bättre liv". Hon läste rappt och fokuserat.
"Metoden innebär att man fångar in hemlösa katter, gör en hälsokontroll och kastrerar dem. Därefter vaccinerar, avmaskar och öronmärker man dem."
"Vaccinerar och kastrerar men vem betalar?" undrade Mac.
"Hör här. Nu är Bengt infångad och hälsokontrollerad. Kastrering behövs inte och inte avmaskning heller för det är inte där problemet ligger. Men lite vaccin mot fåraktighet vore väl något?", avbröt Tobbe. Han lade ut texten över vad hans svärfar skulle behöva och eventuellt må bra av. Hela han förkroppsligade eld och lågor medan snabba paralleller drogs till Bengts behandling i förhållande till TNR. De andra lutade sig tillbaka och log åt underhållningen.

"Men hur då vaccinera mot fåraktighet? Med vad? Säg hur du tänker!", manade Rut på.

”Vi kan försöka ge honom verktygen, liksom vara faddrar åt
honom och ge honom nio liv. Nio nya bra liv, eller livsinsik-
ter i alla fall”.
Pernilla sjöng nu i andrastämman tillsammans med Tobbe.
”Det skulle han säkert vara mottaglig för, så mycket som
han själv är beredd till förändring just nu. Vet ni, det känns
faktiskt som en nöjsam plikt att iscensätta fortsättningen.”

Kapitel 1
Om kärlek som får djupna, förlåta och förstå
samt förbjuden och villkorad kärlek hos två

Jag tror att det alla runt oss märkte, var vår frånvaro. Upp-
märksamheten, som i normala fall rör sig från den ena till
den andra i ett sällskap, hade vi låst upp enbart på varandra.
Knappt någon visuell uppmärksamhet, för det vågade vi
inte, men det fanns annat. Osynliga trådar av gemensamhet,
ånga av sinnesnärvaro, moln av starka känslor och fält av
återhållen kärlek som spände mellan oss. Sånt märks, och
hur mycket vi än försökte dölja våra känslor för att inte av-
slöja dem så gick det inte. I efterhand kan man kanske
skratta åt alltsammans. Skratta förläget åt att vuxna männi-
skor inte visste bättre. Att vi ens trodde att det skulle gå att
dölja, och egentligen; varför gjorde vi det? Varför hemlig-
höll vi våra känslor i stället för att stå på oss? Saker som
man kan undra över, men som hade blivit en historia i sig.
En helt annan historia.

Allting började som en väldigt fin kompisrelation, absolut
ingen romans eller åtrå, bara en särskilt fin vänskap. Björn
var gift, 31 år och pappa till ett tvillingpar, två sexåriga tjejer.
Jag var 22 år och sambo sedan sex år tillbaka, och därtill för-
lovad. En förlovning som varat i några år och liksom stan-
nat vid just bara det. En ring på fingret, ett bevis för äkt-
heten i relationen, att vi lovat oss till varandra. Men riktigt
så var det inte. Min sambo hade alltför spretigt omdöme i
frestande situationer. Lät sig gärna berusas av både alkohol
och uppskattning, var social och skojig men dessutom
ganska flörtig. Denna kombination och personliga läggning
grusade mer än en gång idén om vilken trohet, och äkthet,
som en ring på ett finger betyder och innebär. En kombi-
nation som också bidrog till mer eller mindre trovärdiga

förklaringar till diverse olika infektioner som vandrade mellan oss. Så, vi inte bara tillhörde varandra, vi hade också all anledning att begrunda vad detta innebar. I alla fall jag, som hade hamnat både i gynekologstolar och på nattöppna apotek i jakten på förklaringar och preparat som kunde råda bot mot genanta och besvärliga sjukdomar.

På den tiden jobbade jag i butik, på Åhléns, och Björn jobbade också inom koncernen men med marknadsföringen på huvudkontoret. Personalen från huvudkontoret kom ofta på besök i butikerna. På den tiden var upplägget sådant, att koncernens marknadsavdelning alltid hade sina veckomöten ute på fältet. Tanken var att huvudkontoret skulle få en genuin inblick i pågående verksamhet, alltså inte komma för långt från verkligheten i de besluten som togs. Det var under ett av dessa besök som jag träffade Björn första gången. Till en början var det alla möjliga personer från HK som dök upp i den butiken jag stod i, men snart noterade jag att det allt oftare var Björn som tagit uppdraget. Jag märkte att han kom i god tid och gärna gick raka vägen fram till mig för att växla några ord och söka en stunds umgänge. Björn och jag byggde sakta upp en jobbrelation som kom att utvecklas till något utöver en alldaglig sådan. Vi trivdes allt bättre i varandras sällskap, något som spillde över på arbetskamraterna runt oss. De drog sig till oss som magneter och till den trivsel vi spred. På så sätt blev vi ett par, alltså utan att alls vara det eller åtminstone inte offentligt, men det blev alltmer accepterat att vi hörde ihop och behövde extra tid för varandra. Vi började också höras då och då utanför arbetstid. En ny känsla hade slagit rot efter att alltfler privata inslag blandats in i de samtal som annars mest kretsat kring arbetsuppgifternas utförande. Vår relations avsikt och intention hade snäppt upp ett steg genom detta och vid ett tillfälle tipsade Björn mig om en tjänst som gick att söka på huvudkontoret. Det var en kontorstjänst som innebar att samordna huvudkontorets alla möten, både dem i butikerna men också möten med bland annat återförsäljare och mässfolk. Jag peppades av Björns lovord. Blev smickrad över att han trodde på mina färdigheter, tog mod till mig och sökte tjänsten. Jag hade inga som helst dubier kring att lämna arbetet i butiken, det hela kändes bara kul och spännande. Jobbet blev mitt och jag var verkligen glad över att få chansen att gå vidare i karriären efter alla år med försäljning i butik. Tjänsten visade sig vara som klippt och skuren för mig.

Pia-Carin hade inlett sitt arbete med att bit för bit sammanfatta den berättelse som hon hade fått beskriven för sig. I samband med att hon påbörjade sin åttonde bok, gjorde hon ett upprop. Hon efterlyste en gästskribent till sitt nästa bokprojekt. Planen var helt enkelt att bjuda in någon utifrån som ville samproducera med henne. Hon skrev några rader om sin nya projektidé och skickade in dessa till ICA's digitala anslagstavla:

Har du något kul, spännande, lite galet, eftertänksamt, allvarligt eller mystiskt att berätta? Jag kan spara ett eller flera kapitel åt dig. Du kan komma in i min senaste bok som en av Mac's kunder... som kund på ICA eller gäst på pizzerian? Eller kanske ännu hellre som nyinflyttad i Laduvik, en förälder i skolan eller en turist på vift? Du kanske kan tänka dig att vara Bengts förtrogne eller okände vän? Du kanske vill vara kompis till någon av huvudkaraktärerna? Känns det som en kul grej? Hör av dig i så fall så smider vi en gemensam plan!

Och vad hände då? Ja först absolut ingenting. Pia-Carin kunde inte påstå att hon var förvånad, för vem hade tid med sådant? Både att sätta sig in i idén och börja tänka på en story. Att ta kontakt och därefter lägga tid på den typen av samarbete. Hade någon en händelse att berätta, gjordes det väl helst av egen kraft och vilja, inte för att någon efterlyser en samproduktion? Men plötsligt en dag hände ändå något och Pia-Carins förvåning nådde höjder hon inte trodde var möjliga. Louise, bibliotekarien i Laduvik som tidigare hade stöttat henne när hon började skriva böcker, bad om att få gästspela i hennes nästa bok. Louise hade på flera sätt tagit del av Pia-Carins författarskap och hjälpt henne på alla tänkbara sätt inledningsvis. Exempelvis med ett rum att sitta i samt datorteknik och ett mejlkonto för kontakter till olika bokförlag. Och nu som sagt, hade Louise någonting att berätta. Hon drog snabbt upp ramverket för sin egen berättelse och vad hon hade tänkt med storyn. Det var en kärlekshistorias uppgång och fall som verkade innehålla många intressanta delar. Blind förälskelse, svåra val och anpassningar, styvfamiljsproblematik och undantryckt kärlek. Kärlek som försvann, kärlek som inte räknades och kärlek som det trampades på. Pia-Carin kände starkt för Louises berättelse och hade blivit alldeles uppslukad av sitt nya projekt.

Hemma tillsammans med min sambo blev det alltmer irriterat eftersom jag inte kunde låta bli att dela med mig av alla intryck som den nya tjänsten uppfyllt mig med. Sambon var arbetslös och hade inget livgivande att parera med och tyckte dessutom att jag alltför ofta pratade om Björn. Om hur kul det var att jobba ihop och om vad Björn sagt och gjort i olika sammanhang. Från min sida var det fortfarande ganska oskyldigt, jag ville huvudsakligen beskriva hur väl jag trivdes med arbetsrelationen och de uppgifter jag fått. ”Den där jäveln bara hissar dig”, var fraser som jag ofta fick till svar. Hemma hos Björn hade en liknande vardag formats. En irritation över att han pratade om mig, om var jag kom ifrån och hur ambitiöst och noggrant jag tagit tag i de nya arbetsuppgifterna. Reaktionerna vi fått hemmavid gjorde att vi gradvis slutade att dela med oss av jobbet på våra respektive hemmaplaner. Ett första steg av ett undvikande och hemlighållande hade formats. Vi märkte också att de irritationer vi mötte, lite grann gav näring åt och utvecklade arbetsrelationen som fördjupades alltmer. Vi fick liksom en ännu starkare gemenskap. Så klart; ingenting skapar gemenskap så starkt som en gemensam fiende. Min sambos motståndstagande och Björns frus dito gav bränsle åt tanken att vår relation kanske var mer än vad vi själva fattat. Att andra såg och förstod mer än vad vi hade vågat erkänna. Kunde det vara så? Konstigt nog hade jag och min sambo ändå ett liv ihop som löpte på parallellt med mitt nya. Mer som ett syskonförhållande kanske, där vi sällan bråkade utan bara försökte dra oss framåt i det som var vårt liv och gemensamma hem. Det kändes som om jag satt med facit och avgörandet för hur länge det som pågick, fortsatt skulle pågå. Att något saknades var uppenbart. Jag försökte trösta det dåliga samvetet som jag hade. Ett molande samvete. Mina tröstande tankar sa att äktheten och tilltron i vårt sjuåriga förhållande redan slumpats bort i en gynekologstol och på ett jouröppet apotek för många, många månader sedan. Vad är det som gör att näringen tar slut i ett förhållande och vad var det egentligen jag saknade? Och vad hade jag funnit? Detta var frågor som jag på ett ältande vis sökte svar på. Vad är det som säger att jag inte kommer att sakna igen? Var det verkligen värt att rasera det jag hade, hur skulle jag egentligen tänka? Och fanns det ens något att rasera eller hade det rasat klart? En sak var given. Vi kunde inte vara tillsammans bara för förhållandets egen skull, liksom av rädsla för att gå vidare. Det vore fel. Men det var både svårt och oroligt att sortera bland upplevelser och begrepp. Skuld, känslor, kärlek, trygghet, egen vilja, andras förväntningar, gemensamheter, olikheter, elakheter, dumheter. Förändring.

Björn berättade om sitt äktenskap och sin papparoll samtidigt som jag noterade hur jag oftare och oftare fantiserade över hur han var som man. Alltså hur han skulle vara som familjeman. Han var så mogen, han hade kommit så långt i livet och var precis en sådan trygg person som jag kände stark attraktion till. Mina tankar till trots, var det ändå han som drev på händelseförloppet snabbare än jag. Sett ur hans perspektiv var kanske jag, i mina unga år, som ett smycke i hans liv. En fjäder i hatten, en erövring och en biljett till kärlekens band. Kanske som en utväg ur vardagens gråa familjetristess. Nog var det därför som jag alltid kände mig som en prinsessa i hans närhet. Björn fick mig att känna mig attraktiv och intressant. Jag kände mig känslomässigt upphissad, prioriterad och uppskattad. Mitt ego gjorde dagligen vackra och bekräftande saltomortaler där jag efter varje hopp och snurr runt min egen axel, tryggt landade med båda fötterna på jorden. Jag mådde väldigt bra och mitt i alla detta, älskade jag verkligen mitt jobb. En daglig längtan infann sig, till den plats där min personlighet titulerades sockertopp och där jag omnämndes som en pärla för mina arbetsinsatser.

Björn hade börjat berätta om sin bakgrund och sitt äktenskap. Han påstod att han aldrig varit riktigt kär i sin fru, att det egentligen hade funnits en annan tjej då för länge sedan som han hellre velat ha men att slumpen ville något annat. Enligt Björn hade han lurats in i och låsts fast av den graviditet som tvillingarna innebar och att det var skälet till att de hade gift sig. Jag tänkte att han hade allt. Fru och barn, tillsammans väl etablerade i ett hus på en plats de hade valt. Björn hade påbörjat en karriär där han tjänade bra och hade en utstakad framtid. Han befann sig verkligen på livets topp. Tydligen saknades ändå en detalj. Kärlek. Plötsligt kändes det som om jag tagit den viktigaste platsen i Björns liv, jag var uppenbarligen hans första riktiga kärlek. Ganska infantilt egentligen men jag tror att det var så Björn ville få mig att uppleva det. Och jag svalde allt, med hull och hår. Mitt svar på det, var ett frikostigt beklagade över min egen samborelation som jag hade fastnat i och vart den verkade vara på väg. Dessa bekännelser och förtroliga samtal ledde oss snart in i en ännu starkare relation, denna gång fysisk. Vi kunde kort sagt inte hålla fingrarna i styr och även här var Björn den som tog initiativet. Vi sökte avskildhet på jobbet, tog i varandra, kramades och kysstes. Vi visste båda vad vi höll på med men hade kommit att betyda så mycket för varandra. Vårt hånglande lämnade avtryck av skälvande skuld men gick absolut inte att hejda. Med eller utan fysisk närhet, såg vi oss redan som ett par.

När julledigheten överlevts, men precis bara det, och Björn och jag sågs på jobbet igen gav han mig ett brev. Det var lika långt som tvetydigt. Litegrann kändes det som om han ville avsluta relationen. Han skrev att han, om det kom till att bryta upp sin familj, skulle få en ganska tuff och uppslitande historia framöver. Samtidigt skrev han att hans relation till mig bara tog tag i honom hårdare och hårdare. Att det skulle göra ont att brejka nu, fast kanske ännu värre om ett halvår eller år. Björn menade att han inte ångrade en sekund av det vi delat. Så fina minnen med många skratt att tänka tillbaka på. Att jag för alltid skulle vara hans sockertopp. Han avslutade brevet med några textrader från Lorne de Wolfe och en låt han ofta lyssnade på.

Behöver tänka – vara ifred
Sen komma tillbaks igen
behöver få den stunden
Du kan känna så med
Jag finns för andra – jag finns för dig

Vi har varandra – vi är en var
Känner oss sakta fram
Komma till klarhet
Finna ett svar
Om kärleken är sann
Sen kommer jag igen

Jag minns att jag blev fundersam och undrade vad han menade. Jag läste texten och lyssnade på låten om och om igen som om *den* skulle berätta för mig vad han ville. Menade han att vi skulle avsluta relationen? Det hade varit en omöjlighet. Aldrig i livet att det skulle gå. Förresten, var det ens en relation? Vi lyckades stjäla tid i avskildhet och han fick en chans att prata om det han skrivit. Han beskrev avsikten och tankarna bakom, att vi behövde bestämma oss. Han gillade inte att det stod still. "Om inte du slår till finns det andra som kanske gör det", sa han och antydde att det fanns andra som visat intresse för honom. Jag kände mig pressad och samtidigt ganska konfunderad. Vilka var det han syftade på? Han namngav två tjejer i en annan Åhlénsbutik och jag visste vilka det var. Jag visste också att ingen av dem var hans typ men att de var singlar båda två. Vårt förhållande som hade börjat så oskyldigt hade nu vuxit i sådan fart och styrka att det nästan kändes som ett beroendeförhållande. Jag behövde Björn för att kunna lämna min sambo men jag ville göra det i min takt. Skulle jag plötsligt behöva skynda på något för att "passa på"? Det som nyligen varit passionerat fick ett uns rationalitet.

Hela våren passerade med en känsla av att trampa vatten. Björn och jag försökte skapa tillfällen att ses på tu man hand. Vi började träna tillsammans och lyckades träffas en del före jobbet också. Det fanns en park i närheten av huvudkontoret där vi kunde ses. Ibland före och ibland efter jobbet. Vi anordnade ibland jobbmöten kvällstid för att kunna äta tillsammans utan att vara omringade av andra. Vi skapade luncher på samma sätt, långt borta från alla andra. Alla tillfällen då vi slapp smussla, och vara på vår vakt, välkomnades. Det kändes som en möjlighet att göra verklighet av oss som par, att kunna rymma in i den underliga vardag som vi byggt upp runt oss. I arbetets tjänst ingick diverse kortare möten men också en del längre besök, ibland med övernattningar. Det hände att vi konstruerade jobbmöten som inkluderade en resa. De jobbtillfällena förvandlades till en uppdämd längtan för oss båda. Vid just ett sådant tillfälle tog Björn även det första initiativet till sex. Inte helt målmedvetet men viljan gick det inte att ta miste på. Jag ville hålla mig undan inviterna, eftersom gränsen för mig gick

ungefär där. Träffas, kramas och vara förtroliga var en sak
men inget mer. I alla fall inte än.

Andra sommaren, sedan Björn och jag började jobba till-
sammans, kändes det svårt att vara ifrån varandra. När vi
återförenades efter semestern tändes en explosion av käns-
lor och nu var de ännu mer viljestarka, framåtblickande och
ömsesidiga. Mitt fokus var fullt inställt på att lära känna
Björns behov och visste med större och större övertygelse
att vi två skulle bli det perfekta paret. Inte bara på jobbet
utan också på riktigt. Jag hade en röst i mig som ställde mig
frågor. Hur mycket skulle jag i framtiden behöva undra vad
jag gick miste om, om jag inte lyssnade på mina känslor nu?
Hur mycket skulle jag behöva fundera över vad vi hade kun-
nat få tillsammans om vi inte valde varandra? Och hur
mycket skulle jag i framtiden få ångra, om jag inte satsade på
oss? I min fantasi skulle Björn bli pappa till mina barn och
jag kunde se mig som hans blivande fru. Han skulle få min
ungdom och jag var fast besluten att vara en del av hans nya
liv. Jag däremot kunde inte få hans ungdom men däremot
hans framtid. Vi bekräftade de upplevelser och uppfatt-
ningar vi hade om det negativa i våra respektive förhållan-
den. Sakta men stadigt styrdes vi åt ett och samma håll,
nämligen att avsluta dem. Det blev nästan ett medel för att
övertyga oss om att ta nästa kliv och vi drev på varandra.

Hemma trivdes jag allt sämre. Mellan mig och min sambo
var det så gott som dött. Det var en underlig insikt, att både
vara andfådd av nyförälskelse och samtidigt umgås med
känslor av likgiltighet. Att känna sig alldeles öppen och sår-
bar men ändå så tjockhudad och sluten. Och tänk, jag hade
märkligt nog inte längre något dåligt samvete. Jag hade ald-
rig haft minsta vilja av att ge igen för alla de gånger min
sambo varit otrogen, men nu brydde jag mig inte. Vi hade
verkligen kommit till en punkt då vi bara delade adress, hall
och kök men inget mer. Vi åt knappt tillsammans, pratade

inte mer än nödvändigt och hade inte längre semester ihop. Sambon led, kanske med samma oro över vår framtid som jag själv många gånger haft. Jag kände igen min egen oro som jag många gånger haft med tankar på nästa otrohetsaffär, om det var den som skulle skjuta oss i sank. Nu var det jag som förstörde i stället. Sköt oss i sank. Träff, sänk. Vi bestämde oss för att flytta ifrån varandra, eller rättare sagt; min sambo fick flytta eftersom hyreslägenheten var min.

Björn bodde söder om stan, en bit utanför Gålö. På hans hemmafront var det inte han, utan hans fru, som tagit ett resolut grepp om skilsmässan. Hon styrde upp bodelningen, beställde en container och röjde ur hela huset. Hon letade upp ett nytt boende för sin del, tog tillbaka sitt flicknamn och ordnade det som behövdes för barnen. Helt ärligt var det henne jag hade mest dåligt samvete för. Det var för henne jag skämdes över mitt beteende. Jag skämdes som en hund. Så dags hade Björn och jag känt varandra och arbetat ihop i drygt två år. Nu var det sensommar. Jag hade fortfarande min lägenhet kvar men Björn hade hittat en stuga att hyra. Ett familjeliv hade slitits isär, en långvarig samborelation brutits upp. Alla hade mer eller mindre lyckats göra en omstart och allt hade gått väldigt fort. Björn hade börjat ha barnen utifrån ett umgängesschema som gjorts upp. När Björn inte hade barnen bodde vi tidvis i min lägenhet och när han hade barnen var jag ibland med dem på Gålö. Jag var också noga med att de skulle ha sin egen tid, tänkte att det var viktigt för honom att inta rollen som deltidspappa. Crawl before you walk, var min andemening. Han behövde lära sig att tänka på ett helt annat sätt nu som ensamstående. Planera sitt arbete utifrån den nya sortens papparoll. Jag var inte beredd att bli tvåbarnsmamma, jag ville inte ersätta hans exfrus tidigare uppgift, nämligen att backa upp Björns liv så mycket att pappaansvaret gick om intet. Han behövde lära sig att sköta den logistik han tidigare inte känt till och göra planeringar för fler än bara sig själv i kalendern. Liksom axla

rollen i sin nya position bland kastruller, läxor och godnatt-
sagor.

Som den finaste presenten på min tjugofemte födelsedag,
fick jag ett kryss på en sticka. Jag hade köpt ett graviditets-
test och det bekräftade det jag redan anat. Jag var gravid.
Här fick vi verkligen hjälp på traven med att deklarera vår
relation. Magen växte snabbt och framför allt sedan jag änt-
ligen slapp dölja den och i stället kunde låta den pysa ut så
snart stressen över allt det nya lagt sig. Det var inte bara
våra respektive, våra familjer, vänner och arbetskamrater
som skulle vänja sig vid de nya rutinerna runt oss, utan även
vi själva.
”Jaha du, så du lär dig aldrig. Ska det bli samma visa igen nu
när allting gått så fort”, sa Björns exfru när han berättade
om graviditeten. Exet mindes alltför väl Björns reaktion när
de väntade tvillingarna. Att han inte var riktigt redo. För
min del var graviditeten en lättnad. Någonting höll på att bli
verklighet här. Äntligen fick vi lov att hålla vår relation öp-
pen och verkligen stå för den, men jag kunde ändå inte rik-
tigt glädjas. Vi skulle bli föräldrar men det kändes mer
skamfyllt och oplanerat än genuint lyckligt. Den känslan för-
stärktes när vår relation fick sin första riktiga törn.

Gålö var den plats där Björns barn gick i skola och det var i
deras närhet han behövde finnas. Det var dit jag skulle be-
höva flytta. Gålö var världens ände för mig och jag hade
inte en tanke på att behöva anpassa mig enbart efter Björns
krav. Vi var väl två om det här? Som två vänner uppfyllda
av kärlek och i uppstarten av ett alldeles nytt liv, här borde
vi vara mer överens än att bara ställa krav. Inget var hugget i
sten och det mesta skulle gå att lösa praktiskt tänkte jag. Det
som däremot blir svårt att leva med var tanken på att enbart
täcka den ena partens behov. Att ställa hårda krav och så
småningom även hota. För så blev det. Det stod snart klart
för mig att om jag inte gick med på att lämna stan och flytta

till Gålö, kunde jag göra abort. Villkoret slog ner som en snedskjuten missil. Lyckorusets upphöjdhet skingrades som papperslappar släppta från en höghöjdsbana.

Jag tröstade mig. Björn skulle nog sansa sig och komma på att man inte ställde sådana krav på en annan människa. I synnerhet inte på den man älskade. Det kunde möjligen höra hemma i misslyckade relationer där kärleken och förståelsen, självaste viljan att vilja, hade kommit på villovägar för länge sedan. Nu befann vi oss i en situation där vi behövde frammana tolerans före acceptans och jag beskrev min idé. Den gick ut på att vi åtminstone inledningsvis kunde ha ett särboförhållande precis som nu, alltså i värsta fall medan vi väntade in omgivningen och oss. Vi hade tid att vänta med att hämta hem segern, det var ingen brådska... eller? Jag såg det som ett sätt att lösa boendet inledningsvis men Björn deklarerade att det absolut inte kunde gå för sig. Inte på några som helst villkor.
”Men om du kan tänka dig att bo hos mig och bebisen när du är barnfri, precis som nu, och jag är med er på Gålö när du har barnen? Då är vi ju tillsammans hela tiden och allas behov är tillgodosedda?”
”Nej, absolut inte, glöm det”. Björn använde den vuxna-pratar-barn-tillrätta-rösten och gjorde fullkomligt klart för mig att jag skulle bo på Gålö och ingen annanstans, och inte han heller. Han tog upp kravet om abort flera gånger och jag förklarade att om jag skulle ta bort vårt kärleksbarn på grund av praktiska boendeproblem, skulle det vara ett bevis på hur dålig vår relation var. Det skulle bli slutet på det som inte ens börjat och kunde knappast ses i ljuset av det som kallades för framtid. Vi hade många gånger skojat och sagt: ”nu blev det en pojke” eller ”nu blev det en flicka” när vi allt som oftast hade oskyddad sex. Nu, när det visade sig att vi faktiskt blivit med barn var det visst inget som Björn ville ta ansvar över. Han hade bara ett förslag till lösning på situationen medan jag åtminstone såg flera. Det här var inget

lätt dilemma vi satt i, hur självförvållat det än tycktes vara.
För mig var det verkligen ett abrupt uppvaknande att i en
diskussion om boende och vår gemensamma framtid bli
ställd inför ultimatum. Kärleksruset sjönk omedelbart ef-
tersom jag förstod att det för min del bara var att anpassa
mig. Min längtan och min bild av ett familjeliv, en första
graviditet och allt pyssel som följde med det, gick helt i kras.
Nu stod valet mellan att bli ensamstående mamma eller en
isolerad småbarnsmamma i en skärgårdshåla. Här gällde det
att vara stark och stå på sig och valet var enkelt. Med magen
i vädret beslöt jag mig för att hellre stå på egna ben. Ändå
var jag exalterad och jätteglad. Tyckte att det skulle bli hur
spännande som helst. Tänk att bli mamma! Björn som redan
visste hur det var att vara förälder och redan hade barn, såg
inte graviditeten som något att gå i taket för. Det var väl kul
på ett sätt men också lite opassande, förstod jag inte det?
Vår relation hade ju precis blivit *officiell*. Ja visst ja, och jag
var nummer två. Den som skulle tiga och skämmas, den
som skulle skrapa med foten och ta det som blev över. An-
passa mig och vara förstående. Det var ju jag som hade för-
stört familjelivet så i första hand var det mitt fel men i för-
längningen skulle Björn alltid komma att få bära skulden.
Ungefär här började en inre dialog forma mig som männi-
ska. Här var starten på ett nytt liv fullt av förebråelser och
kritik mot den egna personen. För alla tänkbara beslut och
åsikter. Jag var sockertoppen som svek, krånglade och bar
mig åt. Människan, inte äldre än 25, som behövde bli stor
och självständig väldigt fort. Relation och fästmö nummer
två, vänligen håll tyst. Ta bakdörren. Var god skölj.

Louises berättelse kantades av olika sorters rädslor, mycket
prestige och stor avsaknad av insikt, förståelse och tillit. Allt
detta stod klart redan vid Louises och Pia-Carins första
träff. Tangenterna hade med sällspord lätthet i tur och ord-
ning sänkt sig under Pia-Carins fingrar. Först alltså. Nu hade
allting fått vila eftersom olyckan med elden kommit emellan.

Kapitel 2
Om att bli frisk av det som botar, sjuk av det som skadar
samt borra ner sig i brunnar och det förgångna

Att ha mer än ett språk är att äga ytterligare en själ. Att ha
mer än ett språk är att äga ytterligare en själ. Att ha mer än
ett språk är att äga ytterligare en själ. Att ha mer än ett …

Vad fan är det här? tänkte Bengt och slog upp ögonen. Han
kände hur pulsen skenade. Med ett fast grepp om kuddens
ena hörn drog han bort den under nacken och dängde den
med en välmåttad sving rakt i huvudet på sig själv. Vad som
helst för att bli kvitt det gnagande tjatet. Vad kunde han ha
drömt som förorsakade detta envetna inbördeskrig? Han
tryckte till kudden över ansiktet och blev liggande kvar så
med slutna ögon. Det fungerade faktiskt. Nya tankar tog
plats medan han kom till sans denna trettonde dags morgon
på arytmienheten. Han låg nerbäddad i vit- och gråkrandiga,
stela lakan med landstingets logotyp på men vad honom an-
belangade kunde han ha varit nerbäddad i precis vad som
helst. I några lager tidningspapper, under en hög av lump, i
en sovsäck eller ännu hellre; i en svart sopsäck. Kanske även
en hopknuten sådan med en cementklump i på havets bot-
ten. Inget annat kunde för närvarande bättre matcha bristen
på välbefinnande. Han förtjänade inte de vita, frasiga och
lätt klordoftande lakanen som höll honom på plats. Lakanen
var finansierade av hårt arbetande medborgare och deras
skattemedel. Pengar han under sin livsgärning knappast själv
bistått med vilket han var glad att ingen visste nu.

Karl den Store var mannen som hade dykt upp hos Bengt
denna morgon. Som från ingenstans hade regentens ord om
att äga ett språk träffat Bengt som en eldskrift. Gudarna ska
veta att Bengt många gånger önskat sig mer än ett språk.

Förresten, han hade varit glad om han ens fått *ett* fullfjädrat språk att hushålla med. Språk och tankar är tätt sammanflätade med varandra och båda dessa storheter har sin hemvist i hjärnan. Frågan han så ofta ställde sig var, varför han jämt skulle krångla till allt. För det första: hur kom det sig att han så ofta bygger sin egen storhet på att förminska andra? För det andra: varför ska han jämt förstöra allting? Om inte med ord, så i handling. För det tredje: varför har han så lätt att agera otrevligt? Varför ligger ofta fel ord längst fram på tungspetsen? Var kom allt detta ifrån och när blev det så? Nyligen hade han läst att svenskan, i förhållande till engelskan är ett ganska ordfattigt språk. Han hade förstått att svenskan ligger så långt ner som på 96:e plats bland världens språk. Engelskan däremot, ligger på 3:e plats. I SAOL finns ungefär 125 000 ord medan det i ett engelskt lexikon finns upp till 600 000 ord. Om det finns en engelsk Bengt någonstans, är han då 475 000 ord otrevligare eller använder han den stora mellanskillnaden av ord till att på klokt vis skaffa en mer hållbar samvaro med sin omgivning? Ungefär sådana små detaljer funderade Bengt på just denna morgon medan dagen vaknade utanför fönstret. Där, under sin kudde på Danderyds sjukhus, våning tre.

När människan försöker sätta sig över verkligheten behövs det inte mycket förrän katastrofen är ett faktum. Just det finns det flera exempel på. Förödelser orsakade av konstruktionsfel, felnavigering, felberäkning eller bristfälliga förberedelser. Vilket storhetsvansinne som helst kan vara vågbrytare mellan succé och fiasko. Ett ögonblicks "hoppsan" kan fungera som bränsle till fasansfulla händelseförlopp. Fast Bengt var ingen klåpare. Han hade varit noggrann och räknat ut allt in i minsta detalj, liksom förberett sig väl. Uppenbarligen var det så att han ändå inte kände till hur knivskarp gränsen var mellan verklighet och katastrof. Han hade alltför många gånger sluntit i sina ambitioner just här. Två brandbilar och två ambulanser hade anlänt till platsen där lågorna hungrigt slickade i sig allt i dess väg. Ett tiotal personer gjorde precis allt som stod i deras makt för att släcka den exploderande löpbranden. Hur mycket vatten de än pytsade ut fick de aldrig kontroll över den.

På arytmienheten utreds och behandlas hjärtrytmrubbningar och svimningsbesvär. Bengt led av både och efter grillfesten hemma. Hans tankar gick tillbaka till den olycksdrabbade kvällen hemma i trädgården. Varför kunde han inte bara ha bjudit på en vanlig middag utan en massa konstigt joxande? Alltså, om han nu skulle grilla maten kunde han väl bara ha använt en vanlig grill? Så där som alla andra gör. Vad var det som gjorde att han fick för sig att gräva ner allt, såväl mat som glödande kol, i marken under lager av fullständigt uttorkad jord och mossa? Han kunde inte för sitt liv förstå hur en välplanerad och trevlig barbeque tillsammans med de närmaste vännerna kunde sluta som den gjorde. En sista fundering; han visste mycket väl att han inte var en gnutta andligt utvecklad, så varför ägnade han månader av fokusering på sådant? Det var väl inte att använda sin värdefulla tid väl? Ja, frågorna var många och det behövdes bara en stund under kudden för att de skulle poppa upp. Ändå var det inte hans första stund av umgänge med hopplöshetens tankar.

Mer tid i livet, var vad han önskade sig, inte mindre. Aktiviteter som sägs förlänga livet är exempelvis sociala relationer. Stunder av småprat och kallprat i hissen, kassakön eller väntrummet. Omtänksamhet, uppskattning och att investera i andra människor sägs vara sådant som leder till välmående. Små steg och små goda handlingar. Att hålla någons hand är hälsofrämjande, gör tillvaron bättre och förlänger livet. Att elda upp sina vänner hör inte dit. Nu skulle Bengt än en gång behöva be alla om ursäkt för sitt beteende. Tiden han hade kvar i livet borde främst läggas på allt annat än att ständigt skämmas. Bengt undrade ibland hur hans självinsikt hade påverkats av onödig vetskap. Han var nämligen född samma år som Kalle Anka. Barnens mamma däremot föddes samma år som Fantomen och för henne hade ju allt gått bra. Var det möjligt att sådana slumpmässiga kopplingar kunde prägla ens liv? Förmodligen inte. Ulf Lundell till exempel, var inte så långt ifrån honom själv i ålder. Lundell växte upp på Lundagatan i Stockholm och familjen hade en sommarstuga i Saltsjö Boo. Bengt växte också upp på Lundagatan och även hans familj hade en sommarstuga, fast i Saltsjö-Duvnäs. Två grabbar på samma gata. Lundell blev musiker och en mycket populär sådan medan Bengt blev ingenjör, kanske inte fullt lika populär. Men var han lika framgångsrik? Njae, faktum är att han fick gå ut bakvägen på examensdagen. Eventuellt var det redan där som hans liv började kantas av slintande ambitioner. Det Bengt hade absolut svårast att acceptera var varför en del som misslyckades, ändå blev uppmärksammade och betydelsefulla för eftervärlden. De fick gator uppkallade efter sig, blev avporträtterade i byster eller statyer och museum bar deras namn. Som Edwin L Drake. Han är ett praktexempel på att vara på rätt plats vid rätt tillfälle, mitt i Pennsylvania, där han tryckte ner en oljeborr på 22 meters djup. I en framgångsrik triss av brist, möjligheter och slump såg han sin chans att agera, och gjorde det.

Valolja, som man på många håll i världen använde som bränsle i lampor, hade blivit allt dyrare på grund av utfiskning. Samtidigt ansågs olja sedan länge vara en oönskad biprodukt när man borrade saltbrunnar eftersom oljan förorenade brunnarna. Ursprungsbefolkningen i Nordamerika samlade redan på 1400-talet olja från ytan på vattensamlingarna i området som kallades Oil Creek. Man sålde oljan i flaskor och den användes för medicinskt bruk eller som tätningsmedel. I mitten av 1800-talet var det en av dem som sålde olja på flaska för medicinska ändamål, som började destillera petroleum till lampbränsle. Det gjorde succé och

Edwin L Drake blev generalagent i företaget. Det var nå-
gonstans här han anställde en borrare och bestämde sig för
att borra efter mer olja i saltbrunnshålen.
Redan så långt i historien talade Bengts inre till honom. Om
detta hade varit hans idé, hade han direkt fått hela ur-
sprungsbefolkningen emot sig. Om han trots det hade fått
ner så lite som den främre spetsen på en borr i marken
skulle han, lika säkert som Amen i kyrkan, stött på en fiber-
kanal eller el- och vattenledning. Han skulle därmed ha
släckt ut en hel stads möjligheter till kommunikation samt
el- och vattenförsörjning. Men inte Mr Drake inte. Han bara
borrade och träffade rätt. Dagen därpå, den 27 augusti 1859,
flöt det olja på vattenytan i röret och sedan dess har Mr
Drake hyllats som grundare av den moderna oljeindustrin.
Brunnens produktion uppskattades till närmare 1500 liter
dagligen och staden i Titusville växte från 250 invånare till
10 000 över en enda natt. Alla ville göra sig förmögenheter
på oljan och de första oljemiljardärerna såg dagens ljus. Mr
Drake blev pappa till en oljerush som saknade motstycke.
Att det är skillnad på avkastning och utdelning beroende på
hur man tar sig an mark under jord, fick bli dagens sanning
tänkte Bengt. Mr Drake hamnade aldrig på någon arytmien-
het. Han var heller inte orsaken till massiv larmutryckning
eller en väns allvarliga skador genom de experiment han valt
att pyssla med. På platsen för Mr Drake's första borrhål
finns idag ett museum med fotografier, modeller och filmer
som visar hur verksamheten kan ha sett ut. På platsen för
Bengts experimentlusta finns ingenting annat än svedd ma-
teria.

Det började kännas väldans varmt under kudden så Bengt
lyfte bort den och kikade försiktigt fram för att möta dagens
ljus. Hans funderingar snurrade på alltjämt. Anlag, var det
hans tankar gled över på. Hur väl man lyckas med det man
planerat, borde väl bero på vilka ledande anlag man har fått
med sig? Vissa anlag dominerar och tar sig fram med

beslutsamhet på egen hand, medan de recessiva anlagen behöver slås ihop med varandra för att framträda. Bruna ögon till exempel, de anlagen är dominanta. Likaså rött hår, skrattgropar i kinderna, bra syn, fräknar och raka näsor. Även beteenden och förmågor ärvs men är de också mer eller mindre dominanta tro? Miljöfaktorer spelar förstås in. Bengt funderade över om det inte var så att vissa beteenden ärvdes genom prägling. Miljöpåverkan i uppväxten kan säkert både förstöra för en individs möjligheter men också öppna upp för en tur på en räkmacka. Kanske dessa förklaringsmodeller fick duga som svar på varför Bengt hade blivit en missmatchad ingenjör medan Lundell i stället slagit igenom stort i sin musiska bana.

Bengt kände inte riktigt igen sig. Vad hade han egentligen fått för mediciner? Han log för sig själv, euforisk över känslan att vara kreativ och statisk på samma gång. En uppkommen idé utifrån någon liten undersökning, laboration eller fundering kunde oförment utgöra startskottet för nästa personliga drama. Medveten som han var över att knäppa funderingar gärna slog rot i hans inre och ställde till det, var de svåra att hejda. Tankarna började bli precis så där urspårade att de nog inte skulle dras längre. Kanske, men bara kanske, var det just nu inte helt rätt läge att krångla sig in i fler detaljer. Ändå kunde han inte låta bli. Om de dominanta anlagen alltid vann, hur kom det sig då att inte alla till slut hade lockigt rött hår, bruna ögon, skrattgropar i kinderna och raka näsor fulla med fräknar? Dessa anlag borde sprida sig i mänskligheten lika ohejdat som eld i en rågåker.

"Helvete!", skrek han rakt ut. Nu kom han på det igen, eländet med elden. I samma ögonblick hörde han en svag knackning på dörren. Det var läkaren som kom på sin rond, tätt följd av en sköterska.
"Hej Bengt, hur har vi det idag då?"

"Äh, det är förjävligt men när får jag åka hem? Min katt be-
höver mig."
"Vi måste få koll på ditt hjärta först, det vet du, och för bara
några dagar sedan var du ganska tagen och mådde mycket
dåligt. Vi behåller dig helst några dagar till", svarade läkaren.
"Jaja, men jag är mycket bättre nu. En sak bara. Släpp inte
in någon idag, lova det. Inte idag tack."
"Jag tyckte att du sa att du mådde bra nyss, eller var det för-
jävligt, jag hänger inte med. Hur ska vi ha det egentligen?"
"Bah, ge mig bara nåt som får mig att bli framgångsrik så
ska jag nog klara mig". Sköterskan skrattade.
"Vad önskas? Placebo eller nocebo?", frågade hon medan
hon rullade upp Bengts tröjärm och förberedde ett blod-
tryck.
"Inte vet jag, förresten vad är skillnaden?"
"I ena fallet blir man frisk av det man tror botar och i andra
fallet blir man sjuk av det man tror skadar."
"Vad finns det för hjälp att få om man lider av nocebo och
samtidigt inser att placeboeffekten inte fungerar? Jag har bli-
vit för gammal för att tro på inbillade effekter. Jag lutar mer
och mer åt nocebo i så fall."
"Olikfärgade sockor", föreslog sköterskan.
"Sockor? Så fan heller." Bengt fräste ifrån. Vad var det för
dumheter hon kom med. Förstod hon inte hur han led?
"Schhhh, blodtrycket blir skyhögt om du varvar upp. Nu
måste vi vara tysta ett tag". Hon placerade manschetten på
Bengts överarm.

"Det finns de som vill manifestera sin ståndpunkt och ge-
nom det visa att de har bestämt sig för något. Bestämt sig
för en förändring". Nu var det läkarens tur att ta över.
"Små medel kan ibland göra världen bättre. Om många
tycker samma sak, oavsett om det är bra eller dåligt så blir
det överspridningseffekter på fler. Som ett virus. Om en
person är smittad, smittar den kanske två personer till, som i
sin tur smittar två och så vidare. Till slut har den första

personen indirekt smittat ner hela nejden. Med den tanken
förstår man att det gäller att sätta bra och hälsosamma bol-
lar i rullning så att det goda sprider sig. Vill man förändra
något till det bättre så kan man alltid gräva där man står och
göra det man själv klarar av". Läkaren hämtade andan, bytte
plats med sköterskan och placerade ett stetoskop på Bengts
bröst.
"Grävt har jag gjort tillräckligt", mumlade Bengt.
"Ja, jag vet att du har testat att gräva lite men du kanske inte
behöver gräva och elda den här gången. Det går att vara lite
mer lagom. Rocka sockorna till exempel handlar om att slå
ett slag för alla människors lika värde. Genom att ta på sig
olika sockor, det kan vara olika mönster eller olika färg, vi-
sar man att man hyllar olikheter. Jätteenkelt!"

Medan läkaren pratade, flyttade han runt stetoskopet på
Bengts överkropp.
"Om du har olika färger på sockorna, ser andra det och blir
nyfikna och så sprids budskapet. Det blir slagkraftigt. Minus
eld då", flikade sköterskan in och samtalet tog en paus.
Bengt valde att ignorera det sista och frågade i stället:
"Hur mår Pia-Carin?"
"Hon är fortfarande nedsövd och behöver ligga i respirator
ett tag för att rensa lungorna på rök. Brännskadan är ren-
gjord i omgångar och omlagda med förband. Det kommer
att läka och bli bra så oroa dig inte. Hon är snart på benen,
precis som du."
"Vad har Mac sagt? Alltså hennes man. Vet ni?"
"Ja, han har pratat massor! Först för att han var i chock
men så fort han hade blivit lugnad genom besked om en
god prognos, pratade han mer för att bearbeta och dela med
sig. Mac berättade om hela uppståndelsen när elden spred
sig. Han berättade också om hur fint du hade organiserat
och förberett allt. Att du är en sådan som ofta vill väl och
planerar för det och att du både har en upptäckarvilja och
en nyfikenhet med i dina planeringar. Mac berättade att ni

med gemensamma krafter hade städat hela din tomt och att du hade köpt ett vackert träd. Vad hette det nu igen?" "Bodhiträd", svarade Bengt. "Ett sånt träd finns vid många buddistiska tempel och har enligt buddhistisk tradition uppkommit av sticklingar … äh skit samma. Fortsätt du, annars kommer jag bara att börja dumbabbla". Läkaren nickade. "Mac berättade också att du hade initierat denna fest men hemlighållit hela maträtten och mest troligt inte snålat på råvarorna. Fast det var ingenting han egentligen visste tillade han, dessa hann ju ingen riktigt se. Mac beskrev att det var jättefint uppdukat utomhus med kulörta lyktor ovanför bordet och filtar över stolsryggarna och du höll ett fantastiskt tal. Sen hände det som lätt händer om man spänner bågen ett snäpp för hårt menade Mac, och när just det händer och bilen saknar broms, då smäller det. Så uttryckte han det. "Å tack, det var gott att veta", svarade Bengt.
Läkaren böjde stetoskopets öronbyglar åt sidorna för att få bort öronpropparna ur öronen. Han lät instrumentet hänga kvar från nacken.

"Men vet ni hur min katt har det?"
"Ja, din katt är det flera som ser till. Hon har flyttat in på en gård medan du varit här. Din dotter sa att katten numera bor ihop med getter och stormtrivs. Rut och…"
"Twist. På Laduviks gård alltså". Bengt avbröt läkaren och pustade ut. Han kände sig lättad både över Mac's reaktion och över kattens placering. Bilen saknar broms, hade Mac sagt så? Det var väl ändå ett ganska gott betyg på eländet. Hade han varit mindre taktfull och ägt en större vilja att angripa honom personligen, hade han kanske hellre sagt något annat. Typ att Bengt var en snillebefriad dumskalle, att hjärnan verkade ha hamnat på villovägar eller torkat till storleken av ett sesamfrö. Men så hade inte Mac sagt. Det var snarare hans eget sätt att uttrycka saker, liksom totalt oförlåtande. Motgångar och kriser stärker människor, det har forskningen visat. Ibland kunde Bengt titta tillbaka på sina

misslyckanden och även om tillbakablicken sällan fick honom att känna sig särskilt stärkt, tröstade han sig ändå med tanken. Studier har visat att de som haft ett gäng större motgångar i själva verket mådde bättre än de som inte haft några alls. Och bättre än de som haft ännu fler motgångar. Bengt behövde kanske bara räkna igenom antalet motgångar och skaffa sig en uppfattning om hur många de egentligen var. Två till fem var visst okej. I samma stund som han började räkna insåg han att det var en definitionsfråga vad som räknades som en motgång och vad som hellre skulle betraktas som andras fel. Han var rädd för att han skulle behöva schackra en del med uträkningen. Men Mac gillade han verkligen. Åh vad han gillade honom.

”Just det. Rut och Twist var det. De har tagit hand om din katt nu”, fortsatte läkaren.
”De sitter där ute nu och vill gärna ta med dig till caféet två trappor ner. Vi är klara här så jag tackar för mig så länge. Sköterskan kör ut dig i rullstolen sen och vi ses imorgon.” Läkaren lämnade rummet och utanför dörren slog han ihop med Bengts familj och vänner. Trots att de hade fått vänta en bra stund på ronden verkade de både uppsluppna och glada och han fick omedelbart deras uppmärksamhet.
”Hej! Går det bra för Bengt, är han på väg? Och du förresten, har du hört talas om TNR-metoden?”, undrade Bengts dotter.
”Jo då, det går bra och Bengt är på väg ut till er strax. TNR sa du? Nej den förkortningen har jag nog aldrig hört. Vad är det?”
”TNR är lika med Trap-Neuter-Return. Det är en metod som innebär att individer kan hjälpas till ett bättre liv”, förklarade hon.
”Den är egentligen testad på katter men kan säkert fungera även för andra existenser. Efter behandling och återhämtning ställs man under beskydd av volontärer som ser till att man får mat, skydd och den hjälp man behöver”. Hon

verkade för ett ögonblick förvånad över det hon nyss sagt, och han förstod henne.

”Man? Är det Bengt då eller?”, undrade läkaren förbryllat.

”Japp! Vi kommer att göra allt för att få Bengt på fötter. Typ bli hans faddrar och volontärer.”

”Han får helt enkelt bli pryoknappen i våra liv”, var det någon av de andra som sa. Möjligen dotterns man.

”Okej”. Nu med en önskan om att de kunde låta honom passera. Han hade åtminstone tre patienter kvar att titta till. Rut grunnade på det som hade sagts och märkte att Pernilla som hittills låtit munnen gå på autopilot, för en gångs skull tystnat. De båda tittade nu efter läkaren som försvann i korridoren. Snygg hållning noterade hon, och trevlig längd. Pernilla var den som hindrade hennes tankar från att kvadreras.

”Jag hoppas att Pia-Carin snart är bra igen, ingenting är egentligen viktigare. Varför passade jag inte på att fråga om det i stället för att tramsa om TRN?”, undrade hon.

”Ja henne lär vi inte se så mycket av de närmaste veckorna och så fort hon är lite piggare igen kommer hon bergis be om sina skrivdon för att fortsätta sitt nya bokprojekt. Oss hinner hon nog inte med”. Mac bet av som om han ångrade vad han nyss sagt. Han beundrade egentligen Pia-Carin för hennes skrivande även om det inte lät så nu.

”En ny bok till årets julmarknad? Det blir den nionde i så fall”, svarade Rut med förhoppning i rösten.

”På tal om nio liv”, sa Tobbe förstrött.

”Av Bengts nio nya liv har Dimitris engagemang och pizzerian varit uppstarten. Där har Bengt fungerat felfritt så nu återstår bara sju. Några av oss, plus Maja och podderian, kan bli de som stöttar upp de nästkommande goda liven i hans så kallade återkomst”, fortsatte han.

I samma stund som det var sagt, öppnades dörren ännu en gång till Bengts rum. Tobbe tystnade lika fort som bara en ertappad gör och skiftade snabbt fokus mot det som utspelade sig. Vid den öppnade dörren skymtade en rullstols skostöd fram. Snart syntes två skor med olikfärgade strumpor i. Pernilla stötte till Rut i sidan och nickade mot skorna. "Ser du? Fy vad illa, de har inte lyckats få på pappa strumpor från samma par. Liksom en grön och en grå, vad tänker de med?"

"Det kanske är Bengt som velat ha det så?", svarade Rut i samma stund som resten av benen trädde fram bakom dörren. Efter ett trögt hopp över tröskeln och med en efterföljande skjuts hade hela Bengt kommit fram ur sitt skrymsle. Plötsligt satt han där i sin rullstol, tillsynes lugnt tillbakalutad men inte helt obesvärad.

"Nej aldrig", viskade Pernilla tillbaka. "Varför skulle han vilja det? Och se hur håret ser ut. Det är lika ostyrigt som om han dragit fingrarna igenom det i vanmakt. Alltså vad är det här?" Dörren till Bengts rum hade fastnat i uppställt läge så sköterskan släppte rullstolen en kort stund medan hon vände sig om för att putta igen dörren. Under tiden fick Bengt, för första gången på många dagar, möta världen utanför sitt rum.

"In nomine Patris, et Filii, et Spiritus Sancti", slapp det ur Rut, den enda som kom sig för att säga något överhuvudtaget. Bengt, som ganska nyligen och med stor iver hade studerat fraser på latin, log glädjelöst mot Rut.

"Mm, så kan man se på det", sa han. "Om inte alla tre; så i alla fall fadern och sonen". Sköterskan gav Rut en bekymrad blick innan hon kikade över församlingen för att lista ut vem hon skulle överlämna Bengt till. Hon sken upp när hon såg Pernilla och styrde rullstolen mot henne. Sköterskan gav gesten 'tummen upp', faktiskt med bägge tummarna upp, innan hon smällde ner bromsen på rullstolen. Pernilla förmodade att signalen betydde att Bengts humör var på topp och allt annat i ordning.

"Här har vi honom, mannen med sockor som rockar", sa hon och nu var det inte bara Pernilla och Rut som lät blicken vandra över Bengts skor. De kunde alla konstatera att grå strumpa stuckits i vänster sko medan höger gick i grönt. Sköterskan vred sig runt sin egen axel i något som liknade en piruett, avlade ett hejdå och lämnade dem. Ett svagt vinddrag låg kvar i luften efter henne och hon sågs småspringa iväg i samma korridor som nyligen slukat läkaren.

"Rocka sockorna?" kommenterade Mac.
"Ja, det är min läkare och terapeut som menar att man ska ta vara på olikheterna, liksom hylla dem. Slå ett slag för alla människors lika värde och se till att alla är välkomna i vårt samhälle", förklarade Bengt. Han kände att han inte riktigt klarade av att se Mac i ögonen, fortfarande skamfylld över det han förorsakat honom och Pia-Carin.
"Tror vi har nåt här", viskade Rut till Pernilla.
"En insikt. Då kanske det bara är sex nya livsstilar som återstår". Pernilla nickade sakta men kände sig inte redo för någon entusiasm. Hon kämpade med olika tankar som korsade varandra. En terapeut borde förstå att denne man, med väldigt stora bekymmer, kanske behövde en mer djuplodande terapeutisk behandling än just olikfärgade strumpor.
"Verkligen alla?", sa hon och riktade uppmärksamheten mot Bengt.
"Ja, olikheter berikar och det kan vara alltför krävande att alltid ha fokus på matchningar", svarade Bengt.
"Hjärntvätt", mumlade Tobbe som så här dags var så fikasugen att han, lika fullkomligt som högaktningsfullt, sket blanka fan i vilken färg Bengt hade på strumporna. Nu behövde han sitt kaffe. Han föste undan Pernilla, tog ett resolut tag om rullstolens handtag och banade väg mot hissarna. Det som började som en stilla promenad, ökade alltmer i tempo tills han sprang i racerfart med sin svärfar framför sig korridoren fram. Ingen annan hann med och Bengt höll i sig så hårt att knogarna vitnade.
"Du kan verkligen köra så det ryker, men var försiktig. Det här är en Dolphin vet du. Inte en sån där BMW M6 Competition Package". Med en tvärnit stannade Tobbe till vid

hissarna och tryckte på knappen till hissdörrarna. Samtidigt böjde han sig ner mot Bengt och viskade.

"Bara dig och mig emellan, så körde jag åt helsike i en rondell i måndags eftermiddag. Kanhända gick det lite fort, kanhända var antisladden urkopplad och högerfoten lite väl tung på gasen. Fattar du? Sladd, snurr över vägbanan, poff upp på refugen och krasch in i en mötande buss. Inte en min nu Bengt, inget snackande förstår du? Det blev bara skit kvar av fronten. Polis och bärgare kom, jag fick en bot för att jag kört över heldraget och sedan blir det väl en jädrans massa pengar till försäkringsbolaget". Bengt fnissade så hela överkroppen hoppade.

"Tyst, sa jag ju. Inget flabbande. Ingen vet något, jag har sagt att bilen är på vinterförvaring."

"Vinterförvaring? Redan nu, i augusti?" Bengt skrattade så han nästan gallvrålade.

"Vad håller ni på med?", undrade Pernilla och tittade på Bengt. Hans ögon glittrade och tårades samtidigt. Utan att ha den blekaste aning om vad anledningen var till Bengts plötsliga humörshöjning, föll de andra in i skrattet.

"Japp Bengt. Nu kör vi så det ryker", svarade Tobbe och placerade sig och rullstolen längst in i hissen. De andra följde efter och fyllde hissen med ett uppskruvat tonläge. De var alla påtagligt uppspelta över Bengts glada humör, men kanske mest över det som nyligen sagts och beslutats angående Bengts nio nya liv. På väg till cafét hamnade Rut och Pernilla lite på efterkälken.

"Sköterskan kan väl sägas ha fortsatt vår fadderverksamhet i och med sockorna som rockar, tycker du inte?"

"Jo", sa Rut. "Bengt verkar absolut ha taggat på beträffande människors lika värde. Hoppas bara att den insikten finns när han hamnar i vardagliga dispyter, då det verkligen gäller att..."

"Sex nya livsstilar", avbröt Pernilla. "Alltså sex faddermöjligheter kvar. Nu kanske vi kan få lite ordning på gubben". Hon försökte le men det slutade mest bara i en grimas.

Kapitel 3

Om fönsterkuverten och utredaren inom spaningssektionen
samt kaninen, råttan och de missförstådda 37

Pernilla hade börjat komma sams med datorer och var nu-
mera helt hemma i redskapet Google. Ett så gott som oför-
blommerat missbruk av allehanda tester på datorn hade tidi-
gare nästan tangerat ett osunt beteende men hon hade sagt
åt sig själv på skarpen. Det fick räcka nu. Inget mer delta-
gande i sådant. Hon hade fler svar än hon alls behövde. Ex-
empelvis att hon skulle leva tills hon blev 100 år. Hon visste
vad hennes smeknamn borde ha varit, vem hon skulle jobba
med om hon var född i en annan tid och vilket tempera-
ment hon hade. Med testernas hjälp visste Pernilla också
vad folk sa bakom hennes rygg, vilken sorts kvinna och vil-
ken hund hon var (hund? …verkligen?) samt vem hon varit
i sina tre senaste liv. Hon hade fått svar på massor av högin-
tellektuella saker. Hon visste också hur det drabbade andra
varje gång hon signade in på tester av det här slaget, så hon
hade slutat med dem. Nyss. Eller nästan. Ibland fick hon
återfall.

Pernilla hade börjat lägga upp en Linkedinprofil. Efter
mycket om och men, och en hel del spekulerande, gjorde
hon det. Fördelarna var att helt enkelt ha det personliga bre-
vet och CV:t enkelt åtkomligt samt att lätt kunna länka pro-
filen till en eventuell jobbansökan framöver. Några nackde-
lar fanns inte, mer än att hon skulle behöva lägga lite tid på
det. Med Linkedinprofilen följer givetvis en massa funkt-
ioner som man inte bett om. Plötsligt får du veta vilka andra
du kan koppla ihop dig med i ett slags nätverk och du får
förslag på jobb att söka. Det är just det senare som hade fått
Pernilla att tveksamt fundera över vad Linkedin egentligen
var för något. Tjänster som hon hade föreslagits att söka var

privatrådgivare på SEB, Javautvecklare, rekryteringskonsult inom IT samt anbudsingenjör inom mark- och anläggning. Den som kände till Pernillas talanger det minsta lilla, skulle hysa det största medlidandet för den arbetsgivare som lät Pernilla sätta sin fot på någon av dessa tjänster. Vidare hade hon föreslagits passa som Dental Sales Specialist på 3M, ekonom till SCB's arbete med Sveriges betalningsbalans och som kundrådgivare på Synsam. Alltså, vad var det här? Endera var det en kupp i hur man, enligt Gundes princip, antog utmaningen att *ingenting är omöjligt*. Eller försökte man göra detsamma med dem som rekryterade; "men gud ja, ta henne. Hon kan nog lära sig". Alternativt var detta ett trick för att gaska upp en urvattnad Linkedinprofil.

Ytterligare ett jobb som Pernilla föreslagits och som hon definitivt både skulle gilla och passa för, var som utredare inom spaningssektionen som polis eller civil. Hon älskade att lägga ihop ett plus ett och lösa det som var klurigt. Hon gick fullkomligt igång på att söka information om det hon knappt ens visste fanns för att lägga ihop lösa bitar till en helhet. Hon var sjukt noggrann och analytisk och tyckte själv att hon hade förmåga att tänka utanför boxen. På metodiskt vis sökte hon rätt på detaljer och påtalade gärna sådant som ingen annan tänkt på. Hon matade i sig litterära deckare, en efter en, och lyckades ganska tidigt i berättelsen pricka vem eller vilka som var förövare. Pernilla skulle klara av utredningsjobbet på polisen. Men, som en första åtgärd behövde hon nog gå in och läsa sin profil igen på Linkedin. Kanske rätta till den lite. Det var uppenbarligen någonting som inte riktigt stämde där.

Att Googla på sig själv var också ett sorts spaningsuppdrag även om det mest handlade om helt vanlig registersökning. Pernilla kollade upp sin adress och fann att 4400 inkomstmiljonärer finns i hennes hemkommun och att medelinkomsten ligger runt 398 343 kr per år. Andelen med betalningsanmärkningar är 3,6 procent och personer i deras område kör helst BMW. Biltätheten är 0,63 privatägda personbilar per invånare över 18 år och bilarna i området har en genomsnittlig ålder på 9,8 år. På adressen finns 3 personer folkbokförda. Pernilla är 60-talist och är enligt det kinesiskt horoskop född i Kaninens år. När Pernilla föddes var socialdemokraten Tage Erlander statsminister. Samma år blev IFK Norrköping svenska mästare i fotboll och Sveriges folkmängd uppgick till 7 627 507 personer. Pernilla är gift med Tobias som också är 60-talist och enligt det kinesiskt horoskop född i Råttans år. När Tobias föddes var det 129 540 personer färre i Sverige. På adressen bor också Tor. Han är enligt det kinesiska horoskopet född i Ormens år. Vid millennieskiftet när han föddes var Sveriges folkmängd 8 909 128 personer. Då var socialdemokraten Göran Persson statsminister och Hammarby IF svenska mästare i fotboll.

Nu var det morgon och kaninen och råttan var i färd med att lämna huset. Vanligtvis var ett eller annat samtalsämne igång redan i hallen, men inte idag.
”Vad tyst du är. Har jag missat något eller har någonting särskilt hänt?”, undrade Tobbe.
”Nej, det är väl bara så att jag har lite svårt för att acceptera att sommaren, eller i varje fall semestern precis tagit slut. Jag känner mig lite ledsen. Det finns så fina sommarminnen att leva på men det gör nästan ont att tänka på dem. Redan nu, även fast det ännu är lite sommar kvar. Jag tänker och minns, exempelvis på seglingen i Holland. På sjön, vad hette den…”
”Haringvliet lake”, fyllde Tobbe i eftersom han visste att hon aldrig skulle komma ihåg namnet hur mycket hon än tänkte.
”Haha, ja just det! Med finaste vädret, härligaste dagarna och våra europakompisar… och alla intryck. Jag älskar det.”

”Jag med, mästerskap är verkligen lyckade tillställningar men du, snart sticker vi ju till Windy Bay. I två veckor, det kommer att gå fort. Först lite jobbelijobb, sen åker vi.”
”Vad värre är att jag har ont i baken”, sa han. ”Men jag får väl skylla mig själv”. Pernilla tittade upp.
”Eh, jaha? Varför då?”
”För mina idéer om att krama ur det sista av ledigheten och därför göra allt fort, fort, fort och jättejättemycket. Exempelvis som igår, med att cykla till stan.”
”Jaså det. Hela cykeltrippen var ju supermysig och vi såg skrymslen och vrår som vi annars aldrig skulle ha upptäckt. Tråkigaste biten var väl den mellan kyrkan och universitetet men annars var det väl avspänt? Och att parkera sin cykel precis vart det än passade mitt inne i city. Parkera utan att behöva lägga minsta tanke på om bilen skulle få plats eller var man betalade P-avgifter. Väl värt!”
”Visst, det var mysigt och spännande. Sant också att det ger en frihetskänsla och bra träning. Rumpan fick ju sitt.”
”Jag var så nöjd med min nya 7-växlade och du hängde på bra med din gamla. För en gångs skull hade jag finare, blankare och bättre än du. Haha, bara du har ont i baken idag!”

De hade tagit med en fikatermos, med den enkla baktanken att handla kardemummabullar på Valhallabageriet på vägen. Med i packningen fanns vatten, lite nötter, en extra tröja och en cykelvägsbeskrivning. En beskrivning de givetvis inte följde utan hittade egna vägar. Dagen till ära var evenemanget ”Tough Viking”, 15-kilometersloppet med start på Gärdet och bort genom Djurgården. Hinder, vattengravar, linor, klättring med mera. Där hade de suttit och njutit av att se andra slita medan de åt leverpastejmackor på nygräddat bageribröd. De följde sedan med loppet ut på Djurgården och fick ett helt nytt perspektiv på stan. Som sagt; väl värt.

De pratade på medan Pernilla låste upp sin cykel och spände fast väskan på pakethållaren.

"Men du, på tal om Windy Bay behöver vi hämta vår äppel-
must. Det står närmare 20 liter på musteriet och väntar på
oss."
"Helt otroligt med tanke på hur litet det där trädet är", sva-
rade Tobbe och nickade bort mot det torftiga lilla trädet
som stod en bit upp på tomten.
"Fyra grenar, eller okej kanske åtta då, men 25 kilo frukt
hade det gett i alla fall. Bättre att vi får äpplena än att rådju-
ren äter upp dem", lade han till. Sedan många år tillbaka
bodde ett par rådjur i skogsdungen mellan dem och närm-
aste grannen. Rådjuren hade med tiden blivit allt mer dome-
sticerade och ibland kunde de ses leka tillsammans i skogen.
"Japp", svarade Pernilla när de startade sin promenad mot
buss och arbete. Idag tog hon med sig cykeln för att snabbt
komma hem.

Hon tänkte på allt de hade pressat in under de sista lediga
dagarna efter Holland. De pendlade mellan fikapauser på
Mälarpaviljongen, Fjällgatans gräddiga glass och överdådet
på Vaxholms hembygdsgårdscafé i desperata försök att hålla
det sista av sommaren vid liv. Utöver dessa gourmetsats-
ningar hade de fortfarande ett stadigt grepp om seglingen.
Torsdagsträningarna hade startat upp igen efter semestern
och tre träningsomgångar var redan avverkade. På den sen-
aste träningen var så många som åtta båtar med. Många bå-
tar, kort bana och tighta startprocedurer gjorde att det kän-
des mästerskapstrångt på vattnet. Ännu augusti ut var det
våtdräkt som gällde, rena komfortseglingen i jämförelse med
segling i den otympliga torrdräkten. Med Hobien, deras
andra katamaran, hade de kört en miniraid ut till Ägnö in-
klusive matsäck. Utflyktssegling, en rätt så oslagbar begiven-
het. Små tripper och enkla händelser är sannerligen en lisa
för själen. De hade kört klubbmästerskap på Baggen, som
en av åtta båtar, i svaga och vridande vindar. I mycket vind,
gärna hård och stabilt ökande, gick de som tåget så förhål-
landena denna dag var inte alls deras cup of tea. De hade

trots allt fått till det under de tre racen. I race ett kom de trea. I race två seglade de in en första plats och i sista racet, en tredje plats igen. En serie som räckte för att vinna KM totalt.

"Tusen tack och grattis till oss!", skrev Pernilla till gänget på Facebook senare på kvällen.

Tobbe och Pernilla hade kommit två vägar bort, passerat genom ett radhusområde och korsat den första större bilvägen innan det närmade sig nästa korsning. En fjäder låg på trottoaren. Den var i huvudsak vit och grå, men med inslag av svarta prickar. Ovanpå dunen syntes små, små droppar av morgonens dagg och alltsammans gjorde den så otroligt vacker. Fjädern från morgonpromenaden var egentligen ingenting att fundera över om det inte var så att det även dagen innan hade legat en fjäder på exakt samma plats. En annan fjäder alltså. Sådant gjorde Pernilla förbryllad och fick hennes hjärna att gå igång. Tobbes tankar gick i stället igång på att undra vilken buss han skulle missa, inte vilken han skulle hinna med, och redogjorde sedan minutiöst för Pernilla hur länge han brukade få stå och vänta tills nästa kom. Han forecastade gärna händelser och ibland fick han rätt. Till slut var de framme korsningen där de brukade säga hej då till varandra på morgonen.

I korsningen stod det två järnstolpar. Tillsammans hade dessa stolpar varit platsen för två vägskyltar som markerar cykelbanan. En skylt hade texten Laduvik C och satt fortfarande uppe medan den andra skylten; Laduvik N, låg i diket en bit därifrån. Den skylten hade Pernilla en plan för. Om den fortfarande låg kvar där så länge som till våren, var ingen uppenbart intresserad av den och då skulle hon ta hem den. Putsa upp den och ha den som en tavla. Det var med spänning någonting att följa under läsåret. Tobbe och Pernilla gav varandra varsin puss med önskan om en bra dag.

Strax därpå var hon framme i skolan och på vändplanen ut-
anför hade sopbilen tagit plats. En sopbil tar verkligen plats.
Både på marken och i luften. Den är bred och hög och spri-
der sådan fruktansvärd stank att ett enda stort hållet andetag
näppeligen räcker för att komma förbi alla doftmolekyler.
Pernilla tog ändå det största andetaget hon klarade och små-
sprang förbi. Ragnsells. Det är hedervärt med ett företag
som fortfarande har samma namn som tidigare, opåverkat
av tidens tand. Det heter Ragnsells och inte "Wastely",
"Wastagram", "Trashswop", "Sopswish", "iTrash" eller nå-
got liknande. Var det inte så att Ragnsells också var det enda
företaget som fortfarande skickade fakturor utan att ta av-
gift, och att de dessutom levererade dessa i fönsterkuvert? I
Pernilla fall var fakturan till och med adresserad med det ef-
ternamnet som hon hade för 10 år sedan och med förnam-
net som gällde tio år dessförinnan. Det, om något kan man
kalla för att inte ge upp.

Litegrann men oerhört motvilligt hade hon börjat acceptera
att semestern, efter många veckors ledighet, faktiskt var slut.
Nu klev hon för första gången över tröskeln till sitt rum.
Det kändes nästan lika obehagligt som att långdistansvandra
med en sten i skon. Skillnad; stenen hade man kunnat skaka
ur och sedan skulle allt vara bra. Med jobbet var det så att
hon fick skaka, och skaka, och sen skaka lite till för att
uppnå en känsla av något som kunde kallas bra. Pernilla gil-
lade sina arbetskamrater jättemycket och de skulle snart
återses efter alla veckor. Hon trivdes bra med eleverna, och
med undervisningen. Skolan var en av de bättre i jämförelse
med många av skolorna i de närliggande rektorsområdena
men ändå kändes det som en sten i skon och det kunde inte
hjälpas. Hon hade funderat mycket på vad känslan berodde
på och eventuellt funnit gåtans lösning. Jobblivet och fri-
tidslivet var så vitt skilda från varandra att de nästan krävde
två olika personer. Att vecka efter vecka leva bipolärt tog på
krafterna. Kvävande å ena sidan, frisk luft å den andra.

Det var liksom ständiga transformeringar och de löpte inte särskilt smidigt i varandra utan hon upplevde det som snabba ryck. Blixtsnabba skiften hit och dit. Vad hon skulle arbeta med i stället var ett outforskat fält men hon gick så långt i sina funderingar som till en önskan om att bli upptäckt. Hon gillade att skriva, det var ingen hemlighet. Så, varför var hon inte sångtextförfattare eller talskrivare? Det skulle också vara ett riktigt toppjobb att konstruera tävlingsfrågor till "Gäster med gester" om programmet någonsin skulle komma tillbaka. Eller vara den som skriver postkodsmiljonärsfrågor. Hon skulle också kunna ta jobbet som kameraman om det inte var alltför tekniskt. Fast egentligen skulle det räcka bra att bara vara den som överlämnar blommor till det vinnande laget. Pernilla gick så långt i sina drömmar som till att tänka sig jobbet som utprovare av sängar. Nu slog hon tillfälligtvis bort tanken på andra jobb. Om två dagar skulle de alla åka iväg på en Kickoff så det fanns en del saker att göra innan.

Inte bara hon själv skulle knuffas igång denna första arbetsdag utan även den överåriga datorn. Det fick bli starten på dagen. En stor fördel med nytt läsår var att få anledning att börja om lite, få starta om och tänka nytt. Exempelvis med att röja i arbetsrummet, det hade liksom inte gjorts på väldigt länge. Men först en kik i datorn. Hon beslutade sig för att skanna av de första mejlen innan hon gjorde någonting annat. Innan tiden var kommen för att möta alla med ett glatt och låtsasutvilat 'hej'. Överst i mejlkorgen låg meddelande från en förälder som snabbt ville ha ett möte inför sitt barns skolstart. Pernilla började läsa ur innehållet men kunde inte låta bli att samtidigt lyssna på fritidsbarnen som hade hamnat i ett invecklat samtal utanför. De var tre stycken fick hon ut av konversationen som följde.
"Min pappa håller på och säljer hus och varje gång nån säger nåt så höjer dom... tre och sju, fattar ni hur mycket det är?"

"Oj! Trettiosju är ju jättemycket!"
"Och en nia."
"Jamen det blir ju 379."
"Nej, det blir det inte. Trean är tiotal, det vet jag."
På det svaret som gavs anade Pernilla att han med siffrorna
tre och sju säkert kände sig helt missförstådd, för han sa:
"Jättemycket alltså, som miljoner."
"En miljon... hur mycket är det?"
"Tror fem."
De bytte plötsligt samtalsämne.
"Kan tvillingar vara en tjej och en kille?"
"Nej, då är det inte tvillingar."
"Jag känner tvillingar och de är en kille och en flicka."
"Jaha."
"Min pappa har en jättestor lägenhet."

Pernilla log åt det hon hörde och återgick till datorn. Nästa
mejl i den långa raden av inkommande anrop innehöll ett
förtydligande angående den nya organisationen. Därefter låg
en vädjan om att hjälpas åt med att hålla ordning i köket. De
alla behövde ta gemensamt ansvar för att ställa in disk och
också att tömma diskmaskinen. Listan med vilken personal-
grupp som hade köksansvar var ännu inte klar. Det fjärde
mejlet handlade om att var och en skulle ta hand om sina
beställningar som stod i kartonger vilka täckte större delen
av entrén i expeditionsbyggnaden. Ytterligare ett mejl hade
kommit från en kollega som ville gå igenom eleverna inför
sin ämnesplanering för att se över behovet av specialunder-
visningen där. Information om skolfotograferingen låg lite
längre ner i listan av oöppnade mejl där också samtliga klas-
sers tider för fotografering låg bifogade. En påminnelse
fanns att läsa om att alla behövde sätta på sig sin namnskylt
så här i början av terminen. Det hade några nyanställda som
säkert skulle uppskatta det. Pernilla visste aldrig var hennes
namnskylt höll hus. Hon hade flera engångs namnskyltar i
skrivbordslådan, av den sorten som egentligen ska lämnas

tillbaka efter externa konferenser och föreläsningar. Uppenbarligen hade hon inte heller kommit ihåg det och bland dessa rafsade hon nu runt för att hitta sin skylt. Hon fick väl ta en av de andra så länge, tänkte hon och återvände till datorn och den överfulla mejlkorgen. Det sista mejlet hon öppnade var en uppdaterad utrymningsplan. Två själar samma tanke, tänkte hon. Hon hade gladeligen kunnat rymma från allt. En tanke hon snabbt fick skjuta åt sidan när ett nytt mejl plötsligt poppade upp, liksom i direktsändning.

Det var en bild på en godisskål fylld med Bridgeblandning. En godissort som Pernilla alldeles nyligen och sent i livet hade lärt sig älska. Fast å andra sidan kanske Bridgeblandning är just den sortens godis som vänder sig till dem som befinner sig "senare än mitt i livet". Hur som helst, från ingenstans hade dessa gamla godingar, denna raritet från femtiotalet, förvandlat Pernilla till en bridgeblandningsknarkare. Det fanns ingen hejd på begäret så uppriktigt var det. Sist när hon handlade en påse och killen i kassan, som inte var i typisk bridgeblandningsålder, sa: "godkänt" tog hennes hjärta ett skutt. Han fyrade av en blinkning innan han fortsatte kommentera inköpet med: "de där har hängt med ett tag nu" … då kände hon att påsen var värd sin respekt. Den bygger broar. Pernilla och Tobbe hade ätit så mycket Bridgeblandning en kväll att de nästan skämdes. De tittade ledsamt ner i skålen endast 23 minuter efter att de fyllt upp den och fann den tom. Tänderna kändes luddiga och t-shirten hade liksom klättrat utmed kroppen och lagt sig som en korv ovanför naveln. Där borde de ha känt sig nöjda, men icke. Bridgeblandning skapar begär.

Det sista mejlet alltså. En bild på en godisskål och så texten:
"Meddelande från personalrummet: skynda, skynda."
Och jädrans vad hon sprang. Liksom släppte allt.

Kapitel 4
Om kärlek genom dagar då mörkret skall förgå
samt ensam-längtar-dagar som ändå fick bestå

Jag visste det inte då, men mina tankar och min vilja kring Björns och mitt gemensamma boende, var en följetong som skulle bli helt central under hela vår långa föräldrarelation. Av en oändlig rad med meningsskiljaktigheter var just detta med boendet något jag under många, många år ifrågasattes för. Som jag ifrågasatte mig själv för. Anklagade och förebrådde mig för, liksom skällde ut mig själv för. Det var en monolog i mitt inre som aldrig riktigt gavs någon chans att sina.

Jag var en egoist. Självklart skulle jag agera följsamt och göra det som var bäst för relationen. Om det innebar att bosätta mig på en plats jag inte önskade fick jag väl ta det? Jag borde överblicka hela situationen och förstå vad jag hade gett mig in i. Frågan var bara om jag verkligen förstod det. Och var det bara jag som skulle förstå eller var vi båda lika skyldiga att begrunda helheten och dess konsekvenser? Hade jag tänkt fel eller hade jag möjligtvis agerat rätt? I mina gränsdragningar; var jag för hård, kanske dum eller möjligen för snäll? Var jag alltför misstänksam, oförstående och elak. Rentav korkad? Snål? Hade jag gjort en total felberäkning och bara styrts av mina känslor? Kan man överhuvudtaget låta känslor styra? Kan man på några som helst villkor tillåta att enbart förnuftet styr? Förnuft och känsla, vart tog balansen vägen? Finns det någon balans här och i så fall; vem övervakar den? Jag själv? Förväntningarna? Kraven? Kan jag låta andra styra mig, mitt liv och mina tankar? Vilka andra i så fall? Eller är jag skyldig mig själv att inta försiktighet? Är det kanske vi som par som ska leda och

manövrera situationen, och alla kommande situationer till-
sammans? Liksom hjälpas åt?

Det hände att jag tog stöd hos andra i sökandet efter svaren
på alla de frågor jag plötsligt överöst mig själv med. I dessa
samtal var det viktigt för mig att prata med någon som
kunde förstå Björn. Därför bad jag att få prata med en man
som också nyligen skilt sig och startat om med ny familj.
Han sa att han kunde förstå Björn när det kom till att leva i
särboförhållande med sina barn men han sa också att Björn
behövde inse att han var skild nu. Att han valt ett annat liv
och att han var skyldig att kliva in i det lika helhjärtat. Om
det av någon anledning innebar att han behövde bryta upp
och byta kommun så skulle han åtminstone överväga det.
Björns anledning till att klamra sig fast vid det som gynnade
hans situation, var tjejerna. Men han var inte den första som
brutit upp ett familjeliv och barn har en fantastisk förmåga
att anpassa sig. Felet som vuxna ofta gör, är att tänka *åt* bar-
nen. De kanske skulle tycka att ett alternativ kunde vara helt
okej och spännande. Min ”coach” menade att Björn säkert
hade större behov än jag av att få gehör för sina åsikter men
att mina skäl absolut inte skulle förringas. Han ansåg att
Björns åsikt var fel i det att enbart hans situation var den
som med självklarhet skulle beaktas.

Det kändes skönt att ha fått bekräftelse för delar av mina
monologer och kanske var det därför jag ändå gav med mig
när det kom till boendet. Jag hade blivit lyssnad på vilket
kändes bra. Därmed bestämde jag mig för att flytta ut till
Gålö. Tanken var att ge det en chans, att inte stänga några
dörrar för jag var minsann ingen dumskalle. Snart skulle all
dramatik säkert lägga sig. Jag var ju världens lyckligaste som
hade ett växande liv inom mig. Verkligen världens lycklig-
aste! Björn skulle så klart lugna ner sig och se nyktert på si-
tuationen när allt inte var så nytt och oroligt. Vi skulle

komma ut på andra sidan och se sunt på våra beslut. Göra dem gemensamma.

Min bild av att vara gravid var klart självfixerad. Jag trodde, eller rentav visste, att alla runt omkring mig skulle beundra mitt tillstånd. De skulle lägga huvudet på sned och gratulera. De skulle fråga hur jag mådde, ge mig uppmärksamhet och vilja känna på min mage. Jag skulle erbjudas bästa sittplatsen och snabbt tas ifrån allt jag bar på. Det här var taget ur alla möjliga filmscener och något annat hade jag inte att jämföra med. Om jag lämnade filmens värld och gick till källan av sunt förnuft förstod jag vilket stöd jag hade att vänta av det blivande barnets far. Han skulle bära mina kassar, erbjuda mig stunder att vila, massera mina fötter och däremellan klappa på magen och prata genom det utspända skinnet rakt in till bebisen. Andra bilder jag hade var att han allvarligt och bestämt skulle vägleda mig i vad jag fick äta och dricka. Han skulle på alla sätt visa sina omsorger för mig och det lilla liv som växte i mig. Vårt gemensamma barn, vår framtid. Vi skulle gemensamt följa tillväxten och kika på bilder i böcker på hur stor bebisen blivit vecka efter vecka. Jag skulle inte bara vara vår relations centrum utan hela universums mitt. Björn skulle kort sagt sanktifiera mig.

Det här var Björns tredje barn och bara sett ut det utgångsläget skulle en del erfarenhet också kunna adderas till de högt flygande tankegångarna. Jag skulle bli bortskämd. Det skulle finnas en nyfikenhet och ett gemensamt intresse för inköp och han skulle ta initiativet till att köpa en superfin barnvagn. Vi skulle gemensamt planera och inreda ett barnrum, fnissigt göra de första inköpen av kläder i neutrala färger, förbereda den efterlängtade förlossningen och på outtömligt vis prata om allt som komma skulle. Här kändes ingenting oroande. Här kunde ingen störa oss. Graviditeten var väl ändå ett "vi" och något som kunde, utan inblandning av andras åsikter eller inflytande, manövreras gemensamt.

När bebisen var född, eller i alla fall dagen efter, skulle
Björn komma till BB med ett stort fång av rosor. Det skulle
vara så voluminöst att personalen skulle behöva gå man ur
huse för att hitta en lämplig vas. Han skulle också ha med
sig en liten symbolisk push present för att med den, upp-
märksamma hur stark och duktig jag varit. Jaja, men hallå, sa
jag till mig själv gång på gång. Sänk ribban, dra inte in andra
i något slags medberoende av ditt egomissbruk. Dra ner på
dina egna ambitioner, eller åtminstone på andras. Vakna nå-
gon gång i stället.

Vad jag hade inbillat mig blev jag snart varse och tankegång-
arna kom alldeles på skam. Björn var absolut sämst på att
vara aktiv i processen och jag fick för egen maskin manö-
vrera allt under hela graviditeten. Planer och funderingar,
förberedelser, tidsbokningar och inköp... allt låg på mitt
bord. Det fanns heller inget intresse att börja prata om
namn till bebisen. När jag kommit på ett namn, nämnde jag
det för Björn men han visade inget engagemang. Han kom
aldrig själv med förslag på namn och de gånger han ändå
gav en synpunkt var när de namnen jag tyckte om inte mat-
chade namnen på hans tjejer. Jag tyckte om namnet Corne-
lia men det passade inte ihop med de stora tjejernas namn
och därför gick det bort. Jag gick oftast själv till mödravård-
scentralen och det sved i sinnet när frågan aldrig kom ef-
teråt om hur det hade gått och om allt verkade bra. Jag fick
för eget intresse leta upp en profylaxkurs som jag också van-
ligtvis gick på utan sällskap. Samma sak där. Inga frågor om
hur det hade gått. Vid de få tillfällen då vi ändå skulle delta
tillsammans fick jag påminna varje gång. Flera gånger. Jag
noterade att Björn annars hade bra koll, exempelvis runt det
mesta som rörde tjejernas planerade aktiviteter. Han skrev
upp och satte larm, värdesatte att hålla det han lovat. Mån
om att det skulle se bra ut. Tillvaron fylldes av liknande be-
svikelser och lade sig som en tung dank över glädjen.

Jag bestämde mig för att berätta om mina upplevelser. Jag ville vara öppen med hur jag kände. Att diskutera med Björn var som att diskutera med en gas, det vill säga helt konturlöst. Var epicentrum för diskussionen började och var det slutade var omöjligt att veta. Först hände det ingenting men plötsligt exploderade det. Det var fredag och vi hade precis kommit ut till Gålö. Diskussionen hade pågått till och från under flera dagar och nådde nu sin klimax. Björn sa att om det var så här jag uppfattade saken, att han inte var närvarande i relationen så kunde jag pallra mig därifrån. Vi skildes åt i vredesmod och under tiden han åkte iväg för att plocka upp tjejerna gick jag raka vägen till busshållplatsen. Där satte jag mig i väntan på att ta första bästa buss tillbaka till stan. Skönt nog hade jag fortfarande min lägenhet kvar och kände sån lättnad över det. Jag visste att jag skulle bli av med den så småningom och oroades över vart jag skulle ta vägen om behov uppstod sedan jag flyttat ut till Gålö på riktigt. Björn kom tillbaka. Han hann komma före bussen och bad mig hoppa in i bilen. Där bad vi varandra om ursäkt och på ett sätt var detta första gången på evigheter som han hade tänkt på min situation i första hand. Han hade prioriterat om för vår skull. I stället för att hämta barnen hade han vänt om och plockat upp mig, bett om ursäkt och bett mig att följa med honom tillbaka. Vi åkte under tystnad tillsammans till huset och hans barn fick vänta en liten stund på honom. Helgen därefter var bättre än på länge.

De sista tio dagarna av graviditeten hade jag tagit ledigt från jobbet. Jag var 18 kilo tyngre och mycket trött och svullen av sommartemperaturer långt över det normala. På Gålö försökte jag smälta in bland folket som, i de kretsar vi rörde oss, till stora delar bestod av Björns och hans exfrus alla vänner. Var jag än var med min mage och alla extrakilon stötte jag ihop med dem. Magen som var min stolthet, men på samma gång min skam. Den demonstrerade alltför

uppkäftigt att jag hade stulit Björn från hans fru och förstört
livet för deras två små tjejer. På ICA-affären, nere vid bad-
platsen, på promenaden eller hemmavid. Överallt kändes
blickar och hördes tissel. En del undvek att hälsa för att ge-
nom det visa sitt ställningstagande. Kvinnorna var förstås
värst, livrädda över att det skulle kunna hända dem, att de
också skulle bli lämnade. Att jag, "Björns nya unga tjej", en-
bart genom min existens skulle smitta ner deras mäns tankar
om att det finns andra möjligheter än att leva i ett uttjänt
gammalt äktenskap.

Björn och jag kunde inte prata. Eller fel förresten, vi kunde
verkligen prata. Gud vad vi pratade, timvis åt gången. I bi-
len, i telefonen, i köket, sovrummet och utomhus. Det blev
sena kvällar och vi satt ibland uppe på nätterna. Vi pratade
och försökte reda ut. Jag vet inte hur många gånger under
de år vi hade tillsammans som jag vaknade i en bakfylla av
ord och meningar. Nattliga diskussioner och ordalydelser
som jag senare försökte bearbeta i ett halvvaket tillstånd.
Dessa vaknätter gjorde oss extra stingsliga särskilt eftersom
vi aldrig löste något, utan bara ältade på. Vi kunde prata,
men vi kunde inte lyssna. Mina tankar snurrade envist kring
ett "vi" som inte fanns. Vårt *vi* var att jag skulle anpassa mig
och smälta in, stötta upp och hjälpa till. Björns liv löpte på
som vanligt. Han bodde där det var smidigt och hemtamt.
Han jobbade i samma utsträckning som dittills och fick sti-
mulans i det. Middagsbordet var dukat och maten lagad när
han kom hem. Hemma hade han, inte längre ett smycke till
sambo utan snarare ett avskavt bijouteri. Och vad hade jag?
Ja, en massa bra saker så klart men mest av allt; ett låtsasliv.

Björn och jag brevväxlade också. Det var ytterligare ett till-
vägagångssätt för förmedling av våra tankar men samtidigt
ett medel för att slippa ta del av den andres. Jag tyckte att
det var skönt för då slapp jag bli avbruten hela tiden. När vi
diskuterade gick det ofta till så att Björn fick fritt

talutrymme inledningsvis. Han fick på så sätt chans att förbereda attacken med allmänt pladder och när jag kom till orda förvandlades hela samtalet till ett bråk. När det äntligen blivit min tur hittade Björn alltid stickspår i det jag sa. Stickspår som hackades sönder i flisor och precis allt som jag velat säga blev kraschat innan jag hunnit till punkt. Så urartade det jämt. Och vem var det då som fick bära hundhuvud, kallas för okontrollerad, gapig, tjatig och hysterisk? Som sabbade alla diskussioner? Därför introducerade jag äggklocka i våra samtal för att lyckas komma igenom med någonting någon gång men brevväxling kanske var det som ändå fungerade bäst. Björn skrev att han hade funderat en del över om våra problem var små eller stora. Om de var tillfälliga eller återkommande och varför det blev som det blev. Han skrev i samma brev att han själv inte hade någon bra förklaring men var samtidigt säker på att om man skulle göra något som var konstruktivt, behövde man vara två om det. Man måste våga tala med varandra och ge varandra chansen att förstå bättre. Han menade att det var viktigt att ge vårt förhållande bättre förutsättningar och genom att prata skulle bästa resultatet nås. Att det var vad som krävdes om vi skulle klara av att gå på djupet med det vi upplever som problem. Jag höll så klart med honom men konstaterade samtidigt att det var stor skillnad mellan våra olika sätt att använda ordet "vi". Jag menade verkligen vi; som i "vi två", "du och jag", "våra beslut", "det gemensamma" medan Björns intention med ordet "vi" sken igenom i så gott som varje samtal. Hans "vi", var egentligen ett "du". Han talade om exakt vad jag skulle göra, förbättra, förstå och förändra. Vad jag behövde ge chansen och förutsättningen, men han använde ordet "vi" för att låta diplomatisk. Inte för ett ögonblick tänkte han att han själv skulle kröka sin tanke eller offra en åsikt. Därför fungerade det inte att prata. Vi pratade inte på sant vis utan det var mer av en show. En föreställning, en svada av ord utan mening. En kamp om vem som sa de bästa grejerna och uppförde sig snyggast.

Jag hade förberetts, av både förståsigpåare och olyckskorpar, på att med all säkerhet behöva gå över tiden. Det var väntat vid en förstagångsförlossning. För min del var det otänkbart. Graviditeten hade gjort mig orolig, helt säker som jag var över att Björn och jag borde få något slags straff för vad vi hade gjort. Med otroheten och allt som vi vänt upp och ned på. Vi skulle naturligtvis få det vi förtjänade; ett skadat barn. Ju fortare bebisen kom, desto snabbbare skulle jag få svar på mina tankar och nu ville jag bara ha mitt barn.

Bebisen kom exakt på den beräknade dagen. Vattnet gick strax efter klockan fyra på eftermiddagen och det fanns plats på BB. Allt flöt på så lugnt och normalt det kunde. Strax före klockan nio på kvällen föddes han och det var en oförglömlig upplevelse. Som att vara med i en berättelse om sig själv, spela huvudrollen men ändå betrakta allt utifrån. Som en utomstående. Känslan var att det som hänt verkligen inte hade hänt, det borde bli något mer. Till och med en saga är mer realistisk och verklig. Var det klart här? Är jag mamma nu och är det här mitt barn? Det där lilla knyttet som sparkat och levt om inom mig i så många veckor? Medan bebisen låg på min mage förundrades jag över hur hal han var. Jag kämpade med den lilla kroppen av rädsla för att plötsligt släppa taget och se honom glida iväg. En känsla jag aldrig kommer att glömma, som jag fortfarande kan plocka fram när som helst. Den hala bebisen som låg på min, sin mammas, mage. Hans värme och lugn medan han kände in den nya världen. Det var precis då vi bestämde att Viggo var det namn av de få vi hade enats om som passade bäst.

Nu handlade plötsligt livet mest om amning, vård av navelsträngen, avslag, bindor och blöjor, röda stjärtar, såriga bröstvårtor och uppluckrat bäcken. Jag låg kvar på BB tills det blivit ordning på allt, vilket tog fyra dagar. Under tiden hade jag för mycket att njuta av för att ens notera att den megastora buketten med rosor och mammapresenten hade uteblivit. Det jag i mina infantila drömmar trodde var givna, som ett välkomnande till bebisen om inte annat. Jag hade i alla fall fått höra att jag varit duktig och en alldeles oprövad tid följde därefter. Med helt nya rutiner på alldeles obruten mark. Knappt ens hemma blev det en sjukhuskontakt med en gul bebis, och snart ett första hembesök innan en rad BVC-kontakter startade. Jag fick ta stort ansvar för vår lilla krabat, en roll som jag axlade väl men så klart hade behövt uppmuntras i för att växa.

Nya inslag i våra diskussioner handlade ofta om Björns uppfattning om att jag försökte föröva honom rätten till sina stora barn. Så var det verkligen inte. Det jag försökte påverka var barnens rätt till sin pappa och inte enbart en hänvisning till deras pappas nya tjejs omsorger. Dessutom fanns ett stort behov av en gemensam, kvalitativ tillvaro för den lilla familjen. Den lilla familjen var lika med mig, Björn och Viggo. I augusti när semestern bytts ut mot föräldraledighet, när jag hade flyttat till Gålö på riktigt och de stora barnen började skolan igen, kom frågan upp om deras eftermiddagsverksamhet. Önskemål fanns att jag skulle vara fritids i stället för att de skulle ansluta till sitt ordinarie fritids efter skolan. "Du är ju ändå hemma", hette det. Viggo var bara någon månad, jag ammade och bytte blöjor på natten och ville inte binda upp mig mot någonting ännu. Stödet nattetid var obefintligt så jag försökte sova så mycket som möjligt när Viggo sov på dagarna. Att med det utgångsläget behöva vara på pass varje eftermiddag, när jag knappt kunde lista ut hur jag skulle hinna med att hämta posten ur brevlådan. Att ansvara för fler barn och kanske även deras kompisar och fixa mellanmål. Att därtill lyssna på Mario Bros tevespel, skrik och skratt skulle vara som att dränkas i ett inferno av decibel. Ett fullkomligt otänkbart frontalangrepp.

Björn å sin sida tyckte att mitt resonemang var lika fullkomligt otänkbart att acceptera. Han förstod inte hur hans nya

tjej kunde vara hemma med deras bebis och inte låta sysko-
nen ”få” komma hem. Hur kunde jag ens andas att tjejerna
skulle vara kvar på fritids? Det här blev en plump i proto-
kollet och det såg inte alls bra ut. Jag tyckte att det enbart
var dumt att förändra något som det redan fanns en lösning
för. På fritids fanns ju kompisar, personal, mellis och aktivi-
teter. Hos oss fanns en nybliven bebismamma som vantriv-
des i sitt hem och mådde allt sämre både med sig själv och
situationen. I Björns strävan att allt skulle se bra ut ville han
bara lösa alltsammans väldigt enkelt men för min del bör-
jade jag få nog. En obehaglig känsla smög sig på. En förbju-
den känsla. Jag hade blivit osäker på om jag alls gillade
Björns tjejer. Medveten som jag ändå var, förstod jag att det
i grund och botten inte hade ett dugg med barnen att göra.
Det var Björns agerande som drabbade oss alla. Hans sätt
att trycka upp hela situationen i ansiktet på mig. Först lägga
skulden på mig och sedan ansvaret. Fina, underbara, popu-
lära, kloka och roliga Björn. Hur kunde det bli så här?

Jag hade ingenting av något från förr. Inget jobb, inga kom-
pisar, inget tryggt hem, ingen frihet, ingen glädje. Inte ens
nätterna var som förr och mina dagar var fyllda av utanför-
skap och isolering. Dagligen längtade jag tills Björn skulle
komma hem så jag kunde få kontakt med yttervärlden. Då
behövde han först ”jobba undan det sista”, sitta på toa i tre
kvart, fixa med bilen, göra något på tomten och givetvis
ringa till tjejerna. Snabbt var kvällen förbi och så kom en ny
natt med för lite sömn och en dag som startade i uppförs-
backe. Jag såg allt telefonerande som något osunt och ener-
verande på toppen av alla andra ”jag ska bara”. Det fre-
kventa ringandet Björn och tjejerna emellan pågick i orim-
liga proportioner både morgnar och kvällar då barnen inte
var hos oss. En till tre gånger per kväll var inget ovanligt.
Det var en fixering och ett beteende som inte mattades av
och fick heller ingen chans att göra det eftersom det initiera-
des från båda håll. Mest från Björns håll. Barnen ringde

mycket och när de inte ringde kände Björn att han var
tvungen att ringa så att det inte verkade som om han strun-
tade i dem. Han kanske ville undvika att ge dem känslan att
det mest var de som tog initiativ till kontakt. Utöver dessa
samtal pratade han och hans exfru i telefon nästan varje dag.
Om barnen och planeringen runt dem, förklarade han. De
ständiga telefonsamtalen fortsatte vecka efter vecka, månad
efter månad som något rituellt dem emellan. Under en pe-
riod gick det så långt att exfrun till slut sa ifrån, även hon
såg numera på livet med nya ögon. Efter skilsmässan hade
hon blommat upp och fått chansen att gå ut mer. Något
som också hade resulterat i en ny relation som hon behövde
ta hänsyn till.

För vår del kom den nya relationen alltid i andra hand. Den
var ingenting man visade hänsyn till. Först skulle hela den
ursprungliga familjen, inklusive exfrun, vara perfekt under-
hållen och uppmärksammad. Därefter skrapades resterna
ihop i den andra familjen. Förklaringen var enkel. Den lilla
familjen klarade sig alltid, den fanns ju jämt där och hade
fått pappan på heltid. Ursprungsfamiljen däremot rörde sig i
gränslandet mellan att fördöma och godkänna svikaren, det
vill säga skilsmässo-Björn och hans agerande. Emellanåt
tyckte jag synd om honom och det ok av dåligt samvete
som han tycktes leva under. Mig var det inget synd om. Jag
hade fått det straff jag både fruktat och förväntat, det rätt-
mätiga straffet efter att ha stulit en annan kvinnas man.
Björn hade nästan skaffat ett eget liv och uppdelningen blev
allt tydligare.

Så klart, fanns det även tillfällen då det var som förr. Stun-
der som vi fyllde med glada skratt, bus och härligt umgänge.
Björn och jag trivdes bra ihop, hade ofta kul och gillade
samma saker. Trots att Björn var åtta år äldre kändes det
aldrig så. Vi hade samma intressen, valde ofta lika både när
det kom till musik, inredning, mat och nöjen. Ändå tror jag

att var och en hade något som låg och lurade, en besvikelse
över att det inte riktigt blivit som vi först tänkt och hoppats.
Vi hade ofta siktet inställt framåt, med tanken att det som
pågick precis nu, nog var det som slog hål på våra önsk-
ningar. Vi tänkte; så fort bebisen kommit hittar vi nya ruti-
ner, så fort det blir sommar löser sig allt och det mesta blir
enklare. Så fort vi bor heltid på Gålö blir det bättre eller så
fort vi flyttat till något större kommer vi att få det bra. Så
höll vi på och upplägget föste oss hela tiden framåt mot nya
mål. Vi hoppades någonstans att om vi bara gjorde ditten el-
ler datten så skulle allt bli bra.

Och vi hittade en större bostad. Ett enplanshus med fyra
rum, mitt i Gålö, som vi skulle få hyra. Perfekt! Ännu en
gång sattes vår förmåga till samverkan på prov. Tre sovrum,
varav vi skulle ha det ena. Vad skulle de övriga möbleras
för? Ett rum till Viggo, sa jag. Jag jobbade för att få Viggo
att sova hela nätter och vad kunde bli enklare än att ge ho-
nom ett rum att sova ostört i? Det underliga med barn är att
de kan sova tungt bredvid en stenkross men vaknar omedel-
bart av smygande steg och andras andetag. Min nattsömn
var så sönderhackad att jag såg ett eget rum för Viggo som
en livlina för mig. Jag hade sedan länge också sett fram
emot att få inreda och göra iordning ett fint rum åt honom.
Ett lekrum med små söta möbler och en garderob för hans
kläder. Men Björn var av en annan uppfattning. Varsitt rum
till tjejerna sa han. De ska inte behöva dela rum längre om
det nu fanns två. Viggo borde fortsatt kunna sova i vår säng
och leksakerna kunde ligga i en korg eller en kökslåda. För-
resten, de låg ju ändå utspridda överallt. Jag protesterade
med att poängtera orimligheten med att två av de fyra rum-
men skulle stå tomma 60 procent av tiden.

Viggo fick sitt rum och jag lämnade min lägenhet i stan. Vi
flyttade ihop på allvar den hösten.

Kapitel 5
Om apparna, kraschlandningen och imagine-ljuset
samt UVC, arkivarien och resedrömmarna

Pernilla hade fått ett litet barn att ta hand om. Det var väldigt litet, kanske två år. Samtidigt skulle hon sköta jobbet och hon hade ingen barnomsorg. Det betydde att hon fick lämna barnet ensamt hemma på förmiddagen och det underliga med det var att det inte bekom henne särskilt mycket. Hon tänkte att barnet ändå bara sov och på första rasten skulle hon kunna gå hem och titta till det. Rasten kom och hon fick kämpa hårt på hemvägen för att komma framåt i den meterhöga snön. När hon slutligen nådde fram till huset blev hon minst sagt överraskad. Det fanns nämligen ingen dörr. Hon gick runt huset, varv på varv, men det fanns ingenting som ens påminde om en dörr. Men ett fönster borde hon kunna ta sig in genom, tänkte hon. Någon stege fanns inte så hon började klättra på fasaden. Det var nästan fem meter upp till fönstret men hon lyckades hitta ojämnheter i fasaden som hon kunde sätta fötterna på. Det var kämpigt och svårt men hon var tillfreds med att ha löst problemet, ända tills hon kommit ett par meter upp och tappade greppet. Hon föll okontrollerat bakåt och medan hon föll anklagade hon sig själv för att ha tappat taget. Hon skällde på sig själv för att hon varit så klantig. Gick på med högljudda anklagelser. "Du var ju nästan halvvägs, fy vad klumpigt gjort". Hon föll genom luften, vände sig i luften och snurrade och föll en bit till. Det ven om öronen och hon gjorde sig beredd inför kraschlandningen.

Pernilla ryckte till och väckte sig själv. För ett kort ögonblick låg hon och bara blundade men kikade sedan med ena ögat mot klockan. Eftersom den bara var åtta, puffade hon till kudden och vände på den. Ett genidrag för att snabbt kunna somna om. Hon kände i hela kroppen att det var en sådan morgon som gjorde det extra svårt att bli Pernilla, så det kändes skönt att få slumra lite till. Trodde hon ja. Hjärnan hade nämligen redan startat upp. Den började rekonstruera allt som de kvällen innan hade bestämt sig för att ta tag i denna dag. Sådant var de fenor på, att göra upp planer som de dagen efter kunde hitta på anledningar för att skjuta upp. Plötsligt stelnade hon till, hennes sinnen försökte säga henne något. De hade kanske inte gjort så många planer ändå? De kanske i själva verket inte gjort enda plan? Hon försökte skärpa upp minnet. Vad var det för dag och var befann hon sig i förhållande till den? Vad visade klockan för tid egentligen och vad skulle hända? Hon gjorde precis allt som stod i hennes makt för att bringa någon slags ordning. När hon såg att displayen visade 08:05, spärrades ena ögat upp så mycket att även det andra ögat tvingades upp. Vad var det som var fel? Plötsligt slog det henne. Herregud, det var måndag morgon men klockan hade inte ringt. Hon slängde sig från sängen och in i badrummet samtidigt som hon skrek.

"Tobbe för i helvete, vi har försovit oss!"

"Man va? Kan du sätta på radion då?", ropade han sömndrucket tillbaka. Gör det själv tänkte hon och slet upp duschdörren för att snabbt få igång vattnet och värmen i systemet. Hon förmodade att anledningen till att Tobbe inte startade radion själv, var att hans mobil låg på laddning i köket.

Förr i tiden behövde man en vev för att starta en bil, kol för att få igång ett tåg eller ett katodstrålerör för att kunna se på teve. Numera var det krångligt på ett annat vis. Hemma hos Tobbe och Pernilla fungerade ingenting enkelt längre. För att få igång radion behövde man ha en mobil. Pernilla hade redan accepterat att hon inte kunde få igång teven eller väckarklockan och knappt heller radion där hemma. Men att

numera inte ens få fart på lamporna utan att ha en app,
gjorde henne tyst aggressiv.
Det var med dålig smak i munnen som hon mindes dagen
då hennes sista möjlighet att fungera autonomt försvann.

Tobbe hade kommit hem efter en inköpsrunda och knappt
ens fått av sig jackan och skorna innan han stod med ar-
marna uppsträckta mot taklampan. Han inledde operationen
med att skruva ur glödlampan i armaturen ovanför vardags-
rumsbordet och därpå även i kökslampan. Dessa byttes ut
mot något som han kallade för 'bättre', sagt med hemlig-
hetsfull röst.
"Jaså bättre", svarade Pernilla med tvivel i rösten. Fram tills
precis alldeles nyss hade hon inte förstått att det var något
som helst fel på dem som suttit på plats tidigare.
"Ja, vänta ska du få se."
Pernilla mindes att hon hade sneglat på köksbänken där kar-
tongen låg. Den såg ut att ha slitits upp med samma iver i
fingrarna som barn hade inför julklappsöppningen. *Automate
your lights - For easy control and comfort* stod det på kar-
tonglocket. Spännande. Or not.
"Man kan fixa en dimmer till belysningen, och man kan
kontrollera ljuset både här på plats men också bortifrån",
berättade Tobbe.
"Och man kan sätta på timers. Fatta, helt trådlöst", sa han.
"Hmmm."
"Man kan switcha av och på ljuset femtiotusen gånger.
Lamporna räcker i tjugofemtusen timmar."
Pernilla som inte ville visa sig ointresserad tog kartongen
från bänken och började läsa på den. Hon undrade i sitt
stilla sinne vad det var för funktion hos Tobbe som dels
upptäckte kartongen i affären, därefter började läsa på den
och slutligen köpte hem den. Väl hemma med inköpet var
han själaglad, liksom nöjdare än ett barn som fått en mjuk-
glass med färgglatt strössel. Pernilla klarade nätt och jämnt
framkalla något som helst intresse ens för det som redan var

hemburet och entusiastiskt beskrivet. Pernillas påsar och inköp var sällan fyrkantiga, snarare oformliga och nio av tio gånger mjuka. Hennes påsar innehöll förväntningar, åtrå, fägnad och behag. Tobbes innehöll projekt. Vilken sort, var alltid lika förbryllande att ta del av och inte heller denna gång lät förklaringarna på hennes funderingar vänta på sig. ”Man kan koppla lampan till en WiFi router och hämta hem en app, sen är det bara att köra på”, hörde hon Tobbe säga samtidigt som hon läste vidare i bruksanvisningen. Hon hade precis kommit till texten: *play around and experience light in ways you had never imagined* när lampljusets styrka sjönk till nära nog bottennivå. Strax därefter, inom ett par sekunder, ökade det i stället till något som liknade operationsljus. Hon anade att Tobbe just då hade kommit till *imagine*-delen av installationen.

Nåväl hon hade accepterat faktum och positivt kan sägas att ljusstyrkan numera kunde regleras med hjälp av en enkel knapptryckning på mobilen. Hon kunde sitta kvar i soffan och bossa med mobilen utan att resa sig upp, om hon alls lyckats tända lampor först vill säga. Med nivån på ljudet från radion och valet av tevens kanaler var det likadant. Mobilen var husets president. Problemet var bara att den enkla knapptryckningen liksom hade kommit av sig. I själva verket hade den aldrig funnits i Pernillas värld. Alltsammans var minst sagt svinklurigt att hantera men det ville hon liksom inte outa gång på gång. Nu, denna sena måndagsmorgon fanns en önskan om att Pernilla skulle sätta på radion, något som var enkelt att önska men kalassvårt att göra. ”Hur går det? Får du igång den?” undrade Tobbe. ”Jamen så klart, jag är väl inte dum heller”, ljög hon och satte sig på toan, samtidigt jättesur över Tobbes tekniska mackel där hemma. Han kunde väl ha sett till att få igång väckarklockan i stället, då hade det inte behövt bli så här hetsigt direkt på morgonen. Fort och utan stöd, det var bästa receptet för att aldrig riktigt lära sig. I hetsen behövde hon dessutom hitta appen på mobilen och starta den för att alls närma sig konststycket med att få igång radion. Att arbeta fort är måttstocken som gäller vid hantering av tekniska attiraljer eftersom antalet minuter som förflyter avslöjar vilket lag du spelar i. A eller B. Väl inne i appletandet, fick hon till slut information om att önskad app inte fanns tillgänglig. Därför tvingades hon leta upp det så kallade kugghjulet på mobilen för att finna appen där, synka den mot WiFi och sedan återgå till den för att starta radion. Ett annat alternativ kunde vara att gå in i App Store och hämta hem appen på nytt men det skulle kräva ett lösenord… och hallå, det var ju bara morgon och plötsligt insåg hon att toabesöket mer hade gått ut på att starta radion än att torka sig. Hon blev irriterad på alltihop, krängde av sig sovtröjan och klev in i duschen. Sket fullkomligt i att sätta på radion. ”Åh nej, typisk. Nu tog batteriet slut också”, ljög hon för att slippa säga att hon inte kunde få ordning på tekniken. Vilken start på morgonen. Stress och lögner.

Duschens strålar lyckades inte lugna Pernilla denna morgon och hon visste varför. Hon var spänd som en fiolsträng och det handlade inte enbart om drömmen eller det sena uppvaknandet. Inte heller om appen som försvann. Nej faktum var att jobbstarten starkt bidrog till sinnesstämningen. Alla förutbestämda rutiner och det hårda tempot som skar av frihetskänslan lika brutalt varje år i mitten av augusti. Alla sommarens intryck, den sköna vilan, idéerna och planerna, de annorlunda miljöerna, coola tillvaron och det genomslöa beteendet fick helt plötsligt en piassavakvast mitt i mjuka livet. Jobbet hade tagit fart i skolan redan på torsdagen men detta var första riktiga arbetsveckan. Måndag, en veckodag som alltid väcker något särskilt i henne. Hon visste att följande dagar och många veckor därefter förändrade tillvaron som om ingenting annat existerat. Uppstarten såg ut på samma sätt som tidigare läsårsstarter. På en konferensplats med fullt program från första minuten till den sista med en övernattning däremellan. Det skulle bli intensiva men intressanta dagar och just detta år extra spännande eftersom speciallärarna stod beredda att starta upp en ny organisation. Dels med en ny medarbetare. En kollega som Pernilla hade jobbat med 20 år tidigare och som då var hennes tightaste kollega. Tanken med den nya organisationen var att arbeta på ett mer ändamålsenligt och förebyggande sätt. Kortfattat handlade det om att arbeta mer ute i klassrummen och mindre i små elevgrupper men samtidigt räcka till för dem som behövde enskilt stöd. Två typer av stöd alltså; både akut stöd och tidig vägledning. Ett mangrant arbete låg framför Pernilla och hennes kollegor. Dessutom skulle ett helt nytt journalsystem introduceras i arbetet. Allt som behövde noteras om eleverna skulle hädanefter på tryggt vis samlas på ett ställe, helt slutet i ett system med tvåfaktorsinloggning. De hoppades att det nya skulle bli enkelt att smyga in, flätas ihop med det tidigare och obemärkt hitta sin funktion. Det skulle säkert vara värt jobbet men, obemärkt eller inte, hur mycket som helst att sätta sig in i. Ingen är oskyldig kan tilläggas. Specarna själva läser och diskuterar, ser vad som kan förbättras och föreslår för ledningen hur det skulle kunna gå till. Så det var alltså speciallärarna själva men även Skolverket, skollagen och övriga styrdokument som hade initierat årets förändringar. En dröm om att lämna ett litet barn ensam hemma, inte hitta ytterdörren, klättra på fasader och slutligen kraschlanda kan eventuellt söka sitt svar här.

Mitt i det nya upplägget satte GDPR också ner foten. General Data Protection Regulation. En ny förordning som företag, myndigheter och organisationer vilka behandlar personuppgifter måste följa. I korthet innebär det att en konsekvensbedömning avseende dataskydd behöver göras. Med andra ord, att inte lämna ifrån sig eller säga något överhuvudtaget. Samtidigt har den, vars personuppgifter finns registrerade, rätt till tillgång, rätt till rättelse, rätt till begränsning, rätt att göra invändningar, rätt att inge klagomål bla bla

bla… kring det som rör dennes personuppgifter. Alltså
måste all behandling av personuppgifter vara koncis, trans-
parent, förståelig och lättillgänglig. All hantering av person-
uppgifter måste ha ett *syfte*. Inte lagra för att lagra.
Åh vad Pernilla längtade tillbaka till paraplydrinken och sol-
stolen nu. Helt plötsligt hade läraryrket blivit väldigt besud-
lat av juridik och som förstås av allt det här väntade nu ett
mycket hemligt läsår. Här skulle ingenting pratas och skrivas
om utan försiktighet.

Pernilla hörde att Tor redan var vaken och rumsterade i kö-
ket. Det fanns morgnar då hon skulle vilja ha hela huset för
sig själv. Det var inte ofta, men den här morgonen var en
sådan. Hon ville inte trängas med Tobbe i badrummet eller
öppna sin mun i ett "god morgon". Hon ville slippa prata
och svara på frågor och hennes hjärna ville helst av allt bara
fortsätta att sova. När hon tagit sig hela trappan ner och ki-
kade in i köket såg hon Tor, lutad över en gröttallrik. Det
var uppenbart men föga förvånande att även han var förse-
nad. Pernilla försökte väcka sin sociala hjärna och formule-
rade en hälsningsfras:
"Men godmorgon snygging". Tor svarade med ett lågmält;
"Hej."

Tjock och glad, så kallades den lille… han som blev lång,
stark och allvarlig och som nästa månad skulle fylla 17 år.
Efter en första sommar med arbete önskade han sig, som
han uttryckte saken; ingenting. Han tyckte nämligen att han
själv kunde köpa allt han önskade sig. Ett bälte för 280
Euro, ett par sneakers för sextusen kronor. Japp, helt sant…
Pernilla stod och såg på medan en kapitalistisk snobb närdes
i deras hem. Ett sjuttonårskalas skulle det bli i alla fall. Till
helgen hade hon bestämt, på altanen hemma. Ett utomhus-
kalas med grillad falukorv, pitabröd och coleslaw. För att
hämta hem ursprunget. Gant-killen, Ralph Lauren-snubben,

Dolce Gabana-grabben skulle få käka korv och kål. Eventuellt med grillade marshmallows därefter.

”Blev det bråttom idag?”, frågade Pernilla vilket var en uppenbart korkad fråga. Hon såg ju att han åt sin gröt med samma iver som en utsvulten skyfflade i sig ris. Skyfflandet ackompanjerades av ideliga tryckningar på mobilen för tidsbevakning mot en buss någonstans i framtiden. Det fanns dem som avslöjade sin sinnesstämning av att bara yttra ett enda ord. Tor hörde till dem. Han svarade med att ge henne en blick som hon snabbt översatte till 'ta skydd'. Han var otroligt lätt att avläsa och man förstod tveklöst när det var läge att hålla sig på sin kant. Samma fenomen gällde inte Pernilla. Det var aldrig någon som läste av hennes ta-skydd-blickar. Vilket humör hon än var på, verkade det som om omgivningen tycktes både kunna kräva och förvänta sig vad som helst av henne. Sin favoritmåltid, akut läxläsning eller som sällskap till affären. Hjälp med att smörja upp skor, panta tomglas, handla av glassbilen eller sy i en knapp. Hon kunde användas som biståndsgivare i ett inköp eller som motståndare i en vild argumentation. Bara tanken på de egna tillkortakommandena och att sätta ord på dem samt att orka analysera alltsammans gjorde att Pernilla blev stark. Hon hade lika mycket lärt sig var hon hade sina gränser som möjligheten att tänja på dem. Kort sagt; hon hade full koll.

Att jobba med ungdomar och att vara bland tonåringar inklusive sin egen är som att styra en radiobil, simma med delfiner, mata rovfåglar och köra femkamp om vartannat. Fostran av barn är litegrann som att handha en gedigen aktieportfölj. Att investera stort och drömma om en fantastisk utdelning men också känna på hur skakig marknaden kunde vara. Oavsett om man går in helhjärtat för sina barn, eller aktier, är det uppenbart hur rädd man är för att misslyckas. Att kamma noll säger liksom allt om en. Den innerliga önskan om att lyckas väl i sina satsningar formar livsstilen. Upplevd frustration över att inte kunna skryta över framgångarna, för det får man inte, och förmåga att bita ihop när lågkonjunkturer passerar. Ge sig in i nyinvesteringar i hopp om att få en topprespons och en uppåtsving. Faktiskt också få det, men snabbt slås av hur kortvarig lyckan är. Inse att man inte riktigt hunnit med i svängarna strax innan en dålig utdelning och otajmad avveckling uppenbarar sig. Någonting som alltid resulterar i en ren och skär förlustaffär. Pernilla svängde runt mellan kylskåpet och dukningen för att få fram frukosten.

"Kan du plocka undan efter mig, jag hinner inte. Bussen går om två", ropade Tor som strumpkanade mot toaletten.
"Mm", svarade Pernilla. Fortfarande inne i sin börsmäklande barnuppfostran med paralleller mellan rörelserna i barnuppfostran och tänkbara aktieinnehav. Den som försöker starta upp ett nytt upplägg och inte har satt sig in i situationen med tillräckligt och genuint intresse kan förlora massor. Ett stort värdetapp i andelarna och en plötslig liten utdelning förändrar värdet men kan oväntat vinnas tillbaka. Pernilla undrade flyktigt vad emission kunde tänkas få för roll i sammanha… Något hade avbrutit hennes tankar.
"Mamma? Hör du mig inte? Jag går nu!"
Jo så var det, hon hade inte hört att Tor kommit tillbaka.
"Okej, okej. Förlåt och puss, ha det så bra idag."
Att ha unga människor i sin absoluta närhet är som att sitta med en stor gottepåse utan slut. En påse full av gotter som ibland innehåller några sura bitar. De som kommit med av bara farten och som man egentligen inte ville ha. De som kan avnjutas i absoluta nödfall. När man inte kan styra sig.

Myndigheter undersöker ständigt ungdomars mående. Man har kommit fram till att det finns ett samband mellan livsstil och psykisk ohälsa men det är svårt att veta i vilken grad sociala medier påverkar hälsan. Förklaringen är lika enkel som sorglig: kontrollgruppen går inte att få tag i eftersom alla är uppkopplade. Det är snudd på omöjligt att hitta en tillräckligt stor grupp unga människor där ingen är ansluten mot sociala medier. Men en sak vet man, och det är att unga mår allt sämre. Barn i åldern 10 till 17 år med psykisk ohälsa har fördubblats på 10 år. Man ställer sig så klart frågan; varför?

Oavsett ålder har människan ett gäng viktiga behov. Trygghet såsom mat i magen och tak över huvudet är kanske det allra viktigaste. Likaså ljus, kärlek, värme, gemenskap och omsorger. Man kan redan här föreställa sig den misär en person möter som inte har något av just detta. När man sedan kommer till finliret av detta innehåll, så är det inte vilken gemenskap och kärlek som helst som gäller. Det är social tillhörighet som är viktig. Känslan av att vara unik, att lyckas utmärka sig, att kunna bidra till något och att själv växa. Det här är viktiga pusselbitar i en människas mående. Variationer och en viss mängd av risktagande är också väsentligt. En människa och speciellt en växande människa, som flera timmar varje dag utsätts för andra värden än dessa i den sociala tillhörigheten, går till slut under. Så är det bara.

I och med att människor har tillgång till sociala medier, exempelvis Snapchat, Instagram och Facebook exponeras de unga för vuxenlivet och tvingas hantera en press tidigare än vad de är mogna för. De har ingen större erfarenhet och saknar därför något att jämföra med och tror att det ska vara på precis det sättet som visas. Exempelvis den ensidiga bilden av utseende och glamorösa livsstilstips som nästan blir som ett slags facit till succé. Små 10-åriga flickor bläddrar runt bland tipsen och längtar till myndighetsåldern för att själva få ta beslut och kunna göra de lösögonfransar och operationer som de önskar. Även för små pojkar byggs mer eller mindre skeva drömmar upp. Varannan ungdom upplever stressrelaterade symptom. De är trötta, har ont i magen, ångest, sömnsvårigheter och upplever skolstress. De sitter i sin sociala medievärld och känner att de inte duger. De jagar likes, godkännande och betyg. I upprörda stunder kunde

Pernilla vara ganska kreativ. I ett sådant ögonblick hade hon kommit på att det borde finnas ett tonåringens motsvarighet till BVC. En central där återkommande besök gjordes enligt en nationellt beslutad plan. Ingen ungdom skulle slippa undan, det skulle vara lika för alla och kunde samtidigt fungera som kontrollpunkt och motverka dåligt leverne. På UVC, det vill säga ungdomsvårdscentralen kunde vikt- och längdkontroller göras, man kunde samtala om mat, förslagsvis om både skräpmat och ätstörningar. Ägna några ord åt träning, kroppsuppfattning, energidrycker och snatteri. Ungdomen kunde ges information och telefonnummer till BRIS samt ungdomsmottagningen för preventivmedelsrådgivning. UVC:s uppgift kunde också vara att kolla hur ungdomen har det med relationer till föräldrar, syskon, kompisar, digitala medier och det motsatta könet. De kunde lämna urinprov, prata om droger, alkohol och porr. Tänk vilken preventiv och proaktiv satsning det skulle vara? Någon slags samkörning vilken som helst skulle vara välkommen. Det är alltför stort tryck på skolan om hemmiljön brister på ena eller andra sättet. I Skottland visste Pernilla, samordnades skola, socialtjänst med hälso- och sjukvård inom en och samma organisation för barn och unga. Där utgår stöd och hjälp till barn och ungdomar utifrån deras behov och finns i den miljö där de har sin vardag. Till exempel i skolan.

"Tobbe! Frukosten är framdukad, vart tog du vägen?" Hon hörde honom böka runt som en cementblandare på övervåningen. Han ropade tillbaka:
"Jag vågar knappt säga det, men jag letar."
"Efter?", undrade Pernilla.
"Jag är helt säker, och jag vet att jag la min incidentledartelefon i sovrummet igår men nu ligger den inte där". Pernilla såg att den låg på telefonladdaren på bänken och ropade det tillbaka till honom. Snabba steg i trappan och plötsligt stod han i köket. Pernilla hade en teori, och den sa att om han kunde ha lite mindre bråttom, skulle han komma ihåg mer.

Tobbe jobbade tvärtom. Hans praktiska verklighet sa att
om han hade moment och planeringar klara, skyndade han
sig att utföra dem innan han skulle glömma dem.
"Jaha ja, där ser man så fel man kan minnas och mums vad
gott med frukost". Han masserade sina händer mot
varandra som om han utförde en handtvätt minus tvål och
vatten.

Var det någonting som Pernilla och Tobbe hade alldeles
olika åsikter om så var det Tobbes oförmåga att hålla reda
på saker. Enligt Pernilla var han urusel medan Tobbe kal-
lade henne hård. Själv tyckte han att det funkade bra.
"Jag hittar ju alltid det jag tappat bort… eller *tillfälligtvis*
tappat bort", försvarade han sig.
"Fast det är ju tiden du lägger på att leta som är det proble-
matiska", försökte Pernilla förklara.
"Och all den tid som jag får stå och vänta medan du letar
efter diverse pryttlar, det är den som är irriterande. Jag kan
med fog och utan minsta överdrift påstå att du är urusel på
att hålla reda på saker. Så klart fattar jag att grejer vare sig
går upp i rök, förgasas eller utplånas från jordens yta. Givet-
vis lyckas du hitta det borttappade igen förr eller senare,
men *förr eller senare* decimerar ständigt viktig tid, fattar du?"

Hon drog sig till minnes den gången Tobbe hade kikat efter
nytt jobb, hittat ett och avslöjat att det var tjänsten som ar-
kivarie som hade fångat hans intresse. Pernilla sken upp
men började sedan snabbt tänka igenom vad en arkivaries
arbete går ut på. Arkivarier ordnar och förtecknar arkivbe-
stånd. De utreder, granskar och bedömer vad som ska beva-
ras och vad som kan förstöras. En viktig uppgift är just att
bygga upp ett arkiv som måste vara lätt att hitta i och som
bidrar till att användarna snabbt kan plocka fram efterfrågat
material ur arkiven. Det kan handla om så exklusiva saker
som kartor, ritningar, fotografier och filmer. Med Tobbe
som arkivarie skulle ingen, vare sig i nutid eller i historisk

tid, komma att få någon ordning på var alla saker hamnat. Inte heller varför saker låg just där de hittats, tänkte hon vidare. Pernilla mindes att hon svalde hårt medan hon letade efter ett hoppfullt och uppmuntrande svar. Till slut hade hon svarat att man kanske behövde vara riktigt duktig på att veta var olika grejer hamnat då. Med de orden hoppades hon ha bidragit lite till Tobbes självkritiska reflekterande.

"Jag har ljugit för dig", erkände Pernilla mitt i tuggan.
"Va? Vi vaknade ju nyss, hur har du hunnit med det?"
"Jo, jag fick inte igång den där förbannade appen och det stör mig att jag inte kan sätta igång radion i förbifarten medan jag gör någonting annat samtidigt. Jag kan läsa, titta på teve, laga mat och förhöra läxor simultant men jag kan inte sätta igång radion och riva av toapapper samtidigt. Det är stört."
"Men älskling…", började Tobbe.
"Älsklinga mig inte nu, det kan du göra när du verkligen menar att jag är din älskling. Inte när du tycker synd om mig. Eller är irriterad. Jag är ett underutvecklat tekniskt miffo, trög som sörja". Tobbe tyckte att konversationen hade fått karaktären av bakvänd utskällning och bestämde sig för att ta den enklaste vägen ur, det vill säga vara tyst. Han reste sig och började plocka undan frukosten. Pernilla gick för att borsta tänderna och hennes tankar landade på morgonens appletande igen. Hon kom att tänka på Tobbes ömkansvärda min när han hittade hennes analoga tillvaro i en massa plastmappar där hemma. Mapparna var fyllda av tips på diverse resmål vilka rivits ur tidningar och broschyrer. Samtliga härrörde från en tid då inget större tekniskt kunnande behövdes i ett vanligt liv. Alltså före Google time. Resmålsdrömmarna härrörde också från en tid då alla tänkbara ekonomiska medel var obefintliga. Det man hade framför sig vad det som fanns och ingenting annat. Både i fråga om pengar och resmål. Det Pernilla gillade, rev hon ut och sparade i plastmappar. De inhyste drömmar om resor i de

mest skiftande miljöer och var samlade mellan åren 1995 och 2003. Vandrarhem med djur var exempel på en lågpris-semester. Eller en två dagars semester med kanot i Mälaren, paddlingstur mellan Mälarens öar, upptäcktsfärder på Stockholms vatten alternativt buss genom Sverige. Turlistor på en mängd avgångar fanns med i mappen. Swebus, Sydlinjen, Svenska Buss och Fjällexpressen var några av förslagen.

Under temat *Nu drömmer vi vilt*, fanns uppgifter om att bo på en herrgård i Shelwick Court i England, hyra hus i Provence i den lilla franska byn La Bastide de Jourdans. Weekendre-sor till 34 olika städer, bland annat Amsterdam, Glasgow, Nice, Rom, Hamburg, Mallorca. Alla förslag var listade un-der rubriker som shoppa, äta, sevärdheter och 'missa inte'. Ett annat tema var exotiska resor: Great Uhuru Railways i Afrika, Tranzalpine Express i Nya Zeeland, El Dorado på hög höjd över Anderna. Östersjölyx på 'Vision of the Seas' med vilken man kunde kryssa till Nordkap och Lofoten eller fartyget 'Baltic Queen' med fullmatade aktivitetsutbud och shopping. Pärnu, estländska rivieran med en två kilometer lång vit sandstrand och många restauranger. Cykelsemester i Italien, ta sig runt på cykelleder kring Gardasjön, ex Peschi-era del Garda och Borghetto. Ett barn- och familjevänligt brukshotell i Högbo med anor från 1600-talet eller en två-veckors båtluffning i charterriket mellan de sju Kanarieö-arna i jakten på den mest perfekta ön. På Vespa genom Toscana eller varför inte en tripp till Venedig innan staden sjunker? Det här var inga dåliga resplaner men det fanns också lite mer modesta alternativ som visserligen kostade en slant: att se sagostigen i Malmköpingstrakten eller bo på Bohmans i Trosa. Höghöjdarhotell 13 meter upp i en ek el-ler en undervattensnatt fem meter under vattenytan på Utter in, båda i Västerås. Av allt detta blev det ingenting, eller jo faktiskt, en weekend på vandrarhem med djur hade hon haft råd med. Annars var kanske restipsen i de olika mapparna, hellre än glömda i tidningshögar eller gömda i datorn, som var lyxen. Tobbe hade skrattat åt samlingen. "Vad är det här?" hade han undrat. En fråga hon inte hade för avsikt att besvara eftersom han, om intresse fanns, själv kunde läsa sig till svaret. De färgglada mapparna bar nämligen etiketter med korta beskrivningar av varje mapps innehåll.

Tobbes fråga "vad är det här?" matchade för övrigt den nya hackerhysterin som hade tagit plats på Facebook. Eller den kanske inte var ny men Pernilla hade inte lagt märke till den förr. Det kunde komma ett meddelande under rubriken: "Varför gjorde du det här Pernilla?", i syfte att göra henne nyfiken, få henne att öppna meddelandet och därefter besudla kontot med virus eller köpkrav. Men ack vad de bedrog sig! Samma fråga; "vad håller du på med?" ställde Pernilla sig själv hela dagarna…så den gjorde henne inte det minsta nyfiken. Hon hade testat och kommit fram till att oavsett vilket av orden: "vad" eller "håller", "du", "på" eller "med" som hon än betonade så blev svaret ändå detsamma. *Ingen aning.* Hon blev lika lite nyfiken och visste svaret lika lite. Sammanfattningsvis är frågor som: "vad håller du på med?" och "vad är det här?" roligare att ställa än att besvara.

Det är förkastligt att bara kunna reglera teve, radio och väckarklocka med skruvar och knappar. Leta efter dem på föremålet i fråga utan att finna dem. Särskilt sedan enkla touchsvepningar på skärmen blivit det som styr ens vilja. Plötsligt hade det blivit tillåtet att kladda direkt på själva skärmen. Så var det inte förr, då fick man *absolut* inte peta på skärmen, men nu gick det tydligen bra att köra runt med sina fingrar. Runt, runt, runt. Man kunde grejsa runt tills det inte gick att se någonting annat än avtryck efter flottiga fingrar där. Åter till morgonens hektiska appletande. Det var tydligen mer pinsamt att vara duktig på färgglada mappar än på appar. Det kommer alltid vara skämmigt att inte behärska rådande teknik. Pernilla behövde nog skärpa till sig.

Kapitel 6
Om Joakim Von Anka och fadderskapen
samt de goda intentionerna och stridsvagn Sherman

1 - Stämmer inte alls
2 - Stämmer till någon del
3 - Stämmer i huvudsak
4 - Stämmer mycket bra

Bengt bläddrade mellan de olika omdömeskorten i spelet som vännerna hade tagit med sig och begrundade samtidigt sin situation. Här satt han i samma gamla lakan, nyligen tillbaka efter ännu ett terapeutiskt samtal där utgångspunkten varit att försöka förstå. Försöka bli en bättre människa, en mer hållbar kopia av sig själv. Vännernas liv löpte på som vanligt, ja inte Pia-Carins tillvaro förstås men de andras. Till och med katten hans hade det bättre utan honom. Hur det kunde bli som det blivit, var något han hade grubblat över många, många gånger. Tankarna löpte som blixtar över en ovädersdunkel himmel. Snabbt och pulserande om vartannat, i ett oändligt trassel av spontana förgreningar. Inte heller denna gång kunde han finna svaren han sökte.

Wanjelins, båtmekanikerparet, lantgårdsägarna, deras ungar... ja till och med pizzabagaren Dimitri gjorde allting rätt. Ändå var de alla långt ifrån stöpta i samma form. Han grunnade över vännernas många förtecken och varierade innehåll. De sysslade med olika saker, hade olika inriktningar i livet och arbetade i vitt skilda miljöer. De skildes sig från varandra på många sätt men ingen av dem kom ens i närheten av att klanta till saker så mycket som Bengt. Vännerna utmanade sig i en variation av sammanhang men landade ändå oftast med fötterna ner, i det som var bra och rätt. Fast var det verkligen så eller var de bara skitduktiga på att dölja sina haverier? Bengt veterligen, hade ingen av dem någonsin tryckt ner en tonåring i en kundvagn, skjutit en getabock eller ägnat sig åt svartkonst ihop med en trätomte. Han hade heller inte hört att någon av dem stulit en kattunge och åtminstone inte bakom ryggen på en egen familjemedlem. Inte heller hade de försökt sälja frusna ekorrar eller som nu senast; lyckats elda upp den egna trädgården och nära nog en av sina vänner. Varför var det bara han som…? Alltså, vad var det för fel?

Här satt Bengt nu och bläddrade förstrött bland omdömeskorten, vred och vände på dem medan hans vänner väntade in hans beslut. Rut, hade gett upp. Hon stod vid fönstret och pratade lågmält i telefonen samtidigt som hon studerade någonting som hände utanför på gatan. Pernilla blängde åt Bengts håll men lika mycket på Tobbe som hade slagit sig ner vid teven, djupt försjunken i något teveprogram. Det som rörde sig på skärmen låg långt bortom Bengts synskärpa. Pia-Carin och Mac saknades men Twist satt vid fotänden av sängen och pratade om något som Bengt alls inte hängde med i. Han hade mest sett att Twists mun rörde sig oavbrutet. Ibland sken han upp och såg glad ut, ibland gestikulerade han med armarna och verkade visa något. Bengt tyckte att hela rummet var som en pantomim och han nickade eller hummade med jämna mellanrum. Förmodligen var det ett minimum som krävdes av honom. Mitt i detta slags skådespel lämnade Rut rummet. Han hörde Rut säga att det nog stod en blomvas i korridoren utanför. Dessförinnan hade hon placerat en kartong i hans knä, lyft av locket och sagt:
”Kika lite på de här korten. Vi ska spela ett spel.”
Varför då, hade Bengt undrat. Hade han inte nyligen beskrivit för Rut hur hela hans tillvaro var som ett omständighetens ok där saker bara hände. Hade han inte försökt förklara sin oro över att det liksom aldrig blev riktigt lugnt. Spelet som han nu hade framför sig och alla omdömeskorten, var

det ett svar på det? Han tänkte febrilt och försökte förstå. Vid ett tidigare tillfälle då vännerna hade besökt honom, bad han dem om stöd i de bekymmer som han bar så tungt. Det enda han ville var att kunna spola tillbaka bandet till strax innan branden i trädgården. Till tiden innan allt sotades svart, smälte ner eller brann upp. Bodhiträdet till exempel, hans symbol i det senaste försöket till nystart i livet. Ett spel. Varför? Det var inte just den sortens stöd han behövde för att komma vidare. Rut kom tillbaka. Hon såg hur tankarna tycktes rumstera i hans inre.

"Men Bengt, hör här nu. Vi vill ju bara hjälpa dig att få stil på din svansföring igen och vet samtidigt hur väl du vill få ordning på framtiden. Var det nånting som kom ut av festen som försvann, eldsvådan i trädgården och allt vad brandmännens envetna kamp förde med sig, så var det ju din nyvunna vilja att förstå dig själv bättre."
"Tänk dig att du har ett emotionellt bankkonto. Om exempelvis ett positivt och ett negativt minne finns där, så minns du minnet som är kopplat till den starkaste känslan. Om din starkaste känsla är kopplad till succé, så sparar hjärnan det som ett minne. Om du i stället bara tar saker för givna och tänker 'jaja' om det som pågår, men samtidigt reagerar med ett starkt 'NEJ NEJ' så tar hjärnan fasta på det. Alltså den starkaste känslan, inte vad du säger utan vad du *känner*". Rut gjorde vad hon kunde för att förklara. Hon vände sig mot Bengt för att se om han hade hängt med.
"Så, hur ska du tänka?"
"Tänka? Vadå tänka?" Han tittade på henne med ett förvånat uttryck.
"Ja, alltså utifrån det jag just sa. Att hjärnan tar fasta på den starkast uttryckta och upplevda känslan. Hur tänker du om det? Av ett mesigt jaja eller ett starkt NEJ NEJ, vad förlorar man på? Både för egen del och i relationen till andra?
"Men okej då. Det starka 'nej:et' som du sa, men vad har det här med mig att göra?" undrade Bengt.

En fnysning och ett fniss hördes från Pernilla som inte
längre kunde vara tyst.
"Det Rut försöker säga, är att om det saknas gediget engage-
mang fylls inte det positiva känslokontot på."
"Tänk på hur Pia-Carin gör med hunden", sa Twist. "Har
goda intentioner, förstärker känslor när det går bra och jub-
lar då. Ger inget engagemang för sånt som är negativt, hon
bara dissar det. Nu spelar vi spelet och försöker hitta rätt
engagemang, okej?" Han hoppade ner från sängkanten.
En stunds tystnad följde innan Rut tog tillbaka ordet.
"Se här! Det här är spelet som jag hade tagit med", sa hon
och höll upp en orange kartong.
"Alltså det handlar inte om att göra rätt eller ens svara
smart, mer om att se vilken samstämmighet som finns mel-
lan oss som spelar. Att lära sig mer om andra men framför
allt om sig själv, och förstå hur andra ser på en. Eventuellt
upptäcka områden att förbättra, det är vad det går ut på."
"Vi har alla varsin uppsättning med omdömeskort här", sa
Pernilla som stegade fram och höll upp korten med siff-
rorna ett till fyra. Bengt, du behöver inte vara den som bör-
jar. Du kan vara panel med oss andra. Tobbe kan börja!"
"Eh, va?" lät det någonstans strax bakom dem.

Tobbe hade suttit i en alldeles egen värld med tester av
skäggbakterier och ryckte till när han hörde sitt namn. På te-
ven gick ett program från den amerikanska teve-kanalen
KOAT. Man hade samlat in ett antal prover från frivilliga
män och lät sedan en mikrobiolog testa vilka mikroorgan-
ismer som frodades i skäggen.
"Vad ska jag börja med?", sa Tobbe utan att vända sig mot
Pernilla. Hans fokus var helt inriktat på kontentan av på-
gående skäggstudie. Mannen i teverutan som också var en
av de mikrobiologerna som utfört testerna, menade att re-
sultatet tyder på en oroande brist på hygien hos vissa skäg-
giga män. Mikrobiologen avslöjade att det, i de flesta skägg,
finns bakterier som går att hitta nästan var som helst.

"Häng med lite nu", sa Pernilla med en suck men Tobbe
hyschade henne snabbt och viftade bort hennes påstridighet
som om hon var en spyfluga som stört honom. Han visste
att han skulle få skit för det senare men han tog risken. För-
utom hans plötsliga intresse för skäggstudien, var det en de-
talj till. Han gillade inte riktigt att leka. Varje gång Pernilla
föreslog det, blev han rädd och kände olust. Tobbe var inte
så jättebra på att hantera vare sig ansträngande situationer
eller ansträngande människor och med Pernilla vid rodret
kunde det liksom bli lite av både och. Han lyssnade vidare.

Det visade sig att en del skägg i studien innehöll fekaliebak-
terier, det vill säga samma bakterier som man hittar i bajs.
Slutsats: vissa skägg är smutsigare än toaletter. Om ett vat-
tenprov skulle visa samma koncentration av bakterier skulle
vattenflödet stängas av.
"Hallå?!" hörde han bakom sig. Denna gång mer uppfod-
rande.
"Å fy fan", sa Tobbe högt och vände sig från teven men
ångrade sig genast. Kontrasten mellan det intressanta insla-
get och det som hans ögon föll på var snudd på skräm-
mande. Hallå-anroparen, som för övrigt var påtagligt lik
hans fru, såg så uppgiven ut att armarna verkade ha blivit
flera decimeter längre. De hängde slappt på var sida av
kroppen och han hade nog önskat lite mer än noll utstrål-
ning från en lektant. Ändå läste han av situationen snabbare
än en elitorienterare och reste sig från sin teveposition.

"Sluta svära åt mig", fräste Pernilla som hade provocerats av
Tobbes min. Den uppvisade en blandning av belåtenhet, ir-
ritation och äckel. En flyktig fundering över vad det var han
hade tittat på snuddade hennes nyfikenhet men det fick re-
das ut senare. Både det och hyschandet.
"Vi har ju precis gått igenom reglerna och du om någon ska
väl veta vad det handlar om. Det är ju vårt spel". Pernilla
fortsatte den påbörjade beskrivningen av spelreglerna.

"Du Tobbe är i fokus och vi andra, inklusive Bengt, är i panelen. Tobbe kommer slumpvis att välja ett kort i den upp- och nedvända korthögen, exempelvis det här…", sa Pernilla och lyfte det översta kortet som var blått.
"Och här fick man välja själv", muttrade Tobbe men Pernilla tycktes inte höra honom. Hon pratade på som en övertänd telefonförsäljare.
"Det finns sju färger på korten och alla beskriver olika delar av personligheten, underställda tre kategorier; Vilja, Kärlek och Sökande. Vi ser det här som en testomgång". Pernilla höll upp ett kort, pekade på kategorier och demonstrerade spelets mening på alla sätt hon kunde komma på.
"Blått kort beskriver personens vilja och duglighet, behovet av kontroll, vilja till upplysning och samarbetsförmåga medan gult kort visar den personliga energistrukturen. Alltså, om den blåa färgen representerar personens motor, är den gula dess drivmedel". Hon gick på med samma hastighet som en kulspruta avfyrar ammunition, liksom spottade fram alla ord med stark iver och beslutsamhet. Ingen lyckades riktigt bryta igenom ordströmmen.
"Gult beskriver exempelvis om man är kreativ, ambitiös eller sprallig. Vad står det på det blåa kortet nu då Tobbe. Läs högt."

Eftersom ingenting hände, eller i varje fall inte tillräckligt fort, slet Pernilla kortet ur hans hand och läste själv. Tobbe som precis var i färd med att gäspa ryckte till av förvåning när kortet plötsligt försvann ur hans hand.
"Vi fattar", sa Rut som svar på en fråga som aldrig ställts. Hon ville ge Pernilla en stunds andhämtning eftersom hon noterat att blodådern i hennes tinning såg ut att när som helst kunna brista.
"REALISTISK är rubriken. Jag har känsla för vad som är praktiskt genomförbart", läste Pernilla från kortet. En stunds tystnad la sig medan alla funderade över vad sjutton som därefter skulle hända. Rut var fortfarande kvar i

funderingar kring de sju färgerna som Pernilla pratat om
men var inte helt på det klara med hur färgerna och katego-
rierna kunde matchas, och i så fall varför. Bengt förstod att
det nog var läge att hålla sig på sin kant och Twist vågade
inte ställa den frågan han helst av allt ville, nämligen åt vilket
håll man skulle hoppa på spelplanen.
"Men hallå, har ni tänkt klart eller?", frågade Pernilla.
"Tycker ni att det stämmer in på Tobbe? Har han en känsla
för vad som är praktiskt genomförbart eller inte?"
Alla började fundera över om påståendet stämde in på
Tobbe eller inte. Även Tobbe såg ut att fundera en smula
och valde sedan ut ett av de omdömeskortkort han hade i
handen. De andra gjorde samma sak och en efter en lade
det valda kortet upp och ner framför sig.
"Då vänder du på ditt omdömeskort först Tobbe", sa Per-
nilla sedan hon försäkrat sig om att alla i panelen verkade
färdiga med sina val. Hon svepte med hetsiga ögon över
sina vänner samtidigt som hon log stelt och oäkta.

Tobbe hade valt en 4:a, det vill säga att påståendet *stämmer
mycket bra* in på honom själv. Jodå, han hade allt känsla för
vad som var praktiskt genomförbart. När de andra vände
sina kort visade det sig att alla instämde med Tobbe, så sam-
stämmigheten var hög och krävde inget utrymme för dis-
kussion. Åtminstone för alla utom Bengt. Han hade valt en
2:a, det vill säga: *Stämmer till någon del.* Pernilla förvånades
inte över hans val bland svarsalternativen och förlorade sig i
förbifarten kring tankar om varför Bengt inte ville acceptera
Tobbe. Bengts totala inställning till Tobbe som person och
hans missnöje mot honom behövde tydligen demonstreras
igen och igen och igen. Ibland kunde Pernilla verkligen hata
sin pappas vilja att så split. Att hon själv inte var accepterad
var en sak, och gudarna ska veta att hon hade gått många
korståg för att vinna sin pappas godkännande. Och faktiskt,
hon kunde ta det eftersom hon visste vad det handlade om.
Hellre än att göra det hårdkokta jobbet med att reda ut

händelser i det förflutna, valde han att lägga all skuld på Pernilla. Men Tobbe kunde väl ändå få chansen? Han hade verkligen inte gjort något, tvärtom hade han knutit näven i fickan många gånger genom åren och vänt andra kinden till gentemot sin svärfar. Tobbe var en bra och stadig person som Bengt både skulle gilla och lyckas få ett fint samröre med om han bara tog sig för att ge det hela en chans. När det kom till Pernillas tidigare relationer och pojkvänner, hade Bengt haft samma aversion mot dem, men bara tills den dag relationen tagit slut. Då lade han vantarna på dem. För Pernillas syster hade det varit lite på samma sätt. I motsats till Hertig Karl, som var besatt av att äga sina fienders kvinnor, verkade Bengts mer besatt av att äga sina döttrars 'fiender'… eller föredettingar. Det var ganska så rubbat. Som om han försökte bygga ihop och leva i relationer postumt. Inte ens i detta sköra läge, där han låg skamsen och strandad i sin sjukhussäng, klarade han av att vara mer ödmjuk. Hennes pappa satt faktiskt upp till halslinningen i sina egna misslyckanden och möjligt var, att han själv för länge sedan insett det. Han befann sig trots allt i en situation som han själv ställt till och nu verkligen bett om stöd i. De penibla situationer han hamnat i och hans ständiga försök att fördumma andra handlade nog mest om att förstärka sin egen lyskraft.

”Jag säger bara brum, krasch, buss”, sa Bengt och blinkade åt Tobbe.
”Känsla för vad som är praktiskt genomförbart… njae det tror jag inte att du har”, fortsatte han men Pernilla avbröt honom.
”Du pappa. Vad tycker du skulle vara det bästa om du fick välja? Att leva i kraft av sina tvivel eller i kraft av sin övertygelse?”
”App app app, nu ska vi inte smyga in extra frågor här”. Tobbe hoppade in i dialogen eftersom han visste vad

Pernilla kunde ladda för. Han ville inte att hon skulle utveckla något av det här och nu, liksom mitt i spelet.

”Vi spelar faktiskt spel och har de reglerna som gäller där att följa”, sa han avvärjande och hoppades att Bengt kunde ha vänligheten att avbryta sitt insinuerande innan någon av de andra blev nyfikna.

”Fast jag stör mig på Bengts attityd till dig, till oss, till livet och hans ständiga känsla för att alltid ställa stegen mot fel vägg, so to speak”. Hon såg att Tobbe blängde till på Bengt.

”Nu är det min tur!”, sa Rut och tog ett kort. Det blev ett orange kort.

”Just det Bengt, jag kanske ska förklara”, sa Tobbe som kände sig ställd inför Bengts trista demonstration och Pernillas reaktion nyligen.

”Du vet, de lila korten har betydelse i vårt själsliga liv och i sökandet efter vår andliga hemvist. De korten har vi tagit bort helt. Det området är nog ganska avskannat och klart vid det här laget, eller vad säger du?” Tobbe skrattade till men lät det klinga av ganska omgående.

”Sant. Och alla röda kort är också bortplockade. Du vet redan vilken fysisk och materiell förankring du har i tillvaron. Den behöver vi heller inte titta närmare på. Din inställning till motion och hälsa, status och boende… den kan vi också anse som klar”, fyllde Pernilla i.

”Återstår färgerna grön, turkos och orange alltså”, suckade Bengt och bläddrade förstrött bland korten.

”Nä, jag tog bort de turkosa också”, erkände Tobbe. ”Det skulle bli så många kort annars. Jag tänkte att det nog inte var aktuellt att jobba med den yttre fysiska fasaden i nuläget. Din uppsyn och ditt kroppsspråk, din drift att bli sedd och uppmärksammad är inte prio ett just nu va? Det kan vi ta nästa gång”. Var han fick det där sista ifrån visste han inte. Med tanke på att han inte var det minsta sugen på att spela spel, var det kanske inte helt smart att föreslå en andra omgång.

"Okej, ska vi fortsätta?" undrade Rut som hade börjat
skruva oroligt på sig. Hon tyckte lite synd om Bengt och
kände att de andra hackade på honom.
"Bra! Då har vi de blå och de gula viljekorten, samt de
gröna och de orange kärlekskorten. Det blir perfekt. Kan jag
läsa på ett orange kort nu Pernilla?" undrade Rut.
"Ja, gör det. Varsågod Rut", sa Pernilla som reflekterade
över att hennes avsedda artighet mer låtit som om Rut var
en hund och kortet dennes matskål.

"KOMMUNIKATIV är rubriken. Jag är bra på att meddela
mig med andra." Återigen valde vännerna bland sina omdö-
meskort och strax senare vände Rut på det som hon hade
valt. En 3:a; *Stämmer i huvudsak.* De andra vände sina kort
och alla var överens. Rut var kommunikativ. Tobbe hävdade
en 4:a och de andra höll med. Bengt valde så klart en 1:a;
Stämmer till någon del. På samma sätt fortgick spelet varvet ut.
Påståenden fälldes, alla var hyggligt samstämmiga utom
Bengt som avvek. Märkligt, tyckte Twist. Syftet var i första
hand att få Bengt att medverka i spelet, och i andra hand
önska att någon slags insikt skulle träffa honom. Märkte han
inte hur avvikande han tolkade omvärlden? Twist harklade
sig.
"Vet du Bengt. Vi har pratat en del om hur vi kan hjälpa
dig. Det är ju det vänner är till för, eller hur?" Bengt lyss-
nade men såg inte ut att veta vad han skulle svara. Twist såg
honom i ögonen men kände att han fick svårt att fokusera.
Blicken drogs först mot Bengts panna som ömsom skrynk-
lades ihop och ömsom slätades ut medan han lyssnade. I
takt med det sköts hans ögonbryn upp och ned, upp och
ned. De betedde sig som små kringströvande larver på ut-
flykt. Twist tappade tråden för ett ögonblick men han sam-
lade sig och fortsatte.
"Vi tycker att din relation med Dimitri och jobbet i pizze-
rian format dig till en riktigt trevlig prick. Du är fortfarande
vår gamle vanliga Bengt men du kändes mer närvarande och

tillfreds i bestyren på pizzerian". Bengt nickade och lyssnade.
"Sen var det himla kul att du ville rocka sockor, det är inte alla som gillar olikheter. Vi har pratat om det tidigare, att vi känner dig som rätt besvärad av dem som inte på långt när liknar dig. Stämmer inte det?"
"Jo, det är ett tråkigt drag jag har kanske", svarade Bengt och nu var det Twists tur att nicka. Han såg ut att förbereda nästa mening.
"Att rocka sockor är ett statement och i förra veckan när vi satt i väntrummet, läste Pernilla om katter och deras nio liv. Då tänkte vi att vi människor kanske också har nio liv. Vi pratade i alla fall om att man har fler chanser än en att göra om och göra rätt?"
"Jaså, tänker ni så?" sa Bengt med en röst ingen av dem kände igen. Den hade liksom blivit lite tunn och rosslig. "Men mina nio liv är nog redan förbrukade tänker jag", sa han sedan men efter en kort tystnad tog Pernilla till orda.

"Absolut inte. Så lätt ska du inte komma undan. Med nio liv menas nio chanser till nya friska tag och vi tänkte vara dina vägvisare. Vad säger du om att få några av oss som faddrar så fort du lämnat sjukhuset. Du kan hänga med oss i olika aktiviteter och situationer och så löser vi de problem som dyker upp gemensamt. Det är ju den bästa skolan. Du kommer snart att märka att man inte behöver krångla till allt."
"Bengt, nu gör vi bara det här", sa Tobbe. "Jag har också fått vara elev ibland hos Pernilla. Hon är förjävlig men jag gillar läget bara för att slippa hennes gnatande. Jag har insett att det fanns något att lära av varje människa jag möter", sa han med en min som Pernilla tolkade som... ja som... överansträngd. Eller uppgiven kanske?
"Gillar läget? Gnatande?", upprepade hon och drämde locket till spelet i huvudet på Tobbe. Han gjorde vad han kunde för att skydda sitt kala huvud.

"Relationen till Dimitri och mötet med kunderna i pizzerian, rocka sockor och nu spelet Orangino med många bra diskussioner. Det spelat vi gärna flera gånger, då har vi bara fem liv kvar för dig i den här skolan. Okej?"
Bengt visste inte vad han skulle tycka. Han kände sig faktiskt ganska arg på dem. Vilka fan trodde de att de var som skulle uppfostra honom? Alltså endera dög han och då kunde de bara låta honom vara, eller så tyckte de att han var jobbig och då kunde de också bara låta honom vara. Vadå nio liv och vadå faddrar? Hur mycket hade de pratat om honom egentligen bakom hans rygg? Fick man ens göra så? Det här fick han allt tänka igenom, för man betedde sig inte hur som helst faktiskt. Och det här fjantiga spelet, det verkade ju inte ens möjligt att kunna skaffa sig några martyrpoäng. Diskutera och resonera, nej så fan heller.

Men så kom han att tänka på Pia-Carin som låg med brännskador någonstans på sjukhuset och det ändrade riktningen på tankarna. Han sträckte sig över spelplanen och lyfte ett gult kort. Nu var det hans tur att vara fokusperson medan de andra skulle utgöra panel. I samma stund var det någon som öppnade dörren och kikade in.
"Ho ho, din gamla böcklingbrännare, är du vaken?" Det var Mac, tätt följd av Mini, som kom förbi. Bengt kände hur skammen träffade honom som en klubba i huvudet, fast inte lika hårt den här gången. Så länge Pia-Carin låg där hon låg, kunde han inget annat än skämmas.
"Hej! Men vad gör ni, spelar spel?", undrade Mac.
"Vi väntade på er innan det var dags för fika faktiskt. Vill ni ha lite kaffe?", undrade Pernilla som tagit med en stor termos som Tobbe preppat på morgonen.
"Tack gärna, det ska bli gott!"
Pernilla berättade att någon i familjen, och nickade samtidigt diskret mot Tobbe, hade fått ett särintresse. Ett närmast överdrivet engagerande i ett nytt intresse som ockuperade orimligt stor del av den vakna tiden.

"Spännande. Hur mycket tid då?"
"Ja all tid som behövs för att först jaga runt på marknaden efter de bästa kaffebönorna. Därefter en ny jakt efter de bästa kaffefiltren, avseende storlek och färg. Sen behövde visst en riktigt bra filterhållare införskaffas, plus en kaffekvarn och en kanna". Mac skrattade gott åt det hela eftersom han visste hur noggrann Tobbe kunde vara. Pernilla valde att inte avslöja det som sist av allt krävdes i processen, nämligen att förstärka kaffet med hederligt pulverkaffe för att det inte skulle bli alldeles för lankigt. Det kunde de få upptäcka själva tänkte hon och började fylla upp kopparna.

"Kul att se dig Bengt, hur är läget?"
"Äh, det är väl okej om det inte var för det här fåniga spelet om egenskaper och personligheter", svarade Bengt undvikande och föste undan korten han hade framför sig.
"Vill ni vara med och spela?", sa Pernilla och föste tillbaka dem. Mac tog några kort och läste högt på dem.
"Jag visar hänsyn och takt mot mina medmänniskor. Jag bortser från makt, anseende och inflytande när jag umgås". Mini lyfte också ett kort och läste:
"Jag delar gärna så andra får mer än jag."
"Haha, vad är det här? Är det Jesus som har hamnat i spelbranschen?" sa Mac innan han tittade på det sista kortet han tagit upp.
"Jag är bra på att uppfatta även sådant som inte är tydligt uttalat", läste han och då började de andra också att skratta.
Mini sträckte sig efter ytterligare ett kort.
"Jag går att lita på i stort och smått."
"Jaha, det stämmer verkligen Mini", sa Rut.
Bengt började också slappna av och skrattade med de andra, samtidigt som han sträckte sig efter det gula kortet som han hade tagit strax innan Mac och Mini kommit dit.
Rubriken var ELDSJÄL, och texten löd: "Jag brinner när jag engagerar mig". Med de orden försvann all energi ur rummet och skrattet tonade ut. Bengts skratt förvandlades

till ett gurglande, nästan kiknande ljud. Han lät som en slut-
körd och illa fungerande säckpipa och Rut funderade över
om det var gråt som hade stockat sig i halsen på honom.
Hon tittade till på Pernilla som gav henne en menande blick.
"Det är så mycket som har hänt de senaste åren som ni inte
har en aning om. Allt går emot mig, precis allt, och jag vet
inte i vilken ände jag ska börja", sa Bengt.
"Jag hade ett liv en gång i tiden, ett engagemang, rikedom
och status och nu är allt förstört. Jag hade pengar, massor
av pengar, som jag jobbat ihop under många år". Han drog
efter andan i en paus innan han fortsatte.
"Och nu är jag bara en fattig föredetting i rullstol, med en
bränd trädgård där hemma. Åh, mitt Bodhiträd. Svart som
synden av all sot", sa han innan han helt bröt ihop i tårar.
Tobbe drog efter andan och sökte Bengts kontakt.
"Exakt hur fattig då om jag får fråga?"
"Fattigpensionär. Duger det som svar?" Bengt sneglade på
sin svärson, uppslukad av sin egen klagosång.
"Det verkar som om jag mest bara är bra på att ha dåliga
idéer". Här var det ingen som kom sig för att säga emot el-
ler lista ut vad den bästa trösten kunde vara. Utom Mac.
Han var möjligen den som bäst visste hur man kunde få
Bengt att skingra tankarna, så han gjorde ett försök.

"Nä, hör här nu på mig min bäste stridsvagn Sherman."
"Stridsvagn Sherman?" Det blinkade till lite i säckpipan.
"Vadå?", sa Bengt och tittade upp.
"Ja exakt. Stridsvagnen M4 Sherman spelade en stor roll un-
der andra världskriget, driftsäker som satan och tillverkad i
närmare 50 000 exemplar. Just beträffande antalet skiljer du
dig från denna stridsvagn men i fråga om fortsättningen har
ni många likheter. Sherman var de allierades stridsvagn. Den
var mekanisk, pålitlig och rörlig. Precis som du". Pernilla
undrade klentroget vart detta skulle ta vägen och Mac fort-
satte.

”Egenskaperna gjorde att den kunde inta flera olika roller på
slagfältet”. Nu sträckte Bengt på sig så mycket han för-
mådde där han satt, stolt och plötsligt uppfylld av sin egen
betydelse. Mac fortsatte sina jämförelser.
”Som man bäddar får man ligga och du har säkert hamnat i
en pengasituation som du mest troligt själv har planerat för.
Nu förväntar jag mig att du skärper till dig. Berätta det du
vill berätta, men sen får du lov att rycka upp dig. Sluta tycka
synd om dig själv.” Pernilla betraktade sin pappa med en
min som avslöjade hur mitt i prick Mac hade beskrivit ho-
nom. Stridsvagn, absolut. En stridsvagn med offerkofta.

”Vad vet du mer om Sherman?”, undrade Bengt som be-
hövde betänketid och som åter sjunkit ihop litegrann. Han
lade handryggen under näsan för att dra bort en sträng av
snor som rymt.
”Jo, en nackdel hade Sherman och det var den otillräckliga
eldkraften. Stridsvagn Sherman var helt enkelt inte tillräck-
ligt bepansrad och matchade inte motståndarna i strid annat
än på riktigt nära håll.”
”Nähä du, där upphörde likheterna igen”, poängterade
Bengt som verkligen hade gått i gång på att liknas vid en
stridsvagn.
”Jag är en jävel på att fightas både på distans och nära håll.
Nu senast mot Skatteverket.”
”Nu senast?”, mumlade Pernilla som visste att det var något
Bengt faktiskt ägnat större delen av sitt liv åt.
”Ja, de ska fan inte ha en krona till så länge jag lever.”
”En krona till?”, sa Pernilla som inte längre kunde vara tyst.
”Pappa, så vitt jag vet har Skatteverket inte fått en krona av
dig sedan i slutet av 70-talet, så vad handlar det här om?”
”Äh, det är en tvist om mina pengar. Elva miljoner är vad
de ska ha av mig. Dagen innan min barbeque fick jag beske-
det.”
”Elva miljoner?!” Nu var det Minis tur att reagera.

”Sa du elva miljoner? Hur sjutton ska du få tag i så mycket pengar Bengt? Så många pizzor kommer du aldrig att ...”
”Ja, jag sa ju det. De är inte kloka. Blodsugare är vad de är. Tänk så de bär sig åt mot fattiga gamla människor som har tjänat samhället under alla år”, avbröt han förbittrat.
Pernilla harklade sig och viskade i Minis öra.
”Så illa är det inte. Han har inte tjänat samhället. Han har mest tjänat sig själv, knappt ens familjen. Resterande besparingar har han plockat ut ur landet och placerat i Spanien, fast det vill han säkert inte prata om.”
”Jag hade ett konto i Spanien. Eller först hade jag ett konto i Skottland men efter några år flyttade jag över allt till Spanien där de sedan legat tryggt i många år”, fortsatte Bengt som verkade uppenbart obekymrad över att han var i färd med att lägga alla sina ekonomiska förehavanden i knät på dem.
”Joakim Von Anka. Spännande”, viskade Rut i Twists öra.

”Som bosatt i Sverige är man obegränsat skattskyldig så jag insåg att det skulle bli svårt att bara plocka hem pengarna igen. Inte nog med att jag skulle beskattas upp över öronen, jag skulle också få skattetillägg och i värsta fall fängelse eftersom sånt här obegripligt nog, räknas som ett skattebrott.”
Obegripligt nog? tänkte Pernilla. Sent ska syndaren vakna, det här är ju på gränsen till parodiskt.
”Men så kom ett så kallat erbjudande”. Bengts min fylldes av avsmak.
”Ett erbjudande som gick ut på att den som självrättade sin deklaration, oavsett om man uppsåtligen undanhållit pengarna eller ej, skulle undgå både skattetillägg och straff. Ursäkta om jag frågar, men hur kan man ens kalla det för ett erbjudande? Hela upplägget är att betrakta som att gå en rond mot pannben. Men men, jag ansåg ändå att det var värt att haka på eftersom jag behövde pengarna, och ja… se hur det blev.”
”Vadå blev?”, undrade Tobbe och Bengts ögon blev lika stora som bestörta.

”Men hallå, häng med lite nu. Vi snackar elva miljoner, har
du sovit eller? Till saken hör att jag under förra året halverade mina tillgångar på grund av dåliga investeringar. Och
året innan det, samma sak; en halvering. Jag har gjort svindåliga affärer och tappat en hel del pengar. Men sånt tar de
ingen hänsyn till. Nä, i stället ska de ha ytterligare en massa
miljoner. Är inte det dystert så säg?” Efter den långa meningen behövde Bengt hämta andan.
”Bara åtta kvar nu”, han knappt hörbart på en enda lång inandning.

Därefter tycktes han förlora sig i egna tankar. Efter en stund
nästan viskade han fram att det här var något av det värsta
han varit med om.
”Det har jag väldigt, väldigt svårt att föreställa mig men du
har uppenbarligen en hel del att begrunda. Tid har du i alla
fall och något fängelse sitter du inte i. Däremot är det
kanske dags att vakna upp lite”, sa Twist.
”På flera plan”, tillade Pernilla innan hon drog med sig
Tobbe avsides, ställde sig nära honom och viskade:
”Jag kan räkna. Den som har halverat sitt kapital först en
gång och sedan en gång till och har nästan tjugo mill kvar,
fatta hur mycket han hade från början då!”
”Vadå tjugo? Hur vet du det?”, undrade Tobbe.
”Vi hörde ju att elva skulle betalas i skatt och att han därmed ansåg sig vara utblottad. Men jag snappade upp att han
hade åtta kvar, så min fråga är därför: vad hade han från
början? Inte svårare än en matteuppgift om ’Samband och
Förändring’ för årskurs nio. Det är på den nivån hans ekonomis förvandling landat”, summerade Pernilla.
Tobbe som var kvicktänkt när det kom till siffror och kalkyler, svarade snabbt.
”Åttio miljoner.”
”Åttio miljoner? Det är en jävla massa deg”, väste Pernilla.
”Men här kan vi inte stå och viska längre. Bara en sak till,
jag har en sak som jag vill säga och det är…”

Plötsligt tystnade hon som om hon inte längre visste vad
den enda saken hon ville säga var.
"Jag tror att vi har något som vi behöver prata igenom se-
nare. Brum, krasch, buss. Säger det dig nåt?"
Efter den frågan kom Tobbe och Pernilla att stå alldeles
nära varandra väldigt länge utan att säga ett ord. Tobbe
tänkte två saker om obehaget. Dels att det var länge sedan
Pernilla lyckades vara så tyst så länge och dels att det even-
tuellt hade startats en ny sorts lek. Han lyckades inte riktigt
fastslå vilket av detta han tyckte var värst.

"Tyvärr Bengt men våra fyrbenta familjemedlemmar väntar
på mat så vi behöver nog lämna dig nu. Vi hinner titta förbi
en sväng imorgon igen", sa Twist. Rut kramade om Bengt
och sa hej då. Detsamma gjorde Pernilla och Tobbe medan
Mac och Mini valde att vara kvar ett tag.
"Tack Bengt för att du berättar. Öppenhet är ett gott
tecken", sa Mac så fort de andra hade lämnat rummet.
"Du är nog hemma igen om några dagar och då vet du vad
som gäller Mr Sherman. Du är en fighter och reser dig
igen."
"Hör här. Om vi skulle avsluta det där Sherman-upplägget,
så var det en tysk officer som konstaterade att varje gång
amerikanerna skickade en stridsvagn slog tyskarna ut den.
Till sist fick tyskarna slut på ammunition, men amerikanerna
fick aldrig slut på sina stridsvagnar. Med de orden hoppas
jag få se spår av din kämpaglöd igen Bengt."
"Du fixar det", sa Mini. "Du får bli som tjuren Bengt som
vi hade på gården för några år sedan, kommer du ihåg? Han
var stor och stark men mjuk och snäll."
"Bengt II menar du?"
"Japp. Men du, nu behöver vi titta till Pia-Carin också så vi
måste säga hej då så länge. Vi ses säkert imorgon igen."

När alla hade gått blev det alldeles tyst. Det enda som låg
kvar i rummet var minnet av alla ord som blivit sagda och

en smula ånger från Bengts sida. Det var väl som själva fan att han inte kunde hejda sig i tid. När han hade öppnat rätt kran i talmaskinen var det som att allt bara rann på. Nu ångrade han mycket av det han sagt, exempelvis alla siffror. De kunde han väl ändå ha hållit tätt om. Han tog fram spelet igen som låg kvar på sängbordet och började bläddra bland korten i högen. Jaha ja, de röda, turkosa och lila korten var bortsorterade. Bengt valde på måfå ett av korten i högen av alla bortsorterade kort. Rubriken var INBILSK, och han läste innehållet:

"Mitt uppträdande antyder en självuppfattning som är högre än omgivningens."

Han lade de fyra omdömesskyltar upp- och ned på bordet och ställde tomten framför dem.

"Ett, två, tre och fyra. Alla byxor äro dyra", sa han och puttade till tomten så den tippade framåt. BAM, så hamnade den med näsan på ett kort. Han vände på kortet för att se vilken siffra näsan hade landat på. En fyra: *Stämmer mycket bra.*

"Helvete". Bengt formade en solfjäder av alla påståendekorten och gled med fingret länge över dem. Så drog han ytterligare ett kort. Denna gång var rubriken SARKASTISK, och han läste:

"Jag pytsar ut små elakheter mot min nära omgivning."

Han blandade de upp- och nedvända omdömeskorten, reste upp tomten framför dem igen och petade till den. BAM. Den landade med näsan på ett kort. Nummer fyra igen: *Stämmer mycket bra.*

Det fanns uppenbarligen mycket att ta tag i här. Först middag, sen lite teve och en stunds nattvila. Imorgon är det en ny dag och snart kommer jag att få komma hem, tänkte han. Att låta sig bli faddrad var kanske ingen dum idé trots allt.

Kapitel 7
Om gemenskap och falukorvsskivor till klackar
samt cork and work and card and ward

Exakt en timme tidigare och egentligen på tok för sent, hade
Rut och Twist sparkat igång morgonpysslet på gården. Sena
som de var, delade de i vanlig ordning upp sig så fort de sli-
rat ut från huset. Rut tog en tur via bikuporna för att titta till
morgonsurret. Därefter fick det bli hönsens tur. Det var hög
tid att städa ur burarna lite mer noggrant och precis som
vanligt, fylla på strö och mat. Denna runda tog ungefär lika
lång tid som Twists sväng förbi laman Zipper och alla get-
terna. Jobbet han hade att göra där liknade Ruts syssla hos
hönsen, det vill säga att städa bort lort och ge djuren mat.

Uppdelningen dem emellan hade att göra med Twists väm-
jelse över binas surrande och oberäkneliga beteende. Han
hade fått för sig att de när som helst skulle känna ett behov
av att svärma och att han i så fall kunde bli objektet för akti-
viteten. Ruts sväng bort till bina innefattade även att stanna
till på platsen där den gamla, numera döda hästen låg be-
gravd. Hon skänkte hästen en tanke med ett 'hej', förmodli-
gen på tok för svagt för att nå ner till långt under markni-
vån. Turen till hönsen däremot kunde hon gärna överlåta till
någon annan. De var så prilliga och fladdriga. De kacklade,
flaxade och pickade så disharmoniskt att all morgonro flax-
ade iväg med dem. Idag förvånansvärt nog, var det en trev-
lig stund i hönsgården. Rut gick in och konstaterade att de
hade värpt som tokar och det fanns många ägg att plocka.
"Bravo lilla höna, seså flytta lite på dig", sa hon till den
första och plockade två ägg. Sedan gick hon till nästa höna
och hittade ytterligare ett par stycken. Faktiskt, vilken höna
hon än jagade upp ur dess rede blev resultatet detsamma.

En höna i fångenskap lägger uppåt 300 ägg per år, att jäm-
föra med de vilda kollegorna som bara lägger drygt 10 ägg.
Idag hade hon plockat fler ägg än hon hade hönor. Så kons-
tigt, tänkte hon. Varför hade de lagt så många ägg?
”Bu!”
Rut skrek rakt ut, rädd som hon blev, och hönsen som pre-
cis hade slutat flaxa runt skrämdes upp på nytt. I det tillstån-
det var de påtagligt lika bångstyriga fjädervippor.
”Åh, förlåt”. Mini skrattade. ”Det var inte meningen att
skrämma dig på riktigt. Var du djupt inne i dina funderingar
eller?
”Men Gud, jag blev helt knäsvag av skräck, men så är jag ju
lättskrämd också. Ja, jag stod och tänkte på ägg och hönors
äggläggning och kom fram till att det är något inte stämmer.
Det är fler ägg än hönor här.”
”Kan bero på mig, får jag nog lov att erkänna”, sa Mini.
”Det var mitt jobb att ta hönsen igår men jag blev tvungen
att åka till mamma på sjukhuset”.
”Jaså, hur är det med henne? Har hon blivit mer vaken och
kontaktbar?”
”Både ja och nej. För ett par dagar sedan trodde de att hon
hade hämtat sig men sedan kom ett bakslag. När sköterskan
och pappa hade kontakt, frågade de om vi visste vem Viggo
var. Det var ett namn som mamma sagt i sömnen flera
gånger. Hon hade tittat upp ur sina drömmar vid flera till-
fällen, pratat om röriga saker och nämnt namnet Viggo. Så
lite snurrigt är det allt.”
”Men hur gick det då? Var hon vaken när ni kom dit eller?”
”Knappast. Hon sov så gott men glädjande nog är det bra
ordning på hennes brännskador. Medan de behandlar henne
gör hon ett helt annat jobb. Sover och läker. Hur som helst,
det var anledningen till att jag glömde hönsen och att med-
dela dig. Det försvann helt.”
”Det är lugnt, tänk inte på det. Hon drömmer då får man
ana. Vem kan Viggo vara?” Rut såg fundersam ut.

”Ingen aning. Ett namn jag aldrig hört talas om men mamma kanske planerade för ytterligare en liten tax innan olyckan. Är det inte så drömmar fungerar? Att de bearbetar starka upplevelser; dagens händelser eller annat som påverkar en mycket. Liksom nu eller tidigare, äh jag vet inte så noga.”
”Kan så vara”, svarade Rut. ”Det går åt rätt håll i alla fall, och det är ju gott nog så länge.”
”Absolut! Nu har jag löst gåtan med äggen åt dig också, så slipper du få en övertro på tanterna där inne”, sa Mini innan han lämnade hönshuset för att gå vidare.

Rut plockade på sig de sista äggen och lämnade hönsens boplats för att i stället påbörja utfodringen. Hönshuset var ganska nytt och väldigt funktionellt. Så klart, när Mac hade varit med och lagt sitt veto i varje byggdetalj. Det var full ståhöjd i hela huset och det fanns många, väl tilltagna utrymmen för mat och tillbehör. Rut började fylla hinkar med allt hon behövde för att fixa till åt sina fjäderfän. Hon hade tränat länge på konsten att förbise hönsens nervösa inställning till livet. Genom att gå in i en alldeles egen tankesmedja lyckades hon stänga kacklet ute. Hon hamnade då ofta i händelser från en annan tid, en bit bort från här och nu. När Rut kikar bakåt gör hon det rejält. Inte bara med en hastig blick i döda vinkeln, nej hon går långt tillbaka. Just idag, med fingrarna långt ner i foderpåsen, fick hon en förnimmelse av känslan med att stoppa ner handen i ett nyöppnat flingpaket. Någonstans bland alla flingor fanns ett klistermärke eller en leksak. Faktiskt, förr låg saker verkligen gömda mitt bland flingorna. Först senare kom man att tänka på hygienaspekten och då fick överraskningen ligga utanför själva flingpåsen, men ändå i kartongen. Ibland hände det att de glömt att lägga ner något i paketet och då var besvikelsen stor, eftersom det var alltför sällan som mamma Maja hade köpeflingor hemma. Oftare gjorde hon en egen dammig müsli eller så fick de bryta ner knäckebröd i filmjölken.

Någon enstaka gång var det fest, alltså fest på riktigt. Det var när de hade Kalaspuffar hemma. Rut tjuvade ibland. Hon stack ner handen i förpackningen och drog upp en näve flingor. De var så kladdiga av honung och smält socker att de fastnade på insidan av handen, som små puppor hängde de kvar i handflatan. Hur mycket hon än försökte släppa ner puffarna satt de ändå kvar.

Andra tillfällen som kännetecknades av mer fest än vardag var de gånger det serverades höns och curry i skolan. Det hände att skolans grönsaksrisotto, leverkalops, korvsoppa, fiskpinnar med filsås eller palsternacksgratäng någon enstaka gång ersattes av fågelkött. Kött i soppa, lever och kalops var det vanligaste köttet från skolköket, medan höna var lite av en lyxrätt. Den serverades vanligtvis ihop med överkokt, osaltat ris och alltsammans blev så torrt att det nästan var svårt att svälja. Ändå, med currysås uppe på, betraktades det som ett mål värt att längta till. En stor besvikelse i matväg däremot var skolans pannkakor. Inte pannkakorna i sig så klart. Det jublades när pannkakor stod på menyn men tillbehören var en besvikelse. Lingonsylt var sylten som stod till buds men köket lät det inte sväva iväg alltför generöst. Man beslutade sig för att blanda upp lingonsylten med vitkål och kallade det för kållingonsallad. Genom att senare skippa lingonen totalt och ersätta dem med sur körsbärssylt, knäcktes skolbarnen helt. Det gjorde att åtrån efter skolans pannkakor mattades av något.

När Rut var i tidig pubertet och det var vår längtade hon intensivt efter nya träskor. På den tiden var det inte jeansen som skulle vara trasiga. Det var träskoklacken som skulle vara nedslipad. Hon och andra träskokompisar drog av gummisulorna från klackarna med hjälp av en hovtång. Sedan startade jobbet med att slipa ner dem. Snabbaste sättet var att skjutsa varandra på cykel. Den som satt på pakethållaren stack ner träskoklackarna i asfalten och fräste ner dem så kraftfullt det gick utan att farten på cykeln minskade. Den som satt fram höll farten igång genom ett intensivt trampande. Slipjobbet avslutades inte förrän klackarna blivit tunna som falukorvsskivor.

Mini kom tillbaka och denna gång i sällskap med Bengt. "Men hej!", utbrast Rut i ett ögonblick av innerlig glädje. "Kul att se att du kommit på benen. Jag visste i och för sig att du kommit hem men har inte riktigt hunnit med i svängarna. Att se dig här… Hur har du det?"
"Nu är jag på benen och ska så förbli", deklarerade Bengt. "Kul att höra. Smart val! Och så väljer du att komma hit som det första du gör också. Det känns hedrande Bengt!"
"Ja, jag tänkte nog ta tjuren vid hornen och börja mitt arbete, alltså det där som ni pratade om på sjukhuset, med att bli en bättre kopia av mig själv."
"Ni och ni, vet jag inte", svarade Rut som ändå förstod hur Bengt tänkte. Han hade tagit sitt förnuft till fånga, och det som nyss antagligen hade känts avskräckande hade nu blivit en välgörande tanke.
"Tänk så här. Du behöver inte anstränga dig för att behaga oss. Du duger bra som du är. Eller förresten, jag ska prata för mig själv. Jag gillar dig Bengt men nu var det du själv som började bli less på de prekära situationer du så ofta hamnar i. För Pernillas skull däremot, finns det mycket att göra i relationen. Men vi är alla med, beredda att stötta dig i ditt arbete mot en bättre kopia av dig själv. Om du nu vill? Vi får väl se vad det blir för slags cross training som passar dig bäst."

Rut mindes det hon och Pernilla nyligen hade pratat om, vilket handlade om vad som styrde ens val att umgås med vissa personer men inte med andra. Att de man umgicks med var sådana som man gärna träffade med viss regelbundenhet och andra aldrig någonsin. De hade funderat över hur många nya kontakter som alls var möjliga att påbörja. Hur många av både gamla och nya kontakter som hanns med att sköta underhållet på. Vissa kontakter sköttes i termer av att nätt och jämnt "orka med" medan andra flöt på som om de var en del av en själv… hur kom det sig att det var så? Varför valde man exempelvis att träffa några av sina arbetskamrater även privat, men aldrig andra? Hur såg egentligen urvalen ut? Efter en stunds eftertanke hade de kommit fram till att det nog handlade om hur djupet i relationen såg ut. Efter att ha delat värdefulla händelser, formar man tillsammans en samfälld plattform. Liksom en bas innehållandes innerlighet, seriositet, glädje, kravlöshet och hjälpsamhet. Det finns en stöttande funktion i den sortens gemenskap, när en underliggande större händelse och en alldeles särskilt genuin historik delas. Det sägs att man behöver både tokskratta och gråta tillsammans några gånger för att komma varandra riktigt nära. Helst ska man ha skrattat och gråtit lite åt samma saker och allra värst vore det så klart om en skrattade medan den andre grät. Av sådant binder man inga band. Att supa ihop är också något som stärker banden. Kanske inte supandet i sig, utan den uppriktighet och det mod som växer fram i dimman av en alkoholpåverkan. Då delas det saker minsann, vitt och brett, om sådant som ruvats på men varit alltför svårt att framföras. Av att ha delat skratt och gråt formas något hållbart, nästan som familjeband. Därmed inte sagt att familjeband alltid behöver vara innerliga. Med blodsband är det snarare så att de är där, hur mycket man än stundtals önskar skaka dem av sig.

Rut hade berättat om sina egna minnen från den kärlekshistoria som inletts på jobbet, men även om andra som startat upp sina relationer på en arbetsplats. De flesta som träffas på jobbet har en arbetsmiljö som fört dem samman. Arbetet är då av den karaktären att de kommit varandra nära eftersom särskilt svåra situationer delas där. En av tio i Sverige har hittat sin partner på jobbet och på frågan om vart de träffades, tittar de lite harmset på varandra och svarar; "på jobbet". Konstigt nog uppfattas det som pinsamt eller fel vilket det inte borde göra. Vilka yrken det är som toppar statistiken talar sitt tydliga språk. Läkare, poliser och jurister ligger överst på listan där sårbarheten har fört arbetskamraterna nära varandra men även yrken som lärare och journalister finns med i listan.

"Cross training?" Bengt avbröt hennes tankar och såg undrande ut.
"Mm, det var Tobbe som kom på det. En träningsserie som utförs separat i effektiva intervaller. En övning – en stunds vila – ny övning. Det gemensamma är att varje övning sakta stärker upp helheten". Medan Rut pratade såg Mini hur Bengt tycktes tappa en del av sin nyvunna energi.
"Wow! Kolla!", sa han därför undanledande.
"Du har fortfarande två olika färger på sockorna."
"Japp, det kommer jag att ha varje dag nu och spelet ni tog med har jag tränat på. Jag kan varenda fråga. Det har varit en bra skola, bara det. Massor av saker som jag aldrig hade tänkt på, eller behövt tänka på". Rut skrattade åt Bengt.
"Fast det där är ett spel man spelar tillsammans. Det handlar ju om att resonera, beskriva, vrida och vända på saker. Att lyssna på varandra, ta emot kritik, få nya insikter ge andra feedback. Ingenting man pluggar in bara."
"Jag och sköterskan", svarade Bengt med en blinkning, "vi har spelat det några gånger."
"Kul att du trivdes med henne och skönt att din vistelse på sjukhuset är över. Dit kommer du inte tillbaka. Inte på grund av någon brand i alla fall", tillade Rut.
"Hon var klurig den där sköterskan och duktig på språk. Hon berättade till exempel hur svår engelskan kan vara delvis för att det är så långt mellan bokstav och ljud.
"Jag vet, visst är det så. Vad berättade hon? Säg!"
"Jo f-ljud kan stavas både med ett f och gh, som i *enough*".
Rut nickade och lyssnade. Mini lyssnade också, men bara till hälften. Han kikade samtidigt bort mot gethägnet eftersom han hade observerat ljud från gårdens lama åt det hållet.

"Och eftersom sje-ljudet, kan stavas med ti, som i *station*…"
Mini tappade Bengt alltmer nu och fokuserade nästan en-
bart på lätena från Zipper. I bakgrunden hörde han alltjämt
Bengts monotona berättarröst.
"I-ljudet sedan. Har ni tänkt på att det kan låta som ett o,
som exempelvis i *women*, alltså woman i plural?" Mini insåg
nu att den här redogörelsen säkert kunde fortsätta hur länge
som helst. Det var problemet med Bengt, att han var så om-
ständlig och långsam. Han blev liksom aldrig klar.
"Därför kan *fish* lika gärna stavas *ghoti*", sa Mini snabbt för
att kunna komma därifrån. Han satte fart på benen och läm-
nade Rut och Bengt bakom sig.

"Va? Vad hände nu? Varför snodde han min poäng?" Bengt
såg snopen ut.
"Var det här någonting som alla redan visste utom jag?"
"Absolut inte och jag hörde inte ens vad han sa" ljög Rut.
"Du får gärna fortsätta berätta för mig om ljud och bokstä-
ver. Jag har all tid i världen. Det är förresten när sånt här
händer som du ska titta på dina sockor och förstå vad de
symboliserar. Du förstår, Mini har inte samma tålamod med
oss tvåbenta som han har med djuren. Det var därför han
brast och stack. Sånt händer", sa hon och fortsatte.
"Förresten, svenskan är inte enkel den heller. Hör här: en
and – flera änder, en ända – flera ändor, en ände – flera än-
dar".
Bengt kluckande av skratt åt Ruts exempel innan han fort-
satte på sitt engelska spår.
"Exakt samma stavning men fyra helt olika uttal. Vill du
höra?"
"Jag är glad åt att du ägnar dig åt engelska och att du lämnat
latinet", svarade Rut som rös av blotta tanken på Bengts
galna idéer året innan med ordensbröder och månceremo-
nier. Då hennes gårdstomte hade fått agera offerlamm i en
av seanserna.

"Tough, bough, cough och dough. Känn på den du!", sa
Bengt och såg svinnöjd ut.
"Detsamma gäller meat och great och threat. Helt galet, el-
ler hur? Totalt regellöst om du frågar mig."
Rut nickade och började plötsligt känna sig osäker på hur
mycket mer tid Bengt hade och hur lång tid det här egentli-
gen skulle pågå. Hon hade stått så länge hos hönsen nu att
Twist förmodligen både gjort resten av gårdens morgon-
sysslor och redan kommit till kaffet. Eventuellt kan han
kanske ha sett Bengt, konstaterat att han såg farligt pigg ut
och därför valt att hålla sig en bit bort?
"Förresten, här!", sa Bengt som hade börjat gräva efter nå-
got i sin väska.
"Han ville komma hem igen, sa han till mig och det har va-
rit väldigt fint att få ha honom. Mitt tillfrisknande har garan-
terat påskyndats av hans blotta närvaro". Bengt räckte över
gårdstomten.
"Jag måste gå nu, magen kurrar. Vi ses!", sa han.
"Det gör vi. Kul att se att du är på benen. Vi är jätteglada
för det, ses snart igen."
"A moth is not a moth as in mother. Nor both as in bother,
nor broth as in brother. And here is not a match for there.
Nor dear and fear, for bear and pear", hörde hon från Bengt
medan han travade iväg i takt med sin text. Rut suckade.
"Å herregud". Nytt material för en grundlig genomgång.
Det han gör, gör han verkligen ordentligt, tänkte hon.
"Tack för tomten!" ropade hon men Bengt höjde bara en
arm i en vinkande gest utan att vare sig vända sig om eller
hejda sitt ordflöde.
"And then there's dose and rose and lose. Just look them up
and goose and choose. And cork and work and card and
ward. And font and front and word and sword. And do and
go, then thwart and cart", fortsatte han. Oh My God, vad
går han på? tänkte Rut som fortfarande kunde höra Bengt
medan hon sträckte sig för att ställa upp tomten på sin bästa
utkiksplats.

"Byggt av knyckt och tryckt. Snyggt och tryggt. Omtyckt". Vad fasen. Hade Bengts rim-pladder smittat? Tomtens plats var en belyst nisch i gethägnet som Twist hade byggt. Ruts och Twists gårdstomte hade en gång i tiden haft en fin liten vit kalufs som skymtade fram under den röda luvan. Men det var innan Bengts seans. Där syntes nu ett grövre sorts trassel. Tomten var fyrtio centimeter hög och gjord av massivt trä. Fortfarande med svarta träskor och ett brunt bälte runt magen. Av den finstickade röda akryldräkten, som tomten en gång i tiden varit klädd i, fanns inget kvar. Den hade smält. Tomten hade behövt genomgå ett omfattande gör-om-mig-lyft med start i en sandpapperspeeling för att avlägsna alla brännmärken. Efter den stora förvandlingen; rengöring, trämassekirurgi, träslöjdande, ansiktsmålning och textilarbete liknade den mer kusinen från landet. Liksom välkänd men ändå inte. Träskorna, benen och magen var de enda kvarlevorna från tidigare. I övrigt likande den mer en pajas än en tomte och hade samma ansiktsfärg som en peruan. Rut reflekterade över att Bengt inte haft minsta tanke på att han borde ha utväxlat tomten mot katten. Hans katt var nämligen fortfarande stationerad hos Rut och Twist.

I samma stund som tomten hamnat på sin plats tystnade Zipper och strax efter ropade Mini över staketet:
"Endera kände Zipper på sig att tomten var hemma igen men det låter lite väl märkligt, eller hur?
"Mmmm", svarade Rut.
"Eller så tröttnade han helt enkelt på att ha Twist hukandes och krypandes runt här inne, vad tror du?"
"Säkert!", ropade Rut tillbaka. Inga fler ord fanns tillgängliga som möjligen kunde besvara det hon nyss fått information om. Men, den som hade lärt sig att älska skolans höns och curry på 70-talet var svår att överraska.
"Schhhh", hörde hon från hägnet. Ett hyschande som var påtagligt likt Twists följdes av ett högt flabbande från Mini. Kaffe, var det som Rut behövde mest av allt nu.

Kapitel 8
Om goda ljusa dagar då lyckan vänligt ler
samt oro, tvång och villkor som växt alltmer

Vardagen hittade sina mönster och Viggo blev allt större.
Mina dagar fylldes av allt som hade med honom att göra.
BVC-besök, mammagrupp, sångstunder, lekparker, promenader, babysim och hemmamys. Så småningom behövde jag
också hittat en dagmamma, för direkt efter semestern
samma år som Viggo fyllde ett år skulle det bli dags att återuppta jobbet igen. Jag skulle jobba femtio procent, onsdag
till onsdag varannan vecka. En dagmamma passade bättre
för det tidsmässiga upplägget, dessutom tyckte jag att Viggo
var för liten för dagis. Han hade nätt och jämnt lärt sig gå
och på dagis verkade det vara mycket rushigare än i en dagmammas hem. Plus att det var lite mer likt som hemma. Vi
fick en plats enligt önskemålen och inskolningen gick bra.
Semestern tog slut och jag var strax igång på jobbet igen.

Nu startade ännu en period av att behöva anpassa sig efter
nya regler, rutiner och förhållanden. Hemma löpte det
mesta på men var ofta ganska oglatt och en hel del tjafs runt
föräldraskapet. En uppdelning hade smugit sig på och formats fram. Den gick ut på att jag och Viggo var en del i familjen medan Björn och tjejerna var den andra. Vi var alltså
en totalt uppdelad styvfamilj. Jag hade aldrig riktigt tagit
chansen eller fått tillåtelse att delta i fostran av Björns tjejer.
Vi hade aldrig kommit så långt i relationsskapandet, med resultat att vi inte riktigt kände varann. Det var en svår känsla
när man ingick i samma familj. I stället skulle tjejerna hela tiden skyddas och de omslöts av en vid sköld av överseende.
Att fostra barn eller styra dem mot ett annat mål än det de
själva väljer, innebär givetvis bråk och sura miner. Ingenting
konstigt med det. Det konstiga var att ett slags tassande

pågick och hemmet hade förvandlats till en no go zone där man gjorde bäst i att inte stöta sig med någon i onödan. När vi inte hade tvillingarna hos oss passade Björn på att jobba mer och när vi hade de stora barnen, var han hemma i något skapligare tid på kvällarna. Den här uppdelningen gjorde att jag och Viggo hade en hel del tid tillsammans på egen hand, något vi vid det här laget var fullkomligt vana vid. Ibland lämnade vi Gålö. Vi gjorde utflykter till kompisar, åkte till stan eller till Laduvik där Viggos mormor bodde.

Pia-Carin slog upp ögonen. Igen. Hade hon inte gjort det alldeles nyss? Eller hur länge sedan var det? Fem minuter sedan, eller en timme, kanske en halv… eller en hel dag sedan? Svårt att veta. Var det möjligen så att hon slog upp ögonen gång på gång? Den största frågan av dem alla var kanske om detta var allt hon kunde nu. Sova tungt och drömma långa, osammanhängande drömmar om ett liv, om någon annans liv, ett rörigt liv, och sedan slå upp ögonen för att snart somna om. Hur länge skulle det vara så här? Trots allt visste hon var hon var och varför, det hade Mac talat om för henne. Branden kom hon så klart ihåg men hon mindes inga detaljer eller händelseförlopp. Mac hade berättat om Twists insats med att släcka elden som brann i hennes kläder. Han hade beskrivit den rädsla och oro som han känt i ambulansen på vägen till sjukhuset och alla tankar som rumsterade i honom medan hon låg i respiratorn. Han hade varit så orolig över Minis reaktioner och beskrev den tystnad som rådde där hemma. Med anledning av det Mac beskrivit föreslog Pia-Carin att han skulle ta med sig Mini till sjukhuset och sedan det besöket hade det gått bättre hemma. Mini hade till och med varit med när de lagt om förbandet på hennes brännskadade rygg och läkprocessen gick åt rätt håll, det hade de sagt. Det konstiga var bara att hon var så evinnerligt trött.

Pia-Carin strök med händerna över det svala lakanet och lyfte sedan upp dem. Hon studerade dem. Tio bleka fingrar, likbleka och oanvända. Hon provade att knyta nävarna och sedan öppna dem. Spretade med händerna, sträckte på fingrarna och knöt sedan nävarna igen. Om och om igen. Nu hade de plötsligt fått lite mer färg, och det var en gnutta bättre rörlighet i dem. Hennes duktiga fingrar som jobbade så bra över tangentbordet. Som så gärna ville fortsätta skriva om Louise. Så snart hon började känna sig piggare och vakenperioder blev längre tog hon kontakt med Louise för att fortsätta skrivandet. Dagarna var långa så tiden fanns. Endera satt Pia-Carin i sängen och Louise på sängkanten eller så lånade de ett av rummen på avdelningen. Så hade samarbetet fungerat den senaste veckan och ingenting skulle hindra henne från att fortsätta skriva ner Louises berättelse. Louise kände sig reserverad enbart med tanke på Pia-Carins hälsa men lämnade över till Pia-Carin att själv ta ansvar över sitt mående. Kände hon sig pigg, bokade de en tid och just nu tänkte hon att hon skulle ta och ringa Louise. Hon studerade sina fingrar, frågade dem om de skulle orka med en svängom på tangenterna. Hon såg för sitt inre hur de tre fingrarna på höger hand mötte de tre på vänster. Hur de samsades någonstans på mitten, lite till vänster om mitten. Bokstäverna E F V delade de systerligt på men höger hand var mer aktiv i skrivandet och vänster hand kompletterade det höger hand inte riktigt nådde. Hon såg fingrarna framför sig när de dansade fram på tangenterna. De hoppade och studsade, trasslade in sig, tappade styrkan, blev suddiga, helt lealösa för att till slut försvinna helt.

I två olika omgångar tog vi hjälp via familjerådgivningen. Det var nödvändigt eftersom vi verkligen hade fastnat i våra uppfattningar om varandra. Jag tänkte att det nog var ganska vanligt med sura miner, dolt förtryck och en massa tjafs i de flesta familjer. Björn efterlyste en harmoni men trodde kanske att han själv inte behövde anstränga sig för att få ihop familjen. Han klev inte in i sin nya roll utan försökte bara fösa ihop två delar. Det gjorde han genom att leva kvar i sin tidigare familjs livsstil men hade förhoppningar att det bara gick att maka in mig och en bebis i den. Alltid rädd för var tjejerna skulle tycka, vad som skulle föras hem till det andra hemmet och hur hans exfru värderade våra beslut. Björn stod som en oryktad åsna mellan två hötappar och förmådde inget annat än att hacka på mig. Det var det enklaste. I en styvfamilj blir det extra rangligt med bråk och osämja. Där fick liksom ingenting fela eftersom det gedigna murbruket mellan byggplattorna inte funnits där från start. Det är ett ständigt vakande över att alla ska vara nöjda och barnen får extremt mycket uppmärksamhet. Ett outtalat krav som styvfamiljen hade över sig, var att barnen aldrig ska känna sig överkörda eller svagt välkomnade. En styvmamma har ett extra starkt tryck på sig att vara mer moderlig än modern själv annars framstod hon, som i sagans värld, som väldigt elak och häxlik. Gud förbjude. Omedelbart fördes tankarna till ett tvivel om barnen verkligen blev särskilt friskt älskade eller om de vuxnas dåliga samvete enbart utsöndrade en slags tröstande kärlek. Fick barnen verkligen en bra uppfostran eller präglades deras tillvaro mest av ett kletigt tröstande. Påhejat för att skingra smärtan som den nya situationen antogs bidra med och baserat på en olycklig rädsla över att barnen skulle fara mer illa än de redan gjort.

På den första familjerådgivningen var det bara vi och terapeuten. Till en början var det bra samtal och vi blev tydligt medvetna om hur våra respektive versioner av ett och ett halvt års gemensamt familjelivet skilde sig åt. Vi fick nya infallsvinklar och det kanske bästa av allt var förståelsen för hur *normalt* det var att ha problem i en styvfamilj. Björn satte lite i halsen när han fick klart för sig att det även för hans del innebar vissa balanserande uppoffringar och förpliktelser. Det gällde ju att båda familjerna mådde bra. Han fick nog vara beredd på att det ställdes krav från alla håll. Ett uppvaknande kanske, eftersom han helt hade lassat över allt rörande den nya familjen på mig. Han hade förväntningar på mig att jag skulle backa upp honom och sopa rent hans samvete för den andra familjen också. Vi fick redan vid första träffen klart för oss hur många som egentligen var involverade i vårt familjeliv och vilken påverkan det fick på oss. Terapeuten menade med en svepande rörelse långt bort åt höger, där Björns exfru på ett imaginärt vis fanns, att även exfruns nya partners fru och exfru fanns med. Deras ställningstaganden kunde göra att det blev besvärligt för oss i vår familj. Där sa hon verkligen något. Ytterligare en sak sa hon med bestämdhet till oss båda; att vi skulle låta varandra vara. Hon menade att det inte var någon idé att tvinga sig på varandra med åsikter och känslor ifall det innebar ett annat, icke önskat sätt att fungera på. Detta tolkade Björn i efterhand som att hon hade sagt att jag skulle låta Björn vara ifred. Efter många besök och samtalsstunder där tyckte jag inte att vi kom längre än till en kamp om att söka bekräftelse för den egna känslan. Det var som om vi bara sökte röstfiske eller en domare för att samla in poäng, snarare än stöd att hantera situationen och leva vidare i den. Vi fick några tips på bra böcker och tackade för oss.

De sammandrabbningar som Björn och jag hade, avlöste varandra och ändrade innehåll lika mycket. Ibland handlade det om barnuppfostran och släktträffar. Ibland om städning, mathållning och inköp, mer sällan om pengar, men desto vanligare rörde sig tjafsen om planeringar eller prioriteringar inom familjen. Det var så mycket som styrdes av Björn. Boendet, schemat med tjejerna och jobbet. Det var han som hade de stora bekymren och de viktigaste prioriteringarna. Mina tillkortakommanden var ingenting att lägga tid på. Detta var en period som bestod av ymniga förråd av anklagande och fördömande ord. Jag hade verkligen ledsnat på Björn, som alltför uppslukad av sina egna problem, inte lyckades ha förbarmande över andras.

Jag hade slutat amma Viggo och trodde att det möjligen skulle bli en öppning för min utökade självständighet och en möjlighet till ett mer jämlikt förhållande. Att det var jag som matade, bytte, vaggade, tröstade och sövde hade fram tills nu ansetts vara enklast med tanke på amningen. Den förklaringen spillde dessvärre över i många andra former av samvaro. Björn skedade inte heller smakportioner eller badade Viggo. Han handlade aldrig någonsin kläder eller leksaker till honom och glädjen fanns inte heller över en stunds lek med sonen. Förklaringarna var som oftast tidsbrist över ett arbete som krävde Björns fulla uppmärksamhet. Och, med de månader som följde stod det klart att det hade minst med amningen att göra och mest med Björns lättja att göra. Han hoppade inte upp på natten när Viggo vaknade. Han var inte uppe och tröstade, klappade om eller försökte söva den lille natt-marodören. Han var helt enkelt vansinnigt lat. En natt var jag helt slut och Viggo otröstlig. Det tog lång tid att söva om honom sedan han vaknat och gråtit för andra gången. Så fort jag hade lyckats, vaknade han igen. Jag bytte blöja, matade, gav vatten, sjöng, tände lampan. Till slut orkade jag inte längre. Då bad jag Björn om hjälp. Hans tålamod var uselt så det slutade med att han vrånghöll den lilla kroppen. Till slut skrek Viggo så intensivt att han nästan kräktes. I detta skulle jag försöka varva ner och somna om vilket givetvis inte gick. Björn gav upp och bar in Viggo i sitt rum, lade honom i sängen och stängde dörren.

Min ambition var alltid att först söva Viggo och sedan lägga honom i sin säng. Jag ville gärna ha min säng för mig själv och tyckte att även Viggo behövde vänja sig vid att sova i sitt rum och i sin säng. När tjejerna var hos oss, hade den ena av dem blivit en liten nattvandrare. Det betydde att hon kom och lade sig i vår säng framåt småtimmarna och var något som Björn inte ansträngde sig en smula för att ändra på. Detta skapade en ny helgrutin för oss. Dels nätter med ännu mindre sömn men faktiskt också en liten uppdelning av

morgonen. De helger då tjejerna var hos oss, gick Björn upp
när Viggo hade vaknat och övriga helger gick jag upp. En
ganska bra uppdelning äntligen, och en chans till något av
en sovmorgon. Trodde jag. De helger som Björn skulle ta
upp Viggo och göra honom i ordning, bad han storasyster
göra det i stället. Själv gick han och lade sig igen, vilket be-
tydde ett evigt springande av storasyster in och ut i sovrum-
met med nödvändiga frågor. Alltså lika bra att gå upp och ta
över hela rasket.

Björn tog heller inte initiativ till att lägga sig på golvet och
umgås med Viggo i hans värld. Han tog aldrig mitt-på-dan-
vilan eller hade rutin för att passa den lille. Inför resor eller
utflykter hade Björn ingen som helst koll på vilka behov
vårt gemensamma barn hade. Han tänkte på att få med sig
bilnycklar, plånbok och cigaretter. That's it. Om vi var på
semester kunde kamera vara det enda tillägget i Björns pack-
ning medan jag hade resten. Solkrämer, solhattar, blöjor,
olika sorters ombyten, frukt och badlakan vid sidan av ett
alldeles nytt planeringsschema för dagen i den nya miljön.
Om vi behövde barnvakt var det samma sak. På restaurang-
besök blev min plats var bredvid Viggo vilket inkluderade
ett hoppande upp och ned från stolen i en ständig jakt på
harmoni och middagsro. Björns plats var mitt emot. Det var
jag som såg till att barnvakten hade middag och mutgodis,
som skrev listor och instruktioner för att underlätta både för
barnvakten och Viggo. Så klart, kan man tycka. Jag hade ju
erfarenheten och kollen, inget konstigt med det. Skyll dig
själv, kunde man också tycka, det var väl bara att släppa
över ansvaret pö om pö. Just det var lättare sagt än gjort
och vi hade varit en sårbar familj länge där extra dispyter
inte kunde hälsas välkomna. Som sagt; jag visste ju att Björn
genast skulle delegera ansvaret till någon annan eller tillbaka
till mig. Det sorgliga var hur svårt det var för Björn att upp-
skatta mitt genuina bidrag till vårt familjeliv. I stället för:
"jag är tacksam för allt du gör" hette det: "du behöver

dämpa ditt kontrollbehov". Jag hade ett enormt lass på mina axlar, där jag skötte det mesta och tog ett stort ansvar i vårt gemensamma liv. Rollen hade jag tagit för att Björn inte tog den. Dessvärre, eftersom jag inte räckte till fullt ut fick jag höra anklagande toner om mitt beteende och samtidigt förstå att några syskon till Viggo skulle det inte bli förrän saker och ting fungerade bättre i den här familjen.
Ibland handlade det om svartsjuka. Jag och min tidigare sambo hade behållit kontakten för gammal vänskaps skull och ett mycket sporadiskt samröre fanns kvar i och med det. Den så kallade syskonrelationen levde vidare och vi hördes på telefon lite då och då. Han hade också varit ute på Gålö. Han ville se Viggo och vi hade efter separationen setts på tillställningar med gemensamma vänner. Inget av detta gillade Björn. Han förstod det helt enkelt inte. Vad kunde väl vi ha ihop som gjorde denna kontakt nödvändig? Han började också agera väldigt kontrollerande och förde anteckningar om vad jag sagt och gjort. Kontrollerade namn och skrev ut kartor på platser där han fick för sig att jag hade hemliga kontakter. Han ställde sig till och med på utvalda platser för att spionera efter min bil. Det var så sjukt.

Jag tyckte att vi hade blivit experter på att bråka, alltså på att lyckas sköta det snyggt. På natten eller via brev, utom hörhåll från barn eller andra nyfikna. Björn menade att högen av alla olösta problem bara urholkade mer och mer av det som hållit oss ihop så länge och jag höll med. Bråken kändes liksom hela tiden som en förrätt till det slutgiltiga raset i familjen. Vi tyckte att det var dags för en andra omgång med familjerådgivning. Denna gång gick vi i grupp, tillsammans med andra par i liknande situation. Någonting som faktiskt var ganska befriande. Det kändes friskt och skönt att gå dit. Vips fick vi höra om andras jobbiga ungar, snedfördelade föräldraroller, ansträngda förhållanden till "exen", jobbiga svärföräldrar och stökiga boendeformer. Björns bild av våra problem sträckte sig inte till detta. Han tyckte inte att vi hade några av dessa bekymmer. Hans tjejer var ju superfina, förhållandet till deras mamma bra och runt boendet fanns inget mer att säga. Han tillade också att hans och mitt ansvar såg ut ungefär på det sättet var och en av oss hade fått göra sig beredd på. Det var Björns version och därmed var allt som han eventuellt kunde ha varit "pappa" till bortsållat. Att boendet blivit bra därför att jag hotats till att acceptera det, att Björn var en ofattbart dålig småbarnsförälder och att vi hade häftiga problem med Björns reaktioner till min före detta sambo, nämndes aldrig. Att hans tidigare fru var ett störande moment, åtminstone när det gällde att bygga upp en självständig och ny föräldraroll, nämndes inte heller. Hon fanns så klart med i de flesta av Björns beslut, eftersom ett missnöjt "ex" var otroligt mycket värre än en missnöjd sambo. Hundra gånger värre. Att svika den som redan svikits i och med skilsmässan och att svika den som tagit lejonparten av deras gemensamma börda sedan svikaren svikit… det var många gånger värre så klart. Familjerådgivarna Annika och Inger pratade hela tiden om *paret*. Allt måste utgå från paret. Om vi bara var lyckliga och glada så skulle barnen känna det och klara sig bra. De tyckte att vi var alldeles för allvarsamma och bara fixerade oss vid barnen hela tiden. Björn tolkade det som att det räckte med att den ena i paret var tillfredsställd för att paret skulle lyckas må bra.

Viggo mådde toppen. Han var en lugn och trygg person som inte verkade ta skada av det konstanta missnöjet som låg runt oss. Jag tror helt enkelt att Björn och jag blev duktigare och duktigare på att acceptera läget. Ingen av oss var nöjd men vetskapen om att pågående konflikt var värre än ett surt fredsläge så det fick vara statusen för tillfället. Märkligt nog kunde vi heller inte tänka oss ett liv utan varandra. På ett sätt gjorde det oss nog gott att jag jobbade igen så att vi kunde hitta våra gamla roller på nytt. Vi fick en del hjälp där av våra arbetskamrater och äntligen fick jag uppleva känslan av uppskattning igen, både för min person och min kapacitet. Det tråkiga var de nya arbetsuppgifterna, enbart rutinuppgifter, som lades på mig i och med att jag inte jobbade heltid. Att planera större inköp och få följa med i hela kedjan av beställningar, kundkontakter, leveranser och varupresentationer var svårt att få till när det fanns en dagmamma som väntade flera mil bort. Ibland behövde jag också vara hemma med sjukt barn. Det hängde en slags tyst överenskommelse i luften om att i händelse av att Viggo blev sjuk var det bäst för Viggo, för oss och för företaget att jag var hemma medan Björn jobbade.

En morgon var en av tvillingarna sjuk och jag tog för givet att Björn skulle vara hemma med sitt sjuka barn. Han tänkte annorlunda, men tyckte nog inte att han behövde säga något om sina tankar. Jag gjorde mig iordning för att åka till jobbet och frågade Björn om Viggo kunde vara hemma med dem eller om han måste till dagmamman. Vi blev häftigt osams sedan det stod klart att jag gjorde mig redo för att åka. Björn tyckte att jag skulle vara hemma men jag vägrade och motiverade min handling med att jag hade nog många avdrag för vård av sjuka barn i lönebeskedet. Särskilt frisk var jag inte själv, med sprängande huvudvärk och ont i halsen men till jobbet skulle jag. Och nej, Viggo kunde inte vara hemma även om Björn var det, så jag körde förbi dagmamman och sedan till jobbet. Några dagar senare fyllde jag år. Det var min 27-årsdag och hela familjen kom med frukostbricka, paket och sång. Björn berättade att han hade varit i kontakt med mina vänner, både nya och gamla, för att ordna ett överraskningsparty för mig men vårt bråk angående vem som skulle vara hemma med sjukt barn tidigare kom emellan. Den dagen hade han blivit så besviken på mig att han hade ringt runt och avblåst hela idén med födelsedagsfirande. Var det verkligen nödvändigt att berätta det? Var det viktigt att beskriva vilket straff jag dragit på mig?

Gålö var en dyster plats under vinterhalvåret. Det var mest bara de inhemska skärgårdsborna som bodde året runt i stugorna där. Resten av husen var sommarhus som stod tomma. Upp- och nedställda trädgårdsmöbler, rimfrost på rutornas insidor, stängda fönsterluckor och diverse utomhusgrejer paketerade under presenningar skvallrade om ödeläggelsen.

Avståndet mellan mig och Björn växte alltmer. Tidig vår, samma år som Viggo skulle fylla två år, nämnde vi ordet separation för första gången. Flera av våra diskussioner landade därefter i ordet 'separation'. Det blev lättare och lättare att hamna i de tankegångarna och vi kom fram till det allt snabbare vid varje skärmytsling. En fullkomlig otänkbarhet för ett halvår sedan hade plötsligt blivit en tänkbar lösning. Kanske till och med en möjlighet? Jag hade börjat söka efter ett alternativt boende. Inte för att jag innerst inne trodde att det skulle bli så men för att inte behöva agera impulsivt och akut om det väl skulle landa där. Björn var ofta låg och trött, hade mycket på jobbet och ingen ork att visa glädje när vi var tillsammans hemma. Jag fick ta det största ansvaret över Viggo. Pendlade mellan att sköta mitt jobb i stan, hemmajobbet, relationen till dagmamman och allt runt Viggo samt något slags socialt liv vid sidan av detta. Jag fick aldrig vara låg eller göra mina egna grejer medan Björn hade en större frihet att sticka iväg lite på kvällarna. Han kunde vara kvar på jobbet, åka och titta när A-lagsgrabbarna spelade en fotbollsmatch eller svänga förbi sin mamma på vägen hem. Jag hade bara två stationer: jobbet och hemmet.

Försommaren kom och med den följde en gnutta av mer liv i byn. Här och där syntes små dungar av vårblommor. Scillor, tussilago, påskliljor och pärlhyacinter gav färg åt de i övrigt ganska vårdammiga markerna. Normalt sett var det här min tid. Jag blev alltid så upplyft av tanken på sommaren. Värmen och solen skänkte glädje och bekymren verkade helt plötsligt vara färre. Kvällarna blev längre och mörkret inte lika kompakt. Ett helt nytt flöde startade när det gällde aktiviteter och fler utflykter gjordes då utomhuslivet blivit vanligare. Brännboll, fotboll, ett besök på Kolmården och midsommarfirande. Men det här året gjorde inte ens våren att jag kände mig gladare och tankarna på en separation hade nu grott sig så starka att de knappt skrämde mig längre. Det kändes som ett svårt jobb, att kasta sig ut i det okända, men rädd var jag inte. Snarare olycklig över hur allt kunde gå så illa. Jag ville ju vara familj.

Björn slets mellan tvillingtjejernas önskemål och mina förväntningar och grälen hängde liksom i luften hela tiden. Tendensen med vårt uppdelade liv hade verkligen blivit norm. När det blivit dags för sommarsemester var det svårt att smida semesterplaner med särskilt mycket glädje eftersom minst en av oss inte hade förmåga att glädjas. Vår lilla familj, det vill säga vi tre tillsammans var i Björns ögon alltid två för få när tjejerna inte var med. Han behövde liksom kompensera dem med extra grejer för att överskyla att vi planerade saker och levde ett liv utan dem. Jag hade genomskådat detta beteende och det kändes otroligt sorgligt att vara den som förstörde hans relation till dem. Att vara den som bidrog till att han behövde trösta dem för att han hade ett liv till. Den här sommaren enades vi om att sätta punkt för vårt fortsatta liv tillsammans. Vi hade semester på skilda håll och i mitt huvud hade mycket börjat snurra som rörde flytten för mig och Viggo. Jag hade redan förberett mig under våren och dragit i några trådar inför att ordna ny bostad och ny dagmamma. Viggo och jag skulle starta om på andra sidan stan där jag hade närheten till min storfamilj och mina vänner. Jag sa upp den tidigare dagmamman, ordnade med tjänstledighet från jobbet i två månader och hade redan tagit kontakt med en ersättare så ledigheten beviljades. Den långa ledigheten från jobbet kändes nödvändig för att komma iordning i allt det nya och att få distans till Björn som annars skulle finnas alltför nära mig på jobbet.

Det var en underlig känsla. Jag kände mig uppgiven och stark på samma gång. Dagen efter träffades Björn och jag för att dela upp saker i det som varit vårt gemensamma hem. Förtvivlad över att vi skulle gå skilda vägar men samtidigt stark över att ha löst situationen för mig och Viggo.

Björn hade börjat plockat ihop mina saker i kartonger som han fixat fram och nästan alla mina saker var redan undanstoppade i tvillingarnas rum. Vi sa inte så mycket till varandra. Några lösryckta fraser hit och dit, en fråga och ett svar. Luften kändes sur, ledsam och tung. I denna stämning gick vi igenom allt som fanns i köket och delade upp det vi hade. Ett slags teamwork uppstod plötsligt vilket gjorde att fördämningen lite grann släppte. Vi grät båda två och vi gläntade lite på den prestige som sedan lång tid tillbaka tungt lagt sig tillrätta över alltihop. Vi satte oss ner på köksgolvet i röran och började prata. Med turtagning i samtalet delgav vi varandra sådant vi burit på. Vi lyssnade på varandra och kom så nära som vi inte gjort på evigheter. Så blev vi sittande i ett par timmar och mycket vänligt blev sagt. En helt ny förståelse kom fram. Vi var överens om att vi alltid kommer att betyda oerhört mycket för varandra och det kändes skönt att skiljas åt på det viset. Vi bad varandra om förlåtelse, samtidigt som vi visste att vi var mitt uppe i något som var absolut nödvändigt.

Efter ganska exakt två år på Gålö flyttade jag. I flytten fick jag med mig en soffa och ett köksbord samt fyra stolar, en bokhylla, mina tavlor och blommor, en säng och inredning till Viggos rum, husgeråd och linne. Med mig hade jag också vår tvååring. Jag hade ännu en gång tagit mig ut i ett okänt landskap fullt av ansvar och beslut. Trots att jag såg det som ett ganska stort misslyckande och trots att jag lite grann kände mig som ett misshandlat väsen, var jag ändå rätt nöjd. Mina monologer hade äntligen tystats ned. Känslan jag tog med mig i separationen var att jag med gott samvete kunde säga att jag hade givit boendet, och därmed relationen den chansen som först krävdes. Nu fick jag äntligen chansen att tänka själv. Jag skulle få möjlighet att ta alldeles egna beslut och pröva att leva efter dem i stället för att få dem dränkta av tusen uppkomna anpassningar. Jag hade aldrig tidigare vetat hur långt ordet "anpassa" kunde dras. Det var mer töjbart än nylon och mer utrunnet än oformlig deg.

Dörren till Pia-Carins rum gnällde till och hon vaknade. Hon hann precis se ryggen på sjuksköterskan och av doften att döma, hade hon varit inne i rummet med kaffe. Den koppen hade hon nu missat för att hon sovit så djupt. Med ett tryck på klockan skulle det nog vara åtgärdat. Hon tog handtaget i handen och tryckte ner knappen tills en röd lampa tändes. Tänk vilken berättelse hon hade bearbetat bakom sina stängda ögonlock. Återigen förvånad över alla turer och hur det lade sig tillrätta i drömmarna. Tänk om hon kunde drömma ihop nästa manus, vad tidsbesparande det skulle vara. Hon såg fram emot att skriva ner allt och sedan visa det för Louise. Hittills hade det ju gått bra. Men visst var det väl så att hon hade fått en lapp av Louise inför den här episoden av historien? Det var någonting som Björn hade skrivit och som Louise hade sparat. Hon hade lämnat den och sagt att Pia-Carin kunde läsa den inför det nya avstampet i berättelsen. Pia-Carin sträckte sig över sängbordet och lyfte på en tidning. Där under låg lappen. Hon läste texten och konstaterade att Björn hade en mycket fin handstil: *Min älskling. Du får inte känna dig ensam. Jag tänker på dig hela tiden och du tänker på mig. Jag längtar efter dig och vårt nya liv tillsammans börjar på samma sätt som för fyra år sedan. Att inte kunna vara tillsammans men ändå inte önska något högre. Sov gott.*

Det var väl ganska fint, tänkte Pia-Carin innan hon somnade på nytt. Sjuksköterskan kom in med kaffet för andra gången och såg att det nog inte var någon idé. Det fick bli till ett senare tillfälle. Tredje gången gillt.

126

Kapitel 9
Om de hemmablinda och seglingsmodet
samt förstaplatserna, sura Sonja och vuxenförskolan

Hon hade precis lagt tillbaka passen, rivit av tags från väskor och slängt boardingkorten i pappersinsamlingen.
"Tobbe, kanske du kan titta på mina texter från Windy Bay? Jag körde korta rapporter det här året och ska lämna det till Pia-Carin. Hon ville det", sa Pernilla.

Sedan många år tillbaka lämnade de ifrån sig sina reserapporter till Pia-Carin. De utgjorde underlag för hennes skrivarbete. Rut gjorde likadant om allt som hände på gården, skrev upp och lämnade över. Oavsett om det handlade om byggnationer, nytillskott i djurhägnen, produktlanseringar och provsmakningar eller andra gårdsevenemang. De levde i sina respektive vardagar och Pia-Carin skrev om det.
"Absolut. Läser du högt eller ska jag komma?", ropade den glade hobbyelektrikern som för tillfället var på övervåningen för att utvidga de fantastiska ljusfunktionerna även dit. De *automate ones - for easy control and comfort.*

"Det är fyra korta meningar och jag kan ropa dem om du tror att du kan lyssna och jobba samtidigt?" Pernilla betvivlade automatiken, kontrollen och komforten i just denna övning men fyllde ändå lungorna med luft och ropade.
"Första dagen: 19,8 knop och några delfiner. Vår söndag i kortversion". Det var helt tyst från övervåningen. Å andra sidan hon hade inte efterlyst ett gensvar så vad kunde hon förvänta sig? Efter en kortare paus ropade hon ut nästa.
"Andra dagen: 19,9 knop. Inga delfiner och lite tjafs ombord. En typisk måndag". Tobbe skrattade.
"Ja du, jag kan inte förstå att du alltid ska bråka."

"Men vad? Det är nog mest du som stressar upp dig och söker tiopoängare i allt. Då blir det hetsigt ibland. Hör här då: "20,2 knop. En massa vatten i öronen och svalor på en tråd."
"Aha, en poetisk ådra helt plötsligt. Knappast en tisdagsrapport!" Lustigt nog hade det blivit mer regel än undantag att tisdagarna var deras bråkdag när de var på seglingsevent. Det var antagligen just så långt in i semestern där de lyriska smekdagarnas energi och njutningens behag plötsligt tog slut. Då prestationer och resultat sopat undan nyfikenheten och överskuggat njutningen. Tisdag alltså, bråkdag nummer ett.
"Kan ha varit, men nu kommer min bästa oneliner: Hand upp alla som har seglat i över 24 knop… 24,6."
"Då var du mallig va?", svarade Tobbe som plötsligt stod bredvid henne. Han fångade in henne i en kram.
"Fasen du såg nästan religiös ut när du kom tillbaka efter den där turen ihop med instruktören. Över 24 knop, det är bra med fart det."

Pernilla drömde sig tillbaka till känslan som alltid infann sig då de precis kommit fram. När hon hängde upp de vita hotellhanddukarna på krokarna, när de la tandborstarna på hyllan över handfatet, när de hängde upp det första i garderoben och bytte från sneakers till flip flops. Känslan av att ha två hela veckor av Windy Bay et al. framför sig. Oslagbart och nästan svårt att summera vidden av. Efter den timslånga transfern från Prevezas flygplats välkomnades de framåt midnatt lika varmt som vanligt av personalen och efter en natts sömn hittade de en efter en av sina vänner bland frukostborden. De hade blivit ett litet gäng som träffades årligen just i september. Ett holländskt och ett tyskt par, några belgare plus några singelresenärer, allesammans utstrålade samma glädje över denna årliga träff. De seglade helst katamaraner och hade därför gemensamma instruktörer vilket gjorde att de sågs dagligen i samband med seglingen. De

hamnade ofta i sällskap eftersom alla var i ständig rörelse på
området. Endera på väg för att hämta utrustning, delta i en
instruktion och en aktivitet eller för att bara hänga vid poo-
len. Tobbe och Pernilla och deras vänner umgicks så klart
runt seglingen men de satt en hel del till bords också. Kvin-
norna i paren seglade inte alls utan tillbringade i stället sina
dagar på olika yogapass. Faktum var att deras dagar var full-
proppade av yoga, andlig spis och träning vilket seglarna säl-
lan eller aldrig intresserade sig för. Pernilla gjorde sitt yt-
tersta för deras skull med att leda samtalen förbi segling och
in på annat, men det gick knappt. Dessa kvinnor var mycket
tålmodiga i fråga om att stå ut med snacket runt seglingen
all annan tid. Antagligen mediterade de sig iväg för att slippa
lyssna. Havet och båtarna var det centrala, som mycket cir-
kulerade runt och som utgjorde en slags kuliss för alla.

Möjligen var veckorna som förknippades med segling, de
mest sociala Tobbe och Pernilla hade i livet. Ihop med de
andra delades luncher och de bokade upp träffar för att äta
middag tillsammans. Ibland stannade de på området och åt
på någon av hotellrestaurangerna där. Då blev det köttspett,
sallad, buffé eller en god pasta. Eller så gick de till den
närmaste staden, vilket inte var något större än en fiskeby,
bestående av nästan enbart restauranger. Favoriten där var
fisk- och skaldjursrestaurangen som har alldeles färsk fisk på
en bädd av is i en låda. Det är svårt med fisknamn på gre-
kiska. Det är svårt nog på engelska men salmon vet de ändå
vad det är. Värre blev det med namn som Red snapper, Cod
fish och Sea bream. Framför lådan med alla fiskar hade de
chans att peka ut ett byte i lämplig storlek. Närmare fiske än
så kom de inte. Den måltiden betraktade de som höjdpunk-
ten för vistelsen, både beträffande smaken och priset. Med
en avrundning på Baren med namnet 155, ett stenkast däri-
från, fick de varsin Irish Coffee att smälta maten med.
”Ett kvitto på nästan 100 Euro, vad säger det dig?”

"Det finns väl bara ett ställe men vad kostade fisken? Näs-
tan 80 va?" sa Tobbe och återvände till övervåningens ljus-
och upplevelseriggar.
"Ett stycke Sea bream 77 Euro", svarade Pernilla la återsto-
den av Euro ihop med en hög kvitton på köksbänken.

Tidigare år åkte Tobbe och Pernilla till Windy Bay i juni och
några år både i juni och september. Sedan ett par år tillbaka
åkte de enbart i september och ibland två veckor i följd.
Den tredje helgen i september gick nämligen Southern Io-
nian Regatta, ett slags grekiskt Lidingö Runt som de gärna
deltog i. Årets regatta var den trettiofemte. För Tobbes och
Pernillas del var det den fjärde upplagan av regattan, och de
hade vunnit sin klass tre gånger. Detta år åkte de med en
förhoppning om att lyckas försvara sin titel. Att komma
iväg till Grekland i september bidrog också till känslan av att
sommaren förlängdes och att på nytt få möta det ljumma,
soliga och skönt somriga när den råa och mörka hösten re-
dan börjat etablera sig hemma. En svårslagbar känsla och en
ynnest för den höstledsna.

Inför varje vecka ville seglingsinstruktörerna att var och en
av seglarna skulle säga vilka mål de hade för veckan. Det
kunde handla om att träna på vissa moment, enskilt eller
som team. Särskilda utmaningar eller sådant som inte gick
att träna på så bra hemma. För Pernillas och Tobbes del
handlade det oftast om att träna upp manövrer även i riktigt
hård vind, något som var svårt att träna upp hemma. Det
var en självklarhet att ägna tiden åt det eftersom de varje
sommar deltog i mästerskap på olika platser i Europa. Det
vore synd att åka tvåhundra mil och sedan sitta på stranden
av rädsla för att köra bana om det blåste mycket. De be-
hövde alla timmar de kunde få för att träna på att röra sig
smidigare och placera sig rätt ombord, göra snabba slag och
få bra driv i båten. Den här veckan hade Pernilla ytterligare
ett mål och det var att styra i den hårda cross shore-vinden.

Detta var på inget sätt ett nytt mål utan liknade mest ett ekolali på det mål hon haft under de senaste fem åren. Att manövrera en katamaran i runt 20 knop med fullt tryck på läskrovet och samtidigt styra med försiktighet, är en utmaning. Då gäller det, medan vinden ilsket tjuter i öronen, att ändå kunna kommunicera ombord och vara uppmärksam på andra båtar. Det har varit svårt för Pernilla att samla tillräckligt med mod för att närma sig målet och i ärlighetens namn ingenting som Tobbe heller uppmuntrat. Resultatet blev att Pernilla mest styrde på förmiddagarna i den mjuka och softa brisen medan Tobbe mästrade över styrpinnen på eftermiddagarna. Då den stenhårda sidovinden slog ner på vattnet från bergssidan.

En dag kom ändå tillfället. De hade slöseglat i bukten på förmiddagen och kände plötsligt att det var cross shore på gång. Vid det laget, efter många resor till samma medelhavsbukt, hade de lärt sig att känna igen signalerna. När striden mellan väderstrecken plötsligt fick vinden att ge upp och vattnet först omdanades till kav lugnt och spegelblankt. När vinden började röra sig och en svag vind slickade sig nedför bergssidan och drog med sig dofter av jord och fukt. När vattnet började poppa precis där berget stupade ner i vattnet och ett något nedkylt vinddrag strax senare nådde dem. När vattnet blänkte och glittrade på särskilt vis, då visste de att cross shore hade kommit. Det var i detta läge som flygfiskarna ibland sprätte till precis ovanför vattenytan. Då, eller strax innan, brukade Pernilla snabbt lämna över styrpinnen till Tobbe och göra sig beredd att slänga sig ut i trapets för att balansera båten. Skillnaden den här gången var att hon inte gjorde det. Självaste fan flög i henne och hon tänkte att nu skulle det ske. Tobbe var helt oförberedd och blev tokstressad. De båda rök ihop i den pressade situationen, skrek och gormade men bytte ändå inte plats. Tobbe tog ett fast tag om storskotet och Pernilla ägnade sig enbart åt att styra. Så mycket som hon hade velat köra på eftermiddagarna men absolut inte kunnat begripa hur det skulle gå till eller hur hon skulle våga. Detta år hade hon gjort det! Hon hade stått i trapets och varit en kung i vinden precis hela eftermiddagen, i flera repor, både in och ut i bukten. Hastighetsrekordet för dem under veckan toppades av 20.3 knop.

På veckomötet men också på morgonmötena fick de chansen att önska vilken båttyp de ville segla. Ja, för lite så funkade det. Gästerna förväntade sig att få just *den* specifika båten och det blev instruktörernas bekymmer att göra alla nöjda. Instruktörerna sadlade precis så många båtar som behövdes. Hela förfarandet påminde Pernilla om när hon som liten flicka stod på ridskolan och det tilldelades hästar. Fast alltså tvärtom. Ridskoleeleverna fick *inte* välja då utan utdelningen gick på något slags rullande schema och innebar att man kanske var 12:e gång eller så fick sin favorithäst. Alla andra gånger fick man en så kallad skithäst. Däremot, när det är boat allocation som det kallas för på Windy Bay, valde alla fritt och instruktörerna sattes i arbete. Här nöjde sig nämligen ingen med en skitbåt, som exempelvis en Hobie 15 eller en enskrovsjolle. Första veckan fick Tobbe och Pernilla även den stora äran att pröva Windy Bay's alldeles nya båt. De var helt bekanta med båttypen eftersom det var en likadan som de har hemma, denna var bara storleken större och med ett annat segelställ. Båten hade en decksweeper, vilket innebär att storseglet sträcker sig från masttoppen och hela vägen ner till trampolinen. Seglet går inte att krypa under för gasten vid gippar och slag. I stället behövde Pernilla kliva *framför* masten. En helt ny teknik och definitivt den roligaste seglingen under första veckan. Faktiskt var det enbart de som fick chansen att testa det nya seglet. De körde flera träningsrace ihop med de andra och kom först i vartenda ett. Till och med långt före de andra. Båten var full av energi.

Varje morgon klockan tio erbjöds de seglingsteori av de duktiga instruktörerna. Då samlades alla för att lyssna på dem, ställa frågor och diskuterar tillsammans. Det kunde handla om allt från väjningsregler, trim och vindförhållanden och förvandlades snabbt till ett forum där erfarenheter och tips delades. Det handlade också om förberedelser inför veckans stora regatta. Information om regattaseglingens sträckning, vindprognoser, starter, tider, säkerhet samt arrangemangets villkor. Detta gavs i två omgångar denna vecka. Precis som tidigare år avgjorde tävlingsansvariga vilka som skulle få vara med, för viss erfarenhet krävdes. Det gick inte an att bara vara semesterseglare och de visste sedan tidigare år att förhållandena kunde variera betydligt. Detta var ett långdistansrace så väderprognosen behövde visa på hyfsad stabilitet. Det var inte ovanligt att några seglade omkull, till och med direkt i starten eller snart efter. I dessa lägen låg vinden på med uppåt 30 knop så det var inte så konstigt kanske.

Av erfarenhet visste de att det i vissa partier längs banan rådde så starka vindförhållanden att det handlade om rena rama överlevnadsseglingen. Året innan hade både Tobbe och Pernilla behövt hänga utanför båten på undanvinden för att inte gå omkull. Andra partier kunde i stället passera i totalt bleke. I dessa lägen spottade de i vattnet för att alls kunna avgöra om båten gick framåt eller bakåt och måsar flockade sig över dem i väntan på dödkött. Beroende på vind- och väderförhållanden kunde racet därför ta alltifrån många timmar till enbart ett par. Vanligtvis var det drygt tiotalet katamaraner som deltog men alla var, trots den stora spridningen ute på det Joniska havet, ändå tillbaka i mål inom en tiominutersperiod. Olika sorters båtar har olika kapacitet baserad på båtens och seglens storlek samt antalet segel, så tiden korrigerades för rättvisast möjliga resultat. Frågan var alltid lika spännande, med hänsyn tagen till båttyp, vilken den rättmätiga over all-vinnaren var. Med stöd av omräkningen i det så kallade respitsystemet, visade det sig ett år att de fyra första båtarna hade kommit i mål inom loppet av 36 sekunder. Endast 7 sekunder skilde mellan första och andra plats. Det var alltså riktigt tight mellan resultaten även efter ett så pass långt race som tre timmar. Eftersom Tobbe och Pernilla ofta valde egna vägar för att ta sig runt banan kunde de stundtals känna sig rätt så ensamma där ute. Bra starter, smarta vägval och en frånvaro av incidenter var det som avgjorde på vilken plats de sedan hamnade på resultattavlan. Hittills för deras del i denna regattas tävlingshistoria hade de kammat hem förstaplatser. Ett år vann de till och med *tre* förstapriser i samma tävling; Hobie 16-klassen, Over all och Line of honour. Det senare priset förärades de, tack vare en vind som var galen nog att ta dem till målet redan efter 53 minuter. De korsade mållinjen till och med innan målbåten var på plats. Resultaten dessa tre år hade snabbt spridit sig bland övriga seglare på Windy Bay och inför denna fjärde omgång hade många blickar riktats åt deras håll.

Startproceduren inleddes på slaget tolv och fem minuter senare var de iväg. Starten hade gått lysande bra. De jobbade sig ut ur bukten tillsammans med de övriga båtarna, i jakten på den första målgången av tre. Denna dag skulle de göra två målgångar och nästa dag den tredje. Det var flera duktiga seglare med och särskilt två andra båtar som utmanade dem. Ibland blev Tobbe och Pernilla omseglade, ibland tog de tillbaka ledningen och så höll det på. Efter cirka två timmar nådde de första målet. Där stundade en vatten- och kisspaus innan en ny startsignal ljöd. Därpå fick de ytterligare två timmar på havet inklusive rundningen av ön Arkoudi. På öns baksida lyckades de öka avståndet till den båten som hade legat närmast dem. De såg hur motståndarna blev mindre och förstod att de kunde sikta på dagens andra förstaplats. Efter en skön seglingsdag men också med några intensiva situationer och många timmar i vind och vågor, gick de i mål. De laddade genast upp med varsin energibar och lite vatten medan de väntade in den resterande fleeten.

Till den lilla byn Sivota anlände alla regattabåtar, även de stora yachterna som deltagit i en större regatta, så hela hamnen bubblade av fest. Windy Bay's båtar drogs upp på stranden i hamnen och näst på tur stod dusch och ombyte. Snygghetsfaktorn bland katamaranseglare är absolut noll ombord. Det fabulösa modet som vanligtvis förknippas med segling, har verkligen inte nått in i alla gränder. Pelle P, Sebago, Musto och Henri Lloyd bara för att nämna några snobbmärken, bärs inte upp med särskild grace hos katamaranseglare. Grejen är den att de allt som oftast såg fördjävliga ut. På riktigt. Så efter en Gundedusch i ultrarapid påskyndad av den slingrande duschkön precis utanför, landade de på en efterlängtad After sail. Där stärkte de sig med varsin öl och drog dagens alla sjöhistorier plus några till. Sedan gick de alla mot taverna Spiridoula i andra änden av hamnen. Mellan femtio och sextio personer delade middagsbord och åt massor av grekiska specialiteter. Saganaki, calamares, tsatsiki, grekisk sallad och grönsaksbollar med fetaost till förrätt. Chicken souvlaki till varmrätt. De åt med stor iver tills tomma fat var det enda som återstod på borden. Därefter intog hela gänget positionerna vid scenen inför den sedvanliga prisutdelningen strax före klockan 22. Och tänka sig, vilken ära. För fjärde gången i rad blev Mr and Mrs Wanjelin uppropade för att hämta förstapriset i kappseglingen Arkoudi runt.

Busstransfer hem, endorfindränkt sömn och okristligt tidigt en ny morgon. Det var dagen då det tredje och sista racet i tävlingen skulle köras. Även det tog sina timmar, mer beroende på det vindfattiga läget än på banans längd. Så småningom närmade de sig hemmabukten och målet. Det var en fight in i det sista. Tre båtar gick över mållinjen ungefär samtidigt, Tobbe och Pernilla var en av dem. Efter fyra timmar på vattnet i det 30 kilometer långa racet knep de en andraplats i totalen. Trots att de seglade den minsta båten hade de sannerligen stått upp mot de andra. Det kändes nästan ännu mer ärofullt än förstaplatsen bland Hobie 16.

”Två priser; klasspriset och Overall. Vi är ju grymma!” Pernilla skrek som en upphetsad sportkommentator för att hemmaelektrikern en trappa upp skulle höra henne.
”Ja ja”, hörde hon alldeles bakom sig. Hon hoppade högt av rädsla eftersom hon inte märkt att Tobbe kommit ner igen.
”Vi är ju proffs”, sa hon och nickade bort mot de två priserna. De var av nytt snitt detta år och bestod av två kopparfärgade plåtsegel med text på som talade om vilken regatta det gällde. Dessa var monterade på en träplatta där en mässingsplatta annonserade vilket pris de vunnit.

Det hände ibland att andra uppmärksammade dem för vilket otroligt lyckligt lottat par de är. Lottat och lottat, tänkte Pernilla då. De skulle bara veta hur de raggat upp varandra med hjälp av en kontaktsajt ett drygt decennium tidigare. Hur som helst visste hon att det var många av deras seglarkompisar som mer än gärna skulle vilja segla med sin sambo, äkta hälft eller partner. Som skulle vilja ha ett gemensamt intresse att dela såsom Pernilla och Tobbe gör. Att med samma enkelhet kunna sticka ut en stund på vattnet utan att jaga seglingskompanjon, tigga till sig några timmar av sin äkta hälft eller ordna med barnvakt. Så ett par påminnelser behövdes eftersom de verkligen blivit hemmablinda på den fronten. JA! De är lyckligt lottade inser de och bara att kunna åka på de här resorna bekräftade det. Vid ett tillfälle på Windy Bay när Tobbe och Pernilla åt lunch, var det en annan gäst som hade lagt märke till dem. Hon sökte deras uppmärksamhet helt apropå, och sa:
”Ni ser så fina ut ombord, så otroligt lyckliga, det liksom skiner om er. Som om ni sitter ihop med båten och har allt under kontroll. Så snygg segling!” Kvinnan hade inte bara

sett dem på vattnet, utan också tittat på bilderna som laddats upp på en iPad för allmän beskådan av klubbens fotograf.

”Åh, Tack! Vad gulligt av dig att säga. Tack igen!”, sa Pernilla samtidigt som hon visste att om kvinnan verkligen kände till konversationerna ombord, skulle dessa ord aldrig sett dagens ljus. Exempelvis: ”ta focken, var tyst med dig, men kolla på tellisarna nu då, sätt dig längre fram, vindjävel, men kan du sluta spotta i vattnet. Det skvalar - hör du inte det? Faaan, nu är det kört, men vad i helvete är det för fel? Jaha, det kunde man väl ge sig faaan på, åh vad dåligt. Men kan du sluta svära i alla fall? Båtjävel” Ja, och så vidare.

Allt är mycket softare i september, i jämförelse med juni. Dels är det inga andra svenskar på plats och ett färre antal turister överhuvudtaget. Flera av instruktörerna har åkt tillbaka till sina respektive hemorter i Europa för att plugga eller jobba och personalen på hotellen och restaurangerna börjar så sakteliga räkna ner säsongen.

”Jag är verkligen nöjd över att vi tog en stor flaska av Ruts äppelmust med oss till hotellägaren. Å vad han uppskattade det”, sa Pernilla som precis skalade av förpackningsmaterialet på den olivoljeflaskan som de fått med sig hem. Hotellfamiljen producerade en fantastisk olivolja och på avresedagen fick Pernilla ibland frågan om de hade någon extra plats i packningen för en flaska.

”Nästa resa kanske vi ska ta med Ruts palt, eller kanske hela Rut?” föreslog Pernilla.

”Absolut! Det var kul när de var med sist, både Rut och Twist. Det var mysigt och tänk hur mycket de två njöt och trivdes. De uppskattades även av andra verkade det som.”

Dessvärre kom den dagen då de blev varse hur snabbt två veckor passerar. Dagen då de behövde checka ut från sitt rum. De betalade sina ackumulerade notor på de båda hotellen och nötte därefter runt som hemlösa. Många insikter och ögonblick var i tankarna och in i det sista lapade de i sig det de kunde av sol och segling. Slutligen var det bara hejdå kvar. Hejdå till instruktörerna, hotellpersonalen, servisen och hejdå till kompisarna. Plötsligt stod Zampelis taxi beredd för att skjutsa dem till flyget och det enda som återstod av semestern var en stund på flygplatsen. Sommaren såg sitt slut, segling i shorts och t-shirt var förbi och det skulle dröja ett helt år till nästa Windy Bay. Jobbet väntade, ansvar, vuxenliv, analyser och motvind. Zampelis hade ofta skjutsat dem till och från flygplatsen. Först var han bara en vanlig taxichaufför. Sedan blev han en taxichaufför som de kände igen. Därefter började han känna igen Tobbe och Pernilla. Efter ett par år visade det sig att han var en barndomskompis till Dimitri som driver Laduviks pizzeria. Det kom fram när Dimitri behövde lämna pizzerian för att ta hand om sin sjuka pappa i Grekland. Att pappan bodde i Sivota, samma Sivota som Tobbe och Pernilla kände till, var minst sagt förbluffande. Dimitri blev kvar i Sivota länge och under tiden skötte Bengt pizzerian åt honom. Men allt detta var ett tag sedan nu och dessutom en helt annan historia.

"Nå hur gick regattan då?", frågade Zampelis som visste att de hade varit där för att delta i den.
"Det gick bra", svarade Tobbe.
"Vi är nöjda", sa Pernilla.
"Kul att höra", sa Zampelis och fler frågor än så blev det inte innan hans mobil ringde. Den gjorde nämligen alltid det. Oftast var det Sonja som ringde och Pernilla noterade att detsamma gällde även denna gång. Det hängde ett kors och dinglade i ett band i backspegeln. I bandet satt en öronsnäcka häktad och den greppade Zampelis tag i. Snart pratade han lika snabbt och argt som vanligt. Han sa aldrig 'hejdå' innan han tryckte av samtalet och Pernilla visste att just det skulle innebära att mobilen snart ringde igen.

Taxiresan till Windy Bay kändes alltid full av förväntan och glädje. Taxiresan tillbaka kändes lika tom och trist som den varit fylld av glädje bara två veckor tidigare.

”Det är bättre att vara full och glad än tom och deppig”, sa Pernilla i ett försök att lätta upp stämningen för sig själv.

Det ringde i Zampelis telefon igen. Pernilla hann se att det var Sonja men förlorade sig åter i sina minnen från alldeles nyss. De hade lämnat två särskilt slappa veckor bakom sig. Ofta när de varit på platsen hade de inlett dagen med en joggingtur och seglat både förmiddagar och eftermiddagar. Denna resa hade de bytt ut joggingpasset mot promenader och de hade inte seglat så intensivt varje dag heller. I stället hade de legat en hel del vid poolen. På bergsryggen väster om bukten går det slingriga och branta stigar genom olivlundar som i sin tur leder upp till en större grusad väg. De hade tagit en promenad upp en bit på en av bergsvägarna. Pernilla mindes det starka uppförslutet och lite då och då stannade de och tittade ner på aktiviteterna nedanför. Det var inte bara katamaraner, jollar och windsurfare som fyllde upp bukten utan också stora yachter som strödde ut allahanda ting i vattnet. Badmadrasser, vattenskotrar och gummibåtar. Efter en lång stegring hade de kommit upp 160 meter. Promenaden hade varit lång och tog sin tid, de var både svettiga och dammiga. Väl där uppe såg de evighetslångt bort över Joniska havet och öarna runtomkring, Kefalonia, Ithaka och Arkoudi.

Men som sagt, allt detta var over and out. Nu var de hemma igen, boostade av segling efter två fantastiska veckor. Det som nyss hade passerat var deras femtonde vecka på platsen. Veckor som återkommit under nio års resande och som bara kändes mer och mer ”homie” för varje resa. Pernilla ville bara ha mer av reseäventyr. Hon ville bli resande reporter och Tobbe kunde vara hennes sekreterare. Men först var det nog bäst att sätta igång och försöka jobba ikapp de två semesterveckorna. Så klart, var det med blandade känslor.

De hade bytt speed record, saltstänkt vatten i 28-gradig luft-
temperatur och små grekiska godbitar mot tvättsortering
och matvaruinköp. De hade återvänt till frosten på morgo-
nen och de tio graderna mitt på dagen. Från 28 grader till
10. Här hemma var det 10 grader i *både* luften och vattnet
och det kändes så där. Slående likt ett nedköp och de fick
slita med att komma ifatt på hemmaplan. Katten var miss-
nöjd, tvätten låg i högar och den egna ungdomen var både
missnöjd och låg i en hög.

Medan de varit bortresta hade saker kort sagt klumpat ihop
sig. Eleverna hade behov, kollegorna hade detsamma och
flera insatser hade varit ställda i bromsläge i väntan på att
den bortresta specialläraren skulle hitta hem igen. Stödun-
dervisning, kartläggningar och möten hade skjutits på fram-
tiden. Fast helt uppriktig hände det inte alltid mycket även
om alla resurser var påslagna, alltså påslagna samtidigt med
samma fokus. Det kanske var det som var spänningen med
jobbet och tillvaron, att också lyckas hitta den mänskliga
synken. Hemmet, träningen och kylskåpet krävde upprät-
telse och underhåll. Pernilla hamnade i tvättstugan och
framför spisen och snart på gymmet igen. Med snabba föt-
ter hit och dit och med näsan i allt för mycket på en och
samma gång. Det var datorer som inte fungerade, kalendrar
som blev fulltecknade och scheman som slaviskt behövde
följas. Inget av detta kändes lika förföriskt som Windy Bay
men ack så nödvändigt eftersom det var förutsättningen för
att kunna åka tillbaka. Första veckan hemma hade Pernilla
nästan känt att hon behövde be om ursäkt för stulen tid
men nu var hon ikapp och allt hade fallit på plats igen.

”Hör här Tobbe. Egentligen är hela Windy Bay's koncept
lite som att köra en repris på förskolan. När man kommer
dit hänger man upp sina kläder på kroken och sen hälsar
man på varandra. Många hejar glatt igenkännande med kra-
mar, ryggdunkningar och nyfiken glädje i ögonen. Andra

signalerar ett blygt, lite osäkert "hej" och några är helt nya
för varandra. Man sätter sig i samlingen och snart börjar
man prata lite försiktigt. Efter ett tag blir det upprop och då
får alla höra vilka regler som gäller; var man får vara, vad
man ska akta sig för, vilka tider som gäller. Att man inte får
tappa bort sin nyckel, inte nattbada i poolen eller skräna. Att
man ska hålla sams och ha det trevligt. Om det inte funkar
så säger man bara till instruktörerna." Tobbe skrattade åt
liknelserna och fyllde på.
"Japp, man grupperar sig med dem man helst vill leka med
och snart har alla blivit så varma i kläderna att lekandet tar
mer och mer fart. Några vill mest testa runt lite försiktigt,
andra springer från det ena till det andra. Några vill köra
bana och en del vill hellre dela tankar och idéer. Lekarna blir
vildare och vildare, somliga slår sig, några grejer går sönder.
En del blir lite osams, kanske slåss om nån grej men perso-
nalen hjälper till. Medlar, vädjar, föreslår och slätar över."
Pernilla och Tobbe skrattade åt sig själva.
"Så dråpligt egentligen. Och ett gäng vill alltid vara i kudd-
rummet. Det är undervisning varje dag, alla får testa allt vil-
ket gäller även maten men ingen *måste* något. Ingen behöver
heller känna sig ensam. Det är undervisning enligt schema
varje förmiddag och fri lek därefter. I kuddrummet är det
schema hela tiden annars skulle det inte funka. Ibland är det
fest, ibland tävlar man och slår rekord. Då firar man, och
applåderar! Det finns alltid god dryck och mat för alla sma-
ker. Alla trivs och sover gott. Fasen vad vi gillar det!"

På hemmavatten var det några kappseglingar kvar innan det
blev både kallare och mörkare. En av Pernillas och Tobbes
absoluta topptävlingar i fråga om både nöje och prestation,
var den så kallade Multifoilande helgen på Baggensfjärden.
Den innebar att alla sorters flerskrovsbåtar, inklusive dem
som svävade på bärplan, och foilande brädor fick vara med
och tävla på samma bana men med olika starter. Under båda
dagarna, skulle närmare femtio farkoster röra sig på en väl

tilltagen bana och just detta år hade cirka 25 mothjollar sitt klubbmästerskap på samma bana. Många båtar och många glada seglare alltså, men seglingen var så kall att den liknade en sibirisk isvindsövning. Både händer och fötter förvandlades snabbt till hårda klumpar utan känsel. Lördagen tog nästan kål på dem, både i fråga om vindstyrka men även avseende kylan. Tobbe och Pernilla lyckades dock spika tre förstaplatser av tre på lördagen. Dag två startade med att vänta in avtagande vind eftersom det varslades mer vind än dagen innan, vilken då varit i hårdaste laget. Seglingen kom igång och det blev en förstaplats igen. Efter spännande race med många kapsejsningar, några som bröt och två båtar som havererade, avslutades två multidagar med härlig segling och en gnutta överlevnad. Summa summarum en helg som bestod av hårt kroppsarbete och en del utmanande övningar. Det absolut roligaste var att Tobbe och Pernilla, i fem av racen var överlägset först redan vid första märket, en position som de sedan lyckades hålla varje race igenom.

Efter denna fruktansvärt kalla segling hände något. Plötsligt fick de flera dagar med ett absolut underbart höstväder. Brittsommar De Lux med arton till tjugo graders värme. Lägg därtill dagar med riktigt busiga vindar så förklarar det några av de senare framgångarna eftersom mycket vind är det som Tobbe och Pernilla seglar bäst i. Först seglade de klubbmästerskap med Vipern på Stora Värtan. Nästan ingen av de sju båtarna var någon annan lik men med lite omräkningar efter storlek och prestanda kunde de mötas ändå. Pernilla och Tobbe, med klubbens minstingbåt, vann dagens tävling. Det här var det andra klubbmästerskapet de vunnit i år. Innan de åkte till Grekland lyckades de segla in ett förstapris i klubbmästerskapet för Hobie 16. Nu fanns det all anledning för dem att sträcka på sig.

Nästa tävling var en klubbtävling på Baggen. Det betydde att de behövde växla över till Hobie 16 igen och i potten låg,

förutom äran, ett vandringspris. Tävlingen var mycket tight
mellan två av båtarna som turades om att ta ledande posit-
ion på banan. Endera var Tobbe och Pernilla före, eller så
var det den andra båten och det var olidligt spännande hela
racet igenom. Inför det sista racet hade Tobbe och Pernilla
räknat ut att det skulle räcka med en tredjeplats för att vinna
totalt men de räknade inte med den avslutningen som blev.
Först var de jättenära en förstaplats men deras båt och den
andra som de kämpat mot hela racet höll på att kollidera
precis vid målgång. För att väja undan, gränslade rorsman
Tobbe målmärket, tvingades göra en straffsnurr runt egen
axel och blev därför trea.
”Det är inte över förrän det är över”, brukar Tobbe ofta
säga för att inte ta ut glädjen i förskott. Fast egentligen är
det så att han inte klarar av att ta ut glädjen ens i efterskott.
Han är liksom inte sån. Vandringspriset är allt annat än fint
men nu fick de allt baxa hem det igen. De kom fram till att
priset nog legat hemma hos dem, de senaste tre åren.

Sista torsdagsträningen med Vipern avslutades med fyra bå-
tar på en fyrkantsbana som inbegrep alla vinklar, segel, tek-
niker och farter. Det hade nog varit den roligaste träningen
på hela säsongen och det var rejält med vind. När de var på
väg tillbaka till klubben, i det så kallade bryggracet, stod de
på som idioter med en framåtkullerbytta som följd. Blixt-
snabbt, så fort gick det, från full fart framåt till tvärstopp
och krasch. Pernilla kände att hon började skratta redan in-
nan kraschen i vattnet. En tvärnit, en liten lufttur och sedan
ett dyk i vattnet men inget värre hände än att trapetserna
gick av. Pernillas mössa åkte av i fallet men hon hann precis
fånga upp den innan den sjönk. Med denna sista torsdags-
segling hade de haft en otroligt fin avrundning på träningen.
På hela säsongen kanske. Tävlandet började lida mot sitt
slut och efter några intensiva sensommar- och höstrace var
det till slut bara ett sista race kvar.

Kapitel 10
Om kärlek och gemenskap som rymd och frihet bär
samt trixandet med män som kärleken förtär

Jag och Björn levde nu på varsitt håll och tillvaron formades
försiktigt till ett ganska skönt liv. I veckorna hade jag allt an-
svar över Viggo vilket inte var någon skillnad mot förr men
på helgerna träffades vi. Vi var hos mig varannan helg när
Björn inte hade tjejerna och hos honom de helgerna han
hade dem hos sig. Faktiskt liknade denna omgruppering det
jag hade sett framför mig som en lösning på boendefrågan
när jag väntade Viggo. Varje gång vi träffades var det kul
och mysigt. Något att se fram emot och längta till. Vår relat-
ion hamnade i något som kanske skulle kunna kallas för ny-
romantik och så såg det ut ett tag.

Men säg den lycka som varar särskilt länge. Plötsligt började
nya tankar tränga sig in i det som blivit så bra. Tankar om
att vi kunde bo tillsammans i det huset som jag nu hyrde.
Tvillingarna hade ju blivit så pass stora att de kanske kunde
åka emellan? Björn kunde ha dem varannan helg precis som
han haft Viggo varannan helg. Den ena av tjejerna hade
själv valt att vara mer hos sin mamma, och kanske den
andra kunde tänka sig att vara mer med oss. Byta skola och
bo här i det nya huset? Möjligen var detta en plan att tänka
vidare på och äntligen en plan som inte per automatik
byggde på att jag skulle ändra mitt liv. Nu fanns en idé om
att min bas för omväxlings skull fick vara intakt något som
även Björn kom på. Återigen började han komma med nya
tankar som innebar att det *jag* hade skulle ändras på. Han
tyckte att vi båda kunde flytta till ett helt nytt gemensamt
boende. Jag hörde klockor som klingade olycksbådande.
Björn och hans exfru hade gjort upp vid skilsmässan att de
båda skulle värna om deras barns rätt till närhet till skola,

aktiviteter och kompisar. Överenskommelsen som de hade gjort en gång för alla innebar att tvillingarna inte fick slitas från någonting; vare sig föräldrar, skolor, uppväxtmiljö eller kompisar. När jag vägrade att ens tänka tanken på att flytta igen, möttes jag på nytt av välbekanta och uppfodrande tongångarna. Björn krävde att få förståelse för sin situation och gick käpprätt i väggen av sitt dåliga samvete som ännu inte lämnat honom. Men jag stod på mig, något som skapade ny distans oss emellan. Jag deklarerade att jag ville ligga lågt i boendefrågan, ett ämne som faktiskt hade påverkat vår relation alltför mycket redan från start. Jag önskade oss att äntligen få chansen att prata mindre och leva mer.

Viggo och jag byggde sakta men säkert upp en ny tillvaro i vår nya miljö. Dagmamman var fantastisk och det var lätt för Viggo att få nya kompisar. Han var ingen tuffing som slängde sig in i gemenskapen men var mycket populär bland de andra barnen. Han var en otroligt trygg liten kille. En betraktare. Han kunde sitta länge och titta på de andra barnens vilda lekar, liksom insupa det som hände framför ögonen på honom. Han utvecklades mycket hos dagmamman. Sprang runt och lekte, gungade och var med i pjäser och utklädningslekar. Han hade också lärt sig att cykla på en trehjuling. Snart var han så stor att han var torr dagtid och han pratade ganska mycket. Han satte med lätthet ihop meningar på sex, sju ord men kunde ibland få ihop så mycket som tio ord i en mening. Ändå var han bara lite mer än två år. Vi hade ett bra och fint liv tillsammans och ingenting saknades. Jag visste att Björn och jag fanns för varandra som ett komplement till det. Vi träffades lite då och då under hösten och vi hade fortfarande våra förlovningsringar på. De hade åkt på och av många gånger de senaste åren men nu satt de där de satt utan att utgöra varken några hot eller löften. En kväll ville Björn komma hem till mig efter att Viggo somnat och prata lite. ”Att prata lite” kunde förr landa i prat om separation men nu fanns inte den oron så jag kände mig lugn.

Våra samtal följde ett bestämt mönster sedan många år tillbaka. Det gick till så att Björn tog initiativet till att inleda samtalet. Under en halvtimmes tid präglades samtalet av en monolog där han fick chansen att lägga ut texten och säga sin mening i lugn och ro. Han placerade ut sina ord i tur och ordning, liksom man trär pärlor på en tråd. Logiska resonemang som växte fram och paketerades tjusigt. Snyggt och mönsterpassat. Sen var det min tur. Då blev det snabbt oreda i pärllådan. Många korta meningar som inte tilläts hänga ihop utan avbröts gång på gång. Avbrytande stickspår som ledde resonemanget iväg långt bort. Nya diskussioner i diskussionen, kommentarer om ovidkommande detaljer och svåra låsningar. Till slut ett högljutt skrikande till varandra. I stället för att jag hade fått säga min mening hade det mesta handlat om att förklara det jag inte alls sagt och ord plockades systematiskt ur sitt sammanhang för att analyseras till dårskap. Det var alltid Björn som hade tolkningsföreträde, till och med rörande det jag hade sagt eller möjligen menat.

Björns avsikt med dagens samtal var att beskriva sin upplevelse över att inget längre hände mellan oss. Att vi hade kontakt och umgicks men aldrig kom vidare. Exempelvis berördes boendefrågan. Han tyckte att allt gick mina vägar nuförtiden och att vi hade en situation som mest bara jag tyckte var idealisk. Det tycktes reta honom. Vi hamnade i vilda diskussioner om det som varit, våra gamla oförrätter och besvikelser och som så många gånger förr landade allt i att det var mitt fel att tvillingarna inte hade sin pappa i samma utsträckning längre. Björn var ursinnig och jag hysterisk. Vi pratade i mun på varandra, avbröt varandra och ingen lyssnade på vad den andra sa. Det slutade med dramatik. Vi slängde av oss ringarna och Björn stack iväg.

Efter den här händelsen blev det ett brejk mellan oss och vi återgick till grundidén med att Viggo fick vara hos Björn varannan helg. Jag följde givetvis inte med honom då utan hade en egen barnfri helg. Ganska snart ville Björn ha Viggo mer och föreslog att han skulle hämta honom hos dagmamman redan på torsdagen i anslutning till helgen. Ett scenario som blev lite av ett signum för Björn, att straffa min olydnad med att ta ifrån mig det som skulle svida mest. Min Viggo. Han kunde med lätthet säga att det var hans rättighet att ha sitt barn, vilket aldrig ifrågasatts men jag kände så starkt att han agerade för att skada mig. Under de senaste två och ett halvt åren hade han inte visat något intresse för att vare sig ha en kvalitativ eller en kvantitativ tid ihop med Viggo. Han kände fortfarande inte till Viggos vanor. Var helt tafatt runt hans mat- och sovtider. Hängde inte med en smula i hans utveckling. Något tålamod hade han inte heller och ett magert intresse för att leka och sätta sig in i Viggos behov. Dum var jag inte, utan visste vad han höll på med. Efter vår senaste sammandrabbning var Björn och jag ifrån varandra i tre månader. Vi sågs på jobbet så klart med jag gjorde vad jag kunde för att använda mina arbetskamrater som en sköld mellan oss. Jag ville inte vara ensam med Björn av rädsla för att falla dit igen, han hade den inverkan på mig. På samma sätt som ett enda halsbloss skulle ha för en nikotinist som slutat röka. Några vänliga ord på temat förståelse, ett tillmötesgående, ett mjukt löfte eller en ömsint blick. Det skulle räcka, sen var jag fast. Med arbetskamraternas stöd kunde vi hålla våra samtal enbart på en arbetsmässig nivå och så fungerade det ett tag.

Vid ett tillfälle berättade Björn att tvillingarnas mamma skulle gifta sig och faktiskt också flytta, något som förvånade mig. Plötsligt hade hon tagit sig rätten att ändra på deras överenskommelse om att låta barnen ha sin ursprungsmiljö intakt. Jag berättade att även mitt ex hade gått vidare i livet och att också han skulle gifta sig. Det var bara att le åt alltihop. Vi var separerade men snart var de omgifta. En slags lättsam stämning smög sig in och fortsatte att prägla våra samtal därefter. Ja, och vad ska man säga? Lite smygande var allt som vanligt igen. Vi började umgås alltmer och gjorde omtag med vårt så kallade särbo-sambo-förhållande vilket innebar att vi var hos varandra på helgerna igen. Vi umgicks med och utan barn. Var på tu man hand på krogen, på konserter och musikaler och vi bokade en skidhelg i Björnrike med alla barn. I och med att tvillingarnas mamma hade rört på sig så gav det en ny möjlighet för Björn att våga lämna sin del av överenskommelsen. Jag fick för första gången en stark känsla av att det var andra tider nu. Björns boja satt inte lika hårt och nu kanske han kunde släppa fram oss, mig och Viggo. Jag visste att jag inte kunde hyra mitt hus hur länge som helst och behövde tänka om. Ett nytt helgnöje tog fart. Vi började titta runt på radhus i mitt område för att få alternativ till det som nu var. Vi tittade på flera olika radhus för att inventera storlekar och planlösningar. Så nu hade vi blivit ett par igen. Ett par som pratade i ”vi”-termer. Omgivningen, det vill säga våra arbetskamrater och vänner, familjer och barn reagerade på olika sätt. Några blev glada och tyckte att vi var duktiga som kämpade på. Andra undrade mest på liknöjt vis om vi var ihop eller inte och hur länge det skulle vara den här gången.

En ny möjlighet öppnade sig. Jag skulle få köpa loss det huset som jag redan hyrde. Hyresvärden hade flera fastigheter och hyresrätter och höll på att ombilda dessa till bostadsrätter. Han tyckte att det var för mycket jobb med hyresgäster så han ville sälja av det han hade. Frågan var om jag var villig att ta ett banklån motsvarande en miljon kronor och köpa ut boendet. Så klart jag ville. Jag trivdes ju hur bra som helst. Det här väckte boendefrågan i Björn igen och han började prata om möjligheterna med att flytta in hos mig och Viggo. Det kunde vara ett bra mellanting, hellre än att båda skulle flytta på sig. Han skulle få chansen att pröva på den nya kommunen och känna sig för. Med det resonemanget kände jag mig än mer säker på att det var nya tider. För mig skulle det bli tryggare. Skulle det inte fungera den här gången heller fick det bli Björns tur att leta ett annat boende medan jag kunde bo kvar. Jag hade trots allt Viggo att tänka på. I händelse av separation ville jag förvissa mig om att inte ännu en gång behöva både leta nytt boende och ny dagisplats. Det var trots allt Björn som gett upp vårt förhållande de flesta gångerna hittills. Det var han som mitt i en vild diskussion, plötsligt började dra av sig förlovningsringen som om den brändes. Det var han som hade orden "det här går inte längre" närmast på tungan. Vis av erfarenhet visste jag vem av oss som gjorde slut och vem av oss som axlade totalansvaret över situationen. Jag var mån om att trygga oss om en framtida situation skulle dras så långt.

Björn flyttade in på prov. Han hade tagit med sig kläder, skor och sina toalettartiklar och jag röjde runt i garderober och lådor för att ge plats åt hans pinaler. Och så påbörjade vi jobbet igen. Ett jobb som tämligen omgående gick fullkomlig åt pipan. Det var gjort i en handvändning, som i ett ögonblickverk. Så fort ett ord, en min eller en antydan blev fel eller tangerade ett minne av liknande ord, miner eller antydningar drog hela försvaret igång. Jag tänkte att trasslet i vår relation egentligen var ett enda stort smärtminne. Ett minne som verkade bli kortare och kortare för varje sammandrabbning. Det som var så skevt, och något som alltid var föremål för diskussion och bråk, var hur Björn resonerade kring de tre barnen han hade; tvillingtjejerna och Viggo. Han hade alltid varit mån om att finnas tillgänglig för tvillingarna och att bo på deras sida av stan. I och med det fick han veto i boendefrågan, i umgängesfrågan och i de förändringar som vi i den nya familjen försökte göra. Hans ord var den lag vi behövde rätta oss efter. Björn var som förblindad av allt som hade med den första familjen att göra och att agera rätt gentemot dem. Om han nu vågat bryta det starka förbundet genom att bo nära och finnas tillgänglig för sitt tredje barn, förväntades min roll vara att visa tacksamhet och förståelse. Jag undrade ofta när den sortens tacksamhet

någonsin uttrycktes över min uppoffring i och med flytten
till Gålö i början av relationen. Då jag hade givit upp allt
och bytt kommun. Tvillingarna hade tre, kanske fyra föräld-
rar medan Viggo bara hade en och det var jag. Det här gick
inte längre. Än en gång fick jag fundera över hur jag skulle
förmedla till mina anhöriga att det inte hade funkat den här
gången heller. Och medan jag gjorde det, kupade Björn sina
händer runt mina kinder. Det var så obehagligt. Han såg
grym ut, liksom stel i hela ansiktet och hans händer vibre-
rade av frustration när han sa:
"Louise, inse att det är över nu."
Därefter fuktade han vänster ringfinger för att få ringen att
glida av lättare. Han drog den av fingret och stoppade den i
fickan. Sedan försvann han tyst genom ytterdörren. Några
dagar senare återvände Björn för att plocka ihop sina tillhö-
righeter. Med sig hade han en röd ros och en singel och
med det tackade han för det som varit. Han menade att det
inte bara hade varit skit. På singeln låg låten "Why" med
Annie Lennox och den inledande textraden: *How many times
do I have to try to tell you that I'm sorry for the things I've done.*

Medan jag lyssnade på texten hissade jag ny flagg. Jag kunde
det där nu med att hissa. Igen och igen och igen. Ännu en
gång fick jag ställa om mitt liv men känslan var långt ifrån
lika oroande och kaotisk som tidigare. Jag hämtade kraft i
den trygghet som mitt självständiga liv och vårt boende gav.
Frågan var om detta var den sista vändan mellan mig och
Björn eller vad nästa händelse skulle bli. Och Gud vad jag
tyckte illa om Annie Lennox efter det. Jävla Annie Lennox,
ja hela Eurythmics förresten.

Pia-Carin hörde att någon drog in luft, kraftfullt och resolut.
Därefter blev det tyst och luften tycktes aldrig släppas ut.
Hon skärpte sina sinnen och lyssnade. Det förblev knäpp-
tyst utan minsta ljud som bekräftade en fortsatt andning.
Vad läskigt, tänkte hon. Hade hon precis bevittnat en

människas dödsminut och vems i så fall? Vems allra sista
andetag hade hon precis lyssnat till… var hon inte ensam i
rummet längre? Nu upplevde hon plötsligt ett hårt tryck
över bröstet och en svagt stegrande panik. Trycket släppte
inte. Istället upplevde hon en gradvis känsla av kvävning.
Hon slog upp ögonen. Reptilsnabbt. Då insåg hon att det
var hon själv som tagit ett djupt andetag som hon nu be-
hövde göra sig av med. Aldrig någonsin hade hon behövt
tänka på andningen, i alla fall inte hur den bäst skulle skötas.
Kunde det möjligen vara en defekt av långvarig nedsövning?
Sakta, sakta släppte hon ut luften och började därefter andas
normalt igen. Hon var i samma rum som sist. Det var vitt,
vitt, vitt. Samma lakan, samma allt. Till och med drömmarna
var sig lika.

Innan olyckan hade Pia-Carins skrivande nått nya höjder.
Eller kanske inte skrivandet i sig, det var sig nog likt, men
det hon skrev *om*. Hon hade börjat skriva Louise kärlekshi-
storia och de sågs ofta. Ibland i ett av arbetsrummen i direkt
anslutning till Louise arbetsplats på biblioteket, ibland
hemma hos Pia-Carin eller utomhus. Louise berättade och
Pia-Carin skrev. Pia-Carin samlade sedan ihop alla berättel-
ser och satte sig hemma och skrev rent. Oftast var det rena
transkriptioner från ljudfiler men även intervjuanteckningar.
Hon hade också skapat sig ett utrymme i vilket hon kunde
använda fantasier och osanningar som den krydda varje för-
fattarskap kräver. Så länge Louise godkände texterna var det
okej. Om Pia-Carin kände att hon inte fick ihop olika par-
tier, eller inte förstod något, tog hon ny kontakt med Lou-
ise. Genom detta träffades de igen och igen. Medan Louise
berättade, kom Pia-Carin ofta på sig med att mönstra sin
medförfattare. Det slog henne med vilka nya ögon hon
plötsligt betraktade sin bibliotekarie. Plötsligt var hon inte
längre en lugn och samvetsgrann arbetsmyra, en välsorterad
och plikttrogen servicemänniska. Nej, under berättelsens
gång tornade i stället en frustrerad, kärlekstörstande,

drömmande och stundtals väldigt sviken kvinna upp. Men
hon såg också en stark, otroligt modig och särdeles envis
människa. En fighter som gav Pia-Carin energi och
skrivglädje. Dessvärre kom Pia-Carins olycka och sjukhus-
vistelse i vägen så i stället för att skriva mer, drömde hon
om allt hon hittills hört. I det läget var det omöjligt att veta
vad som var dröm och verklighet, vad Louise verkligen be-
rättat och vad Pia-Carin eventuellt drömt om i sitt svävande
tillstånd mellan de två världarna. Alldeles snart skulle Louise
komma till sjukhuset för sista gången och inom några dagar
skulle Pia-Carin vara hemma igen. Det var med stor lättnad
hon lyssnade till läkarens ord och tänkte att han nog var
klarsynthets uppfinnare.
”Sova, det kan Fru Frödin faktiskt göra varsomhelst och
kanske allra helst hemma”. Därmed var det sagt. Så efter en
tre veckor lång sjukhusvistelse skulle hon äntligen få lämna
rummet, sängen och allt det vita. Som hon längtade.

”Ett beslut kan vara bra men kan också visa sig vara dåligt”,
sa Louise precis när hon hade satt sig tillrätta på en stol
bredvid Pia-Carins säng. Därefter tog hon en kort paus me-
dan hon verkade fundera över resten.
”Men varje gång jag tvingats agera utifrån ett dåligt beslut
har jag insett hur värdefullt det varit. Jag skulle nästan våga
påstå att det är de dåliga besluten som gjort livet värt att
leva.”
”Jaså, det säger du? Du behöver nog utveckla det där lite.”

Våren var som vanligt en stor källa till glädje. Viggo och jag
gjorde ett par resor, en nära och en lite längre bort. Dels till-
bringade vi ett dygn, inklusive övernattning på hotell. Vi
åkte till Kolmården. Några veckor därefter flög vi till våra
släktingar i norra Sverige där vi var i en knapp vecka. Jag
och Viggo hade också fått nya grannar som vi umgicks fli-
tigt med. Mamman i den familjen var några år yngre än mig
men även hon ensamstående med ett litet barn. En flicka,

året yngre än Viggo. Jag hade en hel del kompisar och jätte-
fin kontakt med min storfamilj så jag upplevde mig aldrig
ensam. Ändå slog det mig hur speciell känslan var att leva
ensamstående med barn. Att både känna sig övergiven och
lämnad men ändå så starkt ockuperad i en nära relation.
Den till barnet. Jag passade nog inte in någonstans. Inte i fa-
miljekittet, inte som singeltjej, inte som partytjej och var ald-
rig tillräckligt "ledig" för att ägna mig åt kärlekshistorier.
Björn och jag hade en rätt så kylig relation och sur stämning
rådde oss emellan på jobbet. Jag hade börjat söka nytt jobb
och hade faktiskt fått ett napp. Det var ett halvtidsjobb mitt
inne i centrala stan och den första juli skulle jag få börja.
Bara vetskapen gjorde att det kändes mindre frostigt på job-
bet. Arbetskamraterna, sedan sex år tillbaka, och faktiskt
även Björn, blev väldigt förvånade och verkade ledsna över
beskedet.
Veckorna gick och det blev semester. För min del innebar
det slutet av en intressant yrkestid. En tid som säkerligen
skulle sakna motstycke, i fråga om att vara unik och händel-
serik. Den hade inte bara fört mig in i en spännande
bransch utan också bidragit till många händelser som format
mig. Jag hade varit inblandad två relationer och två separat-
ioner. Arbetsbyte, två flyttar och två kommunbyten. Dessu-
tom fått barn och känt på föräldraskap på egen hand.
Snacka om att behöva växa upp.

Det närmade sig midsommar och enligt planen skulle jag
lämna Viggo hos Björn på Gålö. Jag hade fått lov att par-
kera bilen hos honom inför att möta min syster och hennes
familj på en brygga i närheten. De skulle angöra med segel-
båt under eftermiddagen och jag hade planerat att mönstra
på för en helg. Innan båten och hela ekipaget kommit så
långt som att angöra bryggan på Gålö kunde det bli en
stunds väntan. En hundraprocentig klaff på mötet var svår
att få till så med anledning av det hade jag förberett Björns
granne på att jag behövde sällskap en stund. Jag kände dem

väl sedan tiden då jag själv bodde på Gålö. Grannen i fråga hade helt glömt bort min visit och bjudit dit släktingar från Skåne så jag kände mig väldigt mycket i vägen. Därför gick jag tillbaka till Björn och frågade honom om det var okej att hänga kvar med dem ett tag, annars kunde jag sätta mig i bilen förstås. Givetvis gick det bra. Jag var välkommen in. Timmarna gick och syrrans samtal kom aldrig. Det blev middagstid och Björn bjöd mig att stanna och äta. Tiden gick och jag hann säga godnatt till Viggo. Björn och jag hamnade framför teven som på den gamla bekanta tiden och vi småpratade lite om våra respektive sommarplaner. Som vanligt hade vi det trevligt och mysigt, det hade vi haft farligt länge nu. Känslorna var ömsesidiga, sånt märker man. Jag hade kunnat stanna kvar, säker på att Björn kände detsamma, men till slut kom samtalet som jag väntat på och jag packade mig iväg ner till bryggan. Så fort jag fått mina grejer på plats, lämnade båten kajen och vi gick för motor en bit ut i skärgården mot Rånö. Det blev en mörk och ganska kall tur innan vi var framme vid vårt första mål. Tre omväxlande dagar följde, både känslomässigt och vädermässigt. Sol, blåst, moln och tveksamheter. Hur skulle jag och Björn följa upp det som hade hänt där hemma? Bara låta det passera eller utveckla det? Vad hade vi lärt oss sen sist? Skulle allt bli en välbekant repris? Skulle vi starta upp alltihop igen… vad ville jag? Jag ville vara lugn och lycklig, känna glädje och våga tro. Tänk om vi kunde få en pangsommar tillsammans. Jag och Björn, Viggo och tvillingarna?

Björn mötte mig på Gålö brygga med en ros som han fäst en lapp på. ”Jag älskar dig väldigt mycket. Du är min stora kärlek” stod det. Han bad mig stanna och äta middag. Ni har väl inte bråttom hem, kanske ni kan sova kvar, föreslog han. Behöver det sägas? Det var kört igen. Det fanns hela tiden en barriär mellan oss men den var så full av kryphål att vi, på var sida om de öppningar som blev, hittade fri väg igenom. Samtidigt visste vi att det kunde vara lika farligt att hoppa över som att ta sig igenom. Inte farligt för livet så klart utan för fortsättningen. Vi ville inte göra varandra illa, vi ville inte försätta varandra i tråkiga situationer. Vi ville båda en massa och så länge det fanns liv, fanns det hopp. Jag stannade kvar och vi pratade massor, vi pratade om nytt och gammalt, vi älskade och vi pratade mer. Det kändes inte som någon av de tidigare återföreningarna. Det *var* inte heller som någon av de tidigare återföreningarna visade det sig.

Tre minuter. Det är den tid det tar för två, i det närmaste osynliga och tunna små blåa streck att långsamt fylla i ett plustecken på ett graviditetstest. Efter tre minuters stirrande på denna förvandling några veckor senare, insåg jag att lille Viggo skulle bli storebror. Plötsligt hade känslorna överlycklig och livrädd bildat par. Hur oförenliga som helst.
"Å herregud", sa Pia-Carin. Hur ska det gå med allting? Den här berättelsen tar kål på mig. Hon bläddrade på skärmen för att se att hon fått med allting. Hon ville bara till slutet. "Du får veta det snart. Ta det lugnt nu. Vi behöver verkligen ta det hela i tur och ordning."

Våra sommarplaner var redan lagda och bokade så i det stora hela fick det bli en något rörig sommar. Björn hade bokat Åland och Öland medan jag hade bokat Gotland och Koster samt en helg i Halmstad med några tjejkompisar. Vi skrattade åt upplägget. Sammantaget, fast var och en för sig, skulle komma att göra en inhemsk öluff innan sommaren var slut. Medan Björn var på Åland med alla tre barnen passade jag på att jobba heltid. Det var faktiskt första gången jag och Viggo varit borta från varandra så länge. Nästan en hel vecka. Att jobba var den enda vägen för att skingra tankarna. Björns ogrundade svartsjuketankar började visa upp sig igen. De hade tagit en hel del plats under tidigare år och gjordes synliga när jag minst var beredd på det. Nu var de där igen och han ringde varje dag från Åland och kollade mig. Han ställde frågor och ifrågasatte trovärdigheten och rimligheten i det jag berättade. När de var tillbaka hemma igen, packade vi om och åkte tillsammans till Gotland. Där bråkade vi. Sedan åkte vi till Öland. Där bråkade vi också. Därefter lämnade jag över Viggo till Björn och åkte till Sydkoster med min mamma och hennes man. Efter Koster sammanstrålade jag, Björn och alla barn på Skara sommarland. Där bråkade vi. Som vanligt skötte vi våra diskussioner och bråk utomhus eller nattetid så ingen blev direkt påverkad. Men så klart, spred vi inte några glada energier. De olika semesterevenemangen lämnade en något fadd smak efter sig. Min Halmstadsresa till exempel kantades av svartsjuka och hämnd. Björn ville att jag skulle stanna hemma men eftersom jag tyckte annorlunda, bokade Björn upp sig på en kryssning med sin svåger. Bara för att skapa oreda och tråkig stämning. Vi tragglade oss igenom tillvaron och de flesta av våra diskussioner, vad de än handlade om, slutade med gruvlig osämja.

Mitt i den varmaste sommarmånaden juli fyllde Viggos år och det var i alla fall en fantastisk dag. Ett varmt och soligt treårsfirande i trädgården, med många gäster på besök. Både stora och små. Jag hade ordnat allt medan Björn låg och sträckte ut sig och läste. När kalaset var över var det disk och leksaker överallt. Hela lekrummet var upp och ner och det fanns inte en tom golvyta på hela bottenvåningen i huset. Alla bänkar i köket var belamrade med disk, till och med trädgården var i oreda. Till min stora förvåning satte sig Björn ute i solen med en cigarett och DN som han noggrant läste från sida till sida. Ja, behöver det sägas? Det blev bråk igen. Eftersom vi inte ville bråka så andra hörde oss, blev det en hel del nattmanglingar. Mer än en gång sa Björn: "Hur tror du att vi ska kunna ta emot ett barn till när det är så här?" Flera gånger tog han upp frågan om abort men jag vägrade. Jag fick honom att förstå att gränsen var nådd för vilka sorters krav han kunde ställa på mig. Jag bestämmer hur jag vill ha det, oavsett vad du tycker och jag är beredd

att ta konsekvenserna av det. Jag borde i och för sig förstått
från första början att Björn kanske inte såg barn som en
självklar del av livet, vilket jag gjorde. Det var tydligt hur vi
skilde oss åt på den punkten. Mumintrollet tröstade:
*För mycket familjeliv är skadligt. Folk börjar samla på stora saker
som inte får rum i en packning. Dom pratar bara om små saker.*

Det hade blivit dags för det första besöket hos barnmors-
kan. Jag mindes alltför väl med vilket motstånd Björn på-
tvingades att följa graviditeten förra gången. Utan nyfiken-
het, vilja och uthållighet. Nu började alltsammans om. Han
undrade varför han behövde följa med och vad besöket gick
ut på, hur lång tid det skulle ta och vad han egentligen
kunde bidra med. Jag menade att det var ovidkommande.
Jag ville ha sällskap och det rörde ju vår bebis, räcker inte
det som skäl? Björns svartsjuka tangerade gränslös miss-
tänksamhet och han började ifrågasätta om det verkligen var
han som var pappa till bebisen.

En dag när jag skulle åka tidigare till jobbet åkte även han ti-
digare. Han hann ifatt mig precis när jag hade parkerat bilen
och hans version var att han bara ville överraska mig. Jag
tror att det handlade om hans förvissning och ett möjligt
tillfälle för honom att avslöja mig med en annan man. Och
varför trodde jag det? Jo för att jag upplevde honom vara
skärrad. Han var andfådd, agerade nervöst och hela hans vä-
sen skälvde. Björns tveksamheter kring vem som kunde vara
pappa till barnet gjorde sig påminda flera gånger. Han
trodde inte på möjligheten att bli gravid vid det enda till-
fället som var. Den där natten efter midsommar, var just
precis det. Ett enda tillfälle. Jag intygade att jag inte hade
haft en sexuell relation men någon annan än honom men
han stod fast vid sina misstankar. Han tyckte inte heller att
datumet stämde. Det antalet veckor som hade förlöpt sedan
den påstådda graviditeten inletts stämde inte. Jag förklarade
att man beräknar att en graviditet är 40 veckor. Starten är

från den senaste mensens sista dag, även om man skulle bli gravid under ägglossningen två veckor senare. Det är anledningen till att man räknas som gravid två veckor innan själva befruktningen. Detta sätt att räkna är detsamma i hela världen och bara att acceptera. "Varken du eller jag kan ifrågasätta det, så sluta nu", bad jag honom. Den kvällen tog vi med Viggo till lekparken som låg närmast hemma. Björn satte sig och Viggo på ena sidan på gungbrädan och jag satte mig på den andra. När vi gungat och skrattat ihop med Viggo ett tag, hoppade Björn raskt av så att jag, oförberett, damp i backen på min sida. Detta upprepade han ett par gånger men jag parerade med benen och skrattade med, för att låtsas att jag inte förstod vad han höll på med. Han trodde kanske, eller hoppades, att det skulle leda till oreda där inne i bebismagen.

En eftermiddag lämnade vi Viggo till min granne så att vi själva kunde åka in till stan och gå på Vattenfestivalen. I bilen på vägen in satt vi och småpratade. Rätt som det var halkade vi snett i ett samtal som ledde till något som blev sönderpratat och snart gick på grund i en diskussion. Än en gång kommenterade Björn hur fel det var med ett barn till. Då fick jag nog och sa till honom att det var dags att bestämma sig. Om han tyckte det var fel så fick han välja. Det är frivilligt att hoppa av här och nu för jag kommer inte att ändra mig. Jag väntar barn, det är vårat barn och ju förr du accepterar det, desto bättre. Björn vände bilen och styrde hemåt igen. Så blev det med den kvällen på stan. Än en gång fick vi ändra oss och boka av. Det var den 15:e augusti, bara två månader efter den där magiska återföreningen ute på Gålö. Nu kände jag mig bara förödmjukad och missbrukad. Dittills hade han varit den som givit ultimatum eller sagt nej till vårt "vi" och vid de tillfällena såg jag honom som en stor svikare. Den här gången var det min tur. Jag ville pausa oss och jag bad honom att gå. För första gången var det jag som sa nej. Björn behövde bara en

halvtimme på sig att plocka ihop sina kläder och toa-
lettsaker. Jag visste inte riktigt vad jag kände. Nu stod jag
återigen inför att bli ensam men denna gång med två barn
och det fick väl gå. Så klart att jag skulle klara av det. En dag
i taget.

Tio dagar gick utan ett ljud från Björn. Han hörde inte ens
av sig till Viggo eller hämtade honom när det var dags för
pappahelg. Han var som utplånad. När han till slut hörde av
sig igen var det på samlat vis och med en önskan om att vi
skulle ses hos den familjerådgivare vi varit hos två år tidi-
gare, alltså Annika. Jag var tveksam och ville veta syftet och
han menade att vi behöver separera på ett bra sätt. Han stod
på sig och meddelade att det inte fanns något större ut-
rymme till förhandling här. Jag tyckte i och för sig att han
hade rätt men mitt perspektiv var ett annat. Vi behövde inte
bara hjälp med att separera på ett bra sätt, vi behövde också
hjälp med att hålla oss ifrån varandra. Det var nästan ännu
viktigare. Björn bokade familjerådgivningen åt oss och An-
nika sa att av alla som hon hade träffat i vår samtalsgrupp
för två år sedan var vi de sista hon förväntade sig att träffa
igen. Hon tyckte att vi verkade så logiska och stabila och att
vi hade givit de andra paren så mycket när vi beskrev vår si-
tuation. Ja, det var väl det jag alltid tyckte angående våra
samtalsträffar med tredje part. Det var ingenting annat än en
show. Tydligen också en trovärdig sådan. Vi började berätta
om de tre stora separationerna vi haft sedan dess och tera-
peuten gjorde sitt yttersta för att hänga med i svängarna.
Snart visade det sig av Björns sätt att prata, att hans huvud-
sakliga syfte var att få terapeuten att övertala mig att göra
abort. Annika sa: "Ni verkar så bestämda båda två med vad
ni vill, och eftersom ni inte har några gemensamma önsk-
ningar så kan jag inte hjälpa er. En graviditet och en eventu-
ell abort är ett ingrepp på en kvinnas kropp och då är det
hon som bestämmer".

Efter de orden avslutade Annika mötet. Hon gav Björn
kontaktuppgifter till något som kallades Manscenter och ett
erbjudande till mig om att återkomma. Hon menade att det
kunde vara nog så känslomässigt ansträngande att vara gra-
vid ensam. Björn och jag skildes åt efter att han gjort klart
för mig att han ville ha så lite kontakt som möjligt med mig
hädanefter eftersom jag burit mig oanständigt åt. Han sa att
han hoppades på ett missfall, annars övervägde han att från-
säga sig faderskapet. Mötet blev kortare än vad vi båda tänkt
och vi sa inte ens hejdå till varandra efteråt. Det var svårt att
säga vem av oss som var mest besviken, Björn eller jag.
Jag drog in min syster som den andra parten i min graviditet
och tänk vilken support och vilket stöd jag fick. Hon var
med på barnmorsketräffar och hon följde bebisens utveckl-
ing. Jag kände med helt trygg med det som komma skulle,
och inte alls lika trött som jag varit när jag väntade Viggo.
Jag mådde oförskämt bra utom på en punkt. Jag hade fått
en tidig och mycket besvärlig foglossning.

En dag, som från ingenstans kom det ett brev från Björn.
Han hade varit på Manscenter och sa sig vara precis i slut-
skedet av terapin. Han kände sig helare och i bättre balans
men han hade haft det svårt och tungt. Han tyckte att det
kändes knepigt att bli förälder på distans. Han önskade bli
informerad om hur graviditeten gick, hur bebisen mådde
och hur storebror reagerade. Han undrade också om han
kunde göra något för att underlätta något, och om han
kunde bidra. Han efterlyste mina synpunkter på honom som
förälder. Vad jag hade för förväntningar på honom i relat-
ionen till barnen, bland annat ekonomiskt. Jag svarade att
jag inte hade några som helst förväntningar. Inte en enda.
De tipsen jag hittills kommit med, hade sagts genomsyra
vårt förhållande tillräckligt mycket på ett dåligt sätt. Jag be-
rättade att jag inte tänkte belägga honom med vare sig krav
eller önskemål. Björn visste nog själv vad han borde och
ville. Något annat var ingenting värt. Jag menade att jag

hade sett nog med famlande från hans sida och att det var dags för honom att börja tänka lite själv. Det var hög tid för honom ta reda på var han stod och vart han ville. Men, om nu hela manslivet blivit utrett på Manscenter vore det kanske en utmaning att ta reda på mer om flickor, döttrar, kvinnor, styvmödrar och mammor. Både hemma och i arbetslivet. Ur detta skulle säkert en ny spännande värld och massor av ny kunskap snart kunna fogas till övriga och nyligen vunna. Det kunde säkerligen bli ett riktigt fint avslut i terapin att få ihop båda dessa delar. Jag avslutade med att beskriva min dröm om frid i själen, med eller utan man. En dimension jag inte nått till än. Jag har dessvärre inte funnit den stabila, starka och genuina personen ännu att dela gemensamma sorger och glädjeämnen med.

Sanningen att säga så kände jag mig ompysslad av olika människor på olika sätt, mer än Björn någonsin klarat av eller tänkt att jag varit i behov av. Min syster fortsatte sin ställning som extramamma. Hon ville vara med på förlossningen och eftersom jag hade hört att barnmorskan Gudrun Abascal med sin mångåriga erfarenhet skulle föreläsa om förlossningar gick vi dit tillsammans. Föreläsningen handlade om smärtlindring och avslappning och efteråt blev vi guidade runt på förlossningen och BB. Så syrrans stöd hade jag, och mina väninnors. Viggos dagmamma pressade en morgonjuice på morötter och apelsiner till mig varje morgon och när det stod klart att jag väntade barn på egen hand, poppade det upp supportrar lite varstans.

Vi hade börjat prata mer med varandra igen, Björn och jag. Oftast handlade våra samtal om Viggo och så träffades vi så klart vid överlämningar. Men utöver det, pratade vi allt oftare. Björn undrade hur magen mådde och bad att få känna på den. Han flyttade runt handen på magen som vid det här laget hade börjat bli ganska stor. Det kändes viktigt för mig att han undrade och ville ta del. Han var trots allt pappan.

Lucia passerade och julen likaså. Björn och jag hade pratat massor i telefon och en dag i januari ringde han till mig på jobbet och ville att jag skulle komma ut på gatan. Han var på väg förbi i ett ärende och kände att han ville träffa mig. Vi satt i bilen och Björn strök på min mage. Med den andra handen höll han min hand. Han berättade att en av tvillingarna hade rest till USA och att den andra bodde mycket mer hos sin mamma. Det var stora förändringar. Grunden för många dispyter var det dåliga samvetet gentemot den första familjen som strax efter skilsmässan högst förståeligt präglat många av Björns beslut. Samma dåliga samvete hade fortsatt att styra honom. Det hade liksom ätit sig in i Björns personlighet och den nya familjens existens skavde som oformliga skor i styvt skinn. När tvillingarna nu blivit så pass stora att de börjat forma sina egna liv, och när deras mamma också gått vidare i livet, kanske Björn kunde ge sig själv frid. Nu äntligen kanske han vågade kliva in med samma beslutsamhet och kraft i sin nya familj och satsa lite mer helhjärtat där. Jag hade resonerat med mig själv och tänkt att förutsättningarna möjligen var nya igen och eventuellt kunde det bidra till att det skulle fungera? Vi började så smått prata ihop oss igen och inte sent därefter väcktes idén om att kanske försöka igen. Inte utan familjerådgivning var vi överens om, så vi bokade en tid i januari.

Jag trodde på det, tänkte att chansen nu var vår. Vi hade pratat om att göra ett nytt försök men valde att hålla det hemligt. Ingen skulle få veta, inte ens Viggo. Vi hade nog med oss själva och orkade inte bära andras åsikter och förebråelser. Den kvällen smög Björn som en katt om natten, över gräsmattan på baksidan av huset, så ingen skulle se. Han fick klartecken av mig efter att Viggo hade somnat. Vi skrattade åt det hela eftersom fotspåren var tydliga i snön. Så småningom gick relationen inte att hemlighålla längre utan vi berättade hur situationen hade förändrats. Igen.

Så, det var lite så jag menade, om man nu tycker att övernattningen på Gålö efter midsommar var att kategorisera som ett dåligt beslut, så visade det sig i efterhand kunna vara mycket värdefullt. I februari tog Björn beslutet att lämna Gålö bakom sig och flytta hem till mig, Viggo och magen. Äntligen skulle vi bli familj och det stora flyttlasset planerades gå i slutet av mars. Louise tittade på Pia-Carin som såg ut att vilja säga något.

"Ja, vad säger du när du lyssnar? Verkar allt bara knäppt? Du förstår, jag ville så gärna satsa och trodde innerst inne att vi kunde vara familj. Att vi äntligen skulle kunna gå vidare med de nya förutsättningarna och att Viggos syskon skulle ingå i det. Jag ville det så innerligt. Något gnagde i mig och det var en lite bitter tanke som sa: "Jaså, nu passar det. När alla andra lämnat leken, när bordet är dukat och maten står på bordet. Då passar det att komma hem.""

Louise blev tyst för ett ögonblick och reflekterade över det hon nyligen sagt när Pia-Carin störde henne.

"Alltså jag sitter och tänker på en dikt av Karin Boye när jag hör dig berätta och jag kan inte låta bli att tänka på den. Det verkar så uppenbart svårt för er att både vara tillsammans men ändå isär. Jag tror att det börjar ungefär så här":

Du är min renaste tröst
Du är mitt fastaste skydd
Du är det bästa jag har
Ty intet gör ont som du
Nej intet gör ont som du
Du svider som is och eld
Du skär som ett stål i min själ
Du är det bästa jag har

"Hm, kanske inte det fastaste skyddet och det bästa jag hade men jag förstår hur du menar. Du anar inte hur mycket jag saknade att få känna just precis det."

Kapitel 11
Om felprogrammeringar och dinosaurier på bio
samt förväntan som känns mer än belöning

Musteriet i Laduvik hade vid det här laget varit igång i flera år och var en satsning som givit gården både uppmärksamhet och inkomst. Just denna dag var 13 liter äppelmust färdig för leverans till gårdens närmaste granne, en familj som bodde på andra sidan om hästgraven och bikuporna. De hade ett äppelträd som gav mycket frukt trots att det inte var särskilt stort. Rut tänkte först att det kanske var hästskelettets fel att trädet inte hade växt mer men med tanke på hur mycket frukt det oansenliga trädet bar, omvärderade hon tanken. Skelett innehåller både kalcium och kollagen och var mest troligt bara bra för växtligheten. Hur som helst var hon säker på att hennes bin och deras pollinering balanserade upp det hela. Två stora papperskassar med äpplen hade lämnats in dagen innan, vilket alltså snart skulle växlas mot flera liter must. Det var ändå rätt bra jobbat.

Medan Rut bar fram boxarna med äppelmust tänkte hon på Twists och hennes biobesök kvällen innan. De hade känt sig som två dinosaurier. Igen, tänkte hon. Eftersom det var långt mellan tillfällena att lämna gården, och tekniska förändringar ideligen drevs igenom, upplevde de sig som något från urtiden när de då och då stack ut sina huvuden. Enligt Ruts mått mätt skedde förändringar alldeles för fort och eventuellt också helt utan anledning. De hade kommit till bion 30 minuter innan filmen började. Så gör ingen nuförtiden. Det var så tomt i biofoajén att det först trodde att bion ställts in. Snart stod det klart att de flesta i stället valde att komma tre minuter innan bions start eller möjligen lite senare än så, men verkligen inte med en halvtimme tillgodo. När de skulle köpa biljetterna visade Rut upp sitt biokort.

Detta tog kassören slash popcornförsäljaren emot, granskade en stund och log sedan, lika mycket mot kortet som mot Rut.
”De här gäller inte längre. Jag kan se att ditt kort gått ut för… få se här nu… ett och ett halvt år sedan och vi har ett annat system nu”. Hans ansikte genomfors av något som såg ut att explodera innan han fick så pass mycket kontroll på läget att det i stället bromsades upp i ett skevt leende. Bakom Rut och Twist började nu en liten kö bildas.
”Va?”, sa Rut. Inte för att hon inte trodde sina öron utan snarare för att hon inte riktigt hörde vad han hade sagt. Popcornförsäljaren harklade sig och förmedlade i snabba drag och med styrka i rösten samt en artikulation som hade passat en döv, hur medlemskapet fungerade. ”Nuförtiden”, lade han till. Ett ord han nu använt för andra gången och som gjorde att Rut direkt kände sig tjugo år äldre. Gammal som en dinosaurie alltså, plus tjugo år.
”Numera”, påbörjade han nästa mening och skenade sedan iväg i beskrivningar som innefattade både appar och lösenord.
”… så det är bara att gå in i appen och följa instruktionerna där. Det är faktiskt väldigt enkelt”, avslutade han. Rut suckade och de tackade för instruktionen, köpte en kartong med popcorn och ställde sig i kön för insläpp. Den var i stort sett obefintlig. Kassören slash popcornförsäljaren, hade nu styrt om sig till biljettklippare. De hälsade igen som om någon av dem, på den korta tid som precis förflutit, hade hunnit glömma varandra. Där övergick Rut till sitt bravurnummer, nämligen ”hehe-pratandet”. Det går mest ut på att skämta både om sig själv och situationen.
”Jaså! Du är biljettklippare också?”, sa hon.

Vanligtvis var ”hehe-pratandet” ett bra trick som syftade till att dölja vad saker och ting egentligen handlade om. Typ att ens tro att biljettklippare var en term som användes i biosammanhang.

"Biljettrivare heter det Rut", sa Twist för att rätta till termi-
nologin samt dämpa känslan av att de även i detta samman-
hang tycktes ha anlänt i en tidsmaskin. Rut väntade på att
Twist skulle ta fram biljetterna för att få dem rivna men
upptäckte snart att så inte skedde.
"Få se här nu, var har jag telefonen?" sa Twist och började
klappa utanpå jackans fickor. Han drog fram sin mobil för
att biljetterna skulle kunna skannas. Biokillen lade en dosa
över dem och incheckningen sköttes med digital precision.
"Hightech", sa Rut med en blinkning. Biokillen å sin sida
sökte Twists uppmärksamhet.
"Smartphone, heter det", sa han. "Inte telefon".
Rut harklade sig för att dölja ett uppvällande fnitter och in-
såg hur kul det faktiskt var att känna sig lite bakom flötet.
och bortkommen. Från förr i tiden mindes Rut att biosto-
larna var både fläckiga och nedsuttna och faktiskt ganska så
äckliga. Biosalonger idag har mjuka fåtöljer, eller snarare
soffor och rejäla benutrymmen mellan raderna. Alltså; det
hade blivit mer plats för benen medan salongen och biodu-
ken blivit allt mindre. Av ren hänförelse över alla inledande
intryck började Rut och Twist mata popcorn som besatta
och innan filmen ens startat, var hela snackskartongen
slut. En dov tystnad fyllde salongen efter att reklamen tagit
slut och snart sattes filmen igång och snurrade därefter på.
Intryck efter intryck serverades på duken och det hela fun-
gerade klanderfritt. Om något var sämre förr så var det just
det, att filmen kunde avbrytas mitt i för att filmrullen be-
hövde bytas. Men som sagt det var under en tidigare geolo-
gisk tidsålder och oavsett nu eller då, så är film på bio en
sann upplevelse. Precis som SF's slogan utlovar så är film
bäst på bio.

Efter filmen blev de båda ganska bedrövade över allt skräp
som slängts omkring på golvet. Åtminstone det, var sig likt
från förr. I alla tider har det på underligt vis varit okej att
både slänga skräp och hälla ut popcorn på golvet. Rut

kunde inte hindra städimpulsen så med ena fotens hjälp kasade hon ihop skräpet till en och samma hög. Samtidigt puttades hon framåt av Twist som knappt kunde tygla sig, kissnödig som han var. Dessvärre krävde toaletten en kod och koden fanns på biljetten och biljetten låg surt nog i papperskorgen. Det fick bli full gas hem och på vägen pratade de om hur spännande det skulle bli att se hur ett biobesök om ytterligare ett par år kunde tänkas fungera. De pratade mer om det, än om själva filmen.

Klangmeditation gick i bättre harmoni med Ruts totala väsen och var något hon och Pernilla hade ägnat sig åt tidigare på dagen. Trots den tusenåriga metoden för kroppslig och mental avslappning, med rötter i en helt annan religion än den västerländska, kändes det mer modernt än att gå på bio. Rut, Pernilla och fyra tjejer till hade tagit plats på varsin matta på golvet i en yogastudio. Framför dem stod klangskålar som var formade i olika metaller och storlekar. Inom räckhåll för samtliga satt kvinnan som skötte klangerna. Den här sortens meditation löser upp stress, oro och blockeringar. Den enda uppmärksamheten som behövs är den mot ljuden i rummet. Tonerna svänger ut ur skålarna och vidare iväg i rummet och ljuden stillar sinnet omedelbart. Genom att fokusera enbart på den egna kroppen och andningen, och bara följa de sköna tonerna, skapas en ljuvlig avkoppling. Upplevelsen skulle kunna beskrivas som den känsla som infinner sig vid insomnande. I läget mellan vaket och sovande tillstånd. När ljud och känslor liksom svävar lite "in between". Som det klingade, och som Rut sov. Kvinnan som ledde eventet kallade det för meditation. Rut kallade det för ren och skär grissömn.

Eftermiddagens plan var enkel och bestod till lika delar av ansvar och vila. Inte alltid såg livet så enkelt ut, att endast två saker behövde utföras. Prio 1a var att ställa fram boxarna med must. Prio 1b var att gå bort till skolans gymnastiksal som för dagen hade gjorts om till vallokal. Hon och Twist skulle fullgöra sin medborgerliga plikt genom att rösta. Poströstning, förhandsröstning och liknande hade aldrig varit Ruts grej. Nej, hon ville gärna besöka vallokalen och möta partiets lokala representanter. Hon ville ta emot valsedlarna och sedan ställa sig bakom skärmen för att göra sitt val. Lägga sin röst på det parti som hon trodde skulle göra mest nytta för det svenska folket. Twist hade gjort det fatala misstaget att förhandsrösta men kom redan på hemvägen på att han ångrade sin röst. Det var så typiskt honom, tänkte Rut, att vara proaktivt effektiv men sedan inse att eftertänksamhet och sans nog hade varit bättre. En annan fullt möjlig förklaring till hans felval av parti kan eventuellt ha varit att han blivit störd av sitt eget disträfulla väsen. Helt enkelt kommit av sig bakom skärmen och stoppat fel lapp i fel kuvert. Idag gick han därför med Rut till skolan för att använda sig av rättigheten att ångerrösta. Inte heller det hade Rut prövat. Det var höjden av att vara oseriös, att rösta två gånger och att inom loppet av tio dagar rösta på två olika partier. Medan de gick berättade Rut om ett sommarprat som hon hade missat i somras men som hon nu lyssnat på under morgontimmarna. Det var psykiatriöverläkaren Anders Hansen som hade pratat om sömn, andra människors närhet och rörelse som de absolut viktigaste ingredienserna för människans överlevnad. Han menade också att just dessa ingredienser tragiskt nog hade minskat.

”Hansen menar att dagens livsstil med alltmer stillasittande aktiviteter har dragit ner på tiden som egentligen ska läggas på livsviktiga värden”, sa Rut.
”Ja, det lär inte drabba oss i alla fall”, svarade Twist.
”Knappast. Vi rör oss mycket och får en hel del vardagsmotion. Motion bromsar åldrande, skyddar mot sjukdomar, påverkar måendet, stärker minnet… och vad var det mer? Jo! Det förbättrar självkänslan och minskar ångesten. Att vi

har börjat åsidosätta själva fundamentet för god hälsa menar Hansen kan vara en av förklaringarna till mängden utbrända, utmattade, deprimerade och långtidssjukskrivna människor nu. Motion kan fungera kompenserande men en minskning har noterats. Den genomsnittliga fysiska aktiviteten har minskat med uppåt 30 procent för 14-åringar."
"Och sömnbrist väl?" flikade Twist in. "Jag har hört att var tredje svensk har sömnproblem och där är de unga i majoritet. Unga som söker hjälp med anledning av sömnbrist har ökat med mer än 500 procent sedan millenniumskiftet. Inte konstigt att den psykiska ohälsan också ökar."
"Visst! Sömn bidrar till känslomässig stabilitet. Reparerar hjärnan, skyddar mot sjukdomar och påverkar tankar och mående. Brist på sömn leder till att vi blir mer lättstressade. Hansen beskriver också hur jobbigt en hjärna har det med multitasking och då tänkte jag på dig", passade Rut tillbaka.
"På mig? Vad menar du?"
"Ta din röstning här senast. När du prompt skulle få det gjort i förväg fast du egentligen inte hade tid. När du klämde in det mellan en massa andra aktiviteter bara för att...ja varför? I ett försök att multitaska?"
"Nej snarare för att ha ett mål med att avbryta en stillasittande aktivitet, nämligen den vid Farming-spelet på datorn. Jag behövde en paus och en promenad och kom på att jag hade ett paket att hämta på posten. Jag tog chansen att testa hur förtidsröstning går till, bara så". Medan Twist pratade satte han fingret mot tinningen på sig själv och snurrade det några varv medurs samtidigt som han himlade med ögonen. En stunds tystnad la sig innan Rut fortsatte.

"Tydligen är det så att hur mycket vi än önskar det, och hur mycket vi än tror att vi klarar det, så har hjärnan inga bläckfiskarmar. Den kan inte arbeta med flera saker samtidigt. Det enda som händer när vi kastar oss från det ena till det andra, är att vi får en bredd men detta på bekostnad av att vi mister djupet. Jag tror att många människor ägnar sig åt multitasking i ett försök att hinna med så mycket som möjligt, men sanningen är den att endast tre till fyra procent klarar av konsten."

"Låt mig gissa! Majoriteten av dem är kvinnor va?"

"Ja faktiskt. Du har rätt", meddelade Rut med en ton på rösten som antydde att hon skulle vara en av dem. Enligt Twists sett att se på saken hörde hon definitivt inte till den lilla andel som klarade av konsten med multitasking. Rut tänkte vidare på vad Hansen sagt om motion. Med kontinuerlig motion, det räcker med promenader, kan man föryngra sin hjärna. Detta eftersom pulsen höjs vid rörelse och när hjärnan får mer syre blir den mer aktiv. Syret i sin tur transporterar bort slaggprodukter samtidigt som de kvalitetsavgörande dopaminnivåerna höjs. De skickas nämligen ut i systemet för att rikta uppmärksamheten mot rätt saker.

Våra behov är programmerade sedan lång tid tillbaka. I stort sett varje generation som funnits under människans 200 000 år, har levt som jägare och samlare, i ett med naturen. Efter tiden på savannen, och under en mycket kort del av människans långa historia, har gigantiska förändringar skett. Ändå fortsätter hjärnan att fungera för vad den är programmerad till. Hur lång tid som förflutit, i förhållande till modern tid, kan beskrivas genom att föreställa sig människans tid på jorden som ett dygn. Då är det endast under den sista sekunden som modern teknologi varit en del av oss. 23:59:59, då som först blev vi digitaliserade. Innan dess var vi industrialiserade, och under 19 sekunder dessförinnan var vi jordbrukare. Men den största delen, alltså tiden mellan kl 00:00:00 och... här behövde Rut räkna som bara sjutton i sitt inre... 23:59:40 var vi jägare och samlare. *Det* är vad vi kan och är byggda för. Evolutionen tar hundratusentals år på sig att förändra en art så det betyder att vi i princip är oförändrade sedan savanntiden, med andra ord utvecklade för en annan värld än den vi nu lever i.

Det har aldrig funnits ett evolutionstryck för att sitta still och bara ha det bra och människans hjärna är inte utvecklad för att fokusera länge. Ändå är det något som krävs i den moderna världen. I ett historiskt perspektiv har det för artens överlevnad varit en väsentlig vits att vara lättdistraherad, att snabbt kunna byta fokus och att reagera på allt som dyker upp. Om vi hade varit utvecklade för den tid vi nu lever i, skulle hjärnan belönat oss först när vi klarat av att bibehålla uppmärksamhet under lång tid, och riktigt så fungerar det ju inte. Hennes funderingar avbröts av Twist.

"Är det inte så egentligen att ångest och depression varit det som hjälpt oss att överleva? Oron har väl egentligen varit nödvändig som beredskap i en vardag som mest bestått av svält och sjukdomar?"

"Jo det tror jag. Hansen säger att vi har samma hjärna som vi alltid haft men ämnen och funktioner i den, som tidigare hjälpt oss att överleva, ställer till det för oss idag. Hjärnan har hamnat i osynk med den moderna världen i och med att den inte utvecklats på 40 000 år. Den har inte lyckats hänga med i den snabba utvecklingen", svarade Rut.

"Den snabba utvecklingen har också passiviserat människan", kommenterade Twist och började sedan prata om samma saker som Rut nyss hade funderat på.

"Stillasittande aktiviteter och sociala medier där hjärnan matas av intryck via skärmar behövs egentligen inte för människans överlevnad. Belöningssystemet aktiveras utan någon egentlig ansträngning och baksidan av snabba kickar blir att sådant som kräver stor ansträngning, upplevs tråkigt och ointressant. Det gör oss så småningom deprimerade. På samma sätt som spelande och droger ger snabba belöningar, pytsas dopamin ut och skapar ett beroende. Droger är genvägar till lycka men istället för lust och lycka leder det till abstinenssymtom, exempelvis ångest. Smärta i stället för smärtfrihet och överaktivitet i stället för slöhet."

”Exakt! Det leder oss tillbaka till fördelarna med motion.
Upprepad sund motion, rörliga projekt och positiv stress
ger oss den fysiska aktivitet och lycka som vi så väl behöver.
Som faktiskt är livsavgörande”, avslutade Rut.
De började närma sig vallokalen och skymtade flera mindre
grupperingar av folk och en kort kö med några som väntade
på att bli insläppta. Förmodligen var de ovilliga att beblanda
sig alltför friskt partier emellan och på håll såg de små grup-
perna av människor ut som utklickad kakdeg på en bakplåt.

”Förr var väl medellivslängden inte mer än fyrtio eller fem-
tio år sådär”, sa Twist som inte riktigt kunde släppa samtal-
sämnet.
”Snarare trettio år men om man tänker sig att de som föds
nu kan bli uppåt 100 år, så vill det till att de känner till sina
grundläggande behov om de ska kunna njuta av livet. Tänk
att människan aldrig haft det så bra som nu men ändå aldrig
mått sämre. Vi har säkert inte haft en högre välfärd, sällan
varit friskare och aldrig varit fredligare. Ändå medicineras
mer än var nionde vuxen svensk med antidepressiva läke-
medel”, lade Rut till.
”Men det är bara att se hur Sigge och hans kompisar lever i
sina digitala snurror. De som har vuxit upp med mobil,
iPad, dator och Play Station. Deras hjärnor suktar bara efter
mer. Det attraktiva i de sociala mediernas flöden är att det
aldrig tar slut”, sa Twist.
”Sant! Hansen menar att cirka 200 000 mänskliga livslängder
skrollas bort per dag i denna tillvaro av oändlighet. Varje
dag! Det är ju inte klokt.”

Rut och Twist ställde upp sig i kön utanför lokalen där folk
släpptes in i tur och ordning. Snart var det deras tur.
”Hallå hej, hej!” var det någon som ropade en bit bort i lo-
kalen. En dag som denna var folk inställda på att träffa
andra. Det hörde till evenemanget som sådant, att alla som
tillhörde samma region sågs vid en särskild träffpunkt.

Drygt ett halvår tidigare hade det varit vid valborgselden
men denna dag var det i vallokalen. Rut gillade det. Twist
gillade det bara sådär.

"Hej på er!" hördes det igen samtidigt som Rut och Twist
blev hänvisade till varsin grön skärm som ställts ut på behö-
rigt avstånd från varandra. Rut smet in bakom Twists
skärm. Även detta grepp var något som Rut gillade jätte-
mycket och Twist bara lite sådär.

"Tror du ens att man får göra så?" undrade han och såg sig
nervöst omkring.

"Klart man får, det bestämmer vi väl själva. Vad tror du kan
hända egentligen? Nå, vad ska du rösta på nu då?", frågade
hon på retfullt vis.

"Hallå!", hörde de igen och Twist stelnade till. Rut fnissade
lite och kikade ut från skärmen. En bit bort vid bordet där
man legitimerade sig och prickades av mot röstlängden satt
Bengt och vinkade.

"Hej! Vad gör du här? Vänta vi kommer!", sa Rut och dök
in bakom skärmen igen.

"Bengt sitter vid bordet, du vet där man blir avprickad. Vad
fasen har han där att göra tror du?"

"Ingen aning men det får vi väl snart veta, tror du inte?"
Twist slickade igen sitt sista kuvert och Rut blev klar sekun-
den efter. De båda hade gjort sina val. Ett vitt, ett blått och
ett gult val inför framtiden.

"Men hej Bengt, vad har hänt? Hur har du hamnat här?"

Bengt höll tungan rätt i mun medan han prickade av dem
mot röstlängden. Rut studerade honom medan han la linja-
len under hennes namn och strök henne från listan. En ban-
deroll med texten Piratpartiet spände tvärs över hans mage.

"Jag ska berätta, vänta lite så tar jag min rast nu", sa han och
reste sig från stolen.

"Jo i min jakt på att göra om och göra rätt, ni vet som vi har
pratat om, och eftersom valet närmade sig så tänkte jag om
så mycket jag alls förmådde. Jag har alltid röstat på Centern.

Lagom borgerligt, lagom mitt emellan. Inte blått och inte rött utan som en vågbrytare mitt emellan. Så kom jag att tänka på partier som inte direkt har någon färg, som inte jobbar med politik i vid mening utan mer för den goda sakens skull. Som bildar opinion och lyfter sådant som de övriga tröttmössorna inte hinner med. Jag kände att det nog skulle passa mig just nu och då blev det Piratpartiet". Bengt tittade på Twist, som tittade på Rut, som i sin tur tittade tillbaka på Twist. Bengt däremot, han hade börjat flacka med blicken fram och tillbaka. Han tittade liksom mellan Rut och Twist, ner på sin banderoll, bak mot bordet för röstlängdsavprickningen och slutligen på Twist igen.

"Jaha", sa Twist och mönstrade Bengt som såg ut att sprutsvettas.

"Ni tänker att jag har skitit i det blå skåpet igen eller?"

"Nej då, inte alls. Jag för min del tänker inget särskilt, eller jo möjligen att jag inte vet ett jota om Piratpartiet."

"Partiet bildades 2006, finns nu i ett sextiotal länder och har utvecklats till världens mest framgångsrika politiska rörelse sedan miljörörelsen på 80-talet. Det har suttit pirater i EU-parlamentet sedan 2009. Och det är inte kattskit hör ni!"

"Världens mest framgångsrika politiska rörelse i exakt vad?", undrade Rut.

"I att föra in partiet i den digitala framtiden."

"Fast Bengt, det är ju tolv år sedan det behovet fanns. Mycket har hänt när det gäller det digitala, kort sagt; alla är uppkopplade numera."

"Kan du tro ja, men årets val handlar om att ge en röst till kampen för att laga internet. Att bygga ett digitalt samhälle där alla har möjlighet att tänka fritt och utvecklas som människor". Bengt såg att Rut och Twist tittade på varandra och det syntes att de båda såg tagna ut av det han just sagt.

"Internet är ett fundament för samhället, visst? Vi söker information på Google, kommunicerar via Messenger och Snapchat, bygger relationer genom Facebook och

Instagram, hittar våra partners genom dejtingappar och sparar våra semesterfoton på datorn. All denna information lagras på servrar på andra sidan jordklotet och skickas till oss när vi begär det."
"Det stämmer", inflikade Twist. "Vi förväntar oss att få allt tillsänt oss efter en knapptryckning". Bengt nickade långsamt och drog sedan in ett nytt andetag och fortsatte.
"Men servicen har sitt pris. Övervakningstekniken och riktade annonser river hål i vårt digitala privatliv. Företagen vet allt om oss. Vad vi har för vanor, hur de kan påverka oss genom att sortera vad för information vi får. Vi tror att vi är så himla fria men datalagring och annan massövervakning urholkar det fria samtalet på nätet och skapar självcensur."
"Hur var det Bengt, efter ditt besynnerliga googlande i somras. Överöstes du inte av tips på var man kunde få tag i fler ormskinn eller taggar från igelkottar?" Twist stötte till Rut och gav henne en min av ogillande.

"Ja det kan väl hända", svarade Bengt som i samma stund ändrade sin självsäkra hållning som valberedare till att mer likna en ballong med pyspunka. Texten på banderollen tvärs över Bengts bål veckade ihop sig och i stället för Piratpartiet stod det nu "Pitt" tvärs över magen. Rut kittlades av en skrattattack som hon skickligt lyckades trycka undan. Nu var Bengt politiker. Sist hans övertygelse tilldelat honom en roll var han iklädd utklädningskläder som han hade stulit hos henne. Stölden hade varit lika impulsiv som desperat av bara tanken på att kunna förlänga sitt liv med hjälp av lite utomjordisk inspiration. Han närmade sig mötet med andarna iförd ett lakan med fastnitade påskfjädrar, en häxnäsa av silikon, en bredbrättad Magica de Häx-hatt och megastora Musse Piggvantar. Utstyrseln kombinerades med bland annat bukspottskörtelsaft från en björn, en igelkottstagg, en bävertand och lite annat som han hade rört ihop med kaffesump. Geggan kletade han in både sig själv och Ruts tomte med. Ja herregud. Och nu stod samma person som representant för ett parti vars största kamp bestod av att laga internet. Undrar om de visste vad de hade att göra med här? Twist avbröt hennes tankar.

”Fast jag förstår ändå inte riktigt. Du är jättefin i din banderoll och så men bara för att man tror på ett partis engagemang i en viss fråga, måste man ju inte jobba i organisationen. Även om det är mycket fint av dig att stödja dem fullt ut så klart.”
”Nämen det var så här. Inför pågående val fick piraterna inte sina valsedlar utlagda i vallokalerna, så de behövde folk som kunde se till att deras valsedlar fanns i alla röstlokaler. Jag anmälde mig som lokalt valsedelsansvarig och sedan behövdes folk som kunde hjälpa till regionalt med samordning av valsedelsdistributionen. Det var så jag hamnade på båda posterna. Eller alla tre förresten. Jag är ju här idag också”. Bengt sträckte återigen nöjt på sig och banderollen återfick sin forna form och partitillhörigheten sin status. Han drog snabbt upp partiets viktigaste budskap.
”Piratpartiet vill skapa barriärer som hindrar företag från att tränga in i folks privatliv och sälja vidare information eller möjlighet för företag och andra aktörer att påverka. De… eller vi, vill stoppa staters och säkerhetstjänsters massövervakning, och slå vakt om visselblåsares rättigheter”.

Det gick inte att hejda Bengt, det var uppenbart, men han hade faktiskt lyckats fånga Ruts intresse. Hon kikade bort mot den pågående avprickningen och funderade kort över om även hon skulle åberopa sin rätt att ångerrösta. Efter att ha hört alla fördelar om Pittpart… Piratpartiets nytta, kittlade tanken henne. Fördelar som aldrig verkade ta slut för Bengt bara fortsatte.
”Sociala plattformar manipulerar den fria debatten. Upphovsrätten sätter stopp för fri kreativitet. Internet är en plats för vitt skilda idéer och kulturella uttryck, som nu filtreras och monopoliseras av teknikgiganternas plattformar.”

176

Nej, det nog var på tok för sent att ens tänka tanken på att byta parti. Var det inte nyligen det hon hade kritiserat Twist för, att bara byta så där hux flux? Och Bengt pratade på. "Betalväggar och upphovsrättsliga krav sätter krokben för kunskapsdelning. Vi vill värna om rätten att få vara anonyma och skapa rätt till att fritt dela…" Bla, bla, bla tänkte Rut. Det är nog mest bara valfläsk när allt kommer omkring. Men tänk, vad givande det måste vara med en så engagerad och hängiven medarbetare i partiet denna dag. Vad gör väl det om han smetar ner hela kontoret med snigelslem och gökäggsvita senare. Han är ju faktiskt grym.

Bengt kom tillbaka till hennes sinnens närvaro.
"Vi vill att internet ska kännetecknas av gemenskap, glädje, öppna samtal, kreativitet, nyfikenhet, kulturellt utbyte och spridande av kunskap. Vi Pirater inser att den enda möjligheten vi har att laga internet och bygga ett digitalt samhälle är att engagera oss politiskt."
"Bengt", avbröt Rut. "Tusen tack för allt du har delat med dig av. Jag prisar andarna för att du är tillbaka på banan, är så glad för det men vi måste verkligen gå vidare. Jag ser också att de andra verkar vilja ha rast. De har tittat hitåt flera gånger."
"Vi ses på hemmaplan senare, hej så länge!" lade Twist till. Twist drog in ett långt andetag av frisk luft när de hade lämnat lokalen.
"Kul ändå att lyssna på Bengt", sa Rut.
"Han satsar verkligen på att tänka nytt och tänka om. Det kan ingen ta ifrån honom i alla fall.
"Absolut! Men du, kom. Vi sticker in i skogen en snabbis", svarade Twist. Rut hajade till och ändrade sitt röstläge till samma frekvens som en telefonförsäljare av sextjänster har.
"Mm, vill du det? Får man följa med gubbar in i skogen då?", fortsatte hon.
"Ja, med lite tur kanske du och gubben hittar någon svamp, kom!"

"Ja, ja, ja. Först rösta och sedan plocka svamp. Kunde det
bli mer träigt på en och samma dag?"
"Nu när vi har röstat, legitimerat oss och strukits på listor,
kan jag inte låta bli att zooma ut något och se oss människor
som allt bra korkade", fortsatte hon. Twist hummade ett
svar, osäker på vart Rut var på väg i sitt resonemang. De
hade precis kommit fram till skogsbrynet i vilket de dök in
för att med raska kliv ta sig allt längre in i skogen.

"Jag tänker så här", fortsatte Rut. "Ankor föder sina ungar,
eller föder och föder är kanske att ta i, men hur som helst
får de ungar som är helt flax- och simkunniga. Liksom fär-
diga för livet. Hur är det med oss människor då? Vi föder
våra ungar och de kommer helt ofärdiga till naturen."
"Jo men det är ju för att vi alls ska kunna komma ut", sva-
rade Twist med vetenskaplig självklarhet i rösten.
"Hade våra komplicerade hjärnor varit färdiga från start
hade huvudomfånget varit så stort att vi hade fastnat i mam-
mas skrev för gott. Vad skulle vi i så fall ha för nytta av alla
finesser?" Rut skrattade till och höll med.
"Ja visst är det så, men ändå. Först måste människobarnen
balansera sina huvuden i flera månader. Sitta går inte ef-
tersom rumporna är så runda och att lära sig gå tar åt-
minstone ett år. Simning, det manövreras i bästa fall efter
sex till åtta år. Men sedan däremot, blir vi fenomenala på
mycket. Exempelvis att nätansluta oss och att lära oss allt
om fjärrstyrning. Vi kan manövrera våra spisar via nätet,
värma upp hela hus från lång distans och tända lampor med
våra telefoner. Men som sagt; det tar tid, orimligt långt tid,
bara att lära sig balansera huvudet". Plötsligt överröstades
Rut av Twist som pekade ner i backen.
"Där sticker det upp en hatt!"
Det var den första kantarellen och ganska snart hittade de
två små hattar till vars skaft förenades i samma mossdunge.
Upptäckten räckte för att de skulle motiveras att inte ge
upp. Det borde finnas mer, och de blev ganska snart besatta

av att hitta detta *mer*. Twist drog iväg åt ett håll och Rut åt ett annat, medan tankarna på forntidsmänniskan tog ny fart i hennes huvud. Hon tänkte på vad hon hade läst om dopamin och motivation. Nutidsmänniskans förfäder hade i perioder ganska dålig mattillgång. För att få den hungrige att vilja jobba mer och fortsätta sitt letande börjar signalämnet dopamin frisättas i hjärnan. Så fungerar det nämligen, att vid osäkra utfall släpps dopaminet ut maximalt enbart för att höja motivationen att inte ge upp i sökandet efter mat. Just denna funktion har ökat artens chanser för överlevnad. Det som ger snabba belönande dopaminkickar är konkreta och uppdelade uppgifter, korta mål och tät feedback. Rörelse behöver också erbjudas eftersom fysisk aktivitet fininställer dopaminsystemet och förbättrar koncentrationen. På senare tid har forskningen visat att dopaminet frisätts som mest vid *förväntan* av en belöning, alltså när det finns ett "kanske". Detta känns igen i en hunds ögon när husse eller matte håller handen i fickan och det *kanske* kan bli en godis. Så fort godiset delats ut verkar det som om hunden hamnar i ren och skär förströelse en stund, tills husse eller matte på nytt sticker ner handen i fickan. Det fick Rut att tänka på Pia-Carins hund Yahoo. Den hunden älskar pinnar. Medan hon jagar efter den kastade pinnen, ylar och skrikskäller hon samtidigt. Den lilla kroppen vräker sig iväg, överförfriskad av iver, för att hämta sitt byte. Blicken precis innan Pia-Carin slänger iväg pinnen, det är förväntan. Häftigt ändå att människor fungerar lite likadant där.

Ruts och Twists skogstur resulterade i en rejäl dopaminkänning. Om man ska tro Anders Hansen, borde Ruts och Twists sammantagna dopaminnivåer ligga snudd på ett ohälsosam lägr med tanke på hur mycket "kanske" de nyligen utsatt sig för. Från det att Twist hade hittat den första svamphatten fanns ett enda stort "kanske", vilket räckte. För faktiskt, det blev en jackluva full under den dryga timme de sökte runt. Forskare har också kommit fram till att människor som registrerar små segrar i vardagen mår bättre. De lyckas bättre än de som bara jagar de stora vinsterna eller som fokuserar på alla små dagliga bakslag. Det rofyllda med svampplockning får väl ändå sägas vara de små segrarna.

Hemma senare spred de ut alla svamparna och gjorde en rask rensning innan de skar ner dem i stekpannans brynta smör. Det blev varsin kantarellsmörgås och en kopp kaffe framför tevenyheterna. Rösträkningen pågick för fullt och det fanns en tendens redan nu att orda försiktigt om. Glädjande nog hade det varit ett rekordhögt valdeltagande. Kanske inte ett rekord sedan mätning av valdeltagande startade i tidernas begynnelse, men åtminstone sedan en tid tillbaka. Men vilka var det som hade trätt fram plötsligt? Dessvärre var det nog inte Bengts Pitt-pirater.

Som Rut ser på saken, finns det två sorters medmänniskor som aldrig ger sig till känna. Det är lapplisorna; de syns och finns där, men ingen känner dem. Faktiskt, ingen känner den som jobbar som parkeringsvakt. Och sedan är det SD-anhängarna. Fram tills i år hade Rut inte känt till en enda själ som påstått sig rösta på SD. Ingen vill frivilligt trätt fram och skryta om det. Alltså fram tills i år. Plötsligt hade hon korn på flera stycken. Så märkligt att de erkände. Pessimisten i Rut sa att det var de degiga soffpotatisarna, jag-bryr-mig-inte-hur-det-går-folket och hämnden-är-ljuv-på-hela-systemet-jävlarna som i år hade kvicknat till och klätt sig brunt. Det var deras plötsliga närvaro som höjt upp valdeltagandet. De såg en vits med att lägga sina röster och ta chansen att träda fram. Rut och Twist var rörande överens om att de aldrig hade brytt sig så lite om vilket parti som skulle vinna, men heller aldrig så mycket om att *just ett* inte skulle få vinna. Glädjande nog gick valet bra. Det här året var liksom alla vinnare. Ja, utom brunskjortorna då.

Kapitel 12
Om möjlighet att växa till dem vi innerst är
eller diskussioner, bråk och tusen andra besvär

Hon hade skrivits ut från sjukhuset och hunnit vara hemma en dryg vecka redan. Tiden sprang på och hon var tillbaka i de ursprungliga gängorna. Kort sagt; allt kändes bra. Eller bättre förresten, konstaterade hon och passade på att känna efter lite extra. Inte minst mentalt var allting lugnt och tillfredsställt. Överraskande nog var även kroppen mer eller mindre återställd.

"Du har bra läkkött Pia-Carin", hade läkaren sagt. Något som lät snaskigare än det förmodligen var menat. Oavsett, så var det snaskets förtjänst att hon äntligen hade fått lämna sjukhuset. Hon kom fram till att hon aldrig hade njutit så högtidligt av hemmalivet. Att få sitta i sitt kök, umgås med Mac, jobba med det nya skrivprojektet och varva det med stillsamma hundpromenader. Kunde det bli bättre? Louise och Pia-Carin hade haft kontakt varje vecka men den här dagen möttes de hemma hos familjen Frödin. De startade med en kort runda på tomten, kikade in i verkstaden och vinkade över till Rut som slängde nyfikna blickar åt deras håll. Louise hade köpt en kanellängd som hon lämnade över till Pia-Carin innan hon slog sig ner vid köksbordet. Pia-Carin skar upp brödet och ställde fram kaffe. Så fort de satt sig tillrätta ställde Pia-Carin en fråga till Louise. En fråga som hon hade funderat en del på.

"Jag måste få höra lite med dig. Vad var det egentligen som var din skuld till sammandrabbningarna? Jag menar, du berättar om Björn och hans beteende men har du någon gång funderat över hur hans berättelse skulle ha låtit om det var han som tagit kontakt med mig för att bli medförfattare?"

"Bra fråga. Jag tyckte nog att det mesta var mitt fel. Du skulle bara veta hur många gånger jag rannsakade mig och mitt beteende. Om jag hade gjort si, eller om jag inte hade sagt så… Jag ifrågasatte ideligen mig själv och mitt agerande. Ältade frågan om varför jag inte kunde sköta det hela bättre. Men jag gjorde verkligen mitt bästa utifrån rådande situation. Jag kände mig totalt överkörd och hade ett överkrav på mig i fråga om att vara foglig. Jag är ganska säker på att Björn uppfattade mig som oförstående och ohjälpsam."
"Stämmer det då?"
"Visst, jag kan hålla med. Han hade nog översållat dig med berättelser och exempel på hur min totala avsaknad av en öppen famn förstörde vårt liv tillsammans. Mitt krånglande och min bristande flexibilitet, att jag ifrågasatte både hans upplägg och hans planer. Utan att behöva tänka särskilt länge skulle han som sagt hitta exempel på precis det."

"Okej, men jag uppfattar det ändå som att det inte var så enkelt. Vad handlade alltihop om tro?"
"För min del handlade det om att jag ofta blev lämnad ensam. I beslut, i svåra situationer, i planeringen, i allt det praktiska, i alla funderingar och i min oro. Jag fick alltför mycket rätta mig efter Björns agenda och ordning. Redan i begynnelsen kände jag mig pressad över att tvingas ge besked om vi skulle satsa tillsammans eller inte. Det var lite klara-färdiga-gå över det hela. Han ville inte skilja sig om jag inte separerade."
"Inte helt ovanligt, kan jag tänka mig."
"Nej, men det var Viggo som fick kulan i rullning. Vi hade pratat om ett kärleksbarn men när graviditeten var ett faktum tvingades vi till action, och i den paniken fick han övertaget. Han vrängde rocken ut och in och snart var kärleksbarnet en konkurrent till det livet han inte kunde förändra."
"Hur då menar du? Jag hänger inte med här. Hur kan det bli konkurrens?" Louise tänkte till en stund. Hon ville ge ett

svar som inte var efterkonstruerat. Ett svar med precis den rätta mixen av logik och känslor.

"Tänk dig själv. Att knappt ha hunnit berätta för sina barn där hemma, dels att pappa och mamma ska skiljas och dels att pappa har träffat en ny kvinna. Ja just det; pappa ska få en bebis också, och ni ett syskon. Pappa kommer att flytta också, för pappa och hans nya kvinna ska flytta ihop. Så klart att det blev panik. Det var ungefär här som hans agenda plötsligt var den enda som skulle följas, och jag var den som skulle följa den. Det var här kärleksbarnet hamnade i kläm mellan två viljor."

"Okej, det kan man ju förstå. Men på vilket sätt färgade det följande månader och år tänker du? Det här var väl någonting ni hade planerat gemensamt?"

"Jo så var det, men kanske inte med den här progressionen, att bli med barn direkt, så det var här Björns första krav ställdes. Abort eller Gålö ställdes mot varandra och jag var en dumskalle om jag inte kunde förstå det. Så jag tyckte att jag offrade mig helt. Jag fick byta kommun till något som alltid kom att kännas som bortaplan och fel planhalva. Att flytta och förlora närheten till sina vänner och framför allt till sin familj i den stora och viktiga perioden av ens liv som ett föräldraskap innebär. Jag hade också en separation att komma över och en arbetsidentitet att knoppa av. Samtidigt bytte jag piedestal från att ha varit smycket i Björns liv till att bli tuggummit under skon. Att bli bebismamma och känna trycket som fungerande styvmamma... allt detta sammantaget var en förlossningschock en masse. Och varför gjorde jag allt detta? Jo, för att inte förstöra för tvillingarna eller för Björns förpliktelser gentemot dem, och samtidigt förstå att det var konsekvenserna jag fick ta för att behålla mitt barn."

"Det var förmodligen jättesvårt för dig, men det borde du väl ha begripit? Att det skulle bli så, menar jag. Du funderade aldrig på att lämna Björn redan i detta skede?"

"Visst gjorde jag, men det gick stick i stäv med mina dröm-
mar om att bilda familj. Jag ville inte vara ensam. Och jag
ser det så här; vi kunde ha begripit något båda två och även
jag hade en vision och en ambition som jag behövde lägga
åt sidan. Min agenda var alltid nummer två. Språnget in i re-
lationen och familjelivet präglade hela vårt liv sedan. Jag för-
sökte verkligen vara bra, snäll, duktig, godhjärtad, bullba-
kande och perfekt. Jag kunde vara det nio gånger men när
det tionde önskemålet eller kravet kom från Björn och jag sa
nej, då var tidigare ansträngningar bortglömda och så blev
det sur stämning. Han tyckte att jag krånglade."
"Det kanske var det som var problemet? Att det han såg
som självklarheter, såg du som ansträngningar och uppoff-
ringar?"
"Exakt! Så var det. Jag fick en helt ny tillvaro. Blev oerhört
ensam, förlorade hela min självständighet och rörlighet,
vantrivdes där jag bodde och fick betydligt sämre ekonomi.
Den uppoffringen Björn borde ha gjort för att kompensera
detta, hade varit att se min ansträngning, om så bara för allt
jag gav Viggo, men det räckte inte. *Jag* räckte inte. Björn
uppoffrade eller avstod inget. Hans liv rullade på och jag var
möjligen ett litet plus i det men bara så länge jag skötte mig
och höll måttet. Han uttryckte ofta att jag skulle få, eller inte
få, beroende av hur väl jag förtjänade det."
"Nu tror jag att jag förstår mer. Kan du fortsätta berätta?"

Björns flytt gick från Gålö och han installerade sig hos mig
och Viggo. I den första flytten plockade han bara med sina
mest nödvändiga personliga grejer. Möbler och annat skulle
installeras i ett senare skede. Det var en mycket underlig
känsla att han som var man i huset, pappa till både Viggo
och bebisen i magen; min man… fästman… kärlek skulle
installera sig som en andra sortens hyresgäst. Hur hade det
egentligen blivit så? Vi var som främlingar och närmaste be-
kanta samtidigt. Björn hade lovat att han skulle göra sitt allra
bästa för att gilla boendet och allt som följde med det. De

skulle bli lite mer köer till och från jobbet, tvillingarna skulle mest bara kunna vara hos oss på helgerna och han skulle säkert sakna Gålö men det var värt att prova. Givetvis tänkte jag. Om jag hade provat att bo på Gålö för förhållandets skull och för att inte riva upp tvillingarnas liv för burdust, kunde väl han offra sig på liknande sätt för sina andra två barn? Han hade haft Viggo varannan helg i nästan två år nu, så varför var det så mycket svårare att tänka sig att ha de större barnen varannan helg? Varje uttalande om tvillingarna vs de små barnen, stärkte min känsla av att familj två mest var en smärtsam historia för honom. Något han behövde manövrera på ett sätt som var minst dåligt. Ändå bedyrade han vikten av att ha en bra föräldraroll i båda familjerna. Jag såg i stället det nya boendet som en möjlighet för honom. Först nu kunde han ha en familj på heltid. En familj som fylldes på varannan helg. Med upplägget hittills hade han enbart kunna vara med sina barn varannan vecka, men kanske var det så han ville ha det? Ett upplägg med mycket egentid kanske passade honom och kändes mest bekvämt, vad visste jag? Det vi däremot visste vid det här laget och efter ett andra ultraljud, var att det barnet vi väntade och som guppade omkring i min mage, var en pojke.

Vi bodde tillsammans, vilket vi inte hade gjort på två år och det kändes faktiskt riktigt bra. Vi hade till och med börjat prata om att öppna upp förlovningen igen. Kanske till hösten? Vi hade haft små diskussioner under tiden men ingenting allvarligt och vi levde ganska tryggt och lugnt. Vi kom allt närmare förlossningsdatumet och till slut kom dagen då jag äntligen fick packa ihop mina saker på jobbet. Eftersom det var en korttidsanställning blev det formellt en uppsägning. Det här var första gången jag stod utan arbete, om en tvåbarnsmamma alls kunde kalla sig arbetslös, men lönen skulle i alla fall utebli. Nästa försörjningsmöjlighet var föräldrapenningen. Med ett välplanerat hushållande av pengar skulle jag kunna vara hemma i minst ett och ett halvt år.

Bebisen kom tre veckor för tidigt vilket var både chockartat och väldigt opassande för så klart spårade Björn ur igen. Nu var han än mer säker på att det inte var hans barn. Redan den första beräkningen av förlossningsdatumet hade gjort honom fundersam och när förlossningen satte igång tre veckor innan det, då satte hans misstänksamhet fart igen. Allehanda små dispyter började torna upp sig. Små dispyter blev intermezzon och muntliga krig, verbala kamper och hjärnor som kokade. Diskussionerna fördes i välbekanta mönster och gick mest ut på att försvara misstolkningar. Vi stod på skranglig mark som var gödd av misstro. Bössorna låg redo för avfyrning. Jag tog huvudansvaret för barnen vilket i vanlig ordning innebar ett hundraprocentigt ansvar dagar och nätter samt ett nära nog totalt ansvar kvällstid. Båda delarna sköttes utan att jag nåddes av någon som helst uppskattning eller uppmärksamhet. Vi levde utifrån principen att jag fick be om hjälp om jag behövde det. Jag minns att jag tänkte hur sällan någon behövde be mig om något och hur det jag gjorde för oss alla mest bara togs för givet.

Jag tyckte att Björn hade en oförmåga när det kom till att fungera flexibelt och med inlevelse för mina behov i olika situationer. *Mina* behov var ofta *våra* behov. Om jag till exempel skulle passa på att dammsuga medan lillebror Max sov, bad jag Björn att ha ett öra åt Max's håll. Den hjälpen gick inte att få eftersom Björn skulle ut på gräsmattan och putta golfbollar. Om jag föreslog att han kunde ta med sig Max ut i vagnen, för att kunna höra honom medan han puttade golfbollar, blev svaret: Ja, eller så kan du dammsuga senare alternativt kunde du ha förankrat dammsugningen tidigare. En vanlig källa till bråk var när jag plötsligt fick nog och inte kunde låta bli att kommentera det. Mitt svar var att något annat tänkbart kunde ha varit att han förankrade golfputtandet innan. Jag tyckte att det hade varit ett enkelt sätt att ställa upp för mig som mest bara jobbade för det allmänna familjepusslet, oftast med barn i famnen. I stället slutade det med att Björn klart och tydligt deklarerade att det där mest var mitt problem och att han minsann hade rätt att golfa. Björns diskussionsstil gick ut på att först tolka, sen feltolka och därtill övertolka det jag sagt. Sedan göra om tolkningarna till frågor och kräva att jag bara skulle svara ja eller nej på dessa. I värsta fall låg det en hotbild över alltihop som gick ut på att om jag sa ett ord till, då skulle han gå igen och då kunde jag få ta hand om alltihop själv. Ex: *så du menar alltså att jag inte bryr mig om hur du mår? Svara ja eller nej.* Precis när jag hunnit öppna munnen för att förklara hann jag bara säga några få ord, innan han avbröt: *va? kan du svara på det? Svara ja eller nej.* Varpå jag fick börja om från början. Han blev helt blockerad och allt jag sa hackades sönder och paketerades om på detta sätt. Efter sådana sammandrabbningar blev det ofta mycket surt i flera dagar. Under de dagarna gjordes inga större försök att lätta upp stämningen eller bemöda sig att hitta tillbaka till varandra igen. Mer vanligt i så fall var att förstöra ännu mer, exempelvis genom att inte ta initiativ i sådant som man behövde dela upp lite. Som matlagning, disk, städning, omsorger om barn eller det allmänna. Björn hjälpte bara till om allt var på topp. När vi var osams, fick jag som straff att sköta allt, han tog sig rätten att dra sig undan och stänga av. Att han drog sig undan mig kunde jag förstå. Att han struntade i barnen var värre. Efter ett par, tre diskussionssvängar där varje ny diskussion kantades av exempel från äldre dispyter kunde läget summeras som mycket dåligt och det gick ganska fort att komma dit.

Vid det här laget hade vi haft en slags familjerelation i flera månader. Det var faktiskt rekord. Fem månader hade gått sedan den försiktiga återföreningen runt jul. Halvåret som passerat hade trots allt varit ovanligt friktionsfritt och förhållandevis lugnt. De bråk som uppstått, berodde på mig för att jag inte orkade vara snäll och foglig eller kände mig trött och sliten. Jag hade fått extremt lite stöd i den nya situationen med två barn. Vardagen var definitivt ett faktum och smekmånaden var över. Utflykter, besök, gäster, lilla familjen och stora familjen gjorde att vi var mycket uppbokade och ibland dubbelbokade. När det var sur stämning mellan oss gjorde inte det så mycket, då åkte vi gärna åt varsitt håll. Teamwork hade aldrig varit vårt starkaste kort och först nu började det krackelera med tätare mellanrum. Jag kände så starkt att Björn inte ville det här, att han höll på att straffa ut sig. Ändå hade han ett glättigt sätt och en obehagskänsla infann sig som sa att han hade något på gång. En plan som var större och som han nu suktade efter.

Efter flera dagars tystnad fick jag ett brev av honom. Det var ett driv i brevet som inte riktigt stod i proportion till den situation vi befann oss i. Björns vilja att göra sig fri gick det inte att ta miste på. Han skrev att han inte tyckte att våra personligheter passade ihop, att det började bli för mycket för honom att leva ihop med mig. Hur dåligt mitt sätt att vara, passade honom. Han efterlyste ett mer okomplicerat liv där parrelationen var det primära och där respekt finns för ens person. Han tyckte att vi bara tog fram varandras dåliga sidor och att han ville leva ett annat liv där han kunde vara sig själv. Björn förklarade också att han inte hade någon som helst konflikt med någon förutom med mig och att han kände sig både tillfreds och stadig med sitt liv och sina val. I samband med att förklara hur lite vi förstod varandra nämnde han bråket som uppstod kring dammsugningen och golfspelandet för inte så länge sedan. Han avslutade med orden att vi någonstans ändå måste beundra oss själva för att vi haft kraft och energi att hålla ihop allt.

Hade vi, blev min fundering efter det. Jag förstod ingenting. Meningen med brevet var inte att reda upp situationen oss emellan. Inte minsta vilja fanns till försoning. Han skrev han att han ville leva ett lugnare och tryggare liv, att han behövde få känna sig älskad och respekterad och få bekräftat att han var en viktig person i mitt liv. Inget av detta tycktes han få uppleva. Det hade varit en enorm satsning att flytta ihop igen men ändå en enkel sak att skjuta i sank. Han kraschade det för att få må bra. Känslan jag haft av att han hade något annat på gång, ett annat boende, bekräftades snart. Han hade så klart sina kontakter kvar på Gålö och någon av dem hade pratat om ett hus som var till salu. Det hade Björn inspekterat och känt sig lockad av att köpa. Dittills, efter skilsmässan med tvillingarnas mamma, hade han hyrt sig fram men det här var ett objekt som han kunde tänka sig att köpa. Men hur skulle han kunna flytta så långt från sina små barn? Hade han inte vurmat för närheten till barnen? Vore det inte djupt oetiskt att överge alltihop efter så många vändor och satsningar, bara för att själv få må bra och för att ett hus plötsligt dök upp? Jo, men om han svärtade ner sin tillvaro ordentligt och beskrev sitt lidande så kunde alla förstå, så *skulle* alla förstå att han inte hade något val. Klart att han borde ta chansen. Det var ju som att slå in en öppen dörr.

En strid ström av brevväxlingar startade. Vi slutade nästan helt att prata med varann, vi bara skrev och skrev. Vi hade olika sätt att tampas med osämjan. Björn försökte få igenom sin vilja och sina åsikter. Om jag inte fann mig i hans vilja anklagades jag för att vara ovillig till samarbete och svår att leva med. Jag försökte hitta en lösning, ett halva-vägen-var-upplägg. Så klart att det inte gick att hitta. Vi hade ju inte lyckats hittills. Björn hade bestämt sig, han ville satsa på att investera i ett boende på sin sida av stan. Längst bort från våra planer på att förlova oss igen och längre bort från satsningen i ett gemensamt boende. Men allra längst bort från verandan i den vackra ålderdomen, som han så ofta hade pratat om. Verandan där vi skulle sitta på ålderns höst och kika i en gemensam backspegel. I stället bokade vi ytterligare ett besök hos vår familjeterapeut, någonting som Björn envisats med. Vi valde varsin stol i samtalsrummet men denna gång skulle en barnvagn också trasslas in i rummet. Jag

valde den stolen där det fanns gott om utrymme för att
skjuta vagnen fram och tillbaka medan Max vyssjades till ro.
Björn valde en stol så långt ifrån denna syssla som möjligt
och där satt vi som en demo av vårt liv. Som helt olika vers-
ioner av samma slags liv och leverne. Vyssjandet uppehöll
mig hela mötet, pratandet uppehöll Björn. Mötet avslutade
och jag var nöjd över att min ståndpunkt var densamma
som i januari. Vi skulle satsa på en gemensam framtid. Björn
däremot hade svikit. Hans perspektiv var ett helt annat. Han
ville investera i ett hus, skaffa sig lugn och ro, få chansen att
känna uppskattning och ha ett mer okomplicerat liv. Ingen-
ting konstigt med det. Jag kunde så klart inte motivera ho-
nom att dela ett liv med mig om ett friktionsfritt liv var det
han önskade.

Den första fastigheten på Gålö som han hade tittat på, pas-
sade inte men han hade börjat söka ett alternativ till det och
ett nytt objekt fanns nu ute. Under tiden affären skräddades
ihop tyckte han att han skulle bo kvar i mitt och barnens
hus. Ja, vad skulle jag säga? Jag kunde knappast kasta ut ho-
nom men det var så klart en tuff tid, och en märklig tid.
Björn hävdade att han hade lika stor rätt som jag att bo där
och med de orden hängde han sig kvar. Ännu en sommar
hade blivit förstörd. Jag tänkte igenom hur det egentligen
sett ut bakåt i tiden, just sommartid då man behöver få sin
vila efter alla månader med vardagsbestyr. En period då
man också umgås mer och behöver göra överenskommelser
eller jämkas ihop på nya sätt. Då man har chansen att hjäl-
pas åt med allt. Det var sex år sedan jag senast hade en rik-
tigt lugn, skön och avkopplad semester. En sommar utan
gräl, brustna löften, separationer och otrygghet.

En ny period i livet igen. Två barn; en fyraåring och en tre
månaders bebis. Något försvagad ekonomi, försörjd enbart
på föräldrapenning och i övrigt arbetslös. Men, jag hade en
bostad och var trygg i mitt föräldraskap. Fullt medveten om

kravet att behöva agera både mamma och pappa fortsättningsvis. Belastningen skulle inte bli högre än tidigare eftersom det ändå var jag som höll i de flesta trådarna även
då. Mer positivt var att jag skulle få en mental avlastning. Jag
behövde inte irritera mig på att jag fick göra allting själv och
jag behövde heller inte oroa mig över några bråk. Det om
något var en god tröst i denna nya situation. Ekonomin då.
Föräldrapenningen som jag behövde dryga ut gav mig 2300
kronor per månad. Därmed hade jag 7800 kronor in och
8000 kronor ut varje månad. Det var oroande, men jag lånade lite pengar av ett tunt sparande och det räddade läget.
De pengarna gick till läkarbesök och mediciner, kläder, presenter och nöjen för oss tre. Viggo började på barndans och
Max på babysim och jag hittade flera billiga aktiviteter. Dels
att hänga med kompisar men också att gå på bibliotekets sagostunder, hitta roliga lekparker, barnteatrar och gå på bio.
Vardagen rullade vidare och det gick att få ihop allt. En annan händelse, som lite grann manifesterade mitt nya liv, var
att jag svarade på en kontaktannons.

Han hette Mats och var pappa till en 5-årig grabb. Jobbade
på Skogaholms bröd, gillade att resa, läsa böcker och samla
på skivor. Vi skrev till varandra, träffades några gånger och
pratade i telefon två gånger i veckan under de månader vi
hade kontakt. Vi var på museum, restaurang, på bio och
olika barer och en kväll bjöd han hem mig på österrikisk afton med köttfondue. Inbjudan fiskade jag upp i brevlådan
en dag. Han hade formulerat det som ett presentkort för en
vuxen och två barn (om så önskades) och klädseln skulle
vara österrikisk folkdräkt (hehe). Kvällen var trevlig och

nästa gång vi sågs var det på en middag hemma hos mig och barnen. Då hade vi varit med hela barnaskocken på barnteater i samband med en julgransplundring. Sammantaget blev det fem månader med välbehövliga träffar men inte särskilt mycket mer än så. De sista gångerna jag tog kontakt präglades mer av plikt än glädje och alltsammans rann ut i sanden.

Som ensamstående mamma med två barn hade jag fullt upp dag som natt. Det var ett springande och vyssjande, flängande och sövande. Jag tvättade, handlade, lagade mat, läste sagor, plockade, promenerade, lekte, planerade, trixade, jäktade och passade. Max ville bli buren hela tiden och han skrek i högan sky när jag försvann någonstans, och försvann gjorde jag. Jag försvann när jag behövde hämta något på övervåningen, behövde duscha, gå på toaletten, gå till köket, tvättstugan eller ur bilen. Han skrek och han skrek. Så fort jag hade lagt honom att sova i spjälsängen och han såg att jag lämnade honom, vaknade han och skrek. Han led av svår separationsångest och enda gången han var lugn var i vagnen eller i bilen då han såg mig hela tiden. Det blev ett tassande och smitande för att inte störa honom. Jag hade en förhoppning om att allt skulle bli bättre när han började krypa och kunde röra sig efter mig, men icke. Det blev snarare värre. Jag hade inte sovit en enda hel natt på ett och ett halvt år och gick ner massor i vikt. Vikten låg lägre än innan någon av graviditeterna. Ibland tänkte jag på Björn och undrade om han hade fått till sitt okomplicerade, friktionsfria liv som han så hett hade önskat. Om han hade fått någon lugn och ro.

Starten på vintermånaderna gick i sjukdomens tecken och de avlöste varandra. Med någon vecka eller som mest ett par veckor emellan åkommorna hade vi magsjukor, förkylningar, feber, öroninflammation, kikhosta och vattkoppor. Magsjukan var nog värst. Viggo var först. Han exorcistspydde, rakt ut och när som helst. Han avlöstes av Max som kräktes lika präktigt. I sängar, på golv och över mattor. När de båda börjat återhämta sig var det min tur. Jag hade känt mig lite sänkt kvällen innan och på morgonen efter, när jag skulle byta blöja på Max, svimmade jag. Jag hade precis placerat honom på skötbordet men vaknade till på golvet med en undran över varför jag låg där. Huvudet ömmade efter fallet av träffen jag fick i badrumsinredningen. För att inte skrämma Viggo, hoppade jag upp lite käckt och sa något glatt till honom vilket gjorde att jag svimmade på nytt. Under hela denna sekvens satt Max högt upp, alldeles för högt upp, på skötbordet och vinglade. Jag kände mig ynklig och rädd och vågade inte ställa mig upp igen. Samtidigt som jag satt på golvet höll jag upp en hand mot Max för att kunna fånga honom om han skulle falla framåt. Jag bad Viggo att ringa mormor och instruerade honom om hur ett samtal bäst gjordes. Hur han skulle slå siffra för siffra och vad han skulle säga när han kom fram. *Om* han kom fram. Det var nämligen nummerskiva på telefonen. Det var en trög nummerskiva och hans finger var litet, sju siffror skulle slås och efter några försök lyckades han. Duktiga unge.

Överhuvudtaget var det en svår logistik att åka runt med sjuka, febriga och trötta barn för att passa läkartider och hämta medicin. Jag hade också väldigt ont om pengar och det var inte gratis vård för barn på den tiden. Pengarna räckte knappt till både läkararvode och medicin så jag fick be om inbetalningskort för att kunna skjuta på betalningarna. Vid ett tillfälle fick jag fel medicin till Max och behövde göra om våra resor och besök vilket resulterade i ännu fler kostnader. Jag minns särskilt ett tillfälle på apoteket då jag hade ett sjukt barn i famnen och det andra i handen. Jag stod vid disken i samtal med läkaren eftersom jag inte kunde få ut medicinen och han hade missat att ringa in receptet. Alltsammans slutade med att jag grät så högt av förtvivlan att övriga kunder besvärades. De tittade runt på allt mellan golv och tak för att inte genera mig. Men jag brydde mig inte, så slut var jag. Apotekaren gjorde allt för att trösta mig. Hon gav mig medicinen gratis, hon fattade nog läget.

Björn hade Viggo varannan helg och den helgen då han ändå skulle hämta Viggo, passade han på att umgås med Max. Så hade det sett ut sedan han kommit iordning i sitt nya hus. Björn tyckte att han kunde ha även Max varannan helg men det tyckte inte jag. Dels för att han ännu var så liten och dels för att han tydligt signalerat ett behov av att ha mig nära. Visst var det viktigt att Björn och Max också fick komma närmare varandra men hur mycket hade Björn jobbat för det på den tiden när han bodde med barnen? Endast när vi hade gäster jonglerade Björn med Max och körde en fast repertoar av skojigheter för att visa vilken lekfull och rolig pappa han var. Annars höll han mest på med sitt utan minsta inlevelseförmåga för barnens behov. Jag bad och vädjade, han tog själv inte minsta initiativ. "Kan du mata Max, jag har gjort i ordning mat på bordet. Kan du byta på Max? Kan du ta Max så jag får sova lite... så jag får hänga en tvätt... så jag kan gå på toaletten... duscha? Kan du ta barnen på en kort promenad så jag kan städa av lite?" Nej, det här handlade mer om prestige, i ett försök att trycka till mig eller kanske för att visa sig vara en engagerad pappa.

Vi hade varit som två såpbubblor som hade häktat i varandra, som guppade fram i tillvaron i väntan på att spricka. I den ena bubblan var jag och barnen, i den andra var Björn. Men nu, sedan vi separerat och Björn inte kunde ta med sig Max varannan helg pockade han i stället på att få mer tid med Max hemma hos oss. Han ville komma förbi vid ytterligare ett tillfälle i veckan för att träffa barnen. Björn föreslog också att han skulle hämta båda barnen på fredagen, sedan lämna Max på lördagen och Viggo på söndagen. Men nej tack. Det lät mer som en panikslagen bilhelg. Jag ville inte ha mina barn i bil varannan helg för att göra Björn tillfredsställd. Något han inte visste var att det tog timmar att komma i gängor igen efter det umgänge han hade haft med barnen. Vad det berodde på visste jag inte men allt var upp och ned, i fullt kaos ett par timmar varannan söndag. Nej, han fick nog lugna sig och låta saker ha sin tid. Ingen for illa av det som var och hans känslomässiga tomrum kunde han fylla på annat vis. Med golf kanske? Eller jobb?

Viggo var nu fyra och ett halvt år. Han hade slutat med både blöjor och välling. Haklappen var undanstoppad i något skåp, likaså pipmuggen och nappflaskan. Han hade passerat alla "vill inte" och "kan själv". Han kunde klä sig själv från topp till tå och hade blivit en egen person med ett alltmer självständigt eget litet liv. Han kunde räkna till 100, kunde alla bokstäverna och kunde skriva sitt namn. Det hade blivit dags att lämna ifrån sig napparna också, särskilt eftersom tandläkaren hade tyckt att tänderna började påverkas av dem. Vi samlade ihop alla nappar, slog in dem i ett paket med tomtens adress på och postade dem i den gula postlådan. Julen närmade sig och jag hade precis kommit i fatt ekonomiskt sedan höstens rejäla dropp. Det kändes skönt att ha lite pengar till jul. Det som var mindre härligt var som vanligt att behöva lämna iväg sina älskade barn. Om inte på julafton, så på nyårsafton. Så såg överenskommelsen ut. Det mesta var varannan gång. Varannan helg, varannan midsommar, och så vidare vid påsk, jul och nyår. Den här julen skulle Viggo vara med Björn och när han kom för att hämta Viggo på julafton passade han på att vara lite med Max. Jag ville absolut inte ha någon kontakt med honom och drog mig undan när han kom. Normalt efter våra tidigare separationer kunde jag börja längta efter honom efter ett par månader. Nu hade det gått nästan sju månader och jag hade inga känslor för honom, i alla fall inga positiva. Tvärtom kändes det obegripligt att vi någonsin känt något för varandra.

Kapitel 13
Om lottovinster, världsrekord och zombie-besök
samt översittaren som kände igen sig själv

Början på ett avslut hände i taket hemma hos Rut och Twist. Sedan inflyttningen i huset någon gång under den första delen av 90-talet hade inte en enda av de 22 spotlighten i taket slutat lysa. Det var något att betrakta som helt osannolikt, alltså hur någonting kunde fungera så oförvitligt och ihärdigt. Ruts första tanke när hon flyttade in i huset var den motsatta. Hon hade sett framför sig hur hela hennes tillvaro skulle kantas av att ideligen tvingas upp på stege för att byta lampor i taket. Hon antog också att hon till slut skulle tröttna på det, strunta i att några lampor gick sönder och genom denna försummelse gradvis omslutas av ett allt större mörker. Nu hade i alla fall den första av de 22 lamporna i taket strypts och fler lär komma efter, en efter en. En olycka kommer sällan ensam, faller en faller alla... fallerallanlej. Rut var osäker på huruvida det där med att jinxa, det vill säga att dra otur över något genom att prata om det, verkligen existerade. Om taklamporna hade hon pratat många gånger, både högt och skrävlande, om det förunderliga med lampornas kvalitet och ingen av dem hade slutat lysa för det. Så, hon jinxade rätt friskt. Inte bara i samband med husets spotlights utan också när det kom till kylskåpet, diskmaskinen, torktumlaren och tvättmaskinen. Allesammans sprillans nya vid inflyttningen och enbart torktumlaren hade bytts ut sedan dess.

På eftermiddagen skulle Bengt komma på besök och initiativet låg hos Rut. Dels ville hon följa upp hans mående efter sjukhusvistelsen, något hon kände sig skyldig att göra, och dels ville hon prata allvar. Det sistnämnda hade hon givetvis inte deklarerat i förväg eftersom hon ville känna sig för huruvida det passade eller inte. Hon höll det öppet så länge beroende på Bengts dagsform. Twist, som just för dagen var på en heldagskonferens, skulle senare iväg och spela bowling. För några månader sedan hade han blivit inlånad som reserv för att rädda ett gubblag i pågående turnéspelande. Räddat laget var precis vad han hade gjort, så därför hade han blivit kvar. 150 poäng per serie är Twists motto. Minst 180 poäng per serie är också vad han sätter, så lyllo den som får honom i sitt lag. Numera spelade de varje måndag, vilket betydde att Rut varje måndag kväll delgavs detaljerade beskrivningar från varje moment som hade utspelats i bowlinghallen. Hur lagen var uppdelade, vilka som mötte vilka, hur varje omgång hade gått, Twists enskilda prestationer, hur många käglor som fallit och på vilket sätt kloten rullat. Efter sådant livfullt berättande studsade hela Twists kropp iväg på vanvettigt glada ben för att ta tag i kvällssysslorna på gården.

Nu hörde Rut steg utanför och tog för givet att det var Bengt, fast vid närmare eftertanke; var det inte lite väl många steg där ute? Knackningen som följde var ingen Bengtknackning heller utan snarare ett bultade. Det här med bultande på ytterdörren, ställde vanligtvis till det för Rut. Är det månne livebandaidrödakorsetamnesty som omöjligt går att säga nej tack till? En försäljare eller en fotmålare? Ett barn som säljer hemmarullade chokladbollar? Jehovas vittnen eller någon som kört i diket? En skolreseungdom som säljer akrylstrumpor för 150 kronor paret eller vem? Många snabba funderingar, så dags på dygnet skapar en hel del stress. Faktiskt bra mycket mer stress än vad en vanlig människa orkar med då jobbdagen passerat, maten puttrat klart och hemmets trygga famn redan avskärmat hjärnan från det sociala. En knackning så dags gör att blodet snabbt rusar upp till nivån av pulsen på en mellanstor kanin. Faktiskt inte bara på Rut, utan även på Twist. I samma sinnesstämning som två skrämda kaniner brukade de debattera, ofta på

skrikigt vis, om vem som borde öppna dörren. Twist väg-
rade vanligtvis och idag behövde han inte ens fundera. Han
rullade ju klot på annan ort. Och faktiskt, inte heller Rut be-
hövde bekymra sig. Bengt var ju väntad. Hon rörde sig mot
hallen för att få stopp på bultandet. Vad höll han på med?

När hon öppnade möttes hon av en alltför närgången
scream-mask bland ett större antal övriga besökare. Där
stod en krigsmålad häxa, två Aliens, en blodig zombie och
en gorilla. Hon drog förskräckt åt sig andan och medan hon
samlade sig stod de alla och stirrade tyst på henne. Kunde
någon av dem vara Bengt? Nej, knappast. Hon hade hamnat
mitt i det som kallas för halloween och blev på detta dras-
tiska vis påmind om vad hon helt hade glömt bort. Godiset.
Förväntningar låg i luften, det kände hon, och vad hon för-
väntades göra visste hon. Men en gorilla, vad hade den med
halloween att göra? Eller egentligen, vad har halloween med
något att göra över huvud taget annat än att dela ut några
godisbitar. Godis förresten, hade de något att bjuda på?
Vems ansvar var det att skaffa hem snask till vålnader?
Fanns det någon enda liten godisgömma där hemma? Nej,
så klart inte. Dålig planering var förnamnet, eller dålig och
dålig var den faktiskt inte, snarare handlade det om dålig taj-
ming från monstrens sida. Från häxans, gorillans, zombien,
Aliens och scream-ungens sida för… de skulle väl inte gå
halloween idag? Vad var det för dag egentligen? Var det inte
kommande tisdag som var rätt dag, alltså den trettioförsta?
Och slutligen, vadå ”gå halloween”, vad var det här för trad-
ition egentligen? Varför firade man halloween överhuvud ta-
get och skulle man verkligen mata de sockerhöga odjuren
och göda kommersen?
”Bus eller godis”, hördes det plötsligt från gorillan som an-
sågs sig ha väntat länge nog på en motprestation från Rut.
Eller frukt? tänkte Rut som fastnat i sina bryderier över
monstrens val av utstyrsel, dag och tidpunkt samt hennes

egen miss i planeringen. Godis? Vad kunde huset vaska
fram i sötväg tro? Och bus? Vad kunde det tänkas innebära?
Att inte ha något att bjuda på var en panisk känsla som återkom varje år. Någonting annat som återkom var försvarsmekanismerna och syndabockstänket. Vems fel var det att
inget godis fanns? Hennes eget för att hon inte hade köpt
något? Häxans, gorillans, zombiens, alienvålnadens och
screamungens fel eftersom de var ute och skrämdes på fel
dag? Eller föräldrarnas, de som inte hade lyckats lära sina
monster vilken av halloweendagarna som var tiggardagen.
Eller var det skolans fel? Rut visste att det inte var denna
kväll det skulle spökas och eftersom föräldrarna uppenbarligen hade misslyckats i sin fostran tvingades hon ta på sig
ansvaret. Hon skulle minsann upplysa den uppväxande generationens monster. En historielektion för blodtörstiga avgrundsandar behövdes här. En hård puff träffade henne.
"Bus eller godis?" Den här gången var det zombiens tur att
påminna Rut om att de faktiskt ville få ut något av besöket.
"Eh, visst ja. Ett ögonblick", svarade hon.

En 200-grams Marabou, som blivit kvar i köksskåpet sedan
helgen innan, räddade läget. Dessvärre var det nötter och
russin i, något som säkerligen inte ingick i monstrens absoluta top-ten-konsumtion men det fick duga. Plötsligt kände
hon sig lättad över att det inte var någon från livebandaidrödakorsetamnesty som knackat på. En representant därifrån
skulle knappast nöja sig med några ynka godisbitar. Rut bröt
sönder chokladkakan i bitar, gick tillbaka till monstren och
matade dem. Och faktiskt, de såg ut att nöja sig. Inför nästa
år behövde hon planera bättre. Endera bjuda in till ett
undervisningstillfälle om Halloween i gårdshuset, alternativt
planera sina inköp. Kanske köpa marshmallows och svart
geléfärg, tillverka spökpinnar och dela ut. "Så! Här har ni
oavsett veckodag och datum. Iväg med er nu"! Eller så
skulle hon helt strunta i att öppna dörren.

Den lilla monstersextetten tappade helt genren efter
godisfångsten och trallade oförhappandes iväg mot nästa
plundring som små påskkärringar. Rut började leta upp in-
formation om vilken dag som egentligen var spökdagen.
Inte för att det spelade så stor roll eftersom monstren kom
när de kom ändå, men hon ville veta. Hon fann snart att det
ursprungligen var en keltisk höstfest då man med hjälp av
särskilda ljusmasker skrämde bort onda andar dagen före
allhelgonadagen, alltså den 31 oktober. Därför kära barn,
tänkte Rut, om ni ska gå runt med era masker och skrämma
folk så är det den trettioförsta som gäller. En dag som lika
gärna kan infalla en sketen tisdag. Det är alltså ingen helg-
fest i största allmänhet.

"Hallåååå?" Utan att vare sig knacka eller bulta på dörren in-
nan, stod han bara där. Mycket skönare, tänkte Rut.
"Hej på dig, härligt att se dig!", sa hon, lättad över att det
var Bengt och inte fler blodsugare som hälsade på.
"Hej, men nej. Det är inte härligt att se mig för jag är när-
mare tokläge än någonsin. Nyss hade vi Member days och
snart kommer Singles day. Därefter har vi Crazy Thursday,
följd av Black Friday i fyra dagar och förresten; finns det
inte en Pink Friday också? Sen är det Black week och Cyber
Mondays och lite Giving Tuesdays på det. Ju närmare jul vi
kommer skickar precis alla ut sina adventskalendrar med 24
luckor av erbjudanden och så kommer rean därefter. Vad
fan är det här? Motbjudande är allt jag har att säga". Det
sista nästan spottade han fram.
"Men Bengt! Hur är det fatt? Du verkar vara ur balans."
"Äsch, inget vidare. Jag har varit inne i stan och julskylt-
ningen är redan igång. Folk är inte kloka. Ingen kommer un-
dan den konsumtionshysteri som råder. Mellandagsrea, mid-
sommarrea, sommarfynd och allt fan vad det heter. Passa
på, först i kön, missa inte, ta tio och få den elfte, kom och
köp, skynda... skynda. Högre rabatter ju mer du handlar. Ta
tre betala för två. Ta tre vi bjuder på den billigaste, och så

den värsta av dem alla: de tio första får en gåva. Jag menar, om de har sådana marginaler kan de väl sänka priserna från början. Annonser, säkert inte gratis att utforma, lockar och frestar men de som vill ta del av erbjudandet blir bara lurade. Expediterna dissar sönder det som är annonserat för att i stället peka ut något annat som påstås vara bra mycket bättre men som också är bra mycket dyrare. SMS-lån och microlån påstås rädda läget, fast egentligen bara för denna gång, och kanske för nästa eller nästa... Jag blir tokig".
Medan Bengt pratade, krängde han av sig skorna och ställde dem tätt ihop i hallen som för att tydligt markera att de var ett oskiljaktigt par.
"Tänk det märks nästan, att du blivit lite tokig alltså. Lite kaffe, skulle det smaka?"
"Ja gärna det om du har. Äh du får ursäkta men jag tycker att allting nuförtiden handlar om kommers. Tänk förr, då investerades det i en teve för att få bild. För att kunna ratta in tevens nyhetssändningar, Tekniskt magasin eller Ingemar Stenmarks slalomåk i världscupen. Nu investeras det i pixlar och bästa upplösning med siffror man inte begriper och enheter som inte är greppbara. Investerar förresten, det gör man inte, så fel av mig. Man missbrukar. Inhandlar det som gäller för stunden och den stunden är ett år, eventuellt två... sen slänger man skiten. Då är det nya värden på pixlar som gäller. Nya astronomiska siffror på sådant som börjar med mega eller giga".

Rut konstaterade att Bengt verkligen var upprörd. Hon såg också att han för dagen hade valt en blå och en grå strumpa. "Men Bengt då. Jag som trodde att du hade börjat tänka om med att försöka koppla av din stress över allt som händer. Liksom anamma mer av 'go with the flow'. Du kan ändå inte ändra på världsläget. Det är produktion, konsumtion, högteknologi och digitalt som gäller nu. Fina strumpor förresten!"

”Japp. Där är jag i alla fall fast. Jag manifesterar allas lika
rätt. Allas rätt att få tycka, vara, uttrycka och känna. Kvinna
som man, svart som vit, hetero som homo, fattig som rik.
Det är en ständig påminnelse. Jag har haft olikfärgade
strumpor varje dag ända sedan sjukhusvistelsen.”
”Rätt att vara konsument, rätt att inte var det”, tillade Rut
med ett leende men lät ändå Bengt förstå att hon imponera-
des över hans beslutsamhet. Dock kände hon en smula oro.
Hur han än försökte, brukade det köra ihop sig någonstans
på vägen. Ju förr desto bättre, tänkte hon så varför inte riva
av plåstret snabbt? Dagen innehöll en liten plan. Rut och
Pernilla hade varsitt upplägg för att testa Bengts kapacitet
när det kom till hans nya sätt att tänka. Snacka går ju som
bekant men när man blir utsatt och känslorna kanske tar
överhanden blir det lätt annat ljud i skällan. Upp till bevis
och dags för lite kravställan. De skulle starta en diskussion
och känna honom på pulsen.

Intet ont anande fortsatte Bengt att tugga på om förr och
nu.
”I de flesta familjer läggs en budget. Förr i världen kunde
man spränga den tillfälligtvis och i värsta fall krascha den
för att göra sitt livs investering. Man kanske tog tvåtusen
från ett sparande för att köpa något kostsamt. För det fick
man en hel stereoanläggning. Skillnad mot idag; man tänkte
ha den jättelänge, kanske låta något av barnen ärva den. Idag
kan man också ruinera en tänkt budget. Men vad får man
för det? Ett par jeans och ett skrovmål på Max och sen tar
det månader att komma i fas igen. Det är fan illa.”
”Bengt. Jag hör dig, men tänker också så här. I Sverige är
det mycket lättare att ta kontakt genom att vara negativ.
Man ställer sig liksom inte i busskuren och säger: ”tänk vad
vädret är fantastiskt och livet är härligt”’. Att gnälla eller
klaga kanske är det enklaste sättet att komma i slang med
andra eller komma ur olika situationer. Om man inte känner
varann eller upplever blygsel så kan knepet med att gnälla

202

ihop vara ett enkelt skydd mot att blotta sig. Man framstår
då som tuff och mindre sårbar. Sen finns ju nättrollen. De
som måste vara anonyma för att våga klaga och skälla. Men
ska vi testa en grej? Banka skiten ur nättrollet och försöka
låta bli att gå i deras fotspår. Kan vi inte pröva att låta bli det
gnälliga och kritiska alternativet? Träna på att ge energi till
varandra i stället för att ta varandras kraft. Vill du vara
med?"

Ett par rynkor ställde sig på högkant i Bengts panna medan
han såg ut att fundera över vad det kunde tänkas innebära.
Efter en stund sa han:
"Okej, jag är med. Det jag menade var inte att klaga men det
är förjäkligt att den som vill hänga med på skiten, nästan
måste spela på Lotto för att ha råd. Och på Lotto vinner
man ju inte."
"Nej, sånt blir man inte rik på. Jag har levt i en relation en
gång, det har jag kanske berättat om? Bill hette han och han
både ljög, spelade på hästar och krökade. Alltsammans bra
mycket mer än vad som kunde anses vara särskilt hälso-
samt."
"Jaså, säger du det, trist att höra. Men Rut, vet du förresten
hur mycket man behöver spela på Lotto för att över huvud
taget ha en chans att vinna med sju rätt? Det är ren och skär
sannolikhetslära som jag hoppas att ungarna får lära sig i
skolan nuförtiden. Gick inte Bill i skolan?"
"Nej, eller jo, både och tror jag men strunt i honom nu. Hur
stor är sannolikheten att man vinner?"
"På Lotto alltså, det är en chans på 6.7 miljoner spelade till-
fällen. Inte så stor chans alltså.
"Och ändå spelar folk."
"Varje vecka!"
"Helt galet om du frågar mig."
Därefter hamnade de i egna grubblerier var och en på sitt
håll. Eller egentligen inte. Bengt satt mer som på nålar för
att få veta vad Rut hade planerat att servera honom. Något

203

borde hon ha velat när hon nu bett honom komma över.
Åh, vad dum han hade varit som inte hade frågat först. Var-
för skulle han alltid vara så snabb och otålig? Nu satt han
nyfiken som ett skolbarn på äventyr och försökte leta fram
sin coolaste min för att dölja sin påtagliga osäkerhet. Att
kliva in i en situation genom att klaga och gnälla, var en be-
kant situation för honom. Det känslokontot var fullproppat
med kompetens och ur det kunde han ösa ohejdat i alla
tänkbara situationer. Långvarig tystnad däremot var inte
hans bästa gren. Det gjorde honom spänd. Särskilt som det
inte verkade finnas något slut på tystnaden. Han mönstrade
Rut uppifrån och ner. Hon såg ut att ta sats för att säga nå-
got men så verkade hon ångra sig.

”Kommer du ihåg på sjukhuset när vi pratade om det emot-
ionella bankkontot? Om exempelvis ett positivt och ett ne-
gativt minne finns där, då minns man bäst det som är kopp-
lat till den starkaste känslan. Vaktmästaren i hjärnan reagerar
på minnet med det starkaste känslokontot, liksom tar fasta
på den starkast uttryckta och upplevda känslan. Så fungerar
det och låt mig därför ta ett exempel. Om jag gör något som
misslyckas och reagerar starkt på det, då etsar det sig fast i
minnet. Om jag i stället kopplar den starkaste känslan till
succé, då fastnar den. Svårare är det inte. Det gäller att
skaffa känslor när det är bra och när det går bra”. Bengt
hörde att Rut hade pratat ett tag men vad hade hon egentli-
gen sagt? Han hade inte den blekaste aning. Det var nog
bäst att lyssna noga nu.
”Och låtsas duger inte, det måste vara äkta”. Pausen som
följde fick Bengt att börja svettas. Han kände på sig att det
var något lurt i görningarna här.
”Jag tänkte höra med dig hur det går med ditt gör-om-mig-
initiativ. Sockorna ser jag men det stannar inte där så klart.”
”Fattar”, sa Bengt men tänkte något helt annat. Han hade
lagt all sin energi på att leta ledtrådar. Vart var samtalet, fö-
reläsningen eller i värsta fall uppläxningen på väg? Det

minsta han hade ägnat sig åt var att lyssna. Bergis skulle hon
be honom reflektera eller reagera på hennes speech och i så
fall skulle han åka dit. Fattades bara.
”Vad säger du om det Bengt? Berätta vad du tänker när du
hör det?”
Berätta och berätta, tänkte han. Det betydde ju att hon ville
ha en längre utläggning. Kanske rent av en åsikt i frågan
men vad fan var det hon hade sagt? Vad gick det här egent-
ligen ut på? Han fick helt enkelt chansa lite och bekräfta
henne, då skulle hon nog släppa initiativet något.
”Jo, jag kan hålla med dig i sak och du är väldigt klok Rut.
Du säger saker som jag inte ens har tänkt på tidigare.”
”Jaså tycker du? Tack ska du ha, men vad säger du? Jag
ställde ju en fråga.”
”Jo jag hörde det men jag hann inte komma till den riktigt
för du avbröt mig. Så här: jag väger mellan att svara 2 -
Stämmer till någon del, och 3 - Stämmer i huvudsak men
har beslutat mig för att svara 4. Det får bli mitt svar. Stäm-
mer mycket bra”. Rut tittade upp med en bekymrad min.
”På vadå? Vad stämmer mycket bra?”

Nu började Bengt skratta, för vad annat kunde han göra.
Han ville verkligen göra rätt, förstå koderna och läsa av vad
som förväntades men förirrade sig så lätt. Nu skrattade Rut
också. Det tyckte Bengt var oerhört befriande. Hon var bra.
Han tänkte att Rut nog var den som hade stått först i kön
när det delades ut tålamod. Han såg att hon log.
”Du har gjort din läxa hör jag.”
”Nä, skämt åsido. Jag är urkass på att göra smarta val men
faktiskt, det där spelet har hjälpt mig en hel del. Jag tänker
ofta på de fyra olika alternativen. De har liksom blivit mitt
räkna-till-tio, om du förstår. I stället för att på en gång dra
fram de där impulsdrivna svaren och det beteendet jag är
expert på, så har jag börjat tänka till. Förresten, häromdagen
läste jag om ett nytt världsrekord. Den äldsta personen nå-
gonsin som sprungit maraton, gissa hur gammal han var?”

"73", svarade Rut.

"Nej, han var 84 år, och inte nog med det. Han sprang på Antarktis! Det är sådant som gör mig motiverad att jobba med mig själv trots min ålder. Tänk att det ens finns ett maraton på Antarktis!"

"Härlig inställning Bengt. Då kanske vi ska göra jobbet nu då? Jag har en sak till dig som jag skulle vilja visa och höra din åsikt om. Och jag lovar, det handlar inte om konsumtion eller digitalisering."

"Jag blir nyfiken", hörde Bengt sig själv säga men i själva verket blev han återigen lite nervös. Vad kunde det tänkas vara?

"Det är ett brev som en person skrivit till en närstående annan person. Du kan läsa själv så att det blir i din egen takt. Här är det". Rut lämnade över en kopia på en utskrift av ett 15-tal meningar och Bengt började läsa.

Jag önskar att av dig kort få veta om du väljer att vår kontakt helt upphör, om den kan upphöra mer, än vad den idag ingenting är. I sådant fall bryr jag mig inte heller om några förklaringar. Jag skall försöka acceptera ditt val utan kommentarer.

När Bengt hade kommit en liten bit in i brevet behövde han börja om från början för att försöka förstå vad det var som triggade igång honom. Vilken kontakt skulle upphöra och varför? Varför fanns det en tidsgräns för det hela? Även om det verkar vara enda utvägen, var det väl inget att acceptera bara så där? Utan kommentarer? Han fattade inte. Under tiden Bengt läste fixade Rut kaffe, lade in några bullar i mikron och tog fram pepparkakor. Hon studerade Bengt då och då. Pepparkakorna doftade precis så ljuvligt som bara de allra första gör. Närmare jul blev hon vanligtvis less på dem men med smör på var det nästan det godaste fikabrödet hon visste. Före jul alltså, därefter ville hon inte ha en enda.

*Om du väljer den för dig tänkbara vägen innebärande ett fortsatt av-
ståndstagande väljer jag, att omgående ordna så att långt möjligt är,
att vi inte heller som tidigare har några pappersmässiga anknytningar.
Exempelvis sammanblandningen som finns i vårat så kallade familje-
bolag, som mot din vilja för oss samman i livet. Vad som efter min
död inträffar, skall jag försöka att inte bry mig om och de papper som
då kommer fram, kan du kasta, om du inte finner något värde i dem.
Jag är helt allvarlig i mitt påstående att jag på intet sätt tvångsvis vill
knyta dig intill mig mot din vilja och som därigenom kan framkalla
ovänskap på riktigt. Ovänskapen vill jag försöka undvika.*

Här blev det en ny paus för Bengt. Han behövde förstå.
Handlade allt bara om papper här? Ett familjebolag och ge-
mensamma avtal är väl inte det som för anhöriga samman?
Snarare är det tankar, känslor, gemensamma intressen och
ömsesidiga intressen för varandra som stärker familjeband.
Att undvika ovänskap kan man göra på många sätt och flera
varianter på det hade han invigts i, i Laduvik. All hjälp av
alla förstående och stöttande personer som han haft om-
kring sig. Med reaktioner, diskussioner, nya chanser och nya
försök. Om och om igen. Den här tjommen som skrivit ver-
kade vara rejält skruvad. En underlig känsla började slå rot.

*Med bibehållen livsåskådning, med de fel och brister samt förekom-
mande egenheter som däri kan finnas, vill jag ändå som 60-åring bli
respekterad av min omgivning. Annars vill jag i tid få tillfälle, att fri-
villigt få mönstra av det skepp du styr, innan jag får sparken, vilket
inte alls skulle behaga mig. Du är ju som sagt stor nu, mamma och
överhuvud i en egen familj och frigörelsen från tidigare förhållanden en
nödvändighet, om än att frigörelsen går att genomföra på alternativa
sätt.*

På något vis kändes det här igen fast som en diffus förnim-
melse från någonting långt bakåt i tiden. Bengt beslutade sig
för att läsa alltihop igen och gjorde det. Han blev fortfa-
rande inte klok på texten.

"Vad är det för en människa som skrivit det här? Och till vem?", frågade han Rut.

"Det är uppenbarligen någon som har låtit fingrarna gå före förståndet i alla fall", svarade Rut.

"Men vad har de för relation till varandra? Familjemedlemmar verkar det som, men relationen dem emellan, den verkar ju helt skev. Är det kvinnor, män eller både och? Jo, en mamma förstår jag men nära familjemedlemmar eller släktingar? Kusiner, pysslingar, tremänningar? Jag fattar inte. Vad vill du ha min hjälp med?"

"Vi kan strunta i deras relation så länge även om jag förstår din tanke med att det är viktigt. Vi kan ju hoppas att de bara är tremänningar eller något ännu mer avlägset. Min fråga är: Hur skulle du hjälpa dem med bara den informationen du fått nu? Eller, låt mig börja så här: tycker du ens att de behöver hjälp?" Rut tog ut de uppvärmda bullarna ur mikron och hällde upp kaffet.

Bengt läste alltihop ytterligare en gång och sa sedan:

"Ja, *om* jag tycker. Här behövs akut hjälp. Samtidigt slår det mig att de kanske skulle kunna hjälpa varann."

"Wow Bengt! Du är otrolig. Klart de kan hjälpas åt. Men hur?"

"De skulle kunna prata i stället för att skriva kanske. När man skriver blir man lite som ett nättroll ju. Det kan också vara så att de redan har prövat att prata och kört diskussionen i sank, att det är därför de brevväxlar."

"Nej så är det inte. De… eller initiativtagaren till det här brevet, skriver bara. Hen vill inte prata eller mötas. Bara pennfäktas. Dagsformen verkar avgöra i vilken form. Det varieras mellan SMS, mejl eller brev i brevlådan".

"Men då förstår jag inte. Det känns som om initiativtagaren, som vi kan kalla för A, efterlyser en kontakt med mottagaren B. En kontakt som inte finns men som tydligen lika gärna skulle kunna upphöra."

”Rätt uppfattat, men märker du att A tycker att det finns starka band dem emellan genom papper?”

”Jo, det förstår jag men det är väl inga band att ha om man för övrigt inte har någon relation? Då blir det mer som en affärsuppgörelse. Det avgör. De borde vara tremänningar eller andra slags avlägsna släktingar”, föreslog Bengt varpå Rut skrattade till.

”Nej, de är inte avlägsna släktingar. Det finns en slags desperation i brevet. Du märker att A blandar in död och avståndstagande och använder ord som: respekt, ovänskap, omgående, livsåskådning, frigörelse och överhuvud. Verkar allvarligt och krångligt. Och en smula despotiskt. A vill nog bara att B ska förstå men vet inte hur man gör.”

I samma ögonblick knackade det på dörren och plötsligt stack Pernilla in huvudet.

”Tjoho, hej! Vad gör ni?”

Bengt sken upp och sa hej i kör med Rut.

”Vi läser det här brevet, från någon knäppgök”, svarade han. ”Jag börjar misstänka att det är en missnöjd kund från palzerian eller så”, sa Bengt och viftade med brevet framför Pernilla som fångade in det.

”Äh Rut, du har väl inga dåliga relationer med dina kunder eller vänner? Du sköter väl det mesta snyggt, särskilt med dem du har viktiga band till. Visst?”, svarade Pernilla och blinkade till Rut innan hon började läsa brevet.

”Vad krångligt det blev”, sa Bengt som verkligen började slappna av nu när han förstod att han var på tjejernas sida i fråga om att förstå en situation.

”Knäppgök som sagt”, upprepade han och log lite åt Rut.

”Jag tycker det här verkar handla om en människa som ägnar sig åt härskarteknik. Någon som kräver lydnad på ett gammeldags och lite respektlöst sätt”, sa Pernilla.

”Exakt vad jag tänkte!” sa Bengt som högg direkt på Pernillas förslag. Detta trots att han inte riktigt visste vad härskarteknik innebar. Han skakade medhållande på huvudet.

"En jävla översittare är vad det är."
"Ja, eller så är det en person med pragmatiska problem och
då är det inte en härskare i den meningen. Inte en översit-
tare heller. I så fall handlar det om att hen inte kunna an-
passa språkanvändningen till situationen, att inte kunna ta
andras perspektiv och att inte kunna växla repliker i samtal.
Med den problematiken väljer man att skriva."
"Förlåt att jag avbryter Pernilla men kan du ge mig brevet
igen", sa Bengt. Pernilla överlämnade brevet och hörde
Bengt säga något innan hon fortsatte:
"Ju mer man skriver, desto mindre väljer man att prata. Med
svårigheter att ge lagom mycket information skriver man
hellre och gärna både hårt och tufft. Ordförrådet är ofta rikt
men det finns svårigheter att både följa och att hålla i den
röda tråden. Det blir cirkelgång och pannkaka av alltihop
och till slut *vågar* man inte möta den man skrivit till sedan.
Och det kan vara svårt att reda ut missförstånd senare."
"Fattar", sa Bengt igen fast denna gång mindre beskäftigt.
Han hade funderat en kort stund men ganska snabbt lagt
ihop ett och ett, för någon dumskalle var han inte. I samma
stund som Pernilla hade kommit dit, fick han känslan. Det
var något som först inte stämde men som nu hade fallit på
plats.
"Man känner sina löss på gången", sa han nästan ljudlöst.
Pernilla och Rut var inga korkbollar, vare sig en och en, och
definitivt inte ihop. De hade så klart använt sig av sin kvinn-
liga list här och kommit överens om att pröva honom. Och
de hade lyckats. De båda tittade på honom och han kände
sig alldeles mörkröd i ansiktet.

"Vad fattar du?" frågade Rut som trodde att Bengt hade
tappat bort sig i svadan av allt som Pernilla sagt. Den mörk-
röda färgen avtog långsamt och snart var det bara några
fläckar kvar i ett annars rätt så blekt ansikte. Bengt tog en
pepparkaka, lade den i handflatan och knackade sönder den
i mitten. Resultatet blev tre lika stora bitar. Han tog en av

dessa, smackade lite på den och sköljde sedan ner den med kaffe.

"A är ju B och B är ju P". sa han. "Det här kan vara ett brev som jag har skrivit. För länge, länge sedan. Vad kan det vara, möjligen…"

"Tjugofem år sedan är det", avbröt Pernilla.

"Å fy vad jag skäms. Jag är din pappa och du var ganska ung. Kanske 25, eller 30 och så skrev jag så här till dig?"

"Ja det gjorde du men texten är tagen ur sitt sammanhang och jag var kanske inte den bästa jag heller."

"Så kan det ha varit men det här är ändå inte okej. Jo jag skäms verkligen. Vilken ton och vilka ord."

"Fast du är en pappa som nu valt att ta nya tag, och vet du? Jag känner ingen som kämpar så mycket som du och som vill göra rätt med de medel du har. Jag och Rut har varit lite taskiga kanske men vi ville kolla var du stod i ett sånt här sammanhang. Med ditt sätt att försöka förstå och hjälpa till, har du kommit långt."

"Pernilla, jag skäms. Förlåt mig, det där var det dummaste."

"Ja, ja, ja. Nu släpper vi det där. Vi har båda gått vidare, har vi inte?" Hon tog brevet och knölade ihop det till en boll som hon på symboliskt vis kastade iväg.

"Så där, och förresten! Jag har ett fadderuppdrag åt dig." Bengt sken upp som om han plötsligt hade blivit uppkopplad med startkablar.

"Vad är det du har på gång och tror du att jag kommer att klara av det, vad det nu är?"

"Klart du gör. Har du hört talas om Hikikomori?"

"Japp. Det är en japansk kycklingrätt med grönsaker. Typ som kycklingspett och en särskild sojasås."

"Nej, det låter mer som Yakitori och det är gott. Hikikomori däremot, det är inte gott någonstans. Det handlar om självvald isolering och i Japan kallas fenomenet för Hikikomori, fritt översatt *att dra sig undan*. Det är mer än 700 000, kanske så många som en miljon japaner i åldrarna 15 till 39 år som har isolerat sig i sina hem. De flesta har en historia med psykiatrisk sjukdom, utbrändhet eller social fobi. Utifrån studier i Japan kan man konstatera att det är lika vanligt på landsbygden som i storstäder. Geografiska regioner, samhällsklass, kön eller antalet familjemedlemmar spelar ingen roll och isoleringen kan pågå i månader och år.”

”Hm, det där låter inte som något jag skulle vilja trä på spett och äta med grönsaker och soja till”, skojade Bengt men insåg snart att han gått över gränsen.

”Det finns ett stort lidande i detta eftersom självskadebeteende är vanligt i ett hikikomori-tillstånd. Det råder osäkerhet om de psykiatriska sjukdomarna, som i hälften av fallen kan kopplas till fenomenet, är en orsak eller en effekt av isoleringen.”

”Jag tror att jag förstår. Men som du vet är jag lite otålig och vill gärna veta vad det här har med mig att göra? Tänker du att jag kan ha varit en hikikomorier eller ska jag få åka till Japan eller tror du...” Pernilla viftade avvärjande åt Bengt.

”Problemet har drabbat även västvärlden men vi kallar våra hikikomorier för hemmasittare. De börjar med lite ströfrånvaro från skolan och snart är frånvaron halva veckor. Efter ett lov kan det vara fråga om total frånvaro med en enorm trötthet till följd av det. Lägg därtill ett psykiskt lidande och en känsla av utanförskap, plus den kraschen som hela familjen ofta hamnar i på grund av detta. Det är inte lätt. För skolan är hemmasitteri enormt resurskrävande och vi vet inte riktigt hur vi ska jobba med det på rätt sätt. Skolan har ett kunskapsuppdrag och en tradition av att förmedla och bedöma, inte att vårda elever eller stävja isolering.”

”Hoho, oj vilket gäng som var samlat här då!” Plötsligt som från ingenstans hade Twist kommit hem från bowlingen.

”Jag tänkte på en sak medan jag körde hem. Lyssna! Klarna, Kivra, Vimla, Swisha. Det är en massa skojsiga och positiva uttryck för det som är det tråkigaste som finns, nämligen att

bli av med pengar. Visst är det … Oj förlåt, nu känns det
som om jag avbröt något", sa han och tystnade snabbt.
"Ingen fara, vi är snart klara. Jag håller på att berätta om fe-
nomenet hemmasittare i skolan."
"Bortasittare menar du? I förhållande till skolan alltså." Ett
skratt spreds i rummet och så fort det lagt sig fick Pernilla
chansen att avsluta redogörelsen.
"Enligt studierna i Japan kom man fram till att den starkaste
faktorn för hikikomori…" Nu böjde sig Bengt mot Twist
och viskade:
"Det är inte en kycklingrätt med grönsaker och sojasås, det
är ett fenomen som har med hemmasittande att göra".

Twist nickade och kunde snart fokusera på Pernilla igen.
"Den starkaste faktorn när det gäller hikikomori är oron
över att möta bekanta människor. Det skiljer fenomenet
från social fobi, där oron är störst för att möta främmande
människor. Hikikomorier känner även oro över vad andra
ska tänka om dem och har därför svårigheter med att ingå i
grupper. Och då tänkte jag på dig Bengt."
"Oj då Bengt", sa Twist som snabbt insåg var diskussionen
hade hamnat. Enligt Twist finns det inget som kan se mer
övergivet ut än en solstol i snö. Med en snabb titt på Bengt
nu behövde tanken på solstolen omdefinieras något.
Bengt såg väldigt övergiven ut. Han satt blickstilla med grå-
aktig hy och rädsla i blicken. Han verkade kippa efter luft
men insåg ändå att det var hans tur att säga något. Av
chocken fick han upp något i halsen som han försiktigt
svalde ner.
"Du behövs här. Som klassmorfar", sa Pernilla plötsligt.
"Oj då", svarade Bengt.
"Men lugn, bara lugn. Det handlar mest om att finnas till-
gänglig för eleven. Göra hembesök, berätta om vad som
händer i skolan, kanske hjälpa till med någon läxa, spela lite
kort och bara finnas där. Att öka satsningen från skolans
håll är något som behövs enligt resultaten från studierna.

Kan du tänka dig det? Jag tror att du skulle vara perfekt, som helt utomstående från hem och skola. Det skulle vara givande för dig men framför allt för den som är i behov." Bengt stumnade helt. Hade hon i sanning sagt att han skulle vara perfekt för uppdraget? Kunde hon verkligen ha menat det? Trots att det fanns en svag föraning om ett kommande kaos blev han både smickrad och lycklig av förtroendet. Nu skulle han göra sitt livs maraton, på en plats som för honom var ett Antarktis. Japp, det skulle han bannemej.
"Jag säger ja. Min starkaste känsla är succé och då kommer det att bli det", sa han och gick mot hallen.
"Är det på riktigt? Du var väl inte bara impulsiv nu?"
"Jag antar utmaningen", sa han igen med en blick som strålade. Spridda applåder hördes och Bengt såg mallig ut.
"Klassmorfar, klassmorfar, klassmorfar", hurrade de andra i takt med handklappningarna.

De hade haft en lång sittning men kommit fram till ett givande resultat. Utanför huset hade kvällen lagt sig tillrätta och bäddat in uthusen, hagarna och ladan i mörker. Så här långt in i hösten kunde de trösta sig med att de bjudits både tjugogradig värme, knoppiga pelargoner och en hel del annat. Nu var de på god väg att möta det dystra november och högaktuella ord framöver skulle vara fukt, mörker, dubbdäck, minusgrader och halsont, tänkte Rut medan hon fyllde upp diskmaskinen med kaffekoppar och assietter. Hon stoppade i en diskmedelstablett i locket på maskinen, stängde locket och ställde in vredet. Maskinen surrade och trycket i vattenkranen hostade till. Sedan blev det tvärtyst. Rut öppnade luckan, tittade in i maskinen, drog korgarna in och ut innan hon på nytt stängde luckan och startade maskinen. Den här gången hände ingenting överhuvud taget. Fan. Nu hade hon jinxat en gång för mycket. Då var det bara att börja handdiska då.
"Twiiiist!" ropade hon så högt hon kunde.
"Kan du komma?"

Kapitel 14
Om hem där barn och vänner oss band i livet ger
samt liv där hennes framtid skrives ner

Pia-Carin hade bett Louise om en ny träff eftersom hon inte stod ut med någon längre väntan på berättelsens fortsättning. Louise hade kallat den tidigare historien för fas ett och oavsett hur många faser hennes berättelse egentligen hade, hoppades hon på att få höra åtminstone fas två nu. De sågs utanför ICA och gick mot skogen för att välja en av alla motionsslingor som fanns där. Pia-Carin fäste Yahoo i den långa löplinan så att hon skulle kunna röra sig fritt runt dem. Så fort de valt färg på motionsslinga, började Louise sin berättelse igen.

”Får jag bara avbryta dig med en fundering som jag haft sedan sist”, sa Pia-Carin.
”Ja, så klart. Det är ju du som skriver och jag förstår att du undrar över saker. Jag tänker att det är de små skildringarna och detaljerna som gör det hela mer begripligt men sådana är svåra att återge. Jag kan bara måla med stora penseldrag.”
”Ja, så klart”, sa Pia-Carin medan hon drog Yahoo närmare sig. Hunden hade först dragit hårt i linan och sedan kört ner nosen i någonting som hon fann intressant långt ner i backen. Pia-Carin hade precis läst om en hund som hade dött av att ha ätit människobajs med narkotika i. Både äckligt och chockerande.
”Kom här Yahoo. Sluta med det där”, sa hon och ryckte till i linan för att få bort hunden från vad det nu var.
”Det jag undrar över är hur det kom sig att du kastade dig in i allt gång på gång? Flytta ihop, flytta isär, få barn, flytta ihop, dela på er igen, flytta ihop, få barn igen. Hur orkade du? Hur orkade ni?”

"Jag förstår att alltsammans verkar förbryllande och det
räcker inte med det du hittills fått höra vill jag bara säga".
Louise vände sig mot Pia-Carin och sökte en reaktion. Hon
tyckte att Pia-Carin såg lite bekymrad ut. Som om papperet i
skrivmaskinen hade tagit slut eller bläcket torkat i skrivaren.
Tänk om hon kanske blivit less på alltihop?
"Oj, vad mer kan det finnas och hur många ronder orkar
två småbarnsföräldrar egentligen med?

"I allt det som hände försökte jag pö om pö försonas med
mig själv, liksom ursäkta mina val och ställningstaganden.
Tider och förutsättningar förändrades, barnen växte och
förhållandet mognade. Jag tänkte att vi kanske lärde oss av
våra misstag och kunde gå vidare utifrån våra nya erfaren-
heter. Jag hade en tanke om att förstå, förlåta och sedan gå
vidare var det enda rätta. En stor anledning till att det gått
som det gått försvarade jag med en mer generell förklaring.
Till exempel att kvinnor sällan deklarerade sina behov och
män sällan pratar om sina känslor och att min och Björns
korseld av besvikelser förmodligen bottnade i det. Att vi
skulle lyckas bättre om vi försökte igen. Jag såg oss som två
körsbär, i samma färg och på samma höjd. Till synes ett pas-
sande par, väldigt nära varandra men ändå starkt avskilda i
varsin gren. En enda liten puff behövdes för att komma
samman men i själva verket var vi kanske inte så lika ändå.
Jag hade en enveten dröm som förföljde mig, och det var
drömmen om att leva som en hel familj. Jag ville verkligen
det. Jag ville det så starkt. Men *inte* när det bara innebar att
få sköta hela familjelivet själv. Jag hoppades att insikten,
med tiden, skulle komma till Björn. Han skulle vakna upp
och förstå hur ojämlikt allting hade blivit. Förstå vad han
hade missat. Önskade jag i alla fall. Jag hoppades att det
skulle bli min och småbarnens tur snart och att han skulle få
ångra sitt krånglande. Björn var mån om att framstå som en
pappa som brydde sig, som inte bara lämnade sina barn utan
ville ha dem. Han visade vid varje separation hur viktiga

216

barnen var. Först Viggo och senare Max. Jag tänkte att om
han kunde fungera som pappa på helgbasis, varför lyckades
han inte ta med sig den energin in i deras försök med att bo
ihop? Om viljan var där på riktigt skulle han väl greja att
vara pappa även när vi bodde tillsammans? Jag hade en så-
dan oerhörd längtan efter att få vara kvinna också, och inte
bara mamma. Sen var det en sak till. När vi inte levde ihop
utspelade sig en maktkamp. Den kunde blomma upp i ett
SMS, växa i ett telefonsamtal eller förstärkas i ett mejl. Den
gjorde mig bensvag och orolig, stundtals stirrig. Jag stod all-
tid beredd i löpgraven. När vi var tillsammans var maktkam-
pen i vila. Även om den låg och lurade i närheten, så var
den tillfälligtvis borta. Genom försoningar och återför-
eningar köpte jag mig tid. Jag fick ett mentalt lugn. En dag
sa min pappa något som fick mig att reagera även om jag
mest tyckte att det lät bittert. Kanske hade han alldeles rätt,
när han sa: en trasig kaffekopp är fortsatt trasig hur väl man
än försöker laga den. Så mitt i alltihop var jag också mån om
att han inte skulle få rätt. Kaffekoppar gick visst att laga.”

”Jag fattar Louise. Det förklarar dina syften. Ett tag trodde
jag att du agerade som en självdestruktiv kaospilot, men nu
förstår jag bättre.”
”Det var mycket för Björn att ta igen av familjelivet. Enligt
mig var det flera år av eftersläpning där han på underligt vis
lyckats spela biroller i två familjer utan större engagemang i
någon av dem. Jag tänkte ofta på det familjeterapeuterna
sagt på ett av mötena. Att man måste utgå från paret. Om
paret var lyckligt och i harmoni, fanns kraft att sprida glädje
genom det. Då skulle det räcka och bli över för alla. För mig
är föräldraskap omtanke, närhet och respekt. Den ambit-
ionen lovade jag mig själv att inte svika. Vad Björn hade för
tankar om ett kvalitativt föräldraskap pratade vi aldrig om.
Jag frågade inte. Men du, jag fortsätter nu va? Vill du höra?”
”Ja visst, det är klart. Fortsätt gärna.”

En sak som låg och gnagde i bakhuvudet var frågan om försörjning. Hur mycket kunde jag arbeta och vem skulle anställa en ensamstående småbarnsmamma? Vad kunde jag jobba med och vad ville jag jobba med? Skulle jag passa som dagmamma, vore det en möjlighet tro? Kommunalanställd med ofattbart dåligt betalt, utan arbetskamrater och med arbetstider från tidig morgon till sen eftermiddag. Nej, det var inte något som skulle rycka upp mig till inspiration och försörjning. Hur var det med konfektionsbranschen då? En arbetsplats med många kundkontakter och flertalet arbetskamrater men med dålig lön fast, i och för sig, med eventuell personalrabatt på kläder. Att jobba i affär skulle innebära helgjobb och på helgerna gick det inte att få tillgång till barnomsorg, så det gick inte heller. Restaurang- eller barjobb hörde inte till mina konster i livet, inte heller vård- och omsorg och knappast kontorsarbete heller. Än så länge försörjde jag mig på en väl utdragen föräldrapenning men den sista utbetalningen skulle komma i slutet av mars och framtiden behövde planeras upp. Hela våren och sommaren låg framför oss och på något sätt behövde jag få in pengar. Planen var att börja jobba direkt efter sommaren men försörjningen fram tills dess såg rätt dyster ut. Kanske jag skulle börja plugga? Utbilda mig till något, men vad? Alla studiestarter låg i augusti eller september så att ha pengar över sommaren kunde jag hur som helst glömma.

Att få barn är en exklusiv ynnest, en gudagåva och en stor satsning i livet. Det är också en dyr historia och en tidsperiod som saknar all jämförelse i fråga om att erfara prövningar i tillvaron. Alltsammans; tankar och beslut, ansvar och intressen samt vägval och idéer handlade inte längre bara om en själv. För mig var det två till som ingick i alla mina planer för en hållbar och trygg framtid i ett långsiktigt perspektiv. Vid sidan av att få ihop det ekonomiskt var en annan fråga nog så viktig att ta tag i. Boendefrågan. Att hyra bostad fungerade, men kunde på ett ögonblick förvandlas till ett otryggt äventyr. Så ytterligare en dyr satsning under precis den här perioden, var att köpa ett boende för mig och barnen. Min hyresvärd hade under en längre period omvandlat sina hyresrätter till bostadsrätter och planen om att jag skulle få köpa loss det hus jag bodde i, behövde ändras. Däremot hade han hyresfastigheter i en angränsande kommun och nu erbjöd han mig att få köpa loss ett hus motsvarande det jag bodde i, fast där i stället. Min oro var att banken inte skulle ge mig möjlighet att låna pengar men hyresvärden hade goda bankkontakter och sa att det skulle lösa sig. Jag skulle få ett banklån på en miljon kronor och en revers på överskjutande belopp. Räntekostnaden för lånet skulle så klart bli högre än hyran som jag för stunden hade, men jag skulle fixa det. Jag var beredd att göra allt för att etablera mig och barnen på mer säker grund. Med hjärtat i halsgropen tackade jag ja. Så klart ville jag äga mitt boende även om en miljon lät som läskigt mycket pengar. Det var på den vägen jag hamnade i Laduvik.

Men inkomsten då, kanske du undrar. Hur blev det med den? Ett besök hos en Studie- och yrkesvägledare skulle säkert ge lite vägledning tänkte jag och bokade ett möte. Genom att plugga, kunde jag få in pengar, ha vettiga arbetstider och lediga kvällar samt helger. Plugga sig till försörjning var idealiskt på flera sätt. Jag skulle kunna lägga all min kvällstid på studier sedan barnen kommit i säng och under lovdagarna skulle vi vara lediga tillsammans. Och det bästa av allt; om jag hade sjuka barn, skulle det enbart drabba mig själv och ingen annan. Ingen skulle behöva sucka över ständiga uttag av VAB-dagar. Ingen skulle behöva himla med ögonen och tvingas ändra i personalschemat för att täcka upp för mig. Det skulle vara lättare att få jobb efter avslutad examen och kanske oavsett vilka studiemeriter jag hade så skulle CV:t se mer komplett ut. Snudd på ambitiöst.
En mer motiverad student hade Studie- och yrkesvägledaren nog aldrig haft. Med ett barn i varje hand och betygen i

väskan klev jag in på hennes kontor. För att både öka min behörighet inför att söka till högskolan, och snäppa upp studietekniken sedan gymnasietiden, gjorde studievägledaren en första plan. Den innebar två terminers studier på Komvux där jag skulle läsa fyra ämnen på heltid, till stora delar hemifrån. Om jag hade A-kassa, kunde jag komplettera studielånet med ett särskilt studiebidrag samt ett tilläggsbelopp för barnen. De pengarna skulle motsvara inkomsterna för ett halvtidsjobb fast med mer tid på hemmaplan och en större fritid. Jag skulle få både jullov, påsklov och sommarlov ihop med barnen. Framtiden såg ljusare ut än på länge men än var jag inte där. Jag hade fortfarande en period mellan mars och augusti att täcka upp ekonomiskt.

Att leva på A-kassa gick inte utan att söka arbete. Att söka arbete var inte tillåtet utan att ha en dagisplats och att söka en dagisplats utan att ha ett arbete eller en studieplats gick inte heller. Jag behövde därtill söka en dagisplats i den nya kommunen men det gick överhuvudtaget inte förrän vi var skrivna där. Som en extra detalj i sammanhanget kunde barnomsorg inte erbjudas förrän barnet var 18 månader och Max skulle bara vara ett år då. Hela detta ekonomiska och logistiska pussel var omöjligt att lägga till belåtenhet, så det enda som återstod var att fuska. Jag satte ihop en presentation av mig själv som vilken arbetsgivare som helst, med minsta lilla förstånd, skulle lägga underst i högen av arbetssökanden. Jag skrev att jag sökte ett deltidsarbete fram till augusti, att jag var ensamstående och hade infektionskänsliga barn samt att jag inte kunde ha obekväma arbetstider med tanke på reglerna inom barnomsorgen. Därefter bad jag en god vän till mig att vara fingerad dagmamma, annars skulle jag inte kunna söka jobb. Och sökte jag inte jobb skulle jag som sagt inte kunna erhålla A-kassa. Därmed stod jag till arbetsmarknadens förfogande men eftersom arbetsmarknaden inte tyckte att jag var tillräckligt attraktiv förblev jag arbetslös. Min plan gick i lås, jag fick min A-kassa och i augusti skulle min studieperiod börja. Jag hade fyra och ett halvt år framför mig. När jag var klar, någonstans långt fram i framtiden, skulle Viggo vara 9 år och Max 5 år.

Ungefär här var jag i livet med massor av pyssel runt barn, boende, försörjning och barnomsorg när Björn började ligga på igen. Han hade liksom ingen ro med att ta ett steg i taget. Han ville framåt, mot nästa mål och nästa igen strax efter det. Inget av det som beslutades höll särskilt lång tid innan han skulle ändra på något. Nu ville han ha barnen oftare och mer ordnat. Hur då? undrade jag. Det var inte precis jag som hade lämnat barnen och flyttat till en annan kommun, så hur skulle det gå till? Björn jobbade jämt och obegränsat mycket. I perioder ännu mer, med sena kvällar och halva nätter. Dygnet vändes både fram- och tillbaka genom detta, så hur skulle något kunna bli vare sig "oftare" eller mer ordnat? Jo, han skulle så klart kunna arbeta hemifrån, och visst skulle de större barnen kunna hjälpa till ibland, och så klart kunde teven vara barnvakt, men med handen på hjärtat. För vems skull då? Det skissades på snuttifieringar och utökade timmar eller dagar vilka mest bara innebar transporter i bil. Max som alltid somnade under bilfärd, skulle hamna helt i orytm, han som redan innan sov dåligt på nätterna. Men, vad rörde det Björn? Det var ju inte han som hade helhetsansvaret och behövde ta konsekvenserna.

Vi bestämde oss för att titta närmare på detta ändå. För fridens skull. Björn släckte ofta och kraftfullt alla former av synpunkter med att påminna om sin rätt att träffa sina barn. Som om det någonsin, av någon anledning, handlade om det? I första hand handlade det väl mer om barnens rätt till sin pappa men också deras rätt till en tryggad tillvaro. Att vara en del av bilinredningen var ingen tillvaro för ett barn, var det så svårt att fatta? Var vi oense i frågan drog han gärna upp möjligheten med att träffas ihop med "expertis" som han kallade det för, väl medveten om att jag inte

prioriterade fler rådgivningssamtal tillsammans med honom.
Jag tyckte verkligen inte att det var jag som behövde rådgiv-
ning, inte i första hand i alla fall. I våra samtal var Björn den
som skulle ha ordet och hans tonläge var inledningsvis milt
och förnumstigt. Han pratade om självklarheter som vi båda
kände till men som ändå skulle sägas. Och alltid av honom,
som om han var vårt gemensamma rättesnöre och uppfin-
nare av allt förstånd. Han krävde att få säga sin mening vil-
ket inte handlade om annat än att slå in öppna dörrar. Han
levererade upplevelser som inte betydde något för någon
annan än honom själv. Det var långrandiga meningar, utan
början och slut. Jag lyssnade och gav honom tiden, mest
bara för att skjuta upp det som ändå komma skulle. När det
handlade om just dessa två barn, flikade jag in i samtalet, var
det nog jag som var expertis. Hur illa han än tyckte om det,
behövde han lita på mig och mitt omdöme. Att jag kom
med det gjorde att han såg rött och så spårade samtalet ur.
Skulle jag vara expertis? Han började skratta och förlöjliga
mig, avbryta alla mina försök att prata. En urspårning, en
låsning, en ilska och ett öppet gräl. Vi visste båda att det var
oundvikligt och successivt stegrade samtalet för att slutligen
omformas till något som kom att innehålla antydan om var-
ningar.

När min puls skenade och ilskan nästan helt belägrade min
kropp tvingades jag lägga bort telefonen en stund. Jag gick
och drack vatten och ställde mig en stund vid fönstret för
att bara studera världen utanför. Väl tillbaka i luren igen för-
stod jag att monologen fortsatt var igång. Jag försökte tillfäl-
ligtvis ta ordet av Björn men han gick till motangrepp så jag
avbröts nästan omedelbart. Jag överröstade honom för att
nå fram. Bestämde mig för att inte släppa taget om min me-
ning och slut nästan skrek jag för att höras. Strax senare
drämde jag på luren. Jag kände mig galen. Fullständigt tömd
på allt. Det var efter att Björn hade sagt:
"Ta ett djupt andetag nu och lugna ner dig va."

Kapitel 15
Om lapparna och leken som aldrig tog slut
samt de stelfrusna benen och den glidande loskan

Laduviks årliga julmarknad hade planerats med samma ambitiösa iver som tidigare år. Var och en hade sin uppgift att fylla och hur mycket de än tänkte sig en enklare julmarknad blev den bara större och större för varje år. En oro hade med åren väckts hos Rut. En fruktan över att julmarknaden skulle börja präglas av instrumentell rationalitet. Som något som bara skulle raskas över, där målet stod så hårt i fokus att de helt glömde bort att njuta av resan dit. För Rut var hela det gemensamma förarbetet den stora vitsen. Därefter glädjen med att möta folk, nya som gamla kunder och att skapa band mellan varandra i trakten. Det var Ruts och Twists gård som var det mest centrala i byn. Det var de som stod för sammanhållningen och ortens nyuppvaknande. Just dessa värden var något att bygga vidare på, oavsett hur slut-räkningen skulle bli efter julmarknaden.

Ruts mamma Maja hade som vanligt bidragit till att göra julmarknaden superfin och snart därefter gjorde hon julaftonen till en lika härlig tillställning. Hon var liksom en julklapp, en påskhare och en sommarpresent allt-i-ett. Hon skulle aldrig pyssla med navelskåderi och eget ojande eller krångel, nej sådana aktiviteter var så gott som obefintliga. Därför var det så givande att ha henne som sällskap när något kul vankades och särskilt när det handlade om musik och dans. Rut mindes särskilt Laduviks torgs 'Öppna scen' som hon och Maja hade besökt under hösten. Korv, öl, pizzabullar och vin serverades och paketerades tillsammans med fantastiska musikanter och massor av härlig stämning. Det är just sådana upplevelser, när musiken kommer till Maja, som glädjen i henne inte får plats i kroppen längre

utan måste ut. Klart äldst i gänget men absolut yngst i fråga
om att visa sin uppskattning. Så fort det finns en takt eller
en rytm, börjar hon skruva på knäna och svänga runt.
Kanske fler skulle känna sig smittade av den lycka som
spreds? Jodå, andra besökare gav gillande miner över Majas
uppenbara glädje men sällan hakade någon på. Däremot
nickade de åt Rut och känslan var densamma som att ha
världens lyckligaste femåring med sig. En sån där som alla
uppmärksammar, lägger huvudet på sned åt och säger: 'åh
vad fin hon är'. Maja är en förebild, en uppmuntran och en
tröst. Att kunna skratta åt sig själv men också ihop med
andra förlänger livet, eller åtminstone tillställningen. Senast
på årets julafton. Från ögonblicket då Maja klev över trös-
keln in, tills hon klev över tröskeln ut... gjorde hon kvällen
glad, ljus och lagom galen. Det är en vila att leva med vet-
skapen att ha sådana gener i sig. Det känns tryggt och bra.

Det hade varit den bästa julaftonen på länge eftersom alla
hennes älsklingar plus några till hade samlats och ingen hade
särskilt bråttom hem. Oftast var det någon av ungdomarna
som, mycket tidigare än Rut tyckte var lagom, behövde åka
iväg och göra något. Vanligtvis fungerade det så att de var
med i julskimret några timmar för att ett, tu, tre plötsligt få
nog och lämna hela kalaset. Utom i år. Alla hade suttit där
de blivit satta och någonting annat hade varit omöjligt tack
vare den planen som Rut presenterat. Hon hade tagit efter
Pernillas grej, den att ha en lek i bakfickan. Omsorgsfullt
och noga hade hon valt "lappleken" och inte ens Twist
kände till hennes plan. På plats förutom Rut, Twist och
Maja var Siri, Sixten och Sigge. Senare på julaftonens kväll,
lagom till kaffet och julkakorna anslöt hela familjen Frödins,
det vill säga Mac, Pia-Carin och Mini. Nio personer, tre lag,
en hatt och ett tidtagarur. Därmed var allting klart för start.
Varje lagmedlem fick fyra papperslappar och varsin penna.
På lapparna skulle var och en skriva namn på kändisar eller
personer som alla garanterat visste vilka de var. Lapparna

veks ihop och droppades i hatten. Första omgången i leken
gick ut på att en lapp i taget togs upp ur hatten av en med-
lem i ett av lagen. Personen på lappen skulle beskrivas och
förklaras utan att själva namnet avslöjades. På 45 sekunder
skulle så många lappar och personen som möjligt tas ur hat-
ten och beskrivas efter att tidtagningen börjat. Enbart lag-
kamraterna fick gissa på namnlapparna och varje namn som
det egna laget gissat rätt på, gav en vinst. När tiden var ute
blev det nästa lags tur att under 45 sekunder plocka lappar
ur hatten och gissa namn. När alla lappar tagit slut räknades
och noterades vinsterna i varje lag. Därefter lades alla lappar
tillbaka i hatten.

Dags för omgång två. Samma lappar användes och i denna
omgång var det charader som gällde. Det roliga var att nu
visste alla ungefär vad det stod på lapparna, så charaden
kunde lösas ganska enkelt. Precis som i vanliga charader var
det förbjudet att prata, göra ljud eller peka. Samma regler
igen: Det egna laget gissade under 45 sekunder och när ti-
den var slut gick turen över till nästa lag. När lapparna var
slut i hatten, räknades och noterades vinsterna i respektive
lag, innan lapparna på nytt lades i hatten. I omgång tre se-
dan skulle samma lappar och samma ordning gälla men då
skulle personerna på lapparna beskrivas med ett enda ord. I
sista omgången skulle ljudhärmande, onomatopoetiska ljud
eller ord användas för att beskriva namnen på lapparna. Un-
der tiden skulle de egna lagmedlemmarna blunda. 45 sekun-
der, sedan var det nästa lags tur. När alla lapparna var slut
räknades de ihop med tidigare poäng. Laget med flest poäng
var vinnare. Rut njöt av röran, hetsen och tävlingsandan.
Det hela var som ett skeppsbrott och ett sjöröveri i ett. Fa-
miljen inklusive gästerna visade prov på kvicka och spon-
tana reaktioner, lösningsfokus, vinnarskallesyndrom och in-
tensiv genomförandevilja. Alla hade kul och det gjorde kväl-
len underbar.

Julen hade slingrat sig in i var mans hem. Krävt engagemang, påkallat uppmärksamhet, och klösts sig fast i allas medvetande. Legat på lur redan i oktober och sedan långsamt gnagt sig allt närmare innan den landande mjukt i stugvärmen. När alla äntligen blivit klara med matförberedelser, julklappsinköp, storstädningar och julpynt gick sucken ur dem. Ett år till nästa tabberas. Julen hade både anlänt och passerat så här dags och var nu mer som ett minne. Rut rös av välbehag men var mycket nöjd över det som varit. Efter julen gick det äntligen att fokusera på annat, exempelvis nyårsafton. Då var Twist och Rut alldeles ensamma hemma, om man nu bortsåg från hönsen, getterna, bina, katten och laman. Kvällen till ära hade de investerat i ett nytt djur. En kungskrabba. Fel, de hade investerat i varsitt ben av en kungskrabba vilket antogs vara en lagom mängd att stoppa i sig. Inför nyårsaftonen startades gärna ett upptempo i reklamblad, sociala medier, hos tevekockar och från matkassar på nätet om hur man gör den bästa, mest vällagade och läckrast komponerade middagen. Tre rätter med lämpliga drycker till. Rött och vitt vin, champagne och avec. En dramatisk nyårsdukning. Flashig, glittrig, festlig. Eller ett taggigt, 30 centimeters krabb ben rakt över tallriken.

Samma enkla krabb ben ställde till det i den redan söndertrasade januariekonomin. Efter haveriet med diskmaskinen blev det nämligen något vajkalle på kylskåpet. Det hela hade eventuellt sitt ursprung i krabb-benen som var hårt nedfrysta. Ett dygn i kylskåp skulle nog göra susen, hade de tänkt. På nyårsaftonens morgon var benen precis lika frysta och inte bara de, hela kylskåpet var nedfryst. Alltsammans syntes antingen frysskadat och frostnupet. Grönsaker, en flaska ingefärshots, de olika mjölkprodukterna och några matrester. Något hade gått alldeles överstyr och kylens sista stund var förmodligen kommen. De började akutgoogla efter ett ersättningsskåp. Rut letade efter ”bäst i test”, Twist efter bra pris och det hittade till slut en modell. Det visade sig dock att det var de rangliga krabb-benen som hade chockat kylen, för så fort de hade lyft ut benen blev det snart normaltemperatur igen. Krabborna däremot var inte tinade förrän framåt 21-tiden på nyårsaftonen. Enkelt blev krångligt men var oerhört gott. Rut och Twist njöt och drack skumpa till. Fyrverkerier blev det inga.

På nyårsdagen visade det sig att något verkligen var trasigt och eftersom det inte var någon idé att laga det trasiga, började i stället några snabba mejl skickas fram och tillbaka. I första hand för att leta upp ett bra och energisnålt skåp, i nästa skede för att sätta fart på packningen, transporten och skiftet. Beställningen gick på söndagen och leveransen under måndagen. Skåpet packades om på tisdagen och kördes sedan ut till Laduviks gård på torsdagen där det landade strax före klockan 22. Samma kväll stod det nya skåpet på sin plats i köket. Installerat, välfyllt och klart. Allt detta fick bli beviset för att den tidsepok de just nu befann sig i var den som lämpligen borde kallas konsumtionstiden.

Årets julmarknad som sagt, var möjligen den bästa genom tiderna. Den var liksom "alla rätt" och förklaringen till succén var enkel; folket i trakten uppskattade det återkommande eventet. Besökare som gästade dem från år till år längtade och hade förväntningar. De hade inte bara med sig nya besökare, de hade också med sig önskemål. En av dessa var en önskan om att kunna köpa gårdens eget messmör. Gårdsbutikens försäljning var ganska småskalig. Honung från gårdens bin, ägg och hönsskit från hönsen och pastöriserad äppelmust utan tillsatser. Av gårdens getmjölk gjorde de i dagsläget enbart hårdost men att styra om ostproduktionen till en mjukare sorts ost skulle inte vara några större problem tänkte Rut. Twist tänkte något annat och en diskussion hade utbrutit i köket.

"Mjukost? Var det inte messmör som var önskemålet?"

"Jo men tillverkningen utgår ju från samma bas som osten.

Vasslen som pressas ur osten vid ystningen, kokar man bara
ihop tills den karamelliseras och så saltar man lite. Klart!"
"Rut hör på mig. Vi började med ägg- och granförsäljning,
sedan blev det gethållning och getost och senare din äppel-
must. Det kunde kanske räcka där? Vi ska väl inte börja
göra ännu mer nu?"
"Du glömde honungen", svarade Rut.
"Det gjorde jag inte, men jag hann inte dit och hur kom det
sig egentligen att de där eländiga bina tog plats på tomten.
De kräver ju mer plats än hela äppelmusteriet."
"Att de fick husrum är lika märkligt som att spottloskan fick
det. Förresten glömde du palten också."
"Ja just det, du ser! Du har ju palzerian också. Förresten vill
jag upplysa dig om att spottloskan har ett namn och dessu-
tom att han gör stor nytta. Bra mycket mer än bina. Sedan
vår lama kommit på plats har inte en enda räv synts till,
visst? Zipper är getternas beskyddare och indirekt även os-
tens… och hönsens", svarade Twist.

"Bina håller också undan", sa Rut och mindes Twist pa-
nikslagna härjande på gårdsplan medan han jagades av den
surrande massan. Då han sprungit runt, skrikit och flaxat
ända tills Rut lyckades slänga ett skynke över hela galen-
skapen. Det hade fått honom att tystna lika omedelbart som
en burfågel vid nattning. Rut dolde ett uppbubblande skratt
genom att harkla sig.
"Håller undan vad?", hörde hon Twist säga.
"Dig", svarade hon och kastade sig huvudstupa fram i en
skrattattack. "Äh, skojade bara, men de är nyttiga! Så är det
faktiskt. Och det där med räven, den är ju borta för att du
sköt den. Det har ingenting med Zipper att göra." Rut le-
ende såg skevt ut.
"Sluta låtsas Rut. Både du och jag vet hur det där gick till.
Tobbe har redan berättat. Räven som jag sköt var lika dam-
mig och kraftlös som en julbock av halm. Eller som en

motoriserad julbock då, men den riktiga räven lever än och Zipper är världens bästa getvakt."
"Men för att återgå till messmöret då, så tycker jag att…"
Ja ja ja, vi gör väl messmör då", avbröt Twist och lämnade henne. Han återgick till sina installationer av nätverksgrejer där hemma.
"Yes!", sa Rut som även hon återgick till sitt. Vart sjätte år eller så hände det som titulerades städning av husets krydd-skåp. Så dags var skåpet absolut överdoserat av såväl krydd-förpackningar som kristyrtuber från anno dazumal. Utöver detta syntes burkar, påsar, kartonger, färgglatt salt och pre-sentförpackade kryddor i stökiga rader. Skåpet hade också blivit platsen för cigarettändargas, tändstickor, tandpetare, kryddkvarnar, saltförpackningar, påsklämmor och klädny-por. Ja, det var väl vad skåpet innehöll i runda slängar. Me-dan Rut plockade runt på hyllorna hörde hon en mängd svordomar från Twist och förstod ungefär hur bra det gick för honom. Plötsligt blev det tyst och en känsla av auditivt lugn lade sig. Just den känslan skapade flow i tanken för Rut. Hon funderade på om kryddburkarna helst skulle stå i bokstavsordning eller bäst prioriteras utifrån regelbunden-het i användandet. Någon slags struktur behövdes i alla fall för att skapa flyt i matlagningen. I så fall skulle basilika stå framför chiliflakes och vitpeppar efter piripiri. Hon var så inne i städandet att hon inte hörde vad Twist nyligen sagt. Av smällen i ytterdörren förstod hon att han försvann ut. Salvia, spiskummin, svartpeppar, timjan fortsatte hon. Eller; var det bara fånigt, kanske rent av perverst? Var hon verkli-gen så uttråkad att hon behövde snöa in på detaljnivå i städ-ningen? Stopp och belägg, kommenderade hon sig själv och drog i pedantbromsen. Hon torkade hyllorna rena och ställde in alltihop igen.
Därefter gick hennes tankar tillbaka till julmarknaden. Att den blivit så lyckad i år igen kan så klart ha att göra med vädrets makter. Solen dominerade och snön levererades i tid. Den kom dagarna före, men som tur var inte på,

självaste julmarknadsdagen. Marken var vit och gnistrande, luften torr och hög. Den bar med sig en frisk doft av granbarr och isande kyla. Termometern stod på sju minusgrader men framåt förmiddagen lättade kylan och solen tog över. Det mest positiva intrycket påverkades dock av antalet besökare. Rekordmånga hade besökt dem detta år och vid sidan av att det kommit in mer pengar än vanligt, hade det också levererats massor av uppmuntran. För gården och ordningen, djuren, gårdsprodukterna, palzerian, muséet och givetvis hela julmarknaden. Berömmet rörde om något i henne. Maja kallade ofta smicker för satans andedräkt men att momentant stå mitt i det, kändes som en värmande fläkt. Och till på köpet hade de kanske snart ännu en produkt med gårdsetiketten på. Laduviks messmör.

Rut antog att Twist hade gått ut till getterna medan hon sorterat bland kryddorna. Hon kikade efter honom bort mot gethägnet men det enda som syntes var Zippers huvud en bit över staketets överliggare. Zipper tittade rakt mot henne och deras blickar tycktes mötas för ett kort och intensivt ögonblick. Rut fick ett ryck, flinade lite åt laman och räckte ut tungan. Zipper, den fulingen, såg ut att le han också innan han slungade iväg en snabb och knivskarp loska över staketet och rakt mot henne. Den gröna slemblandade klumpen landade tungt tre och en halv meter längre fram i det tunna lagret snö som sockrat marken vackert vit. Mycket provocerande. Nu ska du få, tänkte Rut medan hon häktade av fönsterhaken och öppnade fönstret. Sedan lyckades hon med det som Kate Winslet totalt misslyckades med i filmen Titanic. Hon drog ner så mycket snor de övre luftvägarna alls hade i lager och harklade sig så hårt att halsen vändes ut och in. Ansträngningen hade förmodligen genererat en Oscar och gjort Leonardo DiCaprio gränslöst stolt. Sedan lutade hon sig bakåt och tog sats. Hon spottade för allt vad hon var värd, rakt mot Zipper. Loskan for iväg i en hög och ståtlig båge och landade snyggt med ett slafs på insidan av fönsterrutan. Ljudet som hördes när slemmet träffade fönstret var vämjeligt och strax började alltsammans sakta glida nedåt som en snigel på vertikal utflykt. Bakom de slemmiga strimmorna, på utsidan av rutan, såg hon Twists förvånade ansikte. Han öppnade fönstret.

”Vad exakt händer? Vågar jag fråga vad du pysslar med?

”Jag kände mig lite harklig bara. Sorry för det, och så umgicks jag kanske med Zipper samtidigt, hurså?”

”Sorry och sorry? Jag sköt igen fönstret när jag såg att det var öppet men hade jag kommit en knapp sekund tidigare hade du ju loskat ner mig.”

”Det vet jag väl men varför skulle du stänga fönstret”, frågade hon och ställde in blicken långt bakom Twists huvud. Zipper syntes inte längre. Han låg väl på andra sidan av skranket och rullade sig på rygg. Skrattade så han kiknade.

”Vet du förresten hur mycket snor en människa producerar per dygn?”, fortsatte hon, fortfarande med blicken fäst mot hägnet.

”Tillräckligt mycket för att täcka ett halvt fönsters utsikt, nämen vad ska jag gissa? Kanske en deciliter?”

”Faktiskt mycket mer. En halv liter. Man kissar 14 till 35 deciliter och svettas en halv till fyra liter.”

”Per dygn? Det låter mycket och rätt så ofräscht.”

”Ja, per dygn. Och så pruttar man 20 till 30 liter.”

”Lägg av, det tror jag inte på. Är denna faktainsamling en förberedelse för umgänge med fler av våra djur? Bara så att jag vet och kan hålla mig undan.”

”Jepp. Tänk, jag tycker att man ska umgås med sina djur. Nu har jag spottat med Zipper. Imorgon tänkte jag kissa med getterna, sedan svärma mig svettig med bina och prutta med hönsen. Och om du vill kan du få vara med. Det skulle vara trevligt.”

”Nä du, jag har planerat en helt annan aktivitet. Jag tänkte låna din fön och locka fram några tussilagon ur snön längs husväggens södra sida. Det är väl där de kommer fram först, för fram ska de. Jag känner att det är dags för vår nu.”

Kapitel 16
Om occulta test och sjuåringen som glömdes kvar
Samt ängeln med tatueringar och alla odds

Denna dag var Pernillas lediga dag. Efter lunch någon gång skulle Bengt titta över för att få information om klassmorfarjobbet men än så länge tog hon det ganska lugnt. Det behövdes med tanke på gårdagen som varit alltför fylld av dramatik.

Arbetsdagen hade inletts med besök av ett gäng barn från morgonfritids. De brukade slinka in genom hennes dörr när hon kom på morgonen. I deras ögon var hennes rum något av det trevligaste man kunde besöka. De slet upp dörren, trängde sig förbi henne och nästan stormade rummet. Försten som nuddade den röda fåtöljen var alltid bäst, hon kände till leken. Kvar på tröskeln stod hon, utan att ännu ha fått nyckeln ur låset, med väskan kvar på axeln och jackan på. Med eftersläpad tajming sa hon:
"Hej och välkomna. Ni kan ju alltid sitta ner i den röda stolen."
Fritidsbarnen ställer lätt 999 frågor. I minuten alltså. De är oförskämt pigga och fulla av liv. Frågorna denna morgon levererades i hyperspeed och Pernilla behövde vakna kvickt.
"Är du sån där psykopat?"
"Eh… va?" Nej, inte vad hon kände till. Var detta ett test tro? Nu noterade hon att hon uppenbarligen inte var vaken.
"Nej jag menar, vad heter det? Psykolog!" Pernilla hann inte svara innan nästa fråga kom.
"Är du Klaras granne?"
"Kan en granne vara lärare?" Nej, tänkte Pernilla. Grannar kan bara vara psykopater om man ska tro de här ungarna.
"Jag tror på Gud och att man kommer till himlen."

Pernilla hade inte ens hunnit svara på frågan innan och hennes försök att tänka fritt avbröts ännu en gång.

”I himlen tror jag att hår och ansikte ser ut som nu, liksom är samma när man har dött. Fast huden är vitare ...mycket vitare. Och så har man en vit klänning. Och vingar. Vita.”

”Har killar också klänning?”, undrade Pernilla som plötsligt fick ett behov av att ta en nioårings genusmedvetenheten på pulsen.

”Nä, de har shorts och t-shirt (fniss), också vita. Allt är vitt där uppe”, kungjorde den lilla donnan samtidigt som hon spanade in Pernilla i all hast.

”Man har tatueringarna kvar också”, lade hon till efter att ha skärskådat henne. Säkert bara för att vara lite extra schysst. Hon tänkte nog inte alls att någon i hennes vita, och ljusa himmel kunde ha gråsvarta tatueringar på armar och ben liknande dem som psykopaten Pernilla har.

”Hur gammal är du? 40?”

Vilken lättnad. Det hade ju kunna sluta precis hur om helst men det gjorde det inte. Kidsen från morgonfritids har himla bra koll, gissar ålder minus minst ett decennium. Men det skulle inte stanna där visade det sig. Samma nioåring som nyligen hade charmat Pernilla genom att göra henne ett drygt decennium yngre, klämde plötsligt fram ännu ett antagande:

”Jag kommer nog aldrig att ha dig som lärare, för när jag går i åttan och nian är du nog pensionär”.

”Pensionäääär”, sa hon igen, utdraget och långsamt.

Jävla unge, tänkte Pernilla men sa i stället:

”Nej det tror jag väl inte direkt”, och kände att konversationen möjligen hade nått sin ände därmed. Vem ville offra mer tid på en pensionerad psykopatgranne med sotiga tatueringar, oavsett fåtöljens färg och stoppningens densitet?

Snart kom deras lärare och ropade in dem. Fritids var slut och barnen skulle göra sig beredda inför starten av skoldagen. Pernilla fick ta emot en kram från några av dem. Det var verkligen ingen dålig present. Hon visste väl att det var värt något stort att bjuda in dem till den röda fåtöljen. Nej, just det ja. De hade visst bjudit in sig själva men det var en spännande start på dagen hur som helst.

Pernilla ställde ner stolarna som hade stått ovanpå bordet sedan dagen innan. Allt för att underlätta städningen. Hon startade upp datorn, låste upp högskåpet och plockade fram dagen ur plastmappen där hon förvarade veckans schema. Med en snabb titt på vad hon både hade manat sig själv att ta tag i, men också lovat andra, såg hon att dagen var späckad fram till ungefär klockan 14:10. Först där framme hade lektionerna passerat och sista mötet avslutats. Innan hon hade kommit så långt skulle hon ha matte med en elev i nian, förstärkt svenska och engelska med en grupp åttor, vara med i en annan årskurs åtta i matte och direkt efter det; finnas tillgänglig för en nionde klass i matte. Sedan var det nollbyte för att äta pedagogiskt med en klass och därefter ett möte. Med nollbyte menas att man förväntas sväva mellan två positioner i ett så kallat tidlöst tillstånd. Lunchrast var inte att tänka på en dag som denna, men däremot var hon lektionsfri första timmen på morgonen så då fanns det tid för administrativt arbete. Administration innebär ofta att gå igenom mejl, skriva ut några underlag, gå igenom en återgiven utredning, ta fram anpassat material till några elever, förbereda sig inför kommande möte, ringa en förälder och ta upp något med ena kollegan via mejl och i ett fysiskt möte med en annan. Detta förutsatte att hon inte åkte på ett akut vikariat för att en kollega blivit sjuk och den tänkbara vikarien inte hunnit dyka upp ännu. Just det hände förra veckan. Då fick Pernilla hoppa in som syfröken. Det heter egentligen textillärare men Pernilla gillade att kalla sig syfröken. I den rollen fick hon trä symaskiner, instruera i stickning, idéa mönsterpassning och virka lite… ja hon fick helt enkelt putsa av en massa gammal skåpmat och hon gjorde det bra. Tänk vad muskelminnet klarade av att leverera när det måste. Med snabb och omedelbar precision hade hon

trätt tråden rätt i symaskinen och fiskat upp undertråden
från den lilla spolen i lönnfacket. Med samma exakthet hade
hon lagt upp maskor på en sticka utan att vibbla det minsta
lilla. Hon reflekterade över dessa magical moments en stund
och insåg att hon plötsligt hamnat på andra sidan av en fun-
dering som hon själv haft massor av gånger som ung, nämli-
gen; kan vuxna verkligen allt?

Just denna dag innebar inga vikariat för Pernilla så hon bör-
jade med att skriva ut några papper som hon sedan skulle
hämta i skrivaren i en annan byggnad. När hon var på väg
att lämna rummet stannade hon upp vid världskartan som
satt upptejpad på dörrens insida. Mitt över Australien satt
en post-it lapp med texten: *Kommer strax, vänta här.* Den lap-
pen använde hon ofta. Hon flyttade den till utsidan av dör-
ren när hon behövde springa ett ärende och hade elever på
väg till sig. "Kommer strax, vänta här" var också ett med-
delande till Australien eller Europa eller någon annan plats
på kartbilden. Strax, låg nu drygt fem månader bort. Då som
först skulle det återigen vara dags att delta i något EM eller
VM någonstans. Australien lär det nog inte bli igen, men nå-
gonstans i Europa hamnade de varje sommar. Senast var det
Holland. Året innan Holland hade de seglat först på Gene-
vesjön och veckan efter på Nordsjön utanför Hollands kust.
Utspritt över ytterligare några år hade de varit i Österrike, på
Gardasjön, i Tyskland ett par gånger och som sagt; i Austra-
lien. Detta år var det Frankrike som väntade på dem.

Vid varje års F16-evenemang ingick alltid en dryg timmes
årsmöte. Tanken med detta var att passa på när många träf-
fades samtidigt och flera länder fanns representerade. På
årsmötena pratade man om hur klassen stod sig och utveck-
lades. Man diskuterade nyheter, ekonomi, statistik och kom-
mande event. Förra året i en brandgul eftermiddagshetta, på
klubben Hellecat i Holländska Hellevoetsluis, gjorde frans-
männen sitt yttersta för att sälja in sig som arrangörer för

nästa års EM. Alltså det evenemang som nu låg framför
dem om några månader. Seglingsklubben ligger på ett ställe
som heter Maubuisson. Ett litet sommarparadis i södra
Frankrike, några mil väster om Bordeaux. Endast 70 perso-
ner bor där året om och sommartid blommar stället upp till
en liten semesterpärla, alldeles intill sjön Lac de Carcans-
Hourtin. Sjön är stor som en femtedel av Siljan och det när-
liggande området som kallas Bombannes lämpar sig alldeles
särskilt för camping. Inte lång därifrån ligger Carcans Plage,
den åtta mil långa strandremsa som löper längs hela Atlant-
kusten. Maubuisson fick bli platsen. I juli skulle Pernilla och
Tobbe segla tillsammans med ett fyrtital andra team på den
smala insjön alldeles invid Biscayabukten. Europaseglingen
låg smärtsamt långt borta än så länge.

Deras sista tävling i höstas var sannerligen ingen europaseg-
ling. I stället var det dis, fukt och svinkalla vindar. Nytt för
året, var att vinnaren även i det här racet förärades ett vand-
ringspris och sex båtar var beredda att fightas om priset.
Tobbe och Pernilla var inte i närheten av att ta hem det.
Om Pernilla mindes rätt så bidrog de med en mycket usel
insats och var inte i form. Det var en evighetslång bana i ett
kompakt dis med rundningsmärken som knappt syntes. In-
satsen kunde bäst beskrivas som "trial and error" under de
tre timmar som racet pågick. Denna så kallade pliktseg-
ling var den sista av säsongens alla härliga timmar ombord.
Med en titt tillbaka på säsongens prestationer kände de sig
så klart stolta över mängden förstaplaceringar. Pernilla re-
flekterade över att de ofta var snabba på att förklara fram-
gångarna på olika sätt. Exempelvis genom att göra tydligt att
de team som seglade bättre än dem själva inte hade varit
med på tävlingen. Ibland kunde de säga att vinsten berodde
på att de andra klantat till det och att de själva bara hade
haft tur. Men hur det än var med det, så hade de placerat sig
i täten och var väl värda sina placeringar så mycket som de
legat i med seglingen. Den här säsongen hade de tillryggalagt

lite mer än 120 timmar på de båda båtarna och seglingen var
verkligen ett medel för deras välbefinnande. Den bidrog till
något så härligt som luft. Massor av luft. Segling kräver lika
delar av koncentration och rörelse. Det bidrar till spänning,
snabba beslut och flexibelt tänkande. Blicken får fritt ut-
rymme och kan läggas långt bort mot horisonter och siluet-
ter, samtidigt som den söker sig fram mellan detaljer och
vida vyer. Höstens novemberväder hade varit milt, närmare
tio plusgrader, alltså klart seglingsbart månaden ut. Ändå
kändes det lagom att runda av och plocka ihop allt innan
frosten skulle ta sitt obarmhärtiga grepp om situationen. De
hade bestämt sig för att hoppa över den friska, krispiga och
svinkalla seglingen i år. Ett litet verktyg och en klocktimme
var allt som behövdes för att packa ihop sommaren. Men
nu som sagt, var de mitt inne i den fem månader långa
oxytocinfastan och de båda båtarna stod hemma under pre-
senningar. Inför kommande säsong hade ett något udda be-
slut tagits. De skulle inte segla Hobie 16 alls utan i stället fo-
kusera helt på Vipern.

Nu lämnade Pernilla kartbilden på insidan av dörren och
gick ner mot expeditionsbyggnaden. Där tittade hon först in
i personalrummet för att fylla upp en mugg nybryggt kaffe.
Hon bubblade runt med kollegorna, drack några klunkar ur
muggen och flyttade sedan runt både sig själv och kaffet
från plats till plats. Vittjade sitt postskåp, läste på de papper
som lagts där, tog hand om utskriften som kommit till skri-
varen och haffade ytterligare en kollega för att utbyta lite in-
formation. Därefter tog hon med sig muggen och gick till-
baka till sitt rum och drog i sin den sista slurken kaffe. I bot-
ten av muggen skvalpade två äppelkärnor runt i bottensky-
lan tillsammans med en liten kvist. Genast kände hon sig
som en av björnarna i Guldlock: ”Vem har lagt kärnor i min
kopp?” och sedan som självaste Guldlock (om den lilla in-
kräktaren alls hade haft någon skam i kroppen): ”Den här
koppen är inte min”. Slutligen gick tankarna vidare till hur

det rimligtvis borde ha gått till. Någon hade gjort så som
man gör när man äter äpple och dricker kaffe samtidigt. Ef-
ter att ha kommit så nära kärnhuset att det svårtuggade
hamnat i munnen, spottade man ut det i koppen. Kaffet
hade ändå blivit lite för kallt för att drickas upp, så varför
inte? Frågan här var bara: Vem hade gjort det? Vems kopp
var det? Och vems kaffe? Dagens kaffe eller sedan före hel-
gen? Förra veckan... månaden? En sak var säker: Pernilla
hade inte ätit något äpple och muggen, vars innehåll hon
nyss svept, var inte hennes. Hon överlevde. Nästan. Både
minuterna i direkt anslutning till insikten, de närmaste tim-
marna och resten av dagen. Skulle hon fallit som en fura så
var det inte på grund av någon annans bacillusker i alla fall.
Snarare för att dagen var så fullspäckad av moment att möj-
ligheter till paus och reflektion helt saknades. I arbetet på en
skola är det mer regel än undantag att oväntade, nya eller
fler saker händer än dem man först kalkylerat med. Så klart,
eftersom många människor delade arbetsplats och saker
hela tiden måste fungera. Drygt 900 individer partade på ut-
rymmet, arbetsuppgifterna, luften, ljudet, tankarna och allt.

Under den pedagogiska lunchen hände något oväntat denna
dag. Det blev strömavbrott. Just det faktum att det blev
mörkare och att de surrande ljud som alltid hörs, plötsligt
stängdes av, bidrog till att eleverna blev knäpptysta. Sedan
gick strömmen på och då jublades det. Ström av: jubel.
Ström på: jubel. På det viset höll det på. Av, på, av, på. Ele-
verna var så glada, överraskade och förväntansfulla. Stäm-
ningen på denna lunchplats var så nära man kommer Gröna
Lund och ljudbarriärerna där. På toppen av denna tivoliar-
tade dag kom plötsligt ett SMS från Tobbe. Han meddelade
henne att han strax skulle lämna stan för att i stället åka hem
och jobba vidare. Sedan ringde han. I hetsiga ordalag talade
om att han hade glömt sin dator på bussen och därför be-
hövde ta bilen för att åka ikapp bussen. Ett smalt problem
hade dessvärre smugit sig in i verkligheten. Bilnyckeln låg i

en burk, i en låda, inne i köket, inne i huset. Nyckeln som
behövdes för att komma in i huset låg i Pernillas väska på
jobbet. Sedan lång tid tillbaka hade Tobbe valt att klara sig
utan hemmanyckel eftersom Pernilla alltid var hemma först
om dagarna. I händelse av händelse hade den närmaste
grannen en nyckel som kunde hämtas. Även grannen bred-
vid grannen hade en nyckel så inga funderingar hade funnits
kring det olämpliga i upplägget. Tvärtom, det hade känts
lika genomtänkt som en författningssamling, grundat på
Tobbes förmåga att hålla reda på grejer. Med tanke på hur
väl hans eget val kring att klara sig utan nyckel hade passat
ihop med Pernillas övertygelse, kunde alltsammans lika
gärna vara ett resultat av Pernillas dominanta framtoning.
Hon visste precis hur hon skulle måla upp sitt ansikte med
rätt min av förtryck och ett tydligt uttryck av tvivel för att få
sin vilja igenom. Systemet med nyckeln hos grannen hade
fungerat i tio år men denna dag var det stopp på flödet.
Vare sig granne ett eller granne två var hemma. Och utan bil
behövde Tobbe därför *gå* hela vägen till Pernillas jobb för
att hämta hennes nyckel. Han hade en vädjan i rösten, en
förhoppning om att Pernilla kunde leverera nyckeln i ett
möte någonstans på vägen. Där gick gränsen och hon sa nej.

På vägen till Pernilla passerade Tobbe bussgaraget och pas-
sade då på att slinka in där för att efterlysa sin dator. Ingen
av de tre busschaufförerna som var på plats hade sett något
kvarglömt eller undanplockat. Tobbe hade ändå artigt gui-
dats in i rummet för kvarglömda attiraljer. Den egna förlus-
ten var bara att acceptera men allt annat som hade funnits i
detta rum berättade han livfullt om hemma senare. Givetvis
fanns flertalet parkeringsrader av cyklar men också en ben-
protes, en rullstol och en barnvagn. Han hade varit mycket
förbryllad över benprotesen men det var ändå barnvagnen
han hade funderat mest över.
"Hoppas det inte var ett barn kvar i den där när ni hittade
den", hade han sagt till mannen som visade hittegodsen.

"Faktiskt inte. Men en gång var ett barn kvarglömt i bussen. En sjuåring. Helt galet, men sant. Vi hittar allt möjligt. På hyllan där borta ligger det fortfarande ett emaljöga och en lösgom som ingen saknat, och ihop med smokingen där…" Han pekade på en svart, dammig trasa som hängde på en galge. "… så har jag utstyrsel nog för att delta som Greve Dracula på firmafesten". Mannen skrattade högljutt åt sin egen påhittighet men så sänkte han plötsligt rösten till en hes viskning.

"Och vet du vad som finns i vasen där på golvet?"

"Vas, jag tycker att det ser ut som en urna", sa Tobbe.

"Fasen du har rätt! Det är en urna med en kremerad kropp. Den blev kvarlämnad på buss 608 idag på förmiddagen och polisen är på väg nu för att hämta den. När jag såg dig trodde jag först att det var du som…"

"Men ingen dator alltså?" avbröt Tobbe.

"Eller är det kanske för normalt för att lämnas in? Jag kanske borde ha en lösgom hängande på handtaget i fortsättningen så…" Nu var det Tobbes tur att bli avbruten.

"Kan vara ett alternativ. Eller så håller du reda på dina grejer", svarade mannen med en blinkning. Tobbe blinkade inte tillbaka, glad för att Pernilla inte var med honom nu. Hon hade fått så mycket vatten på sin kvarn då.

Men som sagt, idag var de båda hemma. Pernilla var ledig och Tobbe kompenserade sig, åtminstone på förmiddagen. Han kompenserade sig för ett arbete som pågått till sent inpå kvällen dessförinnan. Kvällsarbetet i sin tur var en kompensation för missbruk av arbetstid förorsakat av händelsen med datorväskan. Halva jobbdagen hade ju bestått av att leta efter den bortslarvade datorväskan, så dagens kompensatoriska upplägg var tämligen svårt att begripa. Här rådde varken rim eller reson. Pernilla sammanfattade det med att Tobbe snarare var *skyldig* sin arbetsgivare en del tid men om detta var de inte överens. Nu var de i alla fall hemma båda två. Lediga med eller utan komp, alltså.

Var det något som Wanjelinarna hade som en tyst och
ganska underhållande fight på hemmaplan, så var det vem
av dem som skulle tömma sumplådan i kaffemaskinen. En
annan var angående vem som borde skotta upp kattens bajs
ur toalådan. De liksom "låtsades" som om den uppkomna
tragedin inte hade noterats. Oavsett om det handlade om
sumplådan eller kattlådan, hoppades de att den andra skulle
ta tag i det. Katten själv levde sällan under liknande press.
Pernilla studerade honom. Han var en dryg fan som bara
gled runt som en kejsare där hemma och begärde saker.
Denna dag tvättade han höger ansiktshalva. Dagen innan,
hade han tagit tag i vänster sida. Ett tag alltså… ett ständigt
varvande av jämna och udda datum. Genomtänkt, systema-
tiskt och energibesparande. Sådan katt, sådan husse och så-
dan matte. Pernilla och Tobbe körde ett energibesparande
alternativ av leverne under förmiddagen. De tänkte fortsätta
med sitt pussel som helt tappat progression den sista tiden.
Tusenbitarspusslet påbörjades två år tidigare och med tanke
på hur mycket som återstod, var det tydligt att andan inte
föll på särskilt ofta. Motivet föreställer dem själva när de
seglar i Grekland. Det är en underbar bild tagen när de båda
hänger i trapets och ser lyckligt avslappnade ut medan vatt-
net skummar desperat runt skrovet. Vatten ja. En tredjedel
av bitarna bestod just av vatten i olika kaskader och nyanser.
Blå, mörkare blå, ljusare blå, knallblå, turkosblå och blå bitar
med vita inslag. Det vita utgjorde skum, stänk och bubblor i
olika mängd och konstellation. Det var så långt de kommit i
sitt pusslande för många månader sedan och där de nu
skulle fortsätta. Förvånansvärt nog lyckades en och annan
bit hitta sin plats.

Var det någonting som pussel gav, oavsett hur många bitar
som hittade sin plats, så var det känslan av flow och mind
streaming. Tankar som flödade i ett kontinuum. Pernilla
hade sett Tobbes oupphörliga försök i ögonvrån. Inte en
enda bit verkade vilja smälta samman med de övriga. Nu

hade han uppenbarligen fått nog och avbröt plötsligt Pernillas flow.

”Har vi inget godis?” sa han och stirrade stint framför sig på det urval av blå pusselbitar som låg där.

”Lyckligtvis inte”, svarade hon. För Pernillas del innebar den lediga dagen en dag av ’rening’. Veckans dagar så här före jul hade börjat prydligt med morgonens frukost bestående av en simpel knäckemacka. Detta asketiska matintag skarvades snart på med nya insläpp, sådana som gjorde tänderna luddigare än ryamattor. Personalrummet runt jul prunkade av pepparkakor, chokladkartonger och godisskålar av alla sorter. Kolor, skumtomtar, After Eight, chokladbomber och andra julgotter. Månaden efter jul sedan skulle rester finnas i oändliga mängder i var mans hushåll och alla som hade beslutat sig för ett hederligare liv efter helgerna skeppade in leverans efter leverans ur detta lager rakt in i personalrummet. Farliga prövningar... svåra grejer för sockerhöga tanten. Idag slapp hon personalrummets frestelser.

”Äh men jag skiter i det här nu, jag ska tvätta bilen. Vi kanske kan fortsätta senare?”

”Jo tjena. Det kommer nog att dröja. Då tar jag hellre tag i fönsterputsningen och senare kommer Bengt hit för att få info om morgondagen.”

”Ja visst ja, och hur ska det gå? Tror du på allvar att det blir bra att sätta den missödesförföljde på uppdraget?”

”Det finns massor att läsa och ta del av. Jag har kikat runt och upptäckt hur etablerad klassmorfar blivit på olika håll”, svarade Pernilla och berättade vidare. Det finns hemsidor, föreningar, styrelser och PM att ta del av. Klassmorfar är en namnskyddad benämning och arbetet har funnits sedan 1996 i elevgrupper i alltifrån förskola till gymnasium. Den arbetssökande är vanligtvis från 50 år och uppåt men oavsett ålder, så gäller att personen har arbetskapacitet, kunskap och glädje att dela med sig av. På Stockholmsuniversitet

gjordes en doktorsavhandling 2003 där många positiva resultat redovisades. Intressant läsning kan sägas."
"Skeptisk", svarade Tobbe och försvann för att hämta en hink inför biltvätten.

Fönstertvättning har normalt sett ett osynligt och näst intill oöverstigligt hinder att baxa sig över. Dock inte denna dag eftersom en om möjligt ännu värre uppgift fanns att göra. Pernilla hade varit på hälsokontroll för en tid sedan och fick då en liten påse, märkt *occult prov*, med sig hem. Av känd anledning hade just detta provtagande inte fått en topprioritering i kalendern tidigare, men behövde få det nu. Hon tog fram instruktionen och läste stegvis igenom den. Nu för tredje gången. Provet är mycket fiffigt eftersom det kan påvisa osynligt blod i avföringen. Blod på fel plats kan vara ett tecken på tråkigheter och här kommer konflikten; själva utförandet är också fyllt av tråkigheter. Tre prover behöver göras, tre dagar i rad. Dag ett: Ta två små prover i ärtstorlek från samma hmmm "grej" men från olika ställen. Den ena ärtan ska *strykas ut tunt* i ruta A, den andra i ruta B. Alltså "stryka ut", ska det verkligen vara nödvändigt? Det hela ska göras på vart och ett av de medföljande korten, inklusive upprepning dag två och tre. Just detta hade Pernilla läst så många gånger att hon troligen skulle klara av alla moment i sömnen, samtidigt livrädd för att det skulle hända. På nätterna bearbetas ju gärna det besvärliga och det undermedvetet förträngda och andra ockulta grejer. Tänk att varje ny genomgång av bruksanvisningen vägrade att sätta fart på utförandet. I stället gav det bara nya funderingar. Idag att orden occult och ockult var så lika. Efter dagens läsning av beskrivningen hade Pernilla kommit fram till samma svar som tidigare. Detta tänkte hon inte göra. Hon tittade upp mot fönstren och påmindes om den mycket trevligare sysslan, den som tog bort damm och fluglortar men som i all jämförelse var att föredra. Till och med de irriterande vattenränderna och hinnan som alltid lyckades förstöra helhetsintrycket av rena, blänkande fönster var att föredra. Men först en snabb titt på världen i datorn.

På Facebook hade hon över trehundra kontakter eller så. Det hade inte Tobbe. Han har något annat, nämligen massor av kontakter på annat håll. På Linkedin. Tanken med att vara med i den plattformen var att sticka ut hakan i ett mer yrkesrelaterat sammanhang. Liksom visa att man finns. Pernilla hade därför lagt upp en profil på detta världens största professionella sociala nätverk. I forumet med över en miljon svenska medlemmar, hade hon inte trehundra kontakter. Nej, hon hade fyra, och en av de fyra kontakterna var Tobbe. Han var snudd på den enda som också hade besökt hennes presentation, den som hade gillat hennes egenskaper och talanger. Den som hade rekommenderat henne vidare.

Fönstertvätt fick det bli. Kanske, kanske skulle hon lägga ut en blänkare på Facebook om att hon skulle putsa fönster. Eller kanske, kanske skulle hon hellre lägga ut en blänkare efteråt och berätta att hon var klar. Men så ångrade hon sig snabbt. Det var okej att lägga ut hur många matbilder, fotbilder, kattbilder och hemmapiffbilder som helst. Skryta om rekord, skriva om träning, dejter och fester. Lägga in bilder på palmblad, solnedgångar och flygplansvingar. Vara politisk, kär, arg, galen, rolig, flosklig och gnällig. Men att outa att man har putsat fönster, det är faktiskt taskigt. Trehundra kontakter skulle på en eftermiddag även här kunna bli enbart fyra. Därför valde hon att inte göra det utan i stället att stänga datorlocket och bara gå och fylla sin hink. Resten av dagen trampade hon och Tobbe mest runt på hemmaplan. Pernilla inne med sina fönster och Tobbe ute i sitt garage. I ett magiskt ögonblick möttes de exakt samtidigt i dörren och höll på att skrämma skiten ur varandra. Mycket nervkittlande. De var helt i sina egna världar.

Senare slog de sig ner vid någonting som skulle kunna tas för en lunch. Det var inget gastronomiskt underverk men klockslaget avslöjade ändå att det var lunch de åt. Pernilla hade nyligen tagit del av nya hälsorön. Egentligen var de inte särskilt nya men de var paketerade utifrån fyra korta punkter. Hälsovana ett gick ut på att man skulle dricka vatten regelbundet. Hälsovana två predikade nyttan om grönsaker och frukt medan hälsovana tre proklamerade för planerade och lagade måltider. Så väldigt planerad var kanske inte dagens lunch men Pernilla hade i alla fall öppnat kylskåpet och valt något där. Det var mer än vad Tobbe kommit till eftersom Pernilla var mattant nummer ett där hemma. De övriga två hälsovanorna stod nu på bordet. Mat och grönsaker på tallrikarna, vatten i en sodastream samt fruktsallad till efterrätt. Hälsovana fyra gick ut på att röra sig och det hade de gjort ett tag redan innan de satte sig till bords.

”Vilka är oddsen för Bengt, att lyckas med sitt uppdrag som klassmorfar?” undrade Pernilla samtidigt som hon skrapade upp det sista på tallriken. Här behövde Tobbe tänka till både en och två gånger för att använda begreppet odds rätt i förhållande till utdelning och vinst.
”Svår fråga”, svarade han för att vinna lite tid. Sedan tänkte han igenom vad han visste om det hela. Odds används vanligen för att definiera sannolikhet för att en händelse inträffar. Det kan också beskriva oddsets proportion mellan vinst och insats.
”Få se här nu”, sa han. ”Låga odds är samma sak som hög sannolikhet och *dålig* utdelning. Om man däremot satsar sin insats på något som har höga odds är det *mindre* chans att vinna men om man vinner, är vinsten betydligt större. Sammanfattningsvis; höga odds är osannolika men ger mer i vinst. Låga odds är sannolika men ger färre vinstsumma. Odds inom statistik anger hur troligt det är att en händelse inträffar. Fan vad rörigt det här blev”.
”Eh, ja verkligen. Kan du inte bara svara? Vad tror du?”

Tobbe skulle precis svara när de avbröts av hårda knackningar på dörren och Bengt tittade in.

”Klassmorfar anmäler sin ankomst”, sa han i ett uppspelt
tonfall varpå han krängde av sig jackan och kastade upp den
mot kroken. Han fick in en tillräckligt bra träff för att den
skulle hänga kvar, och därefter klev han in.

”Tjena Bengt! Det var mig en pigg och härlig ankomst.
Hoppas att den håller i sig efter några arbetsveckor”, sa
Tobbe eftersom Pernilla inte lyckades säga något alls.

Hon hade i stället fastnat i funderingar kring sin pappas t-
shirt. Kulmage, var det första hon hade tänkt sedan han lösgjort sig från jackan. Kulmage i T-shirt. En T-shirt med texten Skyscraper på. Varför då? Vad var det för något? På
Bengts mage skulle texten K2 passa bättre för att illustrera
kullen som t-shirten vilade på. Eller möjligtvis The Globe.
Men Skyscraper? Var det något som hade plockats fram, 17
år senare som ett låt-oss-aldrig-någonsin-glömma-tryck?
Hon behövde prata med Bengt om lämplig klädsel i skolans
värld. Inte för att just detta tryck var olämpligt men nästa
gång kanske han skulle ha Pamela Anderson eller Kent
Ekeroth vilande över magen. Båda lika opassande fast var
och en på sitt sätt.

”Haha, det ska den nog göra. Jag är faktiskt ofta på bra humör numera. Har ni lite kaffe att bjussa på, jag är så sugen.”

”Eh, ja visst! Kul att du kunde komma, det kommer att bli
spännande idag”, klämde Pernilla ur sig.

”Vi kan väl slå oss ner i vardagsrummet så fixar Tobbe fika
medan jag introducerar ditt nya jobb”. Bengt gick före och
Pernilla efter. Tobbe satte igång med sysslan han nyss ålagts
eftersom han inte såg någon anledning att frånsäga sig den.

”Vet du vad tv-kanalen CNBC förutsade skulle hända år
2010?”, sa Bengt medan de förflyttade sig. Nej, hur skulle
hon kunna veta det, men kanske skulle förklaringen på t-
shirtens tryck komma nu. Så funkade Bengt. Han lade gärna
ut små ledtrådar med avsikt att rikta uppmärksamhet mot

sig och vid första bästa tillfälle, körde han miniförhör med dem.

"Nope. Jag har ingen aning", svarade hon.

"Jo, de förutsade när Twitter kom att det mest troligt skulle komma att försvinna. Antingen köpas upp eller stängas ned. Och hur tycker du att det har gått?"

"Mig veterligt är Twitter i gång som aldrig förr och nu har många år passerat sedan 2010, så ibland förutspår man åt helskotta bara. Fast jag twittrar aldrig", svarade Pernilla.

"Men Ines Uusman, kommer du ihåg henne?"

"Visst, hur kan man glömma henne? Hon var ju helt ny på sin post vid Estoniakatastrofen. Hurså?"

"Hon försökte sig också på att förutsäga framtiden när hon menade att intresset för det planlösa surfandet kommer att vara övergående."

För ett kort ögonblick begrundade de hur illa det stämde in på dem själva, sedan frågade Pernilla hur Bengt förutspådde sina möjligheter att lyckas med det nya jobbet. Vilka är oddsen att lyckas, frågade hon.

"Goda! Du vet oddsen för en händelse, kallad "E"... oddsen för att den sker är kvoten mellan antal fall där "E" inträffar och antal fall där "E" inte inträffar. Detta kan skrivas som ett bråktal. Därför är mitt svar att oddsen är goda." Bengt stirrade stint på sin dotter, arbetsgivaren.

"Den här gången ska du allt få se. Den här gången kommer tärningen garanterat landa på siffran sex". Tobbe som precis kommit med kaffe och äppelkaka tittade till på Bengt innan han ställde ner brickan på bordet framför dem.

"Sex prickar är sällan illa. Hörni, jag sätter mig i köket så får ni prata själva", sa han. Pernilla tackade så mycket och kikade ner i kannan med vaniljsås. Utan förvåning noterade hon att den efter att Tobbe tagit sin bit, var knappt halvfull. I det fallet var han och Twist som bröder. De tog så mycket vaniljsås att kakbiten kunde ta en simtur i den. En bit äppelkaka mot en djup insjö vaniljsås var den proportionen som gällde. Hon skiftade fokus från kannan till Bengt och konstaterade att han inte gjort detsamma. Han satt fortfarande och tittade på det fikagoda, med en smal förhoppning om att få höra ett varsågod.

”Ja, inte ska du tro att jag bett dig hjälpa till om det inte var nödvändigt, och om jag inte trodde att det skulle funka. Men det handlar så klart om att personkemin ska stämma också. Den förra assistenten och eleven passade ihop ungefär lika bra som kaniner och eld. Två personer kunde inte vara mer olika och samtidigt helt sakna förståelse för hur de skulle hitta rätt väg framåt. Assistenten ansträngde sig verkligen för att göra ett bra jobb men loppet var redan kört.”

”Hoppas jag lyckas bättre då.”

”Det hoppas vi så klart men vet du? Även om ungdomar gärna väljer likasinnade vänner i sin omgivning kan de behöva träffa människor av alla sorter ändå. Både kvinnor och män, barn, unga och äldre samt människor med en annan bakgrund än den akademiska skolningen. Folk med andra värderingar och erfarenheter, som kan komma med input från en annan sorts logik och annat meningsskapande än den klassiska skolvärldens.” Bengt nickade förstående medan han lyssnade på Pernilla. Han såg nervös och drömmande ut samtidigt, ett ansiktsuttryck som mest bara Bengt bemästrade.

”På skolan har vi elever i alla åldrar och med alla tänkbara funktionaliteter, brister och förmågor. Vi har alltifrån sexåringar som helt obekymrat går omkring med höger sko på vänster fot, och vänster sko på höger fot.”

”Mm”, lät det från Bengt som tycktes begrunda det han nyss hört. Pernilla tänkte att det lika gärna kunde ha varit honom hon nyss beskrivit med skor och fötter i oordning. Eventuellt gjorde han detsamma men mer troligt undrade han över när han skulle få lov att hugga in på äppelkakan.

”Sen har vi elever som gör allt för att det ska se ut som om de jobbar hårt på sina datorer på lektionerna. De vill att det ska se rätt ut men lyckas inte riktigt hålla impulsiviteten i schack. De säger att de pluggar franska glosor och det gör de kanske, ända tills ingen ser. Då går de snabbt in på en annan sida för att göra några genidrag i ett pågående spel eller fortsätta titta på den omistligt spännande filmen som nyss påbörjats. De har liksom fortfarande vänster sko på höger fot men har lärt sig att dölja det. Om man är riktigt, riktigt snabb hinner man få ett ögonkast på *att* de gör tokigheter, men inte på *vad* de gör. Ibland får man känslan av att en elev varit inne på en mindre skolmässig sida. Om det efter alltför mycket fnissande känns lägligt att be eleven växla tillbaka till det senast öppnade fönstret i raden av alla flikar på skärmen, gör eleven det. För som sagt, de vill göra rätt. Då öppnas Google Translate och det känns förstås ganska skolmässigt, givet att ett ord behöver slås upp då och då. Det var ju i alla fall inte ett spel eller en film. Men aj då rackarns när ordet pungsvett är det som fortfarande ligger i fältet för översättning. Det är när man minst anar det, som man får lära sig *tillsammans* med eleverna. Lära sig sånt man inte ens visste att man ville lära sig. Visste du att pungsvett heter sueur du scrotum på franska?" Just det svarade inte Bengt på eftersom det låg alltför långt bort från hans egen värld av funderingar. Nästan obemärkt skakade han på huvudet men sen kunde han inte hålla sig längre. Han sträckte sig mot kakan, skar upp en bit och höll upp den mot Pernilla med en frågande gest.

"Vill du ha en bit?"

"Tack gärna", svarade Pernilla och hällde upp kaffe till dem båda.

"Ibland kanske man behöver följa med en klass på utflykt och tro det eller ej, men att hålla koll på 28 elever i ett klassrum är nästan svårare än att ta dem på studiebesök på fem våningsplan. Jag följde med en klass på Tom Tits i höstas och där utforskades det på alla våningsplan. De sköt och hällde, puttade och snurrade, välte, bar, drog och gissade.

Ett gäng hittade en Scania lastbilshytt som de trängde ihop
sig i. De satt på och mellan sätena, turades om att snurra på
den stora ratten och växlade hit och dit med växelspaken.
De valde musik ur stereon som de spelade på högsta volym
och plötsligt hade hela besöket förvandlats till en schlager-
festival. Efter en lång stund lyckades jag locka några elever
vidare i utställningen. Vi hittade lite kul information om djur
som hoppar. Vet du vilket djur som hoppar högst?”
”Kanske Schäängun… förlåt kängurun”, föreslog Bengt
med munnen full av äppelkaka.
”Nej, den hoppar 300 centimeter men det är inte högst. Pu-
man är det djuret som hoppar allra högst, 450 centimeter,
vilket är lika högt som leoparden.”
”Vad tror du om hästen och människan då? Vem av dessa
hoppar högst?”
”Människan är väl uppe över 240 centimeter. Det var väl
han från Karibien, Sotomej eller vad han hette, som hop-
pade högt som helvete. Men hästar? Äh, jag har ingen
aning.”
”Stämmer! Sotomayor är kuban och hoppade 245 centime-
ter. Eller floppade rättare sagt. Han hoppade inte som man
tänker sig ett hopp, utan han floppade så klart över ribban.
Lika högt som en Impala, du vet en sådan där afrikansk an-
tilop. Och en häst kan hoppa 260 centimeter.”
”God kaka!”
”Tack. Hoppmusen hoppar bara nio centimeter men elefan-
ten då, hur högt hoppar den?”
”Inte vet jag, men vart vill du egentligen komma Pernilla?
Det här börjar bli tjatigt”. Bengt började skruva på sig.
”Aha, du testar kanske om jag är dum men då kan jag av-
slöja för dig, bästa fröken, att elefanter hoppar inte alls.”

”Jo, jag vill komma fram till en hel massa saker med allt det
jag beskriver här. Jag introducerar dig lite grann i jobbet, hur
konstigt det än kan verka.”

"Okej", svarade Bengt. Han sträckte sig efter äppelkakan
igen och skar av en modig bit. Därpå hällde han upp vanilj-
sås och började balansera första skeden mot munnen. Han
stoppade i sig den med aviga rörelser, som om handen och
munnen tillhörde två olika personer. Pernilla blev både fa-
scinerad och orolig och noterade att en klick vaniljsås hade
hamnat någonstans på... Pernilla överslagsräknade neri-
från... våning 30 på t-shirtens skyscraper.

"Det ungdomar däremot inte behöver träffa är människor
som saknar engagemang. Vuxna som inte bryr sig, som dis-
sar hellre än jublar och som inte visar sina goda intentioner.
Så här är det Bengt. Jag har erfarenhet av att människor som
är lite småkaotiska själva är fantastiska i katastrofala situat-
ioner. Därför tror jag på dig."
"Jaha, så nu har man blivit lite småkaotisk också", svarade
Bengt och torkade sig om munnen med handryggen.
"Ja, du behöver verkligen inte hålla med, men hittills har du
i alla fall visat prov på väldigt stabil uthållighet i just kaos.
Vad säger du själv? Här har du en servett förresten, du kan
torka lite på tröjan där". Hon pekade och fortsatte.
"Idag på jobbet såg jag i ögonvrån hur en liggande gran
rörde sig förbi mitt fönster. Först en gång, och sedan en
gång till. Första gången ryckte jag till av förskräckelse ef-
tersom jag trodde att en stor hund eller något slags odjur var
löst på skolgården. Granen släpades runt i ett snöre på skol-
gården medan självaste släparen, på märkligt vis, lyckades
komma ur synfältet varje gång. Det såg ut som om granen
levde sitt alldeles egna liv och det var ganska kul faktiskt."
Bengts skrattade åt Pernillas berättelse och undrade om bar-
nen verkligen fick lov att göra så och jo, det tyckte hon nog.
"Det var lite det jag ville komma till", sa hon.
"Jag ska försöka ge några exempel. I jobbet bland barn och
ungdomar behöver du hela tiden ta beslut. Av det du ser:
vad är värt att ta en fight om? Av de saker du uppfattar: vad
är meningen att jag skulle förstå av det? Av de frågor du får:

vad är bästa svaret att ge? Av de saker du behöver göra: vilken är den bästa prioriteringen? Av de förtroenden du får: vad är viktigt att föra vidare? Och av de uppgifter du delar: hur kan de bäst utföras för att både vara effektiva och utvärderingsbara? Det är ju människor vi jobbar med och det gäller att ha allt det där diffusa med sig. Magkänsla och skinn på näsan. Fingertoppskänsla och auktoritet. Professionalitet och lekfullhet. Inkännande och tvärsäkerhet. Du ska agera avspänt men samtidigt vara på din vakt. Lärarkallet är den underligaste av alla häxbrygder. Här Bengt kan du verkligen få användning för ditt intresse om seanser och tron på det övernaturliga."

"Det låter inte lätt."

"Nej, det är det inte heller men samtidigt så otroligt roligt och spännande på olika sätt, det kommer du att märka. Som i fallet med julgranen. Instinktivt tänker man att det omedelbart måste upphöra. En gran ska stå i skogen alternativt i en julgransfot. Inte hasas runt så där, det skräpar ner och någon kan ju faktiskt skada sig. Eller som i fallet med ungarna som hade hela Tom Tits att titta igenom men fastnade i en lastbilshytt. Eller han som googlade på pungsvett, uppenbarligen ingenting som hörde till vare sig läxan eller den aktuella uppgiften. Hur ska jag reagera? Hur bör jag reagera? Det är ständiga frågor i lärarjobbet. När kan man skratta med och när ska man säga ifrån? Allting handlar om ledarskap och att bygga relationer. Snabba men samtidigt genomtänkta beslut, baserade på såväl kortsiktig som långsiktig mening, är det som leder arbetet framåt. Klurigt va?"

Bengt öppnade munnen men stängde den igen som om han hade undrat något men ångrade sig. Så öppnade han munnen igen men stängde den snart. Lite grann påminde han om en gädda på durken av en båt. Nyfångad, gapandes efter luft i väntan på kniven. Pernilla trodde att det kanske hade blivit aningen för mycket information på en och samma gång men så tog Bengt slutligen sats och ställde en fråga.

"En fråga bara, kan tyckas banal i sammanhanget, men hur
gör man med tiden? När jag är ute och går, passerar jag ofta
skolan men jag hör aldrig några skolklockor som ringer. Hur
vet man när lektioner börjar och slutar? Hur kan eleverna
veta när det är dags att komma in, och hur får man dem att
komma i tid? Jag har fått för mig att det är en ganska stor
fråga att elever trillar in lite som de behagar och sedan skyl-
ler på att alla klockor går olika. Att eleverna använder det
som förtecken för att inte passa tiden."
"Faktiskt inte. Det var så förr, innan iPhonens intåg. De
som ville komma sent skyllde på att klockorna gick olika
och de verkade nästa alltid välja klockan som gick minst
rätt. Till deras fördel alltså. Men nu är det ingen som säger
något sådant längre. När jag tänker på det, har det faktiskt
helt upphört. Eleverna har sitt schema i mobilen och därut-
över påminner de varann. Sen ankomst rapporteras hem.
Dessutom funkar det så på högstadiet att de flesta går till
skåpshallen, hämtar sitt material och sätter sig direkt utanför
klassrummet till nästa lektion. Ja utom pojken som du kom-
mer att vara resurs för."
"För att…?" började Bengt.

"Jo jag ska berätta om honom nu och försöka beskriva på
vilket sätt han behöver stöd av dig som klassmorfar", sa
Pernilla och påbörjade sin presentation av Jarek.
"Han är en ganska tillbakadragen kille i årskurs åtta som
verkar ha det mesta emot sig. Hans mamma lämnade famil-
jen när han och hans storasyster var små och pappan har se-
dan dess försökt att göra sitt allra bästa som ensamföräl-
der."
"Va? Hur kan man bara sjappa? Vad är det för en mamma?"
"Ja, vad kan det vara för en mamma, Bengt. Menar du att
det är värre när en mamma lämnar familjen än när en pappa
gör det, eller?" Bengt bet sig i tungan och valde att inte ut-
veckla det hela. Pernilla fortsatte.

"Problemet är att familjen kommer från Polen och pappan pratar enbart polska. Han kan inte ett ord engelska. Det är svårt att få tag i honom eftersom han håller sig undan. Han svarar inte i telefon och besvarar heller inte mejl. Skolan bokar en tolk vid varje kontaktförsök men på tiden för utsatt möte har skolpersonalen och tolken suttit och väntat på pappan, som uteblivit. Mötena har varit viktiga, dels för att skapa en relation och dels för att det behövs stöd och samarbete runt pojken. Oavsett ämne, lyckas lärarna inte nå fram till honom men han närvarar på samtliga lektioner, i alla fall kroppsligen. Var han befinner sig mentalt är högst osäkert. Det finns tankar om att han har språkliga svårigheter, eventuellt också är lågbegåvad, så detta och en möjlig autism behöver utredas. Vi funderar på om han kanske är på fel plats och möjligen borde beredas plats i särskolan". Pernilla tystnade och funderade igenom vad nästa information behövde innehålla.

"Hela Jarek påminner om en livs levande stör-ej-skylt. Iklädd sin hoodie, med luvan ordentligt uppdragen och förtöjd under hakan, avskärmar han sig från allt och alla. Han svarar knappt på tilltal. Lärarna tar sina lovar förbi honom flera gånger varje lektion men lyckas sällan få till annat än magra samtal då och då. Pojken gör en smal ansats till att jobba men lämnar aldrig in några arbeten eller färdiga lösningar. På det här viset har det fungerat sedan årskurs sex. Då var han ny på skolan och ganska snart kom mentorn och elevhälsan fram till att det nog gällde att både lyssna på magkänslan och ha is i magen samtidigt. Ett tag tänkte vi att det var fråga om ett barn som for illa, men sedan att det lika gärna kunde handla om en bra pappan i stort behov av föräldrastöd. Hur som helst ville pappan absolut inte befatta sig med myndighetspersoner så en orosanmälan i det sköra läget skulle bara leda till ännu mer misstro. Så pass mycket förstod vi av det fåtalet kontakter vi hade haft med pappan, att ett förtroende för skolan fanns. Han hade godkänt att pojken testades och han gav skolan lov att utföra det arbete som alls bedömdes nödvändigt. Det förtroendet ville ingen förstöra. En rådgivande kontakt hade ändå tagits med socialtjänsten för säkerhets skull för att på något vis förhålla sig till anmälningsplikten."

"Men vad kan jag göra då tänker ni? Det verkar ju som om rullgardinen är neddragen och att hissen inte riktigt går ända upp, eller?" Bengt såg fundersam ut.

"Så är det kanske. Men vad som än felar och vilka svårigheter Jarek än har, så behöver han ha en kontaktperson, någon som han anser det vara värt att ha en relation till. Utan detta kommer han aldrig att börja jobba och utan insats, inga betyg. Utan betyg, inget gymnasium. Risken finns att han kommer på hur meningslöst allting är, och stannar hemma för gott. Det finns risk för att han blir en hikikomorier som vi pratade om förut, du vet. Och i så fall har vi förlorat allt. Nu är pojken ändå på plats och behöver ha någon att knyta an till och känna förtroende för. Någon som han kan vända sig till. Bakom varje beteende ligger ett behov som behöver bli bemött och det är just det vi ska se till att göra nu. Möta honom där han är och finna hans behov. Se till att han är på rätt plats vid rätt tillfälle och att han gör någon liten arbetsinsats på varje lektion. På högstadiet har varje elev mellan sju och tretton lärare eller så, och lärarna har 28 elever i klassrummet. I den miljön försvinner Jarek, det funkar inte för honom". Pernilla tystnade och såg ut att samla ihop sig. Bengt som också sett ut att ha suttit i intensiva funderingar berättade vad han nyligen läst angående arv och miljö.

"Det här med arv och miljö, alltså hur påverkad man blir av den miljö man vistas i, har det gjorts många studier på. Ett resultat som förvånar lite är att miljöns påverkan till och med överflyglar arvet. Arvet har man med sig så klart, det finns inget tvivel om det men miljön fortsätter att forma individen hela livet igenom. Vet du när man tänker sig att

miljöpåverkan är som starkast, som ung eller gammal?”
”Spontant tänker jag nog att en ung människa är närmast
sitt ursprung och har utsatts kortare tid för en viss miljö och
kanske blivit minst påverkad av den anledningen”, svarade
Pernilla.
”Nix, det är precis tvärtom. Ju äldre man är desto mer lik
sitt ursprung och sitt verkliga jag blir man. Det var väl över-
raskande?”
”Då tänker jag att uttrycket som säger att det medför vissa
svårigheter att lära gamla hundar sitta, antagligen stämmer.
Det finns en stark dragning till ett ursprung och ett intensi-
vare sökande efter sitt verkliga ’jag’ ju äldre man blir. Det lå-
ter som en tuff uppgift att bryta. Men samtidigt förklarar det
att unga människor är mer förändringsbenägna och lättare
att leda även om det inte alltid känns så”. Pernilla nickade åt
det Bengt hade sagt.
”Jag gillar Jarek. Han är den största utmaningen jag har haft
och han är en intressant person. Jag har pratat en hel del
med honom och då har han berättat att han tidigare spelade
fotboll. Det kanske man inte kan tro för han är rätt så stor
och klumpig. Han har berättat om laget han var med i och
deras tränare. Han tyckte själv att han var en ganska bra
back men slutade eftersom han fick ont i ett knä. Nu på fri-
tiden, spelar han mycket dataspel men trots att han alltid har
kompisar runt sig på skoltid, har han inga vänner på hem-
maplan. Då är det nätkompisarna som gäller och möjligtvis
storasyster men annars ingen. Det verkar inte som om de
gör så mycket tillsammans i familjen. Man får nästan käns-
lan av att pappan är skygg och att de isolerar sig lite. Jarek är
en himla gullig kille som behöver relatera till en person i ta-
get, någon som ger sig tid att lära känna honom. Lärarna be-
höver ju alltid springa till nästa lektion, dessvärre är det så
det fungerar.”
”Jag känner mig taggad. Det ska bli spännande och kul och
jag är glad att det bara är en elev. Att vara klassmorfar på

hela skolgården känns inte riktigt som min grej men det här gillar jag. Jag har en idé, tror jag.”
”Kul! Det kommer att funka bra, och som sagt; vi jobbar i motvind, så allt som rör sig framåt betraktas som framsteg. Små eller stora.”
”Var det något mer eller ska vi säga så? undrade Bengt.
”Nej jag tror att vi är klara där. Mer om ämnena kan vi ta sedan. En sak i taget nu och relationen måste komma först. Du och jag träffar Jarek tillsammans första gången.”
De avslutade träffen efter att ha enats om att Bengt inte kunde göra mer än sitt bästa. Om han i och med det kunde få ordning på pojkens tillvaro var det mer än bra.
”Det här är att betrakta som en riktig högoddsare, det vill säga; om det osannolika inträffar kommer det att ge en rejäl utdelning”, avslutade Bengt innan de sa hejdå och på återhörande. Han hade lovat att höra av sig med frågor som dök upp. I övrigt skulle han vara på plats och göra sitt jobb om några dagar och resten fick lösa sig under arbetets gång.

I samma stund som Bengt stängde dörren bakom sig, ringde det på hemtelefonen. Ja faktiskt, Pernilla och Tobbe hade en hemtelefon fortfarande, ett något udda inventarium sedan alla mobila enheter tagit över marknaden. De blev alltid lika förvånade när det ringde på den. Hemtelefonen var i stort sett avsedd för inkommande samtal från Pernillas mamma och eventuella bussförare. Det gick cirka 287 mammasamtal på 1 bussförarsamtal.
”Pernilla”, svarade Pernilla.
”Eh hallå? Jag har väska, jag har den väska här från den bossen.”
”Åh vad bra! Vem är du och var har du hittat den?”
”Jag har hittat den väska på den bossen. Den är min bossen och jag kör den. Den dator låg kvar på den säte imorgon. I väskan här.”
”Imorgon? Du menar igår?”
”Ja, igår den dator på det stolen.”

Ja, vad ska man säga? Ibland har man tur, ibland mer tur än vanligt och ibland världens största tur. Tobbe, som helt tappat sin halvdag och fortfarande var kvar hemma, åkte och hämtade upp väskan. Under tiden tog Pernilla tag i sitt occulta elände. Som tur var hade spatlar skickats med, men ändå. Det stod att "den ärta" inte fick komma i kontakt med vattnet i toalettstolen. Ett tips som följde med var att en vikt sida av ett tidningspapper kunde användas för att täcka vattenytan. Hela patientanvisningen hade säkerligen diskuterats i grupp innan den skrevs. De som skrivit ihop alltsammans måste haft hur kul som helst, det skulle Pernilla haft om hon hade varit med. Alla tre testkorten behövde skickas in 10 dagar före första insamlingsdatumet. *Insamling?* Det lät nästan som om det var grodyngel, eller något annat mycket kvickt i stim, som skulle fösas ihop och fångas. Pernilla läste vidare hur leveransen skulle ske. Det framgick tydligt att proverna behövde skyddas från ljus och värme. Hon tänkte på brevbäraren och kände lättnad över vårvintern. Om det varit högsommar hade nog brevbäraren dragit på sig något lättklätt och cyklat på, säkerligen i sänkt tempo för att slippa svettas i sommarvärmen. Detta utan minsta aning om att det skulle innebära risker för den solöverkänsliga postlasten.

Samma nöjdhet som hon kände efter att ha tvättat igenom alla yllekläder efter vintern. Samma tillfredställelse som hon upplevde efter att ha bytt ut jord i krukväxterna och samma belåtenhet som känns efter ett rensat avlopp eller en skurad ugn… lika nöjd var hon över att ha tagit tag i det occulta. Tobbe var också nöjd. Han kom hem med sin datorväska i ett fast grepp. I väskan fanns allt kvar. Särskilt viktiga ID-handlingar och passerkort och andra världens-jobbigaste-saker-att-spärra-grejer placerades på bordet en efter en. Varenda pinal av viktigheter fanns kvar och radades upp. Underst gömde sig en mattebok och Pernilla kom plötsligt på varför den hamnat där. Under förmiddagen hade hon lagt fram sådant på köksbordet som hörde till dagens

sysslor, men lite annat hade kommit i vägen. På torsdag skulle Tor ha prov på kvadreringsregler, andragradsekvationer och faktorisering av uttryck. Tobbe antydde att Pernilla curlade lite för mycket. Han tyckte att Tor själv kunde hålla reda på när provet var, komma med frågan om han kunde få hjälp och på egen hand driva på förloppet. Pernilla sket i vad det kallades för, bara det blev gjort. Däremot behövde hon först ta tag i middagsgöromålen. Hon förberedde middagen och tittade igenom matteuppgifter om vartannat vilket gick alldeles utmärkt.
”Tobbe! Är det okej om jag fixar middag till dig och oss eller tycker du att jag curlar för mycket då?”, ropade hon harmfullt till honom.

Pernilla var mycket fascinerad av människans ursprung, som högt stående men likväl ett flockdjur. Det är meningen att vi ska hjälpa varandra, brukade hon påminna Tobbe. Det är också meningen att alla ska dra sitt strå till stacken. Just denna kväll tänkte hon extra mycket på hur vargars flockliv fungerar. Just ikväll eftersom det skulle bli månförmörkelse. Djur har en inbyggd omsorg, en slags inordning i flocken som håller måttet när fara hotar. Med vargar förhåller det sig så att gruppens ledare tar hand om teamet. Ledaren går sist och ser till att alla är med, redo att springa i vilken riktning som helst för att skydda sin flock. Närmast ledaren finns de djur som är starkast och kan skydda gruppen bakifrån. I kläm mellan två grupper av starka individer går de som behöver mest beskydd och längst fram går de gamla och sjuka. Det är de som bestämmer takten. Genom att de går längst fram tappar de inte kontakten med flocken och blir heller inte attackerade bakifrån. Pernilla tänker att människan behöver ta lite mer lärdom av denna väl fungerande och inbyggda struktur. Djuren vet att formationen håller måttet när fara hotar. Ändå har ingen hjälpt dem med detta, liksom ordnat upp dem i ett detta slags funktionella luciatåg. Hon tänkte också vidare på vad Bengt berättat om studierna kring arv och miljö. Resten av kvällen sedan satt hon med matten. Det var hennes yrkesmässiga intresse och nyfikenhet som drev henne och hon var faktiskt ganska matematisk. Eller rättare sagt; hon *blev* matematisk medan hon jobbade långt över sin egentliga förmåga. Detta var något hon hoppades att Tor också skulle börja göra någon gång och så länge betraktade hon sig som en god modell och förebild. Så fort han kom hem kunde de sitta tillsammans och hon skulle förklara allt. Tor kanske skulle tro att hans mamma aldrig gjort annat i sitt liv än just kvadrerat och faktoriserat. Problemet var bara att Tor aldrig fick chans att tro det. Han kom liksom inte hem i tid. Man skulle kunna sammanfatta kvällen med att ge Tobbe rätt. Tor gymmade medan Pernilla körde curling.

Kvällens månförmörkelse var speciell och kallades för blodmåne. Månförmörkelse sker när månen inte kretsar runt jorden på precis samma plan som jorden roterar runt solen. Under blodmåne-förmörkelsen skuggar jorden solens ljus mot månen. Där, mitt i jordens skugga, blir månen därför betydligt mörkare än vanligt. Eftersom jordens atmosfär böjer av den röda och orange delen av solljuset når den ändå månen. Det gör att månen sveps in i ett rött sken och fullkomligt glöder. Nästa chans att se månen lika röd kommer inte förrän om tio år. Pernilla ville dela upplevelsen med Rut så hon ringde henne. De såg det förunderliga fenomenet tillsammans, Rut från sin gård och Pernilla hemifrån sig. "Bengt var här som hastigast i kväll", sa Rut plötsligt. "Han ville låna tomten. Är det något jag behöver oroa mig över, tror du?"

Pernilla har svårt att komma till ro nattetid vid fullmåne. Hur blodmånen skulle påverka henne ytterligare visste hon inte men att Bengt ville låna Ruts tomte, gjorde insomningen svårare än vanligt. Tankarna skenade och var skrämmande många. Vad kunde han rimligtvis ha i kikaren nu?

Kapitel 17
Om kärlek stark som döden och liv som föder liv
samt umgängesskyldigheter och annat kiv

Under årets andra månad sattes två vitt skilda rekord. Det ena noterades på Sydpolen, där termometrarna pekade på minus 92 grader. Svårt att föreställa sig känslan av nästan hundra minusgrader, nej det går faktiskt inte. Det andra rekordet var från Antarktis, där temperaturen i stället nådde 21 plusgrader. Med andra ord var det minst tio grader varmare där än övlig midsommartemperatur i Laduvik. I februari sattes även ett nationellt rekord. Det var i Malmö där dagstemperaturen nådde strax över 14 grader. Tanken på våren är som B-hooken i en låt, den delen som suger tag i en och som lätt fastnar på hjärnan. Enligt Pia-Carin finns det två goda anledningar att älska skiftet mellan februari och mars. Dels att ekonomin börjar återhämta sig men också att ljuset kommer tillbaka. De betydligt ljusare morgnarna och eftermiddagarna ackompanjeras plötsligt av något varmare dagar och sedan går allt fort.

Om bara en vecka skulle de vara inne i april och just denna dag sken solen så mycket att den värmde mot kroppen. Det var ett tag sedan morgnarna var dystert mörka och endast belysta av gatlampornas sken. När den kalla vintervinden och den isblandade snön träffade ansiktet så hårt att det stack i huden. Pia-Carin mindes stänket från de blöta vägarna och kylan om händerna. Hon rös vid blotta tanken på det rödfrusna och fruktansvärda. Det sista av snön tog äntligen stryk. Plötsligt var det möjligt att hitta torra fläckar på trottoaren och det dammade från trafiken. Ännu var det bara tidig morgon men solen lyste svagt och småfåglarna överröstade varandra i alla möjliga tonarter. Högt och ljudligt. Förutom dagsljuset var skillnaden mellan vårmånaderna just den att det kalla inte kändes lika isande. Vinden var sval men torr, dofterna ute påminde om att växtligheten var på väg att trycka sig upp ur jord och mylla. Pia-Carin hade precis krattat fram dagliljan ur gräsmattan. Den hade börjat gro under sina egna torra fjolårsblad under snön och ville nu upp. Vårfeelingen skulle hålla i sig under flera dagar, men givetvis fanns det bakslag att vänta. Pia-Carin och Louise hade gjort upp om en träff ute eftersom det var otänkbart att stänga in sig en sådan här fin vårdag. Yahoo var med och de tre gick nu sida vid sida. Pia-Carin hade mycket skrivjobb att göra hemma, hon låg en del efter sedan sjukhusvistelsen. En snabb runda skulle de ändå hinna med, alltså så gott det gick med en kanintax i släptåg. Redan innan första korsningen på promenaden började de ta av sig handskarna och öppna upp dragkedjan i jackan lite grann. Snart hade de till och med blivit svettiga. Till dagens berättande hade Pia-Carin med sig en bandspelare och en mikrofon i ryggsäcken. Dem senare halade hon nu upp ur ryggsäcken. Så fort de dragit upp gemensamma riktlinjer för dagens arbete, tryckte Pia-Carin igång bandspelaren och Louise började berätta.

Ibland när Björn hämtade eller lämnade Viggo hade han ett brev med sig till mig. Innehållen i breven var så gott som alltid fyllda av nästa steg, ett krav, ett förslag eller ett tyckande men jag orkade faktiskt inte. Jag hade två ganska så små barn, en försörjning på ruinens brant, en spänd boendesituation, en ständig oro för sjuka barn, att bilen inte skulle starta, att jag inte skulle få sova eller att något skulle gå sönder. Det sista jag behövde var mera tryck på mig. Jag behövde avlastning, trygghet, förståelse, sömn, medkänsla, lugn och ro. Jag hade föredragit att bemötas med mer respekt för mitt ansvarstagande istället för att misstänkliggöras och stundtals föraktas. Det gick inte att tacka nej till breven, och det gick heller inte att låta bli att läsa dem. Björn hade alltför lätt att snabbt dra in sina höga herrar, det vill säga socialtjänsten alternativt advokater eller annan tredje part.

Men vad var det han stred för? Jo han ville få till ett samarbetsavtal gällande Max. Det jag inte förstod var hur det skulle se ut. Max var fortfarande för liten för att sova borta. Björn jobbade mer än heltid och bodde i en kommun på andra sidan stan. Han hade Viggo varannan helg och vid hämtning och lämning träffade han Max, samt vid ytterligare tillfällen för att de inte skulle glömma varann däremellan. Det gick inte att utöka Viggos tid med sin pappa, återigen på grund av Björns val av boende, och Viggo hade ju sin dagisplats. Var det någon här som skulle strida för ett hållbart samarbetsavtal, så var det väl jag?

I ett av Björns brev i just detta läge berättade han vad som skulle hända om jag inte ställde upp på ett samarbetssamtal. Han skulle gå till en advokat och begära enskild vårdnad om Viggo och Max. Han skulle begära umgängesrätt och en utredning skulle startas där jag gjorde klokt i att delta. I detta forum, menade Björn, kunde det fastslås hur hans umgängesrätt skulle se ut och vi båda skulle slippa ha kontakt med varandra. Jag funderade över hur den umgängesrätten alls skulle skilja sig från den rådande men kom fram till att det möjligen kunde dömas till att även Max fick bo på Gålö varannan helg. Hade Björn vid ett enda tillfälle, under de korta perioder som vi levt ihop som en familj, haft någon av barnen mer än en halvtimme hit eller en kvart dit? Utifrån den tanken började frågorna hopa sig. Skulle Björn vakna på nätterna nu, när han aldrig hade gjort det hittills? Var han alls intresserad av barnens behov och varför hade jag aldrig märkt det? Skulle han förstå behoven och kunna tillgodose dem? Visste han hur ofta man bytte en blöja och hur het varm mat kunde vara? Visste han ens när barnen skulle sova eller äta och vad Max skulle äta, hur långt han hade kommit med de små smakportionerna? Visste Björn hur ofta man behövde titta till barnen på badstranden? Att ytterdörren måste vara låst så att ingen liten person smet ut och försvann? Skulle han orka vara en vardagsförälder och ta långsiktiga beslut? Tänk om även Max, precis som Viggo, började introduceras godis, söta glassar, hamburgare och läsk alltför tidigt? Visste Björn över huvud taget hur barnen fungerade och vad de kände? Nej knappast. Han visste knappt vems skor som var vems. Men allt det där kunde eventuellt ett samarbetssamtal reda ut åt honom. Ett par advokatkontakter och en utredning senare skulle även ett samarbetsavtal vara spikat. Ett avtal där Max kunde få det han mest troligt *inte* hade behov av medan Björn skulle få sin vilja igenom. Ett avtal som Björn ändå inte skulle klara av att följa. Ja… varför inte? Det lät väl som en bra plan?

Max var väldigt rutinbunden. Han hade varit en tidsinställd matklocka på morgonen så fram tills nu hade han vaknat klockan 5. Jag hade ammat honom detta första mål och sedan fått ytterligare ett par timmars sömn. En rutin som blivit lite av en räddningsplanka. Om den och andra rutiner ruckades på, vilket skulle ske i och med övernattningarna på Gålö, kände jag rädsla över att återigen hamna i ett dygnstrassel av för lite sömn. Jag var orolig över min ork, hur jag skulle hålla ihop kring det övergripande då ingen fanns som kunde avlasta mig. Det här var en stark anledning till att jag tyckte att det var för tidigt med övernattning och som sagt; ingenting som Max ens hade behov av. Där och då alltså. Björn å sin sida menade att hela umgängesbiten förhalades av mig. Att jag bara lät tiden gå och att han, med hela utredningen inklusive advokat och samarbetsavtal, åtminstone skulle kunna visa Viggo och Max att han hade gjort vad han kunnat. Vadå gjort vad han kunnat? Att göra vad han kan, hade varit mer än välkommet redan *innan* vi separerade. Jag önskade inget hellre än att han hade orkat göra både vad han kunnat och lite mer utöver det, sett utifrån barnens behov. Bittert fick innebörden av orden mig att tänka på att han inte heller hade gjort vad han kunnat innan de föddes. Då var det jag som fightades för att få behålla först Viggo och sedan Max, då när de bara var små liv som växte i mig.

Även då tyckte Björn att jag motarbetade honom och ansåg att det vara nödvändigt att dra in en tredje part. Den gången hette lösningen inte advokat eller avtal, då hette den i stället abort. Han var en ihärdig förespråkare av den sortens ingrepp när jag inte förstod det orimliga med att skaffa barn som han inte var beredd att ta emot. Paradoxen i detta var att han nu "kämpade" för att få ha det han nyligen kämpat för att bli av med. Hans panikslagna försök att lösa låsta situationer tog sig alla möjliga uttryck. Att slänga ur sig separation som en lösning när vi kapsejsat i en situation, var snudd på hans paradnummer. Björn älskade att ta på sig sin myndiga stämma och kräva sina rättigheter, detta utan att förstå hur lite han alls lyckades sköta sina skyldigheter. Jag hade fått vänja mig, men hoten var av en kaliber som så klart sög kraften ur mig. Jag var rädd om min energi, den behövdes till min och barnens vardag. Jag hade absolut inte råd att slösa bort den. Mycket påpassligt nämnde Björn också sitt val av boende i sitt brev, varför han hade lämnat oss och bytt kommun. Han menade att han hade *tvingats* in i en valsituation han helst hade velat slippa, men att det fanns goda skäl till att bo där han nu bodde. Han avslutade med att han behövde få svar på sina krav inom tio dagar.

"Fick han det då?" undrade Pia-Carin.
"Så klart inte. Jag ville inte bidra till en kamp om rätt och fel. Jag svarade honom att eftersom jag har valt att ta hundraprocentigt ansvar för våra barn är tillgången på tid, fritid, arbete och inkomst begränsad. Jag tvingas lägga mina resurser där de bäst behövs. Det är varken på socialkontor, hos advokater eller för att bekämpa honom. Inte så konstigt om han tänker efter. Jag skrev att det bästa för honom vore, att ta den tid han uppenbarligen hade till sitt förfogande för att driva en rättslig utredning, och lägga den i ett samarbete med mig. Alltså under de villkor som jag och barnen lever i, inte i första hand på den fixeringen han verkar ha beträffande att få sin egen vilja igenom. Jag menade att han skulle

tjäna på att ta lärdom av att saker och ting inte alltid går som han önskar, att det är orimligt att tro att livet är så enkelt. Det missnöjet han nu hamnat i verkar ha gjort honom beroende av en tredje part som reder ut hans förehavanden. En tråkig insikt egentligen om hans resterade år i livet kommer att se ut så. Jag menade att han hellre borde reflektera över sitt eget agerande och att han för närvarande mest motarbetar sig själv. Och att han därigenom drar in mig och barnen i det.”

”Bra sagt där! Tog det slut nu? Vill du fortsätta berätta?”

”Nej brevväxlingen fortsatte så klart men jag avslutade det här brevet med orden:

Tyvärr måste jag nog medge att ditt utspel inte precis bidragit till en fortsatt bra kommunikation. Jag är allvarligt oroad över hur du nu väljer att gå vidare. Det kanske är nu din verkliga valsituation kommer. Boendevalet i somras var ju högst konstruerat för att det rådde lågkonjunktur. Inte sant?”

”Var det? Menar du att det var vad som pressade honom?”

”Absolut. Vi hade inte på långa vägar bråkat i den omfattningen att han helt plötsligt hade fått nog. Nej, nej. Vår historia var mer komplicerad än så. Han hade fått en vink om att det fanns ett hus till salu på Gålö och blev så kåt på att göra sitt livs investering att han inte tänkte linan ut. Han tog sina besparingar och köpte sitt drömhus. När sedan gardinerna hängts upp och tavlorna hängts på sina krokar kom han på att han hade agerat som en tvestjärt. Denna panik av misslyckande skylde han över genom att agera leende och supernöjd. Jag var en ständig påminnelse om hans svek och hans skuld så det var klart att han ville jävlas med mig.”

”Vad hände sedan, alltså med det rättsliga?”

”Jo Björn tog kontakt med en kvinna på socialförvaltningen som sedan följde oss under en tid. Maria hette hon och hon var bra eftersom hon förstod oss båda och kunde medla på ett fint sätt. Björn försökte ofta hänvisa till vad hon hade sagt till honom, som gick tvärs emot det jag hade uppfattat, som för att låtsas att de hade en allians mot mig. Jag lärde mig att bortse från det. Jag hade ju min kontakt med Maria." Maria ville höra vilket förslag jag hade på förändrat umgänge, så jag lämnade det. Förslaget innebar att Björn kunde pröva att lägga barnen när han ändå kom på besök måndagen efter min barnhelg. På det hade Björn föreslagit att också vara med på middagen. Jag beskrev min känsla för Maria, att Björn hela tiden hetsade fram nya umgängesformer som om den han just nu hade, bara var ett medel för att lägga fram nästa förslag, och nästa. Under tiden körde han över mina idéer eftersom de låg alldeles för långt ifrån hans. Inte så konstigt med tanke på att han i sin föreställning inte var i fas med nutid utan låg väldigt mycket längre fram. Han sa hela tiden att vi skulle testa och se hur saker gick, att han skulle backa om han märkte att det gick för fort fram, men hur backar man ett lok som redan kommit till nästa station? Hur backar man ett tungt, envist, visslande, överhettat lok över huvud taget? Han kunde till slut tänka sig att godkänna nattning av barn på måndagen men hade ytterligare en sådan nattning på förslag exempelvis på torsdagen innan min helg med barnen. Jag försökte förklara för Björn att vissa saker får man bara acceptera. Både av det goda och det onda. I rådande situation får han dessvärre inte alla rättigheter till barnen bara för att han är pappa. Han får heller inte alla skyldigheter *trots* att han är pappa. Han slipper alla nätter med störd sömn, vård av sjuka barn, besök hos läkare, besvikna arbetsgivare och ansvar över rader av praktiska göromål utan början och utan slut.

Min inkomst, som knappt räckte över vår och sommar, var föräldrapenningen. Det var bara 90 dagar kvar att ta ut och en regel sa att pappan, till barnet som man lyfter föräldrapenning för, har rätt att ta ut ett visst antal dagar. Därför fick jag ett brev från Försäkringskassan med en förfrågan om hur de sista dagarna skulle fördelas samt en överlåtelse som Björn kunde skriva under om vi bestämde oss för det.

Så klart att han skulle, tänkte jag. Han hade ju sin lön och
föräldrapenningen var ju liksom min lön. Inte skulle väl det
vara något problem om man zoomade ut från sig själv och
såg hur helheten kunde lösas. Utilitarism heter den visst, te-
orin som föreskriver att utfallet av lycka ska maximeras och
utfallet av lidande minimeras. Det var en ism som man
nådde långt med enligt mig. Sunt förnuft var en annan.
Björn och jag satte oss vid köksbordet för att Björn skulle
skriva under dokumentet som jag redan hade fyllt i och jag
gav honom en penna. Då insåg jag att både utilitarism och
sunt förnuft helt kollrats bort i Björns så kallade rättspatos.
"Jag ska flura på det", sa han.
"Va? Vad menar du?"
"Jo jag kanske skulle behöva några föräldradagar för att
kunna spara på min semester."
"Okej", sa jag. "För min del handlar det om 5400 kronor,
minus skatt. Det är min försörjning vi pratar om här. Sum-
man skulle kunna motsvara kostnaden för alla Viggos skor
fram till skolåldern. Med din inkomst skulle det eventuellt
handla om ett ännu lite högre belopp och kanske alla dina
luncher i tre månader. Jag förstår dig, valet är svårt, så fun-
dera du."
"Om jag ska skriva på det här handlar det om hur vi kom-
mer överens", sa han sedan.
"Ja flura du, som sagt."

Jag var helt lugn. Mycket hade hänt oss emellan där jag alltid
vänt hälften, kanske till och med mer än hälften av skulden
mot mig själv. Det hade inte känts rättvist på något sätt men
det var nödvändigt. Mina egna reaktioner var allt jag kunde
ta ansvar för. Jag hade hellre ifrågasatt min egen trovärdig-
het och mina egna val i livet för att det var enklast så. Hade
jag valt att ge Björn all skuld, hade min tillvaro rämnat. Jag
hade fyllts av för stort hat och där var jag inte än. Vi hade
trots allt valt varandra en gång i tiden, han var pappa till bar-
nen och jag visste att jag inte hade valt en idiot. Det hela

kunde vara avgjort utifrån hur han valde att genomdriva detta. En sak var säker: jag skulle klara mig. Förutom dessa pengar hade jag snålat på min uttagna del av föräldrapenningen och sparat 2300 kronor varje månad. Mitt enda syfte med det var att få ihop min och barnens tillvaro i ett något längre perspektiv. I detta fall till september då min studietid startade och det första CSN-bidraget skulle utbetalas. Björn skrev på till slut och allt var lugnt ett tag. Våren stod i full blom och april blev maj. Planerna för en flytt kom närmare och jag såg fram emot att hyresvärden planerade för min flytt till grannkommunen. Det var inte mycket jag kunde påverka runt det här utan mest bara låta tiden ha sin gång. Ett räntebidrag hade beviljats, så ekonomiskt sett skulle möjligheterna att äga ett hus, istället för att hyra det, inte vara sämre. Även om det skulle bli lite dyrare betalade jag på ett sätt till mig själv och jag kunde eventuellt få en värdestegring i mitt eget boende. För mig och barnen var det en enorm trygghet med en fast plats som ingen kunde flytta oss ifrån. Bara det var värt hur mycket som helst. Lånehandlingar, bidragspapper och några sista detaljer ifråga om renovering, sen var huset mitt och barnens.

Björn hörde av sig igen och lät meddela att han tröttnat på mitt dåliga samarbete och mitt sätt att förhala de beslut vi tagit. I själva verket var det han som fått för sig att ändra dag för nattning av barn från måndag till söndag. När jag hade sagt okej till det, ville han ändra dag igen för att på så sätt utöka umgängestillfällena. Återigen påmindes jag om vilket obefintligt stöd ett samarbetsavtal och tredje part är när Björn ändå inte lyckades hålla det vi beslutat. Vi hann alltså inte ens pröva det vi beslutat, innan han ville ändra igen. Han hade varit inne i en intensiv jobbperiod och själv inte kunnat hålla de dagar vi bestämt. Han hade inte ens hunnit höra av sig som planerat. Han glömde, eller hann inte ringa. Det han hade hamnat i var förhinder, inte förhalning. Jag var den som förhalade, medan han hade förhinder.

Det var en viss skillnad ville han vara tydlig med. Det var uppenbarligen hans villkor som gällde och jag som inte kunde samarbeta. Nu ville han att vi skulle ta kontakt med Maria på socialtjänsten igen eftersom samarbetet inte fungerade. Björn hade en synnerligen omogen relation till självinsikt men lyckades på smidigt vis kasta händelsernas ljus på mig och mitt beteende.

Jag ville inte lägga mer tid på honom eller på processen som han drev vilken han uppenbarligen själv inte kunde rätta sig efter, så jag sa nej. Återigen tog han upp alternativet vårdnadstvist och pratade, i pålästa ordalag, om vilka biverkningar en vårdnadstvist kunde få för barn. Jag frågade honom om han kunde tänka sig scenariot, att de biverkningarna han nyss rapat upp, möjligen skulle komma att påverka deras barn också? Om han verkligen kunde vara säker på att vinsten skulle vara så mycket större än förlusten? Björn sa att han var beredd att ta den smällen för att visa Viggo och Max att han minsann kämpat för deras rätt till en far. Att han var beredd var en sak, men som sagt; det handlade inte om honom. Visst, barnen har en far. En far som drog från hela mankemanget för att få lite lugn och ro, kunna göra en bra husaffär och därigenom hamnade obetänkt långt från barnen. En far med ett arbete som bitvis inte inrymde föräldraskap, detta oavsett hur många samarbetsavtal som togs fram. Var det särskilt klokt att förstärka misstag ett med misstag två här? Max var bara tre månader vid separationen och känner bara till den tillvaron som nu är. Spelar vi våra kort rätt fylls hans liv av en massa plus, men med de här striderna kan det gå fel. Var det verkligen *mängden* umgängesdagar som var avgörande för ett barns anknytning? Om Björn menade det, förstod jag än mindre varför han inte ägnade massor av tid med sina barn när vi levde som familj, varför han jobbade så mycket då och varför han bodde så långt bort nu. Nåväl, för att inte visa mig ovillig till samarbete gick jag med på en telefonkontakt. Jag pratade med Maria från min horisont och Björn pratade från sitt håll och på så vis lyckades vi nå en ny överenskommelse. Frågan var bara om han kunde hålla den sedan? Genom våra samtal enades vi om att köra på med det umgängesschemat vi hade, det som byggde på var fjärde dags umgänge. Under semestern kunde det bli fråga om fler dagsutflykter och i samband med min flytt till hösten, eventuella förändringar. Vi enades om att lägga in övernattningar hos Björn från januari, alltså när Max kommit in i nya rutiner i det nya boendet och med den nya dagmamman. Vi var överens och vi hade löst det själva.

Trodde jag, för strax senare ringde Maria mig och lät meddela att Björn ville veta hur sommaren skulle delas upp mellan dem. Jag svarade att vi nyligen hade kommit överens om ett schema och att mitt förslag var att vi körde på det. Jag beskrev det schemat vi nyligen gjort upp och lade för säkerhets skull till att om Björn ville bestrida det, fick han ta in sin högt älskade advokat. Jag skulle inte stå i vägen för det. Men om det ändå skulle göras en utredning i den här familjen, så kanske det borde inbegripa underhållet till barnen. Björn tjänade 80 procent mer än jag men ändå betalade han i princip inget högre underhåll än vad som var ett minimum. Ett högre underhåll skulle definitivt gynna barnen. Det märkliga var att han själv aldrig förde detta på tal när han så barmhärtigt använt argumenten "för barnens bästa" och "barnens rättigheter" i sina brandtal. Maria höll med. Hon menade att man alltid kunde fastställa ett underhåll, och jag bad henne undersöka saken med Björn. Jag visste sedan tidigare samtal angående pengar att Björn, efter att ha delat med sig av sina besparingar vid den första skilsmässan, inte var beredd att göra det igen. *Jag har redan blivit skinnad en gång och det får räcka. Du kommer inte att få en krona.* Han var förblindad av rädslan att jag skulle sko mig på hans plånbok i stället för att fokusera på vilken rätt barnen hade till en betryggande försörjning. Tanken med ett underhåll var att

garantera den ekonomiskt fastslagna miniminivån. Något
underhåll fastställdes inte utan Björn såg i stället snabbt till
att inte ta ut en högre lön än vad som såg bra ut. Med 'bra'
menades att framstå som tillräckligt fattig för att staten
skulle åta sig att betala hela underhållet. En möjlighet för
många och en strategi för andra. Oavsett, så blev kostnaden
som dessa pappor så innerligt ville slippa, en samhällskost-
nad på över tre miljarder kronor. Med andra ord gjorde
Björn precis tvärtemot uttrycket att rätta mun efter mat-
säcken. Han insåg att det var mycket smartare att ändra mat-
säcken.

Björn hade sex veckors semester och tre av dem ville han ha
med Viggo. Dessa tre veckor delades upp i två perioder. Sa-
ker hade börjat hända inför flytten till den nya kommunen.
En syskonplats hos en dagmamma erbjöds oss, jag började
få koll på min nya ekonomi och mitt schema för höstens
studier låg hemma på köksbordet. Snacka om att ejsa, även
om flyttlasset inte hade gått än. Båda barnen mådde super-
bra och Max hade äntligen blivit kvitt elva veckors kikhosta.
Han hade börjat prata och huvudingredienserna i dessa oral-
motoriska övningar var orden "hej" och "tack". Han sa
också "ka" om allt som rörde sig. Humlor, katter, fåglar, ha-
rar, giraffer och rådjur… allt var *ka*. Viggo hade fullt upp
med sina kompisar och syntes mest bara till när det var dags
för att äta eller gå på toa. Kompisarna lekte i sandlådan och
planerade rollekar som de sällan lekte. Engagemanget låg i
att planera själva manuset, när det väl var klart kunde de
hellre börja plocka blommor, gunga eller göra kullerbyttor.
Viggo var med Björn på midsommaraftonen och överens-
kommelsen var att han skulle ta läggningen av båda barnen
den söndagen han återkom med Viggo. När Björn kom med
Viggo på förmiddagen, vinkade han bara hejdå och åkte vi-
dare. Han hade andra planer.
Efter midsommar tog jag med mig barnen till Gotland. Vi
bodde på norra Gotland i ett litet hus som jag hyrde

tillsammans med min granne. Alla barn var med och vi delade bil. Båda lika fattiga på pengar så ingen av oss drog åt något håll som innebar slöseri. Bränsle till bilen, färjebiljett, boende, mat och ett smalt åkband av nöjen hade kostat 2500 kronor för min lilla familj. En utsvävning som hade sitt pris men som jag njöt av livet. Strax efter den här semestern gick flytten till Laduvik och i samband med det gjorde jag mig beredd att påbörja mina studier. Till bibliotekarie var tanken.

Louise kikade bort mot gatan och sträckte ut stegen lite. Så höjde hon ena handen och vinkade mot en figur som gestaltade sig långt där borta.
"Åh, är det där Max? Nej det kan det ju inte vara, vad dum jag är". Personen som snabbt kom närmare visade sig vara en ung tjej. Hon kom fram till dem och kramade om Louise.
"Nej, det här är Lilly. Och det här är Pia-Carin", sa Louise.
"Aha, hej. Jag ska sticka iväg på träning nu. Kan vi äta lite senare, typ vid sju ikväll?"
"Jo, det kan vi väl. Det blir lasagne idag. Passar det?"
"Yammie, visst. Okej, kul att ses", sa Lilly och joggade vidare. Pia-Carin tittade på Louise.
"Så du har tre barn? Det visste jag inte. Tufft att starta om igen och våga ge sitt liv åt en ny man. Det är bara att gratulera. Louise visade upp sitt allra mest hemlighetsfulla leende och en glimt syntes i ögonen som Pia-Carin inte sett tidigare. Hon skrattade till.
"Nej, och jag vågar knappt berätta om fortsättningen. Du måste tro att jag är en idiot. Det här kommer bli en hel bok om du vill ha med fortsättningen."
"Va? Gjorde ni ett försök till? Du och Björn? Du kan inte mena allvar. Nu blir jag nyfiken", svarade Pia-Carin.
"Ja, och det vore kanske dumt att spela musiken innan filmen är slut så vill du höra fortsättningen tror jag att vi behöver boka en ny träff. Du känner ju oss, både mig och Björn vid det här laget, så ingenting kan ju bli värre. Men

däremot lite more of the same. En sak vill jag vara tydlig
med och det är att allt det här är min version. Det här är
mina upplevelser och alltihop skaver egentligen ganska hårt
mot drömmen jag en gång hade om familjeliv. Visionerna
som tjejer kanske generellt har om tvåsamhet och gemen-
samma barn". Louise tog en kort paus och Pia-Carin anade
att hon inte skulle störa med stickfrågor eller summeringar.

"Om du hade intervjuat Björn hade du så klart fått en helt
annan story. Han skulle säkert påstå att jag bara var intresse-
rad av att få barn men egentligen inte ville ha med honom
att göra. Han kanske också skulle säga att jag mjölkade ho-
nom på pengar, att jag inte förstod honom och inte var ly-
hörd för hans behov. Jag tror också att hans version skulle
innehålla information om att jag inte tyckte att han var en
viktig person för sina barn, att jag undanhöll dem rätten till
deras pappa. Bara tanken på allt detta har lett mig fram till
beslutet att berätta om mina upplevelser. Jag ville berätta
om varför relationen varit så av och på, åtminstone min bild
av det. Ja, jag vet inte, men en sak vet jag däremot. Att kär-
leken till barnen blev större än någon av de drömmarna jag
en gång hade. Där tror jag hur som helst att vi som föräldrar
skilde oss åt. Björn hade både sina drömmar och sin karriär.
Sin yrkesmässiga utveckling och sina affärskontakter. Sina
investeringar och besparingar, sitt gamla liv ihop med det
nya. Jag vände på kikaren helt och såg mitt liv ur ett helt
nytt perspektiv. Det bidrog till att behöva börja om från
ruta ett flera gånger under resan. Men som sagt, mer om det
senare. Ska vi ses på bibblan nästa vecka?"
"Deal!", svarade Pia-Carin innan de kramade om varandra
och sa hej då. Hennes hejdå försvann i motorljudet från
sopbilen som passerade. Och det var inte vilken sopbil som
helst, utan den som sopar upp grus och sand från gatorna.
Den masar sig fram i ett tungt tempo och slickar i sig allt i
sin väg. Sopbilens mullrande var kanske det tydligaste teck-
net på att våren anlänt på riktigt.

Kapitel 18
Om kompalås, skyltstölder och solstolsfällor
Samt skattkartor och extremofila bakterier

"Tack för ditt tålamod. Du behåller din plats i kön". Varje minut upprepades budskapet av rösten i luren. Frekvensen och peppet i utropen gjorde Pernilla tillräckligt motiverad för att hålla ut. Stod hon där på andra sidan ut skulle Pernilla också lyckas, trots att tålamodet utmanades. Medan hon väntade studerade hon växtligheten utanför fönstret. Maskrosorna som först hade titulerats som soliga och gulliga färgklickar, fick snart byta namn till envisa små jävlar. De hade ertappats i en andra blomning redan. Tänk, nyss var det Valborg. I flera decennier har majbrasor symboliserat valborgsmässoafton och förenat folk för att välkomna våren. I år gick den långlivade traditionen i graven på flera håll i landet. Räddningstjänsten avrådde folk från att elda på grund av den överhängande brandrisken så i Laduvik låg brasan därför på en flotte en bit ut i vattnet. Något som var både effektfullt och tryggt.

Mors dag hade också passerat. En hitte-på-dag i kommersens tidevarv som Pernillas familj därför inte firade särskilt regelmässigt. De fikade varje helg vare sig det fanns någon anledning eller inte, alltså oavsett om det var Mors dag, påskafton eller vilken annan dag som helst. De fikade så ofta att morsdagfenomenet förmodligen fick anledning att känna avundsjuka. I år hade de ändå valt att fira med lite fika och i den välgrundade sockerkoman på väg hem efter cafékalaset morrade tysta rapar i strupen. Pernilla nynnade repetitivt på "...*och söndagskjol åt mor*", den textsnutt från Alice Tegnérs barnvisa som låg närmast till hands i det påtagliga illamåendet. Hon undrade varför hon inte gjort just det; ätit upp sin kjol istället. Tillståndet gjorde på intet vis rättvisa åt hennes föräldraskap och hon hade varit en långt lyckligare mamma innan hon satte i sig det sötkladdiga bakverket. Efter morsdagsfikat hade Pernilla vänligt men bestämt, och lika äcklat som ångestfyllt, beslutat sig för att ta ett sockerstopp. Inte på halvfjerds, så där som hon brukade med ett halvhjärtat försök att minska ner lite. Nej ett totalt sockerstopp fick det bli.

Så dags innan midsommar hade de flesta träden fyllts av en präktig lövskrud och syrenen stod redan i full blom. När blommornas alla färger börjar skära sig, när gräsdofter sprids och grilloset hänger i luften… då är sommaren härligt nära. Åtminstone inställningen till den. Tobbe hade hissat upp Jolly Roger i Hobie-masten, flaggstången som i brist på annan påle tjänstgjorde som flaggviftare. De hoppades allihop att sommarvärmen skulle bli lika upphissad snart. Det finns saker som Tobbe ofta pratar om som han tycker behöva fixas, alternativt be någon mer branschvan att hugga tag i. Exempel på det är att räta upp flaggstången som i takt med tiden kommit att luta en knapp grad för varje år. Ett annat exempel är att laga sin gamla cykel. Sadeln är trasig och tejpad och handtaget av omodernt snitt. Boka en tid hos tandhygienisten är ytterligare exempel och att fylla på lampolja ännu en sak som aldrig görs men ofta nämns. Just det där med lampoljan skulle Tobbe lätt kunna fixa men gör det bara inte. Ytterligare ett favorit-karma är att börja äta sallad på lunchen, både för att vara nyttig men också för att hålla vikten i schack. Det kommer heller aldrig att ske, tänkte Pernilla bergsäkert. Lika lite som matlådor skulle börja färdas mellan hemmet och arbetsplatsen. Sen var det, det där med korsvimpeln. Den hade varit trasig i många omgångar och det fransiga avslutet hade successivt klippts av, decimeter för decimeter. Vanhelgad till sin yttersta gräns hade vimpeln slutligen hissats ner och bytts ut mot Jolly Roger. Helt okej, tycker Pernilla. Verkligen inte okej, tycker Tobbe. Och Tor, han märkte ingenting. De skulle kunna hissa upp ett avskjutet vildsvin och han skulle inte se det heller.

Sommarvärmen hade inte riktigt stabiliserat sig och temperaturerna rörde sig mellan 6 grader nattetid och ända upp till generösa 20 grader dagtid. Regn och sol om vartannat, ibland nästan isande kallt och stundtals panikartat svettigt. Så himla svenskt. Ett alldeles unikt fenomen av frökapslar, förorsakat av aspens minne från förra sommarens hetta, hade spridits runt under våren. Fröets vita färdmedel liknade snö, både till färg och mängd, och kom att kallas för "Guds navelludd" av gemene man. Hela luften fylldes av dessa tussar och de låg som drivor på marken. Det hela var lika vackert som störande... och liksom överallt. Tussarna svävade runt under en dryg vecka innan ett regn kom som packade ihop alltsammans och sköljde bort delar av det. Pernilla funderade över vad hon nyligen hade läst om navelludd, om det som trängs i naveln. Extremofiler är organismer som överlever under extrema livsförhållanden. Som kan klara sig i extremt kalla, torra, salta eller varma miljöer. Att regnskogar därför är områden där man vanligtvis hittar dominerande arter av extremofila bakterier. Sådana bakterier trivs även i naveln på människan, ett område på kroppen som sällan får någon större rengöring. Lite vatten slinker kanske dagligen ner i gropen men mer än så tvättas den inte. Forskare jublar, för i denna lilla smutsiga grop öppnar sig därmed ett alldeles ostört mikrobiologiskt landskap. Sedan ett antal volontärer fick sina navlar skrubbade fann forskarna massor av intressant genetik i de bortstädade bakterierna. Navlarna innehöll mellan 29 och 107 olika arter men ingen av volontärerna hade exakt samma uppsättning bakterier. Åtta bakteriearter var vanligare och fanns hos 70 procent av testgruppen. De allra flesta bakteriearterna, 92 procent, hittades hos färre än 10 procent av testgruppen. En volontär var värd för två extremofila bakterier som vanligtvis trivs i is och varma källor. En annan var värd för en bakterie från jord i Japan. Av närmare 2370 bakterier var drygt 60 procent nya för vetenskapen. För ett antal år sedan studerades extremofila bakteriers arvsmassa i elefantdynga och den extremt tåliga bakterien fick namnet Deinococcus Radiodurans. Syftet var att skapa liv som tålde en mer hårdhänt behandling. De tänkte ge Radiodurans hela planetsystemet som arbetsplats. Ge den en viktig roll i utforskandet av rymden. Om Pernilla mindes rätt skulle nästa ställe att studera visst vara människors armhålor.

Pernilla hade nu suttit med telefonen vid örat i närmare tjugo minuter och började inse hur sant det faktiskt var; hon hade verkligen *behållit* sin plats i kön. Helt fast i sin position, inget tvivel om den saken Medan alla andra på underligt vis hade lyckats smita förbi henne i kösystemet och tagit de något bättre platserna, satt hon som fastgjuten. Och när hon ändå satt i detta väntande tillstånd började hon kika i listan av gängets gemensamma planering inför stundande midsommar. Det här året skulle de alla gå ner till Laduviksparken. Rut, Twist, Tobbe och hon själv hade planerat hela buffén och delat upp vad var och en skulle fixa. De hade bjudit in Maja, Bengt, Mac och Pia-Carin. Mini skulle givetvis komma och de ungdomar som ville och hade tid var så klart välkomna. För dem gällde BYO, bring your own eftersom deras genmälen till kalaset varit alltför svävande och osäkra. Av Ruts ungdomar kunde de eventuellt räkna med Sigge och Siri. Sixten skulle stanna hemma och fira midsommar där. Han bodde fortfarande hos sin pappa i Kanada men hade planerat att komma och besöka dem senare i juli. Hur det var med Pernillas äldre barn Emil och Fia, var ett mer osäkert kort. Tor var den enda som tackat ett anständigt ja på förfrågan. Pia-Carin hade också bjudit med Louise, bibliotekarien som skrivit bok ihop med henne sedan i höstas. Det skulle bli spännande att se resultatet av det samarbetet när det väl blivit klart.

Wanjelinarna hade de senaste tio åren helt missat traditionen att fira midsommar hemma. I stället hade de dansat små grodor runt hotellbaren i Grekland. I år hade de bestämt sig för att vara hemma. Det svenska midsommarvädret bestod traditionellt av hällregn och åtta grader. Pernilla och Tobbe hade fått ta del av parodiska berättelser om hur sommarklänningar och kortärmade skjortor dumpats för lämpligare klädsel, typ regnställ över dunjacka. Enligt prognosen detta år beräknades det bli både soligare och varmare än normalt. Klokt nog skulle ändå ett partytält tas med, om inte annat, som ett skydd mot solen. Med till ängen skulle också grillar, kubbspel och bocchia. De hade planerat en buffé med olika sillsorter och korvar. Gräddfil, köttbullar, bröd och goda ostar. Så klart en massa gott grillkött med tillbehör och bakad potatis plus jordgubbar, grädde och kaffe. Nu såg de alla fram emot själva firandet och idag skulle Pernilla och Rut lägga en sista hand på planeringen.

"Tack för ditt tålamod. Du behåller din plats i kön". En viss grad av frustration hade börjat blanda sig in i Pernillas tillstånd av uppblåst tålamod. Plötsligt kände hon sig lika växelvarm som en huggorm. Det finns inget mer frustrerande än att sitta i kö och vänta. Eller förresten, att ha bråttom och sitta i kö var kanske snäppet värre. Snart kände hon sig så provocerad av väntan att hon förberedde sig på att trycka av samtalet. Då plötsligt var det någon som svarade i andra änden. Wow! Denna *någon* inte bara svarade utan tog också beslutet att Pernilla behövde kopplas vidare sedan ärendet presenterats. Det var i det sköra läget av samtalet som det först blev så knäpp tyst att Pernilla knappt vågade andas. Sedan, inte helt oväntat, rasslade kontakten igång igen med en ganska lång och uppkäftig spärrton. Tonen ljöd entonigt och ihärdigt hela vägen in till hörselsnäckans runda fönster. Hon hade blivit bortkopplad och den sista graden av tålamod försvann i ett enda nafs. Ett rakt streck hade tonat ut om hon hade varit uppkopplad mot en EKG-remsa där.

"Helvete! Vad är det här?" fräste hon.
Pernilla lämnade köket i en förhoppning om att också lämna
ilskan där. Med mobilen i handen landade hon i soffan
bredvid Tobbe. Han satt och pulade med ett kombinations-
lås. Teven var påslagen men det var inte där hans fokus låg.
"Vadå? Vad är det frågan om?" undrade han.
"Jag satt i kön för att komma fram till posten för att efter-
lysa mitt paket."
"Har det kommit på villovägar? Trist. Vad är det du har be-
ställt?"
"Jag har en garderob där uppe som mest liknar ett CV av
tyg och tråd så efter en titt i den för ett par veckor sedan tog
jag tag i situationen."
"Ja! Menar du det? Du har äntligen rensat och slängt?"
"Nej du, verkligen inte. Jag har beställt mer kläder men de
verkar aldrig hitta hit så jag försökte efterlysa dem. Hon tit-
tade på Postnords avi på mobilen. Av den framgick hur
tungt paketet var och hur stort det var. Storleken var illu-
strerad med en bild. Det var en liten blå gubbe, upplysnings-
vis 170 centimeter och bredvid gubben stod ett paket place-
rat. Storleken på paketet var markerat till 53 centimeter och
räckte gubben ungefär till knäna.

"Herregud, se här." Hon höll fram mobilen mot Tobbe som
knappt kunde skifta fokus från låset till mobilen. Han
skänkte bilden dock en kort blick mest för husfridens skull.
"Tror posten inte att folk vet hur hög en halvmeter är utan
att sätta den i proportion till en figur? Förresten, vad gör
du?", undrade hon.
"Jag har köpt ett nytt kodlås. Ett sprillans nytt supersäkert
kodlås och så har jag lagt in en kod. En supersäker kod. En
rackarns bra kod. Som bara jag kommer ihåg". Tobbe snur-
rade och snurrade på de fyra hjulen, allt ivrigare ju längre tid
han ägnade det och han hade redan suttit där ett bra tag.
"Eller rättare sagt som du nästan kommer ihåg va?", sa Per-
nilla. Tobbes snurrande upphörde en nanosekund. En suck

undslapp honom och en sur blick brände till. Typiskt karlar tänkte hon. Jag hade klarat av att snurra, sura och sucka samtidigt.

"Eller", sa han. "Om du nu ska ha något att skratta åt; som jag *helt* har glömt bort. Jag har fått en total blackout."

"Du vet väl att det bara finns 10 000 kombinationer att snurra fram va? Alltså när det är fyra rullar. Med tre, hade det enbart funnits 1000", påpekade hon hjärtlöst. I samma ögonblick hörde hon ett ljud lämna Tobbes svalg. Ett ljud som inte upphörde förrän luften tycktes ta slut. Hon var osäker på om det tydde på chock och förvåning men snurrandet fortsatte. Lite fortare nu.

"Det är väl det här som kallas för agilt arbete? Lättrörligt och flexibelt. Jaja, jag får väl köpa ett nytt då", sa han men fortsatte ändå att snurra. Pernilla var säker på att han skulle sitta kvar i detta tillstånd ett bra tag till. Att ge sig, det gick bara inte.

"Vad har du läst här då?" undrade Pernilla sedan och tittade i tidskriften som låg framför Tobbe på bordet. En löparsko med namnet Ultraboost 20 Goodbye Gravity Collection hade ringats in.

"Ska du bli vandringsguide?" frågade hon.

"Nope. Men Stadium lanserar en ny löparsko som påstås utmana tyngdlagen. Jag funderar på att åka och prova dem."

"Du skojar. En sko som utmanar tyngdlagen, wow. Finns den som en kroppsstrumpa också, så kan jag tänka mig en."

"Förresten snarkade du i natt", sa hon med härsken röst.

"Lät det som om jag hade skönt?"

"Kanske, och det gjorde mig nästan arg. Förresten kom snarkljudet på utdraget snarare än indraget, så det lät mer lustigt än skönt."

"Hm, men puttade du till mig då?"

"Nej, jag ville inte vara på och putta direkt. Med puttar blir den enda förändringen att du liksom snarkar på varannan utandning. Du snarkar, jag puttar, du är tyst och sedan om

igen: du snarkar, jag puttar, du är tyst". Pernilla tänkte på
hur det brukade bli. Att hon i och med puttandet gett sig
själv nattjobb som strategiputtare. En klarvaken strategiput-
tare.

"Byta jobb? Vandringsguide sa du? Ja kanske det", svarade
Tobbe som såg chansen att byta samtalsämne och Pernilla
hakade på. Deras samtal hade ofta karaktären av att svänga
som en dans. Än slank det hit och än slank det dit. Proble-
met var bara att de ofta pratade om, eller tänkte på olika sa-
ker. Det var som om den ena dansade vals medan den andra
körde Lindy Hop och tvärtom.
"Skulle du verkligen stå ut med det? Jag menar med värmen,
sten i skorna, mygg, pollen… och damm. Ta de korta le-
derna i så fall utan allt det. Och välj gärna leder som är nära
hem", sa hon och kvävde en gäspning.
"Fan vad taskig du är", skrattade Tobbe. "Bara för att du är
på dåligt humör. Skäll på posten istället. Hur tänker du, var-
för ska det vara nära hem?" Han ställde frågan men hade
fortsatt hårt fokus på låshuset. Pernilla började få stresskän-
ning av hans osystematiska och halsstarriga snurrade på siff-
rorna. Borde inte alltsammans gå i baklås snart?
"Kanske för att du skulle ha glömt karta och kompass
hemma, och väl hemma kommit på att du inte visste var."
"Eller för att någon hade snott skyltarna längs med leden?",
kontrade Tobbe för att ge igen. Han tänkte på cykelskylten
med texten "Laduvik N" på som sedan hösten legat i diket
invid vägen till Pernillas jobb.
"Snott och snott" svarade hon förnärmat. Det stämde vis-
serligen att hon tidigare i ett svagt ögonblick hade bett ho-
nom om hjälp med att knycka en skylt. Att de skulle gå ut
en mörk kväll och skruva ner en skylt som hon hade sett ut,
men hans svekfulla svar hade varit tydligt. "Aldrig i livet"
löd det.
Nu, med tanke på den synnerligen trista anklagelsen från
Tobbe om att hon skulle ha snott något, drogs hennes

tankar till samma händelse. Eller 'kupp' snarare. Eftersom
han hade vägrat hjälpa till och eftersom hon hade hittat en
skylt på backen, var alla spärrar till sans och förnuft som
bortspolade. Skylten hade åkt ner från sin stolpe av okänd
anledning något hon inte kunde rå för. Sedan hade den bara
legat där för allas uppenbara ointresse under gräs, löv och
snö. Ingenting behövde skruvas ner, alltså var det ingen
stöld.

När våren kom, tog Pernilla promenaden med stort P. Med
sig hade hon Tors fodral till innebandyklubborna. Fodralet
stoppade hon ner i en ryggsäck för att inte väcka Tobbes
nyfikenhet och onda aningar. Hon vinkade hej då och drog
iväg i en slags valpglad stil. Han svarade hej då utan frågor,
för varför skulle han? Hon promenerade ju jämt. Eller för-
resten, visst hörde hon väl en långhalsad fråga bakom sig?
Typ: *vad är det för väska du har med dig?* men en berättigad bit-
terhet gödde hennes beslut i att helt sonika skita i att svara.

I en korsning intill en stor cirkulationsplats, med cykelvägar
och promenadstråk blir det liksom aldrig fri lejd för krimi-
nalitet. Det är bilar, bussar, folk och fä överallt som försvå-
rar tillslaget. Det heter att ögonblicket gör tjuven, och i ett
ögonblick av en sekund lyckades Pernilla häva ner skylten i
klubbväskan. En skylt är inte särskilt stor, men när den ska
stjälas är den plötsligt gigantisk. Trots att klubbväskan var
skitlång var den på tok för kort för en enkel liten cykelskylt.
Ryggsäcken fick fungera som en slags skylande påse framtill.
Pernilla kände sig så nöjd att det sprattlade i hela magen och
munnen log som på ett dårhushjon. Tobbe var i garaget när
hon kom hem.

"Vad har helv... äh, va fan. Ställ in den här då", sa han och
fäktade nervöst med fingret mot garaget. På den korta tiden
det tog för henne att ställa in skylten hade svetten börjat
pärlas i pannan på honom. Hon såg honom sedan placera
om skylten flertalet gånger i garageutrymmet som om varje

flytt gjorde stöldgodset till en blekare version än vad den faktiskt var.

Nu sträckte sig Pernilla efter fjärrkontrollen som låg på bordet och noterade i ögonvrån att Tobbe sneglade på henne. Det såg också ut som om han gjorde en slags grimas.
"Tobbe?"
"Eh, ja?"
"Du vet väl att snegla egentligen bara är ett sätt att visa sitt avståndstagande från verkligheten", sa hon och hade precis tagit ett ganska fast tag om tevekontrollen.
"Ehh väntaaaa!", hördes det från honom. Så fort Pernilla skulle ta över fjärrkontrollen lät Tobbe som en skadeskjuten orch.
"Väntaaaa på vad? Ehh väntaaaa, är något man ropar till den som går mot rött i rusningstrafik eller tränger sig i liftkön. Det kan man säga till den som hugger in på maten innan alla satt sig eller till den som öppnar julklappen innan rimmet har lästs upp", svarade Pernilla som avskydde att hon knappt fick peta på fjärrisen.
"Jag ville bara byta kanal, liksom låna initiativet lite, går det möjligen för sig?", sa hon kyligt och tittade in i Tobbes bestörta ögon.
"Fast jag väntar precis på ett program om Atlantseglingen med superkatamaranen Orange II. De har seglat från New York till England på rekordtid. Jag tror att det tog lite mer än fyra dygn. Fyra dygn och åtta timmar eller något sådant."
"Att köra på havet så länge? Det låter läskigt", svarade hon.
"Ja visst, de hade kört på något också utanför New Foundland. En val eller ett isblock annars hade de nått mållinjen vid Cap Lizard ännu tidigare. Båten är nästan 37 meter, har en mast som är 45 meter och en segelyta på upp till 1100 kvadratmeter. Snittfarten har uppmätts till 32 knop. Snittet alltså! Båten slog ett annat rekord också. Det nya världsrekordet för en seglad sträcka under 24 timmar är nu 766

sjömil, vilket motsvarar cirka 140 mil. Det tidigare rekordet var 706 sjömil. Coolt va?"

"Jaja, men titta på det då", sa Pernilla som genast hamnade i tankar på deras egen segling. Den hade äntligen hade startat igen.

Säsongen inleddes med ett trassel av trapetser, linor och tampar men snart var hon riggad och klar. Faktiskt utan momentet "gör om, gör rätt". Det händer ju bara inte. Eftersom de oftast behövde välta båten efter påmastningen för att göra om något i riggen började de genast undra vad de hade missat, vilket visade sig vara ingenting. Smidigt och enkelt. Torsdagsträningen hade varit igång sedan i mitten av april och de hade redan många härliga seglingstimmar bakom sig. Bara två tillfällen hade de missat. Ena gången för att det inte blåste någonting alls, och veckan därefter, blåste det så mycket att de inte ens kunde lämna bryggan. När det finns vind var deras lilla båt att betrakta som en Go Cart. Go Cart-känsla gällde inte i årets upplaga av Lidingö runt. Även om vädret denna dag bestod av nästan alla årstider såsom sol, omväxlande vindar och regn så var det huvudsakligen bleke. Och vem vinner på att sitta med en raket i vindstilla förhållanden? Tobbe och Pernilla plus sju båtar till satt fast och fånstirrade på mållinjen i över en timme. Vipern med startnumret tretton gled slutligen över mållinjen efter totalt fem timmar och tolv minuter. 9:e båt av 134, det var väl inte så illa, eller? Jo! När man kör en snabb båt i snälla vindar, då förlorar man stort. Det är då man ändå blir trea från slutet i sin klass och skrapar hem plats 119 i totalplaceringen. Pernilla avbröts av att hon hörde ett ljud.

"Hallå? Är det någon hemma?" sjöng det från hallen. Det var Rut som hade anlänt efter en efterlängtad tripp, tur och retur, stan."

"Hej! Jag var helt inne i seglingstankar och hade nästan glömt att du skulle komma och Tobbe pysslar med annat", sa Pernilla med en nick mot det idoga snurrandet. Han tittade upp och hälsade förstrött.

”Planerar ni för juli?”

”Nej, inte just nu men vi har gjort det tidigare.”

”Vad blir det? Visst var det Frankrike som gällde i år, eller?”

”Stämmer. Vi har gjort vår anmälan och bokat tältplats i Maubuisson, där mästerskapen går. Det ligger nära Bordeaux och vi ska segla på en insjö alldeles intill Biskayabukten. Att följa hur många som anmäler sig och att se vilka kompisar som poppar upp på deltagarlistan är nöjet fram tills dess. Vi hoppas på att det blir minst ett 40-tal anmälda.”

”Låter kul”, sa Rut samtidigt som hon förundrades över hur olika man kan uppfatta det som kallas nöjen. Mellan Rut och Pernilla var spridningen stor och nyanser oändliga.

”Ska jag berätta om min dag? Ni som känner mig, vet att jag lever i min egen lilla värld. Det fungerar givetvis inte annorlunda bara för att jag lämnar Laduviks gård några timmar. Idag tog jag med mig min feeling hela vägen till stan.”

”Låter sunt”, bekräftade Tobbe som alltjämt satt och snurrade på sitt låshus.

”Just det, jag glömde säga”, sa Rut. ”Twist tänkte titta förbi också en snabbis. Men hur som helst, i stan var det världens tryck med demonstrationer och avspärrningar.”

”Jaså. Vad handlade det om då?”, undrade Tobbe och Pernilla i mun på varann. Pernilla med närvaro och Tobbe inte.

”Polispiket och MC-polis vaktade stan och trafiken var avstängd. Det som hade tagit trafikens plats var ett kort men högljutt förstamajtåg som skanderade: *Vi vill ha fest i våra arbetslag… vi vill ha fest i våra arbetslag… vi vill ha fest….*”

När tåget kom närmare förstod jag att jag hade hört fel. Det var sex timmars arbetsdag de demonstrerade för. Och det här var inte enda gången jag skrattade åt mig själv idag”, fortsatte hon.

”Jag gick genom Humlegården med tre kvart tillgodo och insåg hur mysigt det förmodligen skulle vara att stanna till en stund. Frågan var bara var? Alla bänkar stod i skuggan.

Men så såg jag att det fiffigt nog fanns solstolar att låna. Insåg snart det komiska i att inte ha den blekaste aning om hur man fäller ut en solstol. Ni vet den där sorten med sjukt många träpinnar och ett enda tygstycke. En sådan som uppför sig som en kite i vinden och som man gärna klämmer sig i? Kan säga; svårare att veckla ut än en flyttkartong". Pernilla skrattade igenkännande och Rut himlade med ögonen.

"Nå, klarade du uppgiften? Du var ju ändå i Humlegården, inte precis folktomt", undrade Tobbe.
"Hur pinsamt som helst, men nej. Jag försökte följa varje trästycke i stolen för att se hur de ledde förbi varandra och vidare in i gångjärn och skruvar, sen lyckades jag någotsånär. Jag klämde mig lite så klart men gled ner i stolen och låtsades njuta på lagom världsvant vis. Solen stekte faktiskt och jag blundade. Då kom jag på att jag nog behövde smörja in mig, så medan jag blundade famlade jag efter min minitub med solkräm i väskan. Jag tryckte ut en klick och smorde ut den på näsan och kindbenen. Äntligen kunde jag pusta ut och känna mig stolt över initiativet och det jag lyckats fixa. Tänkte på vad fräscht det doftade, att någon nyss måste ha passerat som var nyduschad. Denne någon passerade visst aldrig utan stod kvar i närheten, men varför då? Tittade upp och såg att jag var ensam. Förstod då att det var jag själv som doftade, att det inte var solkräm utan den andra lilla tuben, den med duschkräm som jag smort in mig med. Där satt jag med ett skitkletigt lager på huden. Tvålen glänste ikapp med svetten. Insåg att det bara var att låtsas som ingenting, alltså ännu mer än hittills. Äh, lika bra att strunta i vilan. Det var bara en kvart som återstod och solstolen skulle ju vikas ihop också och ställas tillbaka."
"Vet du hur knäpp du är? Bara du lyckas med något sådant". Pernilla och Rut skrattade medan Tobbe förmodligen tappat historien halvvägs eftersom han inte hängt med i det dråpliga. Han var helt uppslukad av att knäcka den rätta sifferkombinationen. Han snurrade gick nästan bärsärk nu.

"Men nu är jag jättenyfiken", fortsatte Rut med skrattet kvar
i kroppen.
"Hur går det för Bengt, och framför allt; hur mår min
tomte? Vet du?"
"Det har gått bra, faktiskt överraskande bra och det verkar
som om han och Jarek gillar varandra skarpt. Först gick jag
mest och väntade på ett bakslag men det verkar inte som
om det kommer något. Inledningsvis ville Bengt inte prata
så mycket om jobbet, som om det låg någon slags magi över
det hela. Han tänkte att det skulle vara att jinxa, att ropa hej
innan han kommit över ån. De tankebanorna höll inte, med
tanke på storleken på det ansvar som han tilldelats. Rektorn
fångade in honom för handledning, dels kring skolans ruti-
ner, men också för att berätta vem han skulle vända sig till
vid problem. Han tipsades också om att inte bli för mycket
kompis med eleverna. Eller, *eleven* i det här fallet."
"Men då så, vad kul. Har Jarek börjat jobba mer på lektion-
erna då?"
"Ja faktiskt. Bengt verkar ha fått Jarek att tycka att skolan är
mindre keff", svarade Pernilla.
"Keff? Har han sagt så?"
"Japp, du anar inte vilket språk Bengt har lagt sig till med,
på bara ett par månader. Han går all in, jag lovar."
"Men tomten då? Vad skulle han med den till? Var det i job-
bet med Jarek som den fick en roll? undrade Rut.
"Det är det ingen som har någon klar uppfattning om men
tydligen var det huvudskälet till att Bengt inte ville blanda in
någon annan. Han skämdes lite över sitt tillvägagångssätt."
"Berätta mer. Jag är så nyfiken så jag nästan spricker". Rut
var påtagligt likt ett barn på tivoli där hon satt och hoppade
på sin stol samtidigt som hon klappade i händerna.

Pernilla berättade att Bengt och Jarek har en app som heter
Xnote eller något liknande. Den innehåller i stort sett bara
olika slags kartor och ett rött kryss. Bengt och Jarek har tu-
rats om att göra skattkartor och tomten har agerat "skatt".

Där tomten har gömts, har ett rött kryss synts på kartan. Ett SMS i mobilen har meddelat när tomten blivit gömd och när kusten gjorts klar för att hitta den. Texten lyder: *din vän har gömt ett meddelande vid markeringen. Gå dit och klicka på krysset när du är framme. Lycka till!*

Vid det här laget hade Tobbe slutat snurra på sitt lås och lyssnade i stället intresserat på allt som Pernilla berättade. Delar av det hade han redan hört men nu slog det honom att oortodoxa metoder var det som Bengt behärskade till fulländning. Ett tag i alla fall. Jarek och Bengt hade turats om att gömma tomten varannan gång. Först i klassrummet och sedan utanför klassrummet. Så småningom någonstans i korridoren och senare på andra ställen inom skolan. Områdena och kartbilderna hade till slut utvidgats till skolgården och strax utanför den. Om det var Bengt som hade gömt tomten, skuggade han Jarek för att försäkra sig om att grabben var på rätt spår. När Jarek hade gömt tomten, skuggade han Bengt. När den som hade letat efter tomten, också hittat den, återförenades de båda och gjorde olika uppdrag tillsammans.

”Alltså Bengt. Hur kom han på det där? Så genialt. Vad har uppdragen bestått av då?”, undrade Rut nyfiket.

”Även det är genialt. Efter att Bengt har gömt tomten och Jarek hittat den, har skolarbete gällt. Växelvis ämnena matte, svenska eller engelska och han har följt samma kurs som klasskamraterna. Med anpassat material och tillrättalagda uppgifter så klart. Han jobbar som en gnu, kan meddelas.”

”Kul! Otroligt snygg paketering av skolarbetet. Först leta efter skatten och därigenom få motion, sedan följa planen och slutligen göra skolarbete. Vad har Bengt fått göra då? Har han också pluggat något ämne?”

”Inte riktigt. Det han har bjudit på sedan han följt Jareks karta och hittat tomten, har varierat lite. Först och främst har han introducerat tomten för Jarek. Han har berättat om varje historia som tomten varit inblandad i, dels som gårdstomte men också från tiden innan det. I dessa historier har Bengt, som vi ju alla vet, många gånger själv spelat diverse biroller. Så i och med presentationen av tomten, har han lite grann också presenterat sig själv. Gläntat på locket bit för bit."

Twist som smugit sig in men inte velat avbryta, hade nu anslutit sig till samtalet. Han kände att han behövde lägga sig i. "Då vet Jarek ännu inte att när han väl har gläntat på det där locket finns det en hel brunn att ösa ur."

"Nej exakt så Twist. Hej, kul att du kom! Planeringen av midsommar har inte riktigt börjat, som du hör fastnade vi först på temat Bengt."

"Förstår det. Inte helt ovanligt. Funkar det för honom?"

"Det gör det och just de där historierna om Bengt har Jarek verkligen älskat."

"Lovande! Det låter lite som hjälp till självhjälp", Tobbes tonläge hade plötsligt fått en hoppfull klang.

"Jo, visst är det så. Bengt har fått prata om sina misstag, tillsammans med någon som på ett sätt har det jobbigare i livet men som just utifrån den positionen ser upp till honom. De har nog fått skratta en del ihop. Förutom tomteberättelserna har Bengt tydligen också dragit anekdoter från sin ungdomstid, och lite teknisk historia. Ja, sådant som han gärna vill berätta om."

"Tänk att vara den som gör andra lyckliga. Det är väl den finaste gärningen man kan göra? Och det finaste att bli hågkommen för?" Pernilla fick något drömskt i blicken.

Twist nickade och höll med och var plötsligt den som hade tagit över Tobbes pillande med låset. Nu var det hans tankspridda snurrande som fick gälla ett tag. Vad är det med karlar och hårda saker som går att mecka med, undrade Rut.

"Äntligen får Bengt känna sig viktig och höjd över skyarna", kommenterade Twist.

"Får du upp det där kommer jag att äta upp min fiktiva
hatt", sa Tobbe. Twist besvarade honom med ett skevt le-
ende.
"Är det någon som vet vilka tomtehistorier han har dragit?"
"Det borde väl vara på vilket sätt tomten har bringat tur och
lycka. Både beträffande Bengts pizzabakande men också
med ditt musteri och dina semmelwraps Rut. De blev ju go-
dare än någonsin tack vare tomten", svarade Tobbe.
"Så var det ja. Han har också mest troligt berättat om tom-
tens vakande över gården och getterna. Hur han vakande
över Mini när vi var i Grekland. Då när Mini var heltidsvika-
rie och killingpappa en vecka", sa Rut.
"Säkert har han dragit historien om när tomten hamnade i
munnen på räven som han sköt men missade och om sean-
sen när tomten fick agera offerlamm. Kanske också inciden-
ten om sin egen nyfikenhet då han vittjade paketet som
skulle till Laduviks gård, först behöll tomten men sedan slog
in den i tidningspapper och slängde in den på gården."
"Jarek borde nog tänka att allt lät helt fnattigt, men uppen-
barligen körs skattjakten helt i hans smak. Äntligen har vi
koll på Bengt och äntligen har han någonting ihop med
andra som kan lyckas fullt ut. Lyckat!"

"Förresten, tomten har faktiskt inte varit inblandad i alla
Bengts bravader. Jag menar, Bengt har ju varit rätt bra på att
tomta själv, liksom alldeles på egen hand. Till exempel när
han snattade din katt Pernilla. Eller när han sålde frysta ek-
orrar och grävlingar på ICA."
"Just det, och jag kom ihåg hur arg jag var på honom när
han höjde priset på äpplen när jag hade startat mitt äppel-
musteri", lade Rut till.
"Och tänk när han inte kände igen sina egna barnbarn när
de jobbade på ICA". Tobbe skrattade så kroppen hoppade.
"Kommer ni ihåg när han satte den där ynglingen i en kund-
vagn då? Han med en förlåt-mig-skylt framför magen. En
hel dag fick han sitta där, den stackarn", kom Twist ihåg.

"Ingenting av det var tomten inblandad i, men han berättar
nog om det för Jarek ändå. Likaså om 500-bitarspusslet som
han satte mig att lägga klart på ön. Det som var enbart be-
stod av röda bitar." Tobbe skrattade åt minnet även om han
var arg då. Riktigt arg. Anekdoterna ebbade ut när Pernillas
telefon ringde.

"Hej, är det Pernilla Wanjelin jag talar med?" sa någon i
andra änden. Pernilla hyschade de andra.
"Ja, det stämmer och vem är det jag talar med?"
"Mitt namn är Johan Dalén, jag ringer från bevakningsföre-
taget Regarder AB region norr. Vi har ett problem som vi
hoppas att du kan hjälpa till med."
"Jaha? Bevakningsföretaget Regarder sa du?" Hon tittade
upp och mötte Ruts blick. Även Tobbes och Twists skrat-
tande upphörde tvärt. De ägnade Pernilla all uppmärksam-
het.
"Jo", sa Dalén och harklade sig snabbt. "Det är så att vi har
Bengt här. Alltså din pappa Bengt. Han och en yngling på-
träffades uppe på centrumanläggningens tak men ynglingen
sprang så nu har vi bara Bengt kvar här". Pernilla upprepade
informationen så de andra fick höra vad som förmedlades i
den andra änden av samtalet.
"Okej, nyligen satt han hopkurad vid en ventilationstrumma
och ni försökte länge få kontakt utan att lyckas. När han se-
nare stack ner huvudet i ventilationsröret och ropade hjärt-
skärande efter en tomte, kände ni att han behövde tas om
hand? Ja det kan jag hålla med om. Athos? Nej, jag har
ingen aning om vem det är. Ni avidentifierade honom och
kom mig på spåren. Jag förstår", sa Pernilla men hennes
tonfall och ansiktsuttryck avslöjade att hon inte förstod
någonting alls. De andra tog emot samtalet i tystnad. De
stod och svajade som heliumfyllda ballonger och tiden tyck-
tes helt ha stannat av.
"Går det inte att få kontakt med honom? Han gråter? Eller
skrattar? Okej, både gråter och skrattar. Han vägrar att följa

med? Jag förstår. Och vad tänker du att jag kan göra åt saken då? Kan ni inte ringa jourhavande någonting? Jourhavande, ja inte vet väl jag? Medmänniska, präst, psykakuten, centrumchefen, företaget svenska fläkt… Nähä, det går inte säger du. Ja, jag kommer väl då. Herregud, giv mig styrka.” Kognitiv dissonans heter det visst när det sker en konflikt mellan tanke och beteende. Det är ett av de mest undersökta områdena inom socialpsykologin. Dissonansen sker när flera motsägelsefulla idéer är aktiva samtidigt och personen tar hjälp av anledningar och förklaringar för att rättfärdiga sitt beteende. I ett försök att ursäkta sig. Pernilla kunde redan nu se lidandet framför sig när Bengt än en gång skulle försöka motivera och förklara sitt handlande. När hans kognitiva dissonans skulle slå till med full kraft.

”Jaaaa! Jag fick upp låset!” skrek Twist. Rut tittade från låset till Tobbe, på Pernilla och tillbaka till Twist och sedan en kort blick på Tobbe. Han hade precis slängt sig om sin kompis hals. De hade hakat ihop sig med varandra i en slags ömsesidighet medan de skrek och hoppade runt som två druckna fotbollssupportrar.
”Vad är det som inte riktigt stämmer med våra karlar?” undrade Rut och skrattade åt dem lika mycket som samtalet hon nyss överhört. Pernilla undrade hon också. Först skakade hon bara på huvudet, sedan log hon. Därpå fnissade, men gav sig snart hän idiotin och skrattade lika hysteriskt som de andra tre. Skillnaden var bara att hennes skratt aldrig riktigt nådde ögonen. Hon kände sig nästan lamslagen av uppgivenhet, så trött på de små överraskningarna som hon ständigt bjöds på. Bengts nya liv, hans nio nya små liv hade tagit en ände med förskräckelse. Curiosity killed the cat, tänkte Pernilla när hon snappade åt sig bilnycklarna.
”Håll ställningarna så länge. Jag blir inte borta länge”. Hopplösheten färgade av sig på vartenda ord. Hon körde ner fötterna i sina uttjänta Converse och rusade ut.

Kapitel 19
Om aktning för varandra och nya perspektiv
samt ömhet från ett hjärta som allt med kärlek ser

Järnvägsmuséet arrangerar olika utflykter året om och en så-
dan ville Pia-Carin bjuda Louise på. Det fick bli hennes tack
till Louise för att hon ville, men också vågade, vara medför-
fattare i boken. De skulle använda dagen dels till den sista
delen av historien men i huvudsak skulle de uppleva och
njuta. Utflykten inleddes vid 10-tiden på förmiddagen med
en tågresa från centralstationen och det första stoppet hade
de i Läggesta. Pia-Carin gissade att de gamla vagnarna som
de färdades i var från 40- eller 50-talet. Inredningen var
mestadels i trä, och sittplatserna bestod av fristående fåtöljer
och soffor i sammet. Louise och Pia-Carin satt i varsin vin-
röd sammetsfåtölj och njöt stort av helheten. Av tåget, in-
redningen och sådant de såg genom fönstret när de passe-
rade.

I Läggesta flyttades de över till ett fantastiskt fint ångtåg
med öppna vagnar. Loket spottade sotsvart rök och tutade
med sin ångvissla på vissa givna platser. Lokföraren körde
för glatta livet medan en konduktör gick från vagn till vagn
och stansade hål i passagerarnas biljetter. Tåget slutstation
var Mariefred där det fanns tid att promenera runt, titta på
Gripsholms slott och få sig något att äta. Från Mariefred se-
dan gick det en ångbåt i vilken de färdades ut på fjärden
mot Taxinge Näs i närheten av kakslottet. De klev av på
bryggan och fick en alldeles lagom promenad till slottet där
en kopp kaffe och varsin gräddig tårtbit väntade på dem.
Därifrån gick ångtåget tillbaka till Mariefred där de bytte till-
baka till 40-talståget igen för färd mot Stockholm Central.
Det hade varit en riktigt lyxig och fullfjädrad dag. Innehålls-
rik, minnesvärd och solig. Turen kallades för "Slott och

ånga" och Pia-Carin tyckte nog att det var en ganska passande titel även på Louise kärlekshistoria. Slottet symboliserade hennes visioner och ångan hennes liv. Pia-Carin hade det material hon behövde för att få ordning på slutet av Louises berättelse och satt nu hemma och skrev på upploppet. Tre barn hade Björn och Louise fått, sprungna ur en relation som spridit ut sig över ett femtontal år. Ändå hade de knappt levt under samma tak. Det var en underlig historia, fylld av utmaningar och mod. Louise lösning, för att få tyst på huset som vibrerade av tårar och bråk, blev slutligen att leva själv. Genom den lösningen fanns återhämtningstid och en chans att samla ihop bitar av ett sönderslaget lugn, trygghet och glädje. Stundtals var ingenting som vanligt utan precis tvärtom; åt helvete. För så måste det väl ha varit om det gick hela vägen till en dansk skalle? Pia-Carins fingrar flöt fram över tangenterna medan hon skrev vidare om Louise.

Jag pluggade på och var en målmedveten student. I fyra och ett halvt år hade jag knappt en frånvarodag. Jag arbetade effektivt för att hela tiden ligga i fas. Pluggade varje ledig stund; på bussen och tunnelbanan, framför barnprogram och de flesta kvällar efter att barnen kommit i säng. Löftet innan studietiden var att barnens behov alltid skulle gå före studierna. De helger som Björn hade barnen gick i stort sett helt åt till studier och tentaförberedelser samt skrivelser som skulle lämnas in. Målet var att komma så långt som möjligt i varje kurs om jag plötsligt skulle tvingas avsluta studierna. Ett imaginärt värsta-fall-scenario var långvariga sjukdomsperioder för mig eller något av barnen. Medlet för att komma så långt som möjligt var att ligga i absolut framkant av kurserna. Stundtals så långt som veckor före och under sommaren läste jag igenom all litteratur som ingick i den kommande terminens kurs. När vi fick våra uppgifter, satte jag mig direkt med dem. Andra kurskamrater åkte till stan och shoppade, tog en fika eller en eftermiddagslur. Det kunde inte jag göra. Så fort jag kom hem började andra vågen av arbete. Hämta båda barnen, hjälpa till med läxor, ta del av deras dag, leka, fixa middag, duscha dem och läsa saga. Mina klasskompisar sa emellanåt att de skulle göra "en Louise", vilket innebar att de skulle sluta skjuta upp pluggandet och i stället sätta upp en strikt studieplan. De skulle minska på festandet på helgerna, låta bli att sova länge på morgnarna och se till att ligga mer i fas. Jag var inte ensam om att plugga och ha barn. Ungefär en tredjedel av klasskompisarna var föräldrar, men jag var möjligen den enda som var ensamstående förälder. Slutnotan blev att jag tog min examen. Samtliga kurser var godkända och jag hade samlat ihop flera höga betyg. Under hela den här studietiden hade jag och Björn något som skulle kunna kallas fred. Precis i uppstarten av studierna, hade jag under några månader, en kortare relation med en man och det kan möjligen ha bidragit till lugnet. Det fanns tunna spår av att Björn respekterade mig och det hände att jag träffades av några beundrande ord kring min förmåga att sköta allt och plugga samtidigt. Vi hade lite sporadisk kontakt då och då, givetvis runt det som rörde barnen men ibland av andra anledningar också. Björn lät höra att han förstått att jag behövt stå tillbaka i mina önskemål och drömmar och att det borde vara min tur nu att få mer tid för en yrkesmässig utveckling och att klara studierna. Jag hade många gånger tänkt att om vi nu inte lyckades prata oss till vad som var rätt och rimligt, kanske alla erfarenheter från vår långa relation till slut skulle leda oss framåt. Det Björn nu sa, var något nytt. Han tillstod plötsligt att det hade varit för mycket fokus på honom och hans behov. Sent skulle syndaren vakna.

Nu behöver två stora skutt tas i berättelsen och då landar jag först i perioden där jag blivit klar med studierna och tagit min första anställning. Max var knappt sex år och gick sista året på förskola, Viggo var nio och gick i tredje klass. Min situation kändes väldigt solid. Jag hade klarat av ekonomin som varit både ankaret och oron med tanke på studierna och boendekostnaderna. Nu hade jag ett jobb och en låg men betryggande inkomst. Så fort första lönen kom in på kontot tog jag med mig Viggo och Max på restaurang, en lyx utöver det vanliga. Det var verkligen ingen överdrift att påstå att livet äntligen blivit stabilt. Jag hade kommit över på andra sidan. Ett mörkt moln höll dessvärre på att torna upp sig och det ökade i omfång för varje vecka som gick. Situationen uppkom när en förälder till Max kompis hörde av sig och berättade att kompisen var rädd för Max. Hon berättade att Max inte hade varit snäll mot hennes barn, att Max hade puttat honom och uppfört sig illa. Hon ville att jag skulle prata med honom. Det gjorde jag så klart, och jag pratade också med förskolepersonalen för att de skulle veta vad som hänt. De behövde hålla killarna under uppsikt. Det gör vi redan berättade de. Sedan drygt en vecka tillbaka observerade de killarna. Efter det första samtalet med den oroliga föräldern sattes observationer in som åtgärd på en gång. Hittills har de inte noterat något konstigt alls. Killarna leker, blir osams ibland, leker igen och så vidare. Problemet för mig var att de här föräldrarna inte var beredda att ge sig och båda var lika engagerade. Mamman såväl som pappan. Det började bli alltmer laddat och jag kände att de var två och ganska envetna, medan jag var ensam förälder och den som fick ta emot. Var det någonting jag hittills alltid haft flaggan i topp för, så var det att mina barn inte skulle få det sämre bara för att de förlorat en förälder till vardags. Ingen skugga skulle falla över dem för det.

Hela situationen gjorde att jag kontaktade Björn och blandade in honom. Händelsen verkade bli större och hetare för varje vecka, situation blev svår för personalen att hantera. Jag föreslog därför ett möte mellan våra familjer på hemmaplan. Denna händelse blev startskottet till en mycket tät kontakt mellan mig och Björn. Vi pratade dagligen om händelsen och våra reaktioner, hur vi skulle gå vidare och en massa annat. Snart därefter började vi umgås igen. Därmed var det första stora skuttet slut och nu kommer det andra.

I det företag som Björn hade startat och arbetat upp, löpte det på. Han behövde givetvis underhålla det men inte alls på samma sätt som tidigare. Arbetsläget var lugnt, han hade full kontroll och upplevde inte samma press som förr. En bibliotekarie har inte särskilt vidlyftiga karriärmöjligheter men Björn nämnde att även jag behövde få chansen att arbeta mer fritt utan ständigt fokus runt barnen. Björn hade menat, från hela sitt hjärta, att det denna gång var min tur. Jag borde också få chansen att inrikta mig på arbetet nu när jag hade klarat hela studietiden och fått en tjänst som behövde skötas. Vi skulle jämka och dela så båda kunde få spelrum. Björn sa också att han nu, på riktigt, var beredd att lämna Gålö om jag hade den minsta lust att satsa på oss igen. Det här var väl ändå förutsättningar som smakade lika smarrigt som det godaste vaniljhjärtat? Tjejen som hade drömt om ordning och reda, upprättelse, förståelse, lite flyt och kärlek via ett gemensamt föräldraskap…ja det var väl bara att hala in?

För mig är tillit ett nyckelord, och trovärdigt handlande är det som stärker tilliten. Ord gör det inte, men dessvärre frestas tilliten av honungssöta ord och löften. I film efter film kan vi se när olika karaktärer frestas till förhastade beslut och oövertänkta dumheter genom smickrande ord och fagra löften. Förutom att trovärdigt handlande stärker tilliten behöver känslan av att "jag vill dig väl" finnas med. Det finns ett slags oskrivet kontrakt mellan olika parter. Det kallas för det psykologiska kontraktet och definieras "en individs tilltro till de villkor och överenskommelser som finns om ett ömsesidigt utbyte mellan individen och den andra parten". Genom att förmedla att vi vill varandra väl stärker vi kontraktet. Här hade vi inte nått hela vägen fram, Björn och jag. Hittills hade Björns löftesrika ord vid varje nystart visat sig ha falska förtecken. Så fort han fick det hett om öronen, brast hans ambition om att vilja mig väl. Hett om öronen fick han väldigt fort, och väldigt lätt. Hittills hade vi inte tagit oss an problemen med familjelivet tillsammans. Istället hade vi stängt ute, hotat, strejkat, varslat och permitterat. Björn hade inte visat prov på att orka stå emot familjelivets tryck eller krav. Han ville inte väl. På riktigt. Men nu för första gången kände jag att han ville mig väl. Han ville *oss* väl och hade tänkt igenom saker, han hade backat och skaffat sig perspektiv. Äntligen såg han helheten och vi tog sats. Igen. Ett, två tre. På det fjärde ska det ske, på det fe…

Björn sålde sitt hus, lämnade Gålö och flyttade in i mitt och barnens hus. Hösten och vintern passerade och jag skötte jobbet, barnen och all planering över vardagen. Det känns överflödigt att lägga ord på vad detta var, därför beskrivs det enklast som "allt". Björn jobbade på som aldrig förr, dels på sin arbetsplats i stan men också med sitt företag på hemmaplan. Han jobbade fem dagar i veckan, sen behövde han bara "jobba undan det sista" som det hette vilket sköttes på hemmaplan där kontorstiderna aldrig tog slut. Därefter startade egna-behov-stunden, exempelvis att ringa tjejerna, golfa, fixa med bilen eller fördjupa sig i något tekniskt. Understundom försvann han djupt in i gruvan inför större jobbprojekt. Då var han borta både dag och natt, såväl fysiskt som mentalt. Jag hade allt ansvar för hem och barn, och Björn skötte sitt. Det hela påminde om det som tidigare varit men med ett undantag. Nu hade mobiler dels gjort sitt intåg i livsstilen och även gripit tag om varje uppmärksamhetsknarkare som gick i ett par skor. Det gick att sitta med SMS och läsa meddelanden vart man än var och med vem man än var. Det gick också att dra igång kontakter som inte var påkallade. Så, en frånvarande pappa var det jag hade leasat in och ingenting större var förändrat i och med det. Inte ens det ekonomiska. Fast en stor förändring gjorde sig alltmer synlig. Ett nytt litet liv hade börjat växa i mig, nu var

barn tre på väg. Igen behövde jag fundera över vart engage-
manget för familjen och det så viktiga umgänget med bar-
nen tagit vägen. Det där som efterlystes så starkt att um-
gängesavtal och vårdnadstvister grävt sig in och stört runt så
fort vi separerade. Varför ägnade Björn inte all ledig tid åt
sina barn nu när han hade chansen och hade dem jämt? Sva-
ret var kort och gott; på grund av jobbet. Det Björn inte såg
komma var att de band som han, mitt i det lugna och stabila
egna-företagande, knöt med ett annat företag krävde mycket
av honom. Ett företag som i huvudsak bestod av mycket
unga och oerhört hungriga individer. De var superimpone-
rade över Björns ställning som alfahanne i branschen och
såg den som inte gjorde sig beredd att försvara den titeln.
Vem skulle gå från tungvikt till flugvikt när det fanns sådana
förväntningar? Att behöva kliva ur ringen för att snyta några
barnnäsor, vara en mer tillgänglig pappa och serva frugan
blev så klart svårt. Han gjorde i stället en ny rivstart ihop
med detta gäng. Ingenting blev som jag hade hoppats. Inga
av de löftena, exempelvis att det nu var min tur att få satsa,
hade uppfyllts. Jag hade ett paket med exakt samma innehåll
som tidigare att förvalta men en stor irritation på toppen av
det. Snip, snap, snut, så var sagan slut… eller? Redan här
hade det kanske gått att gissa vart det skulle ta vägen. Det
räcker med att ta den allra första kurvtagningen i hjärnvind-
lingarna för att tippa rätt.

Björn jobbade, tjänade sitt företag, såg om sina investe-
ringar, knöt nya kontakter och gjorde bra affärer. Jag hade
hand om budgeten och fick en överföring från Björn på
2700 kronor varje månad. Det var hans hyra. I och med att
han flyttade in förlorade jag både bostadsbidrag och under-
hållsbidrag så för mig gick samboskapet på ett ut ekono-
miskt. Björn menade att jag inte skulle klaga på pengar som
satt på en förmögenhet. Om jag behövde få loss mer pengar
kunde jag alltid sälja huset. Så tänkte han, som själv nyligen
sålt ett hus, lagt vinsten i bakfickan och satt sig mjukt på

den. Ovanpå vinsten i bakfickan bodde han superbilligt, hade bra markservice och passning av barnen. Strax efter att han hade flyttat in i huset lejde han en snickare som satte upp en garderobsvägg och lade ett golv i sovrummet. Snickaren satte även upp några hyllor i carportförrådet, alltsammans för att bereda plats för Björns grejer. I övrigt behövde ingenting ändras eller investeras i. Ändå kallade Björn detta för att ha *plöjt* in pengar i mitt hus. Han hade börjat visa upp en ganska ogin sida. Det var ingen hemlighet att Björn tack vare företaget hade god grund för att håva in extra pengar som kunde drällas runt. Björn tog ut förhållandevis låg lön men kunde ta ut fler kostnader vid sidan av det via sitt företag. Genom det, kunde han leva flott och samtidigt utöka sitt kapital och spara undan pengar. Han lade undan flera tusen varje månad i ett privat pensionssparande, tecknade bra försäkringar, gick ofta ut och åt, köpte teknikprylar och levde i allmänt galej. Menade han att jag skulle sälja mitt och barnens hem för att kunna leva i närheten av lika lyxigt som han. Nej tack, då gnagde jag hellre på takpannorna.

Björn hade resurser och ville framstå som en generös prick. Han bjöd flott och köpte fina presenter. Gjorde exklusiva och kvalitetsmedvetna inköp. Han gick ofta på restaurang och bjöd gärna sina arbetskontakter på luncher. Jag hade en halvdålig inkomst, återigen föräldrapenning. Trots våra vitt skilda möjligheter att lyxa till det tyckte Björn ändå att allt övrigt skulle delas minutiöst på hälften. Varje månad samlade vi ihop alla kvitton vi hade och clearade våra utlägg och inköp. Jag stod för allehanda inköp och reparationer som rörde huset och trädgården. Eftersom barnbidraget kom i mitt namn skötte jag också alla inköp till barnen. Björn hade börjat använda sig av ett nytt uttryck. Han sa att jag visst kunde få, om jag hade gjort mig *förtjänt* av det. Om jag förtjänade mer skulle jag få mer, exempelvis bli bjuden på ett restaurangbesök. Något som också hände då och då.

Sommaren passerade och i den tidiga nattkulan, en onsdag i september gick vattnet. Denna gång tre veckor tidigare än beräknat förlossningsdatum. Kommande lördag hade vi förberett en stor överraskningsfest hemma. Jag och Björn hade bjudit hem alla våra forna gemensamma arbetskamrater på en återföreningsfest, närmare tio år efter att vi hade slutat jobba tillsammans. Var och en trodde att det skulle bli en liten enkel middag men ingen av dem visste att vi skulle bli många fler, att alla var bjudna. Men som sagt, nu gick vattnet och festen ställdes in. Jag stirrade på den oroväckande mängden grönsaker på köksbänken och funderade helt kort över vem som skulle klara av att äta upp allt det. Det var förmiddag och i ett av alla trådlösa, uppkopplade och evighetslånga förbindelser satt Björn och jobbade på övervåningen. Jag satt i soffan och hanterade mina värkar som om jag vore en hamstermamma där ungarna liksom enkelt rann ut i förbifarten. Så såg det ut ända till klockan närmade sig middagstid. Då plötsligt verkade det vara läge för att åka in. Eller förresten, så såg det nästan ut. Mellan två värkar gick jag ut till brevlådan och hämtade dagens post. Där stötte jag ihop med en kompis som tittade förbi med en folielåda mat. Hon hade gjort i ordning maten eftersom hon visste att det kunde vara lite "knöigt" att laga mat och sköta värkarbete samtidigt. Björn tog ett brejk från jobbet och åt middagen med mig och barnen. Potatis och köttfärs.

Den här kvällen såg Lilly dagens ljus. Mitt tredje ljus, mitt tredje barn. Det fanns de som planerade stort inför varje graviditet och nedkomst och så fanns det dem, där barnen liksom bara kom. Dock var detta barn något som låg närmast tillhands att kallas planerat. Det var en okomplicerad förlossning som lika gärna kunde ha skötts i närmsta skogsparti eller för den delen i soffan jag nyss lämnat. *Då* hade det nog blivit lite fart på Björn i alla fall. Redan under graviditeten men kanske framförallt sedan Lilly föddes blev besvikelserna alltmer märkbara. Det kändes som om vi hade

slutat att leva tillsammans. Björn hade sitt liv och fullt upp
med det. Jag hade omsorgerna om barnen och hemmet. Jag
var inte det minsta intresserad av hans liv och han inte av
mitt. Vi hade därmed slutat att investera i relationen. Det
gick så långt att vi nästan helt slutade att handla. Björn åt
borta och jag såg till att barnen fick mat och blev omsorgs-
fullt ompysslade. Allt var som en enda trist repris från förr.

Ytterligare några månader passerade i detta vacuum när
Björn, trots sina inkomster och möjligheter, ännu en gång
började fingra efter föräldrapenningen. Under semestern an-
tydde han att det vore skönt att vara hemma lite längre än
enbart några semesterveckor. Han hade aldrig tagit ut några
föräldradagar men fick här en idé. Han tyckte att det borde
vara hans tur att vara föräldraledig särskilt som det mest tro-
ligt var hans sista föräldraskap. Men se så, var förälder nå-
gon gång då, tänkte jag. Det är inte föräldrapenningen som
gör en förälder. Det är graden av engagemang, aktivitet, ork
och vilja. Allt handlar inte om att tänka på sig själv, pengar
och ledighet. Björns idé visade sig inte bara vara tagen ur
luften, han ville verkligen att vi på allvar skulle sätta oss ner
och titta på ett upplägg några kvällar senare. Jag kunde verk-
ligen höra ljudet av nålsögat som krympte och kände mig
livrädd. Kunde han verkligen kräva det? Skulle han plötsligt
komma med sina idéer? Ett nytt upplägg behövde planeras
lite bättre, särskilt eftersom min arbetsgivare hade räknat
bort mig många månader till. Som vanligt var förslaget bara
en inlindad bit av ett krav. Snart lämnade attacken sin puppa
och ett fullskaligt bråk bröt ut. Jag ifrågasatte förslaget och
menade att det enbart var tack vare min sparsamhet och
hårda planering som det alls fanns föräldradagar kvar. Björn
ställde sig precis framför mig, med enbart ett par centimeter
mellan våra ansikten. Han sa: ”Vi får väl se.”

Det finns en rädsla. Den allra mest primitiva. En urinstinkt
lika gammal som människans ursprung. Den rädslan testas

på bebisar redan på BB. Bebisen sätts då på sina små tunna skinkor och läkaren ställer sig framför barnet. Läkaren tar tag om bebisens händer för att sedan släppa taget blixtsnabbt. Barnet svävar i ett ögonblicks ovisshet innan hon fångas upp igen. Det som då ska visa sig är om den lilla krabaten reagerar med att vifta med händerna i försök att greppa tag om något för att rädda sig i fallet. Saknas reaktionen är det tydligen ett observandum, det är därför den testas. Den mest primitiva instinkten och största grundrädslan är rädslan för att falla. Precis dit hade jag kommit nu. Jag kände att jag höll på att falla. Och skulle jag falla kanske jag aldrig skulle komma upp. Jag hade redan tidigare, vid bråk och diskussioner, märkt att jag allt snabbare och allt oftare hamnade i stark affekt. Av den mentala oron vände sig min mage många gånger helt ut och in och följdes av en våldsam magsjuka. Jag hade blivit både fysisk och desperat. Nyligen kastade jag ett saltkar så hårt i väggen att det sprack och ett strilande, rasslande saltregn spreds ut på golvet. Jag hade också rotat bland Björns papper. Jag ville se om mina misstankar kring orättvist fördelade tillgångar var sann. Jag hittade restaurangnotor med gåslever och jag såg underlag för pensionssparande som gjorde mig alldeles bestört.

Den kvällen, efter Björns ord "vi får väl se", då han än en gång levererade något som bara skulle göda hans redan mätta mage, stärktes beslutet i mig. När vi stod näsa mot näsa växte en vrede så stark att mitt omdöme fullkomligt slets i stycken. Allting brast. SMACK. Jag tappade huvudet helt och skallade honom. Efter ett långt liv med hot och rädsla för omställningar visste jag att en förändring var det enda villkoret som fanns kvar för en dräglig existens och nu skulle han ut. Vad jag än inbillade mig att vi hade, behövde det få ett avslut här. Även denna gång var avslutet mitt initiativ och Björn roade sig med att meddela alla anhöriga att han blivit utkastad. Ingenting kunde vara mer felaktigt. Han hade i sanning slängt ut sig själv och när det stod klart för oss båda att det inte fungerade längre, var det jag som tog bladet från munnen. Jag bad honom att börja kika runt lite eftersom vi inte längre klarade av att följa den överenskommelse vi hade gjort. Det tog inte lång tid förrän han hittade sitt objekt. Det gick faktiskt misstänkt fort. In i det sista försökte han stämpla mig och gjorde det genom att säga att han, enligt sambolagen, skulle kunna kräva halva huset. Han tog bilen, den lyx jag i ett tidigare läge tydligen hade förtjänat. Så klart, det var ju bra för oss med två bilar så att även jag kunde handla eller skjutsa barn. Uppenbarligen gällde inte det längre. Nu hade han två bilar och jag ingen.

Lilly skulle precis fylla ett år, Max hade blivit nio och Viggo tretton. Vi firade Lillys ettårsdag med skiftande fokus och glädje, bland flyttkartonger och gräddtårtor. Björn flyttade och i den stunden gick hans föräldraskap från frånvarande och oengagerad till stridsvillig och ambitiös även denna separation. Det var ganska hemskt faktiskt, men tack vare våra separationer, gav jag barnen en pappa. När han hade ensamt ansvar varannan helg, fixade han det och medan han hade barnen, fick jag samtidigt den vila jag behövde. Då fick jag chans att fylla upp ladorna med energi för att på egen hand sedan ta hand om vardagen för tre barn. Knappt hade vägdammet lagt sig förrän kraven kom igång kring umgängesschema inklusive stöd av tredje part såsom advokat, socialtjänst, familjerådgivning och rättstvister. Jag tog det med ro. Efter ett samtal med Björns advokat där jag beskrev omöjligheten med ett detaljerat umgängesschema över helger, lov och röda dagar i kombination med Björns arbete. Hans kollegor och kunder kräver hans närvaro när det behövs, inte när det passar ett umgängesschema. Därefter blev det tyst. Själv bokade jag upp en längre serie med samtal hos en kurator. Jag tyckte att jag förtjänade det. Framför allt behövde jag professionell hjälp med mina tankar för att inte än en gång utsättas för svek eller själv svika.

Nu har det gått över trettio år sedan Björn och jag träffades första gången och arton år sedan vi separerade för sista gången. Sett ur mitt perspektiv var han, enkelt uttryckt; superkass på att stötta mig som människa, äkta hälft, kvinna och mamma. Han var också en hopplös småbarnsförälder. Å andra sidan har han varit en något bättre tonårsförälder. Hans bekymmerslösa, bekväma hållning och hans generositet har nog passat våra ungdomar bättre än mitt alltför ambitiösa kontrollerande. Den oron jag många gånger känt runt tonårsbarnen kan bäst jämföras med den fruktan som regn på en tältduk åstadkommer. Det är mysigt och spännande men ängslan för vart det tar vägen, om det som händer avtar eller ökar, förtar lite av stunden. Att bygga vattenavledande kanaler under sovsäckar och liggunderlag är ingen kul händelse, och definitivt inte nattetid. Sånt har jag gjort.

Bebisarna blev småbarn, därefter skolbarn, tonåringar, ungdomar, ungvuxna och slutligen stora. Vi som föräldrar har fortsatt våra duster genom åren. Runt barnen och de känslomässiga eller ekonomiska utläggen vi gjort och haft. Men, vi har också lärt oss att finna stöd hos varandra. Björn började sent omsider lita på mig. Ett starkt mål i mitt fostrande har varit att putta ungarna framåt. Ett steg i taget mot en allt större självständighet och högre grad av autonomi. Med just autonomi strävade jag mot den mer filosofiska förklaringen; individens kapacitet att styra sig själv. Givetvis med några markeringar längs leden för att lätt kunna hitta tillbaka om tillfällig snörök eller dimma lurade någon av dem ur spår. Markeringarna handlade om att komma igenom grundskola och gymnasium. Se till att sköta sitt rykte, sina relationer och sin hälsa. Både den kroppsliga och den mentala hälsan. Starta upp ett CV, söka ett första sommarjobb och så småningom ett stadigvarande jobb. Sköta sin ekonomi, eventuella skulder och så småningom ett boende. Min roll i detta har varit att fungera som en praktiska och känslomässig pyttipanna. Jag har puttat och hållt i, curlat och krävt, stöttat och hovrat. Med andra ord agerat såsom föräldraskapet kräver. En ytterligare sak som jag själv levt efter och velat skicka vidare till barnen är att lite snett också kan vara hyfsat rakt. Tiopoängare är sällsynta så en del av livet är faktiskt skit. Så är det, så kommer det alltid vara och bara att tugga i sig av. Detsamma gäller även vissa delar av barndomen. Tyvärr. Och, den eftersträvansvärda vuxenpoängen med eget boende och självständig ekonomi har nu alla fångat.

Jag ville inte leva ihop med återkommande funderingar om varför jag inte givit oss chansen. Inte undra hur det skulle ha varit och vad jag möjligen gått miste om. Det var mitt starkaste motiv för att våga bryta det liv jag då levde och hellre satsa på en framtid med Björn. Funderingarna slapp jag nu, istället satt jag med facit. Minnet av det vi en gång delat kommer jag alltid att bära med mig. Lika ostyrigt som livet var, lika vackert kunde det också flyga, fast kanske mest bara i korta perioder. Som en trollsländas framfart; trassligt och ömtåligt med transparanta och trådiga vingar. Den bestulne vinner det förövaren förlorar. Så tröstade jag mig. Så höll jag bitterheten borta. I relationens backspegel gick det att fånga in två värdefulla hemisfärer som starkt bidragit till att forma min framtid. Ena halvan är mina minnen som innehåller erfarenheter och intryck. Tvivlet kring den egna personen och misslyckanden. Frågorna om vad jag kunde ha gjort bättre. Sådant som jag stundtals försöker förstå och förlåta. Mitt sköra 'jag' som jag håller ömt mellan mina händer. Den andra halvan finns i styrkan som tröstade mig, som sa att allting löser sig. Uppmaningen att aldrig ge upp. Det är en lärorik och karaktärsdanande insikt att ingen storm varar för evigt. De båda halvorna förenas i en bro, en corpus callosum. Det är barnen.

Tack vare relationen vann jag inte det jag trodde utan egentligen något mycket bättre. Det låter som en klyscha, men jag ångrar ingenting. Jo så klart, den danska skallen. Den var väl ändå bra onödigt. Massor av gånger har jag velat be om ursäkt för den men inte vågat. Någonstans längst inne i mig finns en förhoppning att händelsen är, om inte preskriberad, så åtminstone förträngd. Och vem vill väcka en björn som sover?

Jag lägger memoarpennan ifrån mig och hoppas att var och en begrundat mitt mod, mitt förstånd, mina dygder och möjligen mina dumheter.

Det var Mumintrollet som fick sätta punkt. Pia-Carin kände sig nöjd, och en smula less på Louise och Björn. Tänk så många turer de hade och hur olika synen på familjeliv och småbarnstid kunde vara. De hade levt på ett sätt som hon och Mac aldrig varit i närheten av. Pia-Carin kunde inte låta bli att slås av några tankar medan hon följt Louise berättande. Tankar som handlade om relationens vård och behov samt vissa livsviktigheter som verkade ha försvunnit på vägen. Varför uppmärksammade de inte när hudlöst och förtroligt ersattes av distans och misstro? Var tog tacksamheten vägen och hur blev det okej att börja underskatta varandra? När gick startskottet till att sluta leva närvarande och älskvärt, för att i stället endast vara andra till lags? Hur kan viktiga försvarslinjer trasas sönder utan att det tas på allvar? Hon kunde inte låta bli att undra. Det är svårt att förstå att det blev en kamp men inte alls svårt att förstå kampen.

Pia-Carin rätade på ryggen och kikade ut genom fönstret. Solen sken och hon tänkte på hur vackert allting var. Just vid den här tiden på året, när jordaxeln lutar som allra mest mot solen, är naturen fantastisk. Plötsligt avbröts hennes tacksamma tankar när hon såg en bil närma sig i gränslöst hög fart. Den susade förbi så dammet yrde och hon hann nätt och jämnt se att det var Pernilla som satt vid ratten. Herregud, tänkte Pia-Carin. Att den där människan alltid skulle ha så vansinnigt bråttom. Vad kan möjligen ha hänt som förorsakade en sådan vansinneskörning?

Varje månad sedan hösten 2010 har jag samlat ihop och skrivit ner diverse händelser i vardagen. Det finns så mycket inspiration att hämta från såväl människor som händelser men också ur det som sägs och skrivs.

Texterna kan också handla om fantasier som bara finns i mitt eget huvud. Där pågår det ofta en pjäs; fullt utrustad med kulisser, scener, dialoger, pratbubblor och rekvisita, som löper parallellt med mitt till synes vanliga liv. Detta dubbelliv har legat till grund för manuset men har också fyllts på av en ständig ström av idéer. Mycket av det som händer runt mig, hamnar i små fack som jag sedan plockar friskt ur.

Händelserna kan ha utspelat sig för länge sedan eller alldeles nyss, men det kan också vara sådant som aldrig någonsin hänt. Varje dag är en källa till inspiration och innehållet i boken är egentligen en enda stor hyllning till vardagen. Utan den, inget liv.

Alla likheter mellan verkligheten och bokens händelser, karaktärer och platser är rena tillfälligheter. Det här är en saga med mer eller mindre drag av verklighet, men som till största delen är en produkt av skribentens stolliga fantasier. P-C Wike är en pseudonym, lika sann och påhittad som innehållet och upplevelserna i boken.

Webadress: https://laduvik.jimdo.com/

Ett stort tack till:

Er som peppat mig att skriva. Tusen tack till mina nära och kära, både familj och vänner.

Manne och Ida som hjälpt till att kommentera och förbättra tankar och ordalydelser även i detta ex innan publiceringen.

Thompa för hjälp med tekniskt fibbel. Saker som "bara händer" och annat fruktansvärt trassligt.

Louise E – bibliotekarien som frikostigt delat med sig av både dagboksanteckningar och brev.

Er som varit med på resan eller på annat sätt varit orsaken till mitt skrivande. Ni har också varit nyfikna nog att beställa böckerna, vilket gjort mig oerhört glad såklart.

Den moderna tekniken! Justeringar, flytt av textstycken, rättningar, strykningar och tillägg har kunnat göras utan TippEx och raderband. Givetvis otroligt tidsbesparande.

Google, Wikipedia och synonymlexikon, där allt finns att ta reda på. Möjligheten har där funnits till att slå upp ord och uttryck, leta fakta bland annat kring personer, detaljer, syndrom, processer, regler, talesätt och mycket mer.

Etni. En plats för att lära sig engelska digitalt
http://www.etni.org.il/

Järnvägsmuséet i Gävle.

Människor och händelser knutna till mina arbetsplatser, utbildningar och mitt umgänge. Som utgjort grunden till mycket av allt spännande i vardagen.

Alla kända och okända skribenter och föreläsare som i mängder av artiklar, krönikor, insändare, tal och notiser beskrivit händelser och fenomen. Med innehåll som varit så spektakulärt och intressant att det tålt att berättas en gång till fast på nytt sätt. Exempelvis ur Ruts och Pernillas perspektiv.

… och annat som ständigt påminner mig om hur mycket nytt som finns att lära om livet, om ting och om företeelser. Som får mig att upptäckta sånt som inte är uppenbart. Exempelvis konsten att lära känna mig själv.

Särskild uppmärksamhet och ett särskilt tack för lån och
bruk av olika textavsnitt, riktas till:
Anders Hansen, sommarprat och föreläsning 2020.
Karin Boye
Tove Jansson
Christina Lövenstam, textförfattare till svensk folkvisa 1693:
i ingresserna till kap. 1, 4, 8, 10, 12, 14, 17, 19.
Lorne de Wolfe

Sist men inte minst: Utan Books on Demand, det vill säga
plattformen för oberoende bokutgivning, hade det inte bli-
vit bokformat av manuset.

Det blev en hel del Waller följt av Fiffel, Mingel, Killer, Taf-
fel, Podder, Pussel och Zipper. Nu även denna. Bok nio,
Fadder.